Domenico
Müllensiefen

Schnall dich an, es geht los

Roman

kanon verlag

ISBN 978-3-98568-126-6

1. Auflage 2024

Covergestaltung: Ingo Neumann / boldfish
unter Verwendung der Fotografie
»Paul und Linda Flekkeroy« von Markus Werner
Herstellung: Daniel Klotz / Die Lettertypen
Satz: Ingo Neumann / boldfish
Druck und Bindung: Pustet, Regensburg
Printed in Germany

www.kanon-verlag.de

Domenico Müllensiefen

Schnall dich an, es geht los

Mut zur Zukunft

Prolog

Es gibt nicht viele Ziele, die man bei uns haben kann. Fährt man nach Westen, kommt man nach Rehberg, dahinter verläuft die ehemalige Grenze, es folgt der Ort Braade, und kurz danach ist man in Wolfsburg. Nach Norden raus geht es nach Altenwedel. Die Landstraße und die Linie der Kleinbahn laufen hier parallel zueinander, kreuzen sich kurz vor Altenwedel und kommen dort am Bahnhof wieder zusammen. Nach Osten raus fährt man über einen kleinen Hügel, gelangt auf eine Landstraße, die die Weizen-, Raps- und Kartoffelfelder durchschneidet und an Niedertramm vorbeiführt. Hinter Niedertramm liegen Felder, Felder und Felder, bis man in Langenburg ankommt. Dort kann man bleiben, durchfahren oder wieder umdrehen. Es macht keinen Unterschied.

Fährt man in Richtung Süden aus Jeetzenbeck raus, passiert man das Stölpenbad, wo den Erzählungen nach die deutsche Wasserballmannschaft 1936 für Olympia trainiert hat. Bis ins Finale sind die Deutschen geschwommen, da mussten sie sich den Ungarn geschlagen geben, und die Weltgeschichte schwamm einmal mehr an unserem Dorf vorbei.

Hinter dem Schwimmbad führt eine schmale Landstraße zu den nächsten Orten Seeben, Randau und Lötzek.

Jedes Jahr im Oktober treffen wir uns am Eingang vom Stölpenbad. Pascal nebelt uns mit seiner elektrischen Zigarette ein, während ich eine Flasche Bretterknaller öffne, die wir uns teilen. Schweigend gehen wir auf dem von Traktorreifen verschmutzten Radweg von Jeetzenbeck nach Seeben. Der Himmel ist im Oktober meist grau, der Wind weht kalt von Nordwest, und in der Ferne sehen wir das Windrad, das bei Langten steht. Über uns Vögel, die sich sammeln, ein kleines Stück in Formation mit uns fliegen und weiter in Richtung Süden ziehen. Unten, auf dem Weg, kommen uns manchmal Leute auf Fahrrädern und mit ihren Hunden entgegen, meist sind wir allein. Nur ein paar alte Autos, die auf der Landstraße an uns vorbeifahren. Oder ein noch älterer Traktor, der das Feld umgräbt oder Gülle verspritzt. Und wenn keine Radfahrer mit Hunden, keine alten vw-Golfs oder Passats und auch keine Traktoren zu sehen sind, dann ist es still. Ganz still. Das Einzige, was man dann hört, ist der Wind, der so schnell wie möglich diese flache, von der Eiszeit gezeichnete Landschaft verlässt.

Oft stehen Rehe auf dem Acker, suchen in den Resten der Ernte was zu fressen, und später, im Frühjahr, stehen sie dort und knabbern mit ihrem Nachwuchs die ersten Sprösslinge ab, die sich aus der schwarzgrauen Erde erheben.

In Seeben angekommen, gibt es links die italienische Kneipe, in der früher ein Bild von Mussolini hing. Dahinter, auch auf der linken Seite, das große Feuerwehrhaus. Vor unserer Zeit war dort ein Dreiseitenhof. In den Neunzigern stand er leer. Erst bröselte der Putz von der Wand, dann stürzte die Wand dem Putz hinterher, und als eigentlich nichts mehr zu retten war, kamen die fetten Fördergelder aus Magdeburg, und kurz danach hatte Seeben das modernste und am besten ausgerüstete Haus aller Freiwilligen Feuerwehren zwischen Gardeleve und Altenwedel. Die Männer der Feuerwehr waren nicht ganz so modern wie ihr Gerätehaus. Sie waren praktisch, wie die Gebäude um die Feuerwehr herum, von den Fassaden bröselte der Putz.

Hinter der Feuerwehr macht die Straße eine Linkskurve, führt an ein paar Häusern und einem kleinen Hofladen vorbei, dann rechts rum und aus dem Ort raus, bis man schließlich nach Randau und dann nach Lötzek kommt. Hinter Lötzek geht es weiter nach Gardeleve, Magdeburg, und dahinter liegt die große freie Welt.

Wenn wir im Oktober nach Seeben kommen, gehen wir nicht mit der Kurve mit. Wir gehen geradeaus. Wenn man geradeaus geht, endet die Straße an der dicken Feldsteinmauer, die den Seebener Friedhof umfasst. Dort kann man nicht weiter geradeaus gehen. Der Weg führt nach links oder nach rechts. Links über Randau nach Lötzek und rechts weiter in Richtung Bartebeck. Und dahinter kommt dann gar nichts mehr.

Aber geradeaus geht nicht, denn vor einem ragt die massive Mauer auf. Man kann vielleicht auf sie raufklettern, wenn man möchte. Man kann vielleicht auf ihr balancieren, eher spazieren, so breit, wie sie ist. Man kann von ihr ein bisschen besser auf die flache Straße nach Jeetzenbeck sehen, das Stölpenbad erahnen. Man kann wieder hinunterspringen und sich über diesen kindlichen Einfall freuen. Man kann auch einfach an ihr vorbeifahren und sich nichts weiter denken. Man kann vieles an dieser Mauer machen.

Man kann aber auch in Jeetzenbeck in ein Auto steigen, vielleicht am Stölpenbad, da wo wir immer unseren ersten Schluck Bretterknaller trinken und Pascal uns mit seiner Elektrozigarette einnebelt. Man kann dann im Auto vielleicht auf dem Parkplatz vom Stölpenbad eine letzte echte Zigarette rauchen. Und dann kann man die Kippe in die Stölpe schnipsen, den Motor starten und langsam vom Parkplatz auf die Landstraße fahren. Dort hält man das Auto noch mal an, sitzt im stehenden Wagen, atmet in aller Ruhe durch, legt den ersten Gang ein, tritt das Gaspedal voll durch, lässt die Kupplung kommen und feuert los. Und dann, kurz hinter dem Ortsausgang, geht man in den zweiten Gang, und wenn man bei den Strommasten ist, die zwischen den Dörfern entlangführen, schaltet man bei 110 in den dritten Gang. Kurz vor dem Ortseingang von Seeben geht man in den vierten. Wenn man dort ist, hat man mit einem Citroën zx 2.0i 16V eine Geschwindigkeit von 170 Kilometern die Stunde drauf. Man kann jetzt nicht mehr bremsen. Egal wie stark man auf die Bremse steigen würde, man kommt weder zum Stehen, noch schafft man es, nach links oder rechts abzubiegen. Also drückt man noch ein bisschen aufs Gas, legt vielleicht sogar noch den fünften Gang ein. Und dann, wenn man in die Friedhofsmauer einschlägt, hat man 180, vielleicht sogar 190 Sachen drauf. Der Wagen rauscht frontal gegen die Mauer. Erst knallt die Stoßstange gegen die Feldsteine, dann rücken die Vorderreifen und der Motor an die Stoßstange heran. Im selben Moment splittert die Frontscheibe, splittern die Seiten- und sicher auch die Heckscheibe. Die Konsole rutscht an den Motor, das Lenkrad bleibt stehen, die Sitze rutschen an die Konsole, rutschen immer näher an den ganzen Schrott, der sich an der Mauer angesammelt hat, und dann springt hinten das Heck nach oben, die Hinterräder drehen kurz frei, landen wieder auf der Straße, und qualmend kommen 1.150 Kilo Plastik, Metall, Gummi, Glas und 50 Kilo Mensch zum Stehen. Der Mensch, der von all diesem Krempel zerdrückt wurde, von dem feststehenden Lenkrad aufgerissen wurde, dessen Kopf an der zertrümmerten A-Säule gespalten wurde, dessen Hände von der Plastikkonsole zerfetzt wurden, dessen Beine durch den verrutschenden Sitz gebrochen wurden, hieß Vanessa.

Vanessa war die beste Freundin von Steffi.

Vanessa wäre gerne Tänzerin gewesen.

Vanessa wollte den Balaton sehen.

Vanessa war meine Schwester.

Buch 1

Ein Land fährt hoch

ordentlichen Rausch. Und öfter noch, als Fleisch vom Spieß zu schneiden, fuhr ich mit dem Lappen, so wie jetzt auch, über den Tresen, in der Hoffnung, dass die Zeit so schneller verstreichen würde. Ich glotzte hoch zu dem Uralt-Fernseher. Der Mann wurde nun auf seinem Weg zur Arbeit begleitet. Dann Frontalaufnahme der Benzinpreise an der Tankstelle. 1,78 € für einen Liter Diesel, vor Kurzem war es sogar noch mehr gewesen. Vor langer Zeit hatte ich auch mal ein Auto gehabt. Kurz danach saß der Mann wieder in seiner Karre und quatschte was von den ganzen Problemen, mit denen man die Mittelschicht alleine lasse und für die sich niemand interessiere, obwohl er die ganze Zeit das Kamerateam um sich hatte. Ich dachte daran, dass zu mir tatsächlich niemand kam, um sich meine Probleme anzuhören. Sie waren auch nicht sonderlich interessant: Armer Dödel arbeitet in einer Drehfleischbude, in der andere arme Dödel herumhängen, und zusammen warten wir darauf, dass der heutige Tag vom nächsten abgelöst wird, und die von uns, die Glück hatten, sind entweder weg oder tot oder beides. So wie Steffi. Heute in einer Woche war ihr sechsunddreißigster Geburtstag. Aber das war egal, denn sie war weg. Tot war sie sicher nicht, aber das machte keinen Unterschied mehr, denn auftauchen würde sie so oder so nicht mehr. Nicht hier. Nicht in diesem Leben und schon gar nicht in dieser Bude.

Dirk und Pascal waren da. Pascal war immer da. Der hatte seine festen Zeiten hier. Eigentlich hätte er auch bei uns arbeiten können, aber das wäre für Emilio nicht zu stemmen gewesen. Es reichte ja schon kaum, um mich zu bezahlen, und ich denke, dass er mich hier nur arbeiten ließ, weil das am Ende vielleicht billiger war, als die ganze Bude auszuräumen und leerstehen zu lassen. Und es gab sicher noch ein paar andere Gründe. Einer davon war seine positive Sicht auf alles und jeden, auch wenn er es schon lange hätte besser wissen müssen.

Dass Dirk hier war, war nun schon eher ungewöhnlich. Es war nicht so, dass Dirk nie hier war, aber ihn als Stammgast zu bezeichnen, wäre etwas zu viel des Guten gewesen. Aber eins hatte Dirk Pascal voraus, denn als der Bericht über die Familie aus dem Kaff bei Magdeburg zu Ende war, sah er von der Glotze weg, guckte mich an und wollte bezahlen. Und zwar mit Geld und nicht mit irgendwelchen Ausreden oder Zukunftsversprechen, wie sein Sohn es tat.

»Wie viel, Junge?«, fragte er.

Seine Hände lagen zu Fäusten geballt auf dem Resopaltisch. Pascal saß ihm gegenüber und blätterte in der Wochenzeitung herum, in der auch nichts anderes stand, als im Fernsehen lief. Der einzige Unterschied war vielleicht, dass die Wochenzeitung den Fernsehbeiträgen sieben Tage hinterherhing, und selbst der Kram im TV war im Vergleich zu web.de oder den anderen Nachrichtenportalen steinalt.

»Geht aufs Haus«, antwortete ich und schaltete den Fernseher aus, der jetzt wieder irgendwas über den Krieg in der Ukraine brachte. Seit einem Jahr waren die Russen da nun drin, doch eigentlich interessierte uns das einen Dreck. Ich packte den Lappen auf das Abtropfgitter. Wäre mal wieder an der Zeit für einen neuen, dachte ich, war mir aber nicht sicher, ob wir noch welche hatten. War mir einmal passiert, dass ich den Lappen zu früh weggeworfen hatte, und dann war nur noch der übrig, mit dem wir ab und an mal das Klo putzten, und ich musste mich entscheiden, ob ich den Lappen aus der dreckigen Mülltonne wühle oder den vom Klo nehme.

»Wie viel?«, fragte Dirk wieder und schlug mit der rechten Faust leicht auf den Tisch.

»Fünf«, sagte ich, und Dirk stand schnaufend auf und gab mir einen Zehner.

Ich zog die Kasse auf, die immer offen stand, bei der ich nicht sicher war, ob man sie überhaupt schließen konnte, was ich nicht probierte, da ich dann nicht gewusst hätte, wie man sie wieder aufbekäme, wenn sie zu gewesen wäre, was sie ja nie war und weshalb ich sie halt offen ließ, und zählte Münzen ab.

»Passt so«, sagte Dirk.

»Oho, der Alte hat die Spendierhosen an«, sagte Pascal.

Dirk drehte sich zu seinem Sohn um: »Nee, das ist für dich.«

»Ich hatte gar nichts.«

»Ist auch nicht für heute.«

»Also für morgen. Hast du gehört, Marcel? Morgen bekomme ich meinen Döner gratis.«

»Drehspieß«, antwortete ich, und Dirk sagte: »Du frisst hier jeden Tag. Und nie bezahlst du. Ich schlage vor, dass du mal in dich gehst und aufhörst, Marcels Großmütigkeit auszunutzen.«

»Passt schon, Dirk«, sagte ich und steckte die Münzen ein.

Dirk wollte zur Belehrung ansetzen, da öffnete sich die Tür, und der kleine Bengel kam rein, und anstatt Pascal weiter zusammenzuscheißen, setzte Dirk sich wieder auf seinen Stuhl, der laut quietschte, als er seinen Körper auf ihn fallen ließ.

»Hey, Luca, alles klar?«, fragte ich, und weiter: »Schule wieder begonnen?«

Der Kleine warf seinen Ranzen auf den Boden und setzte sich an den anderen Tisch. Er öffnete seine Jacke und sagte: »Der Zug ist heute mitten auf der Strecke stehengeblieben. Kurz vor Altenwedel hielt er einfach an, und wir konnten nicht weiter.«

»Und dann kam der Zugführer und hat eine Klappe zwischen den Sitzreihen geöffnet, hat die Beine über den Schienen baumeln lassen, und der Zug fuhr wieder an?«, fragte ich.

»Marcel, woher weißt du das? Warst du auch im Zug? Ich habe dich gar nicht gesehen.«

»Nee«, sagte ich und winkte ab: »Das ist heute nicht zum ersten Mal passiert. Ist die Schaffnerin dann vorne rein und hat den Zug gesteuert, während der Lokführer da am Motor gedreht hat?«

»Ja. Das war ganz schön kalt. Die ganze kalte Luft kam durch das Bodenloch in den Zug rein«, plapperte der Kleine mit großen Augen.

Ich bückte mich und zog einen Beutel Pommes aus dem Gefrierfach und warf eine Portion in den Frittierkorb, der noch neben dem Lappen auf dem Abtropfgestell lag.

»Kamt ihr rechtzeitig in der Schule an?«, wollte Dirk wissen.

»Leider ja.«

»Dass die immer noch mit dieser ollen Bahn fahren müssen, die Kinder. Das ist doch alles ein Witz. Weißt du, Luca, wenn ich mal wieder mit dem Motorrad nach Altenwedel fahre, nehme ich dich mit. Klar?«, sagte Dirk und grinste den kleinen Scheißer an.

»Mich nimmst du nie mit!«, meckerte Pascal, der hinter seiner Zeitung hervorlugte.

»Du musst auch nicht mehr zur Schule. Du musst nirgends mehr hin.«

»Zum Glück habe ich die Scheiße hinter mir.«

»Fluche nicht vor dem Kind, du Spast!«, schimpfte Dirk.

»In der Schule fluchen wir auch immer. Ist nicht schlimm«, sagte Luca und fragte mich anschließend: »Hast du Pommes da?«

»Geht schon los«, sagte ich und wollte wissen, was heute in der Schule dran gewesen war.

»Biologie bei Frau B.!«

»Haben sie euch schon Titten gezeigt?«, fragte Pascal und bekam von Dirk direkt eine mit der flachen Hand durch die Zeitung hindurch gescheuert. Keine Ahnung, wie Dirk das machte. Der traf Pascals linke Wange, als wäre sie auf dem Zeitungspapier rot eingekreist gewesen. Pascal sagte nur kurz »aua« und zuckte sonst nicht weiter, was vielleicht auch daran lag, dass Dirk laut »Ruhe, das Kind hat uns was zu sagen!« brüllte.

Luca sah kurz zu Dirk und drehte sich wieder zu mir.

»Wir haben heute Augen seziert und dann die Fetzen unter dem Mikroskop angesehen. Die ganzen Mädchen haben geheult, aber ich habe es geschafft!«

»Sehr gut«, sagte ich und packte den Korb mit den Pommes in die Fritteuse.

»Frau B. hatte ein ganzes Glas voller Augen. Die haben in alle Richtungen geguckt.«

»Lernen die nichts Neues in der Schule?«, fragte Dirk.

»Vielleicht ist das wichtig?«, fragte ich und schüttelte den Frittierkorb.

»Klingt wie unser Unterricht«, sagte Pascal und blätterte wieder in der Zeitung, während Dirk sagte: »Bei uns war das auch schon so. Und dann kamen wir in die GST, und die zeigten uns, wie man Richtung Westen schießt.«

Pascal blickte nicht auf und sagte nur gelangweilt: »Jetzt kommt die Geschichte wieder.«

Dirk guckte ernst zu der Zeitung, hinter der Pascal sich versteckte.

Luca sah auf, machte große Augen und fragte: »Frau B. hat euch schießen lassen?«

»Frau B. gab es damals sicher noch nicht«, meinte Dirk.

»Die ist steinalt. Die ist mindestens hundert.«

»Na, dann frag sie doch mal, wann ihr eure Gewehre bekommt«, sagte Dirk und grinste Luca an.

»Vater! Erzähl dem Jungen nicht so einen Quatsch!«

»Würde denen nicht schaden, wenn sie vorbereitet sind. Wir waren es damals. Wir waren vorbereitet. Zumindest dachten wir das.«

Ich drehte mich zurück zur Fritteuse und hörte den anderen zu.

»Hattest du ein richtiges Gewehr, Onkel Dirk?«, fragte der Kleine. Putzig. Als ich in dem Alter war, nannte ich Dirk auch immer Onkel Dirk. Irgendwann hatte er davon genug und strich mir das Onkel aus seinem Namen, seitdem hieß er für mich nur noch Dirk. Das muss so 2001 gewesen sein, als er uns das erste Mal mit zum Fußball genommen hatte und wir richtig auf die Schnauze bekommen hätten, wenn Dirk nicht dazwischengegangen wäre.

»Ja. Und Handgranaten.«

»Handgranaten?«

»Klar. Erst mussten wir mit Kartoffeln üben, aber dann nahmen wir Handgranaten. Und dann immer Richtung Westen werfen. Schön weit!«

»Warum denn Richtung Westen?«

»Weil da der Feind saß!«, hörte ich Dirk sagen und zog den Korb aus der Fritteuse. Ich schüttelte das Öl ab und kippte die Fritten auf einen Teller. Dann würzte ich die Pommes mit dem Pommesgewürz aus dem Kaufland, das es bei der Metro sicherlich billiger gegeben hätte, wir aber nicht nehmen konnten, da es weit und breit keine Metro gab, wo wir irgendwas hätten kaufen können. Also holten wir alles bei Kaufland oder Aldi oder da, wo es gerade besonders billig, vor allem aber nicht weit weg von Jeetzenbeck war. Meistens war ich für den Einkauf zuständig. Mit dem Rad fuhr ich nach Lötzek und besorgte alles, was wir brauchten. Emilio drängte mich immer dazu, endlich mal den Führerschein zu machen, und war sogar bereit, etwas dazuzupacken, dabei wusste er genau, dass ich nie wieder Auto fahren würde. Nie wieder! Ich machte einen fetten Kleckser Mayo auf die Pommes. Luca war ein Mayo-Kind. Fand ich gut. Ich war auch schon immer für Mayo. Mit Ketchup konnte ich nie viel anfangen. Immer Mayo! Luca wusste, was gut war.

Der Kleine kam vor und ließ sich von mir den Teller geben, dann setzte er sich wieder auf seinen Platz und fing an zu spachteln. Nach ein paar Minuten war sein halbes Gesicht mit der weißen Pampe verschmiert.

»Und kam der Feind auch mal?«

»Ja«, sagte Dirk. »Der kam. Und der war riesig.«

»Wie riesig denn?«, fragte Luca, während ich zwei Gläser mit Fanta vollgoss. Eins für mich, das andere für ihn.

Dirk stellte sich in den Raum. Er nahm sein Sitzkissen vom Stuhl, stopfte es sich unter seinen Pullover, über dem er eine Weste trug. Dann drückte er seinen Kopf nach unten, sodass sich ein Doppelkinn bildete, sah zu Luca, sagte mit pfälzischem Akzent: »So doddelisch war de Feind«, und wackelte dabei in einer Art Entengang durch den Laden.

Pascal lachte, Luca staunte, ich trank gerade aus meiner Fanta und hätte fast in das Waschbecken geprustet.

»Und dann habt ihr geschossen?«, fragte Luca.

»Nee«, sagte Dirk wieder mit seiner normalen Stimme: »Wir haben geklatscht.«

»Was habt ihr?«

»Geklatscht. Wir standen da und haben geklatscht.«

»Ihr hättet schießen müssen!«

»Siehsch du, Hannelore, der Bub hot's schneller geblickt wie sei Eldern un Großeldern. Mit dem hädde ma's nit so schee g'habt«, sagte Dirk, zog sich das Kissen aus dem Pullover und setzte sich wieder hin.

»Warum habt ihr denn nicht geschossen?«, wollte Luca wissen.

»Der Feind hatte seine stärkste Waffe parat, da wäre keine Patrone gegen angekommen.«

»Und was ist die stärkste Waffe?«

»Geld, mein Kleiner. Geld!«

Das heißt Drehspieß!

13. Februar 2023

Manchmal fragte ich mich, wie ich hier gelandet war. An irgendeiner Stelle musste ich falsch abgebogen sein oder mich vielleicht umgedreht oder meinetwegen auch gar nichts gemacht haben. Ich wusste es nicht. Im Fernsehen zeigten sie gerade eine Familie aus einem Kaff bei Magdeburg, das nicht viel anders als Jeetzenbeck aussah. Die Familie wurde einen Tag lang begleitet. Es ging um die Inflation, die Heiz- und Benzinkosten. Darum, wie man das alles stemmen konnte. Es gab einen Vater, eine Mutter, die beiden hatten zwei Kinder, ein Auto und ein kleines Haus am Rand von Magdeburg. Er hatte Arbeit im Stahlwerk. Dort, wo meine Ausbildung hätte sein können, wäre ich 2002 nicht in der Altenwedeler Werkstatt gestrandet, wo die ganze Scheiße dann losging. Der Mann im Fernsehen war so alt wie ich. Ich hätte es sein können, der dieses schöne Leben führt. Ein Haus, eine Frau. Kinder. Sorgen wegen des Rückstandes, den die Kinder in der Schule haben. Fast zwei Jahre nur schlechter Onlineunterricht. Deutsch- und Mathestunden, die ausgefallen sind und nun am Tisch mit den Eltern nachgeholt werden. Dann die Sorgen wegen der Heizkosten, Sorgen wegen der teuren Lebenshaltungskosten und dazwischen, zwischen den Sorgen um Schule und Geld, dieses große Glück, Sorgen zu haben. Steffi hätte vielleicht die Frau sein können. Wir hätten in Magdeburg leben können, und ein Fernsehteam vom MDR hätte uns gefilmt, wie wir uns um unsere Zukunft sorgten. Aber ich stand hier auf der anderen Seite vom Fernseher, stand hinter dem Tresen, und anstatt Bier auszuschenken und Leuten so ein wenig Ablenkung vom Alltag zu verkaufen, schnitt ich Fleischpampe vom Spieß und sorgte für Sodbrennen statt für einen

Luca machte große Augen, riss die Arme weit auseinander und sagte: »Und dann haben die euch mit so viel Geld beschossen?«

»Ja. Und dann holten sie es sich zurück, aber da war schon alles egal.«

Der Kleine guckte auf seinen Teller: »Ich glaube, ich hätte einfach geschossen. Oder das Geld genommen, und dann wäre ich gegangen.«

Dirk lehnte sich zurück. Er sah zu mir und sagte: »Da hast du es. Der Junge weiß mit seinen neun Jahren schon mehr als ihr. Und ihr seid bald vierzig.«

»Ich bin schon zehn!«

»Und du bist richtig klug«, sagte Dirk und grinste den Kleinen mit dem Grinsen an, das er auch mir immer gezeigt hatte, als ich noch ein kleiner Scheißer gewesen war und mein Vater wieder irgendwas Dummes gemacht hatte. Irgendwie wiederholte sich alles. Nur dass ich nicht der Vater von Luca war. Lucas Mutter Jessica war mal ganz hübsch gewesen, damals. Aber das war lange her, ich hatte mich in Steffi verguckt und Pascal in das andere Mädchen, und so war es Torben, der erst Jessica und dann einen Stammhalter bekam. Wenigstens kam der Kleine mehr nach seiner Mutter. Ob Lucas Vater wusste, dass ich sein Kind zwei bis drei Mal die Woche mit Pommes vollstopfte? Bestimmt nicht. Wie auch? Torben war kaum zu Hause, soweit ich wusste, war der gerade mal wieder auf Montage. Irgendwo in Bayern oder Baden-Württemberg, auf jeden Fall weit weg. Wäre eigentlich keine schlechte Idee, Luca mal nach Hause zu bringen, um zu gucken, wie es Jessica so ging. Die langweilte sich bestimmt in ihrer Bude. So ganz allein und ohne Mann. Ich hätte bestimmt gute Chancen. Vermutlich jeder andere auch. Aber ich wollte Luca nicht benutzen, um mal wieder etwas Spaß zu haben, und Torben war schon genug gestraft. Tatsächlich hatte der damals den Nachnamen von Jessica angenommen und hieß nun Pennings. Sein alter Nachname war nicht besser.

Luca war mit seinen Pommes fertig, er brachte mir den Teller und das Glas. Dann warf er sich seinen Rucksack über und ging zur Tür. Dort angekommen, drehte er sich noch mal um und bedankte sich.

»Schön aufpassen in der Schule. Bildung ist der einzige Weg, hier rauszukommen«, sagte ich und grinste.

Luca sah mich an. »So was hat Frau B. vor den Ferien auch zu mir gemeint. Ich verstehe das nicht. Es ist doch schön hier.«

»Vielleicht habt ihr beide recht«, sagte Dirk, und Luca verließ den Laden.

»Der kleine Scheißer. Der kommt echt oft her«, sagte ich zu Dirk.

»Und dann gibst du ihm diesen Dreck zu fressen?«

»Kann mir Schlechteres vorstellen«, sagte Pascal, der noch immer in der Zeitung las.

Dirk sah seinen Sohn böse an, und auch wenn der diesen Blick nicht sehen konnte, wurde er doch etwas kleiner auf seinem Platz.

»Ihr hättet auch bloß geklatscht«, sagte Dirk und zog sich seine Zigaretten aus seiner Weste.

»Nicht hier drin!«

Der Kerl rauchte noch immer f6. Hatte ich damals auch geraucht, als ich noch rauchte. Ich war mal in Frankfurt am Main gewesen, für ein paar Wochen zur Schwarzarbeit. Irgendwann hatte ich endlich eine Tankstelle gefunden, die f6 verkaufte, aber da war ich praktisch schon halber Nichtraucher. Und als dann das Amt von meiner Aktion Wind bekam, wurde ich voller Nichtraucher, da die mir die Stütze gestrichen haben und mein Schwarzgeld anrechneten.

Doch weil die mir nicht glauben wollten, welchen Hungerlohn ich bekommen hatte, veranschlagten sie das Doppelte.

»Herr Körtge, Sie wollen mir doch nicht erzählen, dass Sie vier Wochen in Frankfurt waren und nur 1.400 Euro bekommen haben.«

»Doch. Und die Bude dort musste ich auch bezahlen.«

»Herr Körtge, wenn Sie sich weiter weigern zu kooperieren, werden die Folgen nur umso härter für Sie.«

Arschgeigen vom Amt. Siezen dich scheißfreundlich und ziehen dir dabei die Hosen aus und stecken dir dann noch ihren Mittelfinger in den Arsch.

Aber na ja, wenigstens war das mit den Zigaretten dadurch für mich vorbei. Mehr Geld hatte ich zwar trotzdem nicht, aber die Raucherei war ich los.

»Ja, ja«, sagte Dirk, stand auf und stellte sich in die Tür. Er zündete die Fluppe an und pustete den Rauch auf die kalte Straße.

»Wird nicht einfacher für den Jungen«, meinte Pascal und zeigte auf einen der Artikel.

»Du liest das Ding wirklich? Ich dachte, du guckst dir nur die Bilder an«, sagte Dirk, der seinen Sohn belustigt ansah.

»Vielleicht hast du doch nicht alles falsch gemacht«, sagte ich zu Dirk.

»Na ja, viel richtig wird es auch nicht gewesen sein, wenn ich euch so angucke.«

»Guck mal lieber hier«, Pascal zeigte wieder auf die Zeitung: »Die wollen die Bahnlinie dichtmachen.«

»Was?«

»Ja. Die Verbindung wird eingestellt.«

»Wundert mich nicht. Erst haben sie die Post zugemacht, dann waren irgendwann die ganzen Läden dran, die Schule musste auch weg, und nun ist es die Bahnlinie. Wundert mich gar nicht«, sagte Dirk finster.

»Das können die nicht machen«, sagte ich. »Das ist der Zubringer zur Amerikalinie.«

»Wie bitte?«, fragte Dirk und zog langsam an seiner Kippe.

»Die Amerikalinie. In Altenwedel kann man in die Amerikalinie einsteigen. Man fährt von dort nach Amerika.«

Dirk winkte ab: »Lass mich mit deinem Amerika in Ruhe. Ich war da. Da ist es kein Stück besser als hier.«

Er schnipste die Zigarette weg und kam wieder rein. Hinter ihm schoss die gelbe Katze mit durch die Tür. Dirk ging auf seinen Platz, wieder knarrte der Stuhl, als würde er gleich zusammenbrechen, und die Katze setzte sich in die Mitte des Ladens, genau an die Stelle, an der Dirk vorher Helmut Kohl gespielt hatte, und sah mich an.

»Mistvieh«, schimpfte Dirk.

Ich lugte über den Tresen. Ihr Fressnapf war leer. Das Wasser war auch schon ewig alt. Ich ging um den Tresen herum, holte die Näpfe, wusch sie aus und erzählte Dirk und Pascal von der Bedeutung der Zugverbindung, während ich der Katze ihre Portion Drehspieß herunterschnitt und in ihren Napf packte. Also, zumindest wollte ich das, aber ich kam nicht weit, eigentlich kam ich nur so weit, dass ich noch mal sagen konnte, dass wir hier eine Art Zubringer zur Amerikalinie gewesen waren. Da unterbrach mich Dirk und führte die Geschichte etwas weiter aus, und Pascal, die gelbe Katze und ich hörten ihm zu. Pascal von seinem Platz aus, ich von meinem Stand hinterm Tresen und die Katze meinen Füßen folgend, bis ich ihr den Napf hinstellte. Sie fraß ihren Drehspieß, und Dirk erzählte uns von dem Aufstieg, den Jeetzenbeck Ende des 19. Jahrhunderts hingelegt hatte, als die Bahngleise am südlichen Rand des Dorfes verlegt worden waren. Genau in diesem Moment waren wir nur gut hundert Meter vom Bahnhof entfernt. Und befanden wir uns heute in der Dorfmitte, so hatte vor über einhundert Jahren der Bahnhof weit weg vom Zentrum gelegen. Praktisch wurde er an das Dorf herangepappt, bis er dann, im Laufe der nächsten Jahrzehnte, das Zentrum selbst bildete, was er bis heute noch war.

Ja, wir lebten nicht direkt an der Amerikalinie. Die großen Auswandererströme stiegen nicht in Jeetzenbeck ein oder um, sie übernachteten hier nicht einmal. Trotzdem hatte unser Dorf nun einen kleinen Bahnhof, der es den Auswanderern zumindest theoretisch ermöglicht hätte, von hier aus dieses graue, neblige, karge und flache Land zu verlassen. Man würde in Altenwedel umsteigen müssen, aber die eigentliche Fahrt begann hier: in Jeetzenbeck. Und so wurde aus dem kleinen Halt bald ein richtiger Bahnhof mit Verbindungen nach Lötzek, Wiesdorf, Kaalke, Wittlingen und Dönitz. Waren wurden umgeschlagen: Betonrohre aus Langenburg, Besen aus Lötzek, Post aus Altenwedel. Vor allem wurden Produkte der Landwirtschaft verladen. Dünger, Getreide und Futtermittel fuhren hier ab, und oft auch Schweine, insbesondere Ferkel, die der Bahn auch bald ihren Namen gaben. Heute sollte man sie eher Hartz-IV-Express nennen, sagte Dirk und sah dabei seinen Sohn an. Pascal meinte dazu nur, dass das jetzt Bürgergeld heiße, woraufhin Dirk sagte, dass das Wort Bürgergeldexpress keinen Klang habe, und fortfuhr mit seinem Vortrag zur Geschichte der altmärkischen Kleinbahnen. Er sprach davon, wie die Amerikaner nach dem Krieg ihren Spaß mit der Bahn gehabt hatten und immer wieder, und ohne wirklichen Grund, mit einem einzelnen Triebwagen von Langenburg nach Jeetzenbeck und zurück gefahren waren. Auch eine alte Draisine konnten sie auftreiben, und als ihnen das zu langweilig oder anstrengend wurde, entfernten sie bei einem ihrer Jeeps die Reifen und ließen den Wagen mit den blanken Felgen auf der Strecke fahren. Dirk fragte mich, ob ich das mit den Amerikanern gewusst hätte, und ich schüttelte den Kopf. Er schimpfte kurz darüber, dass wir nur eine große Fresse hätten, aber nichts und wieder nichts über unsere Heimat wüssten. Er erzählte uns, wie 1945 die Verbindung in Richtung Sittenberge eingestellt wurde, nachdem die Altmark im Ringtausch für Westberlin an die Russen gegangen war und von nun an in der sowjetischen Besatzungszone lag. Irgendwann zwischen 1965 und 1975 wurde die Verbindung zwischen Jeetzenbeck und Rehberg aufgegeben. Es folgten die Strecken von Kaalke nach Gardeleve, von Lötzek nach Darnstedt, auch die Anbindung in Richtung Wiesdorf wurde geschlossen, und 1991, da waren wir dann schon auf der Welt, wurde die Strecke von Jeetzenbeck nach Kaalke dichtgemacht, sodass von dem Gesamtnetz, das die ganze westliche Altmark verband, nur noch der Teil zwischen Obersfelde und Altenwedel übrig blieb.

»Und nun wird uns auch das weggenommen«, waren Dirks letzte Worte, und ich wusste nichts dazu zu sagen und goss uns allen ein Glas Fanta ein.

»Ich mag die Fahrt durch den Drömling«, sagte ich dann.

Dirk saß auf seinem Stuhl und sprach weiter.

Von der Zug-Safari. Man bräuchte nicht nach Afrika, man müsse auch nicht Amerika, Asien oder andere Länder unserer Erde bereisen, um der Natur nahe zu kommen. Nein, es reiche aus, sich in Jeetzenbeck in den Zug zu setzen und in den Drömling zu fahren. Diese Strecke sei etwas Besonderes, weil man nur mit dreißig Kilometern die Stunde auf dem Moorboden entlangzuppeln dürfe, und so habe man die Möglichkeit, Rehe, Wildschweine, Vögel, Hasen und Füchse zu beobachten. Man sei mitten in der Natur, näher könne man gar nicht an sie herankommen, es sei denn, man latsche wirklich in sie hinein. Rein in den Wald und eins werden mit der Natur. Und dann fing Dirk tatsächlich an, Pascal und mich richtig abzufragen, und ich fühlte mich an die schlimmsten Unterrichtsstunden mit Frau Baumann erinnert. Wir mussten beantworten, wo der Drömling beginnt: Runkau. Wie groß der Drömling ist: 840 Hektar. Dann erklärte er uns, dass das nur die Kernzone sei und wohl kaum den ganzen Drömling abbilde, also noch mal überlegen! Wie groß ist der Drömling? Dirk saß auf seinem Stuhl und erntete

Schweigen. Nach einiger Zeit, die Katze war mit ihrem Drehspieß schon längst fertig und hatte sich inzwischen in den Korb gelegt, den ich mal im 1-Euro-Shop besorgt hatte, präsentierte Dirk uns die trockenen Fakten über die Ausdehnung des sehr nassen Drömlings: Fast 20.000 Hektar würde der Drömling in seiner Gesamtheit messen! Und dass wir das gefälligst zu wissen hätten.

Wir nickten, und Dirk schwieg endlich.

»Langsam mache ich mir Sorgen um die Katze«, sagte ich, um mal ein anderes Thema anzubringen, bei dem sich Dirk vielleicht nicht so gut auskannte. »Die frisst nichts anderes. Ich habe der mal eine Dose Katzenfutter hingestellt. Mit echtem Rind.«

»Und?«, fragte Pascal.

»Hat die nicht interessiert. Die hat kurz geschnüffelt und sich dann vor dem Spieß auf den Boden gesetzt und ihn bei seinen Umdrehungen beobachtet.«

»Und dann?«

»Wie, und dann?«

»Was hast du dann gemacht?«

»Ob Döner gesund für die ist?«

»Das heißt Drehspieß!«

»Wie auch immer.«

»Sie will ja nichts anderes. Soßen mag sie auch nicht. Und auch keinen Salat.«

»Katze müsste man sein, man bräuchte sich nie um irgendwas kümmern«, sagte Pascal und legte seinen Kopf auf den Tisch.

Ich sah ihn an. Dirk sah ihn an. Die Katze, um die es irgendwie ging und irgendwie auch nicht, sah niemanden an und schlief in ihrem Korb. Eigentlich war Pascal eine Katze. Eher ein Kater. Zwar einer, um den man sich nicht gut kümmerte, aber so richtig sorgen musste er sich auch nicht. Das Amt bezahlte Wohnung und Bier, und ab und an tigerte er von der Drehfleischbude, in der ich arbeitete, zur Kneipe am Schloss, dann weiter zum Säufertreff bei den Garagen und lungerte am Nachmittag beim Fußballtraining rum. Dann ab ins Körbchen, Rausch ausschlafen, und am nächsten Tag ging die Runde von vorn los. Er hatte sein eigenes Revier. Da, wo er hinpisste, ließ sich niemand anders blicken, und wenn ein anderer Streuner es wissen wollte, wusste Pascal sich zu wehren. Der Typ war ein Kater! Ein richtig räudiger Fickkater. Na, wobei, das unterschied ihn inzwischen dann doch von einem richtigen Kater. Pascal interessierte sich nicht mehr für Miezen, schon lange nicht mehr.

Gerne hätte ich jetzt meine Mundharmonika gezogen und auf ihr gespielt. Leider hatte ich sie nicht dabei, sie lag in der Wohnung meiner Mutter. Ich konnte nur die eine Melodie. Sechs, fünf, Einatmen auf der Fünf, und beim Ausatmen zurück auf die Sechs, mehr nicht. Aber mehr hätte es jetzt auch nicht gebraucht.

Ein ICE in Jeetzenbeck
21. August 1993

Eigentlich wollten wir mit dem Auto zur Einschulung fahren. Ich hätte sogar vorne neben meinem Vater sitzen dürfen, und am Vortag hatte er mir noch gesagt, dass ich ab jetzt keinen Kindersitz mehr brauchen würde. Als wir dann losfahren wollten, saß ich auch vorne, aber dass Pascal mit mir auf dem Beifahrersitz sitzen würde, hatte man mir vorher nicht gesagt. Es war auch egal, denn der Wagen sprang nicht an. Dirk, der hinter Pascal und mir saß, machte Witze über die Scheißkarre, die sich mein Vater auf der Wiese vor Altenwedel hatte andrehen lassen, und mein Vater brüllte: »Das ist ein vw. Ein Volkswagen! Das ist keine Scheißkarre!«

»Den hier haben die doch in Mexiko zusammengeklebt. Deine Karre ist Dreck. Habe ich doch gleich gesagt.«

»Ralf, wir sind spät dran!«, meckerte meine Mutter, und Vanessa, die in ihrem blauen Kleid zwischen Dirk und meiner Mutter auf der Rückbank eingeklemmt war, versuchte, an ihren Gurt zu kommen, der unter Dirks Hintern begraben war.

»Kind, lass das«, sagte Dirk, schlug ihr leicht auf die Finger, und Vanessa hörte auf, am Gurt rumzufummeln, und übte sich wieder im Schmollen. Dass Vanessa nicht gut drauf war, lag nicht an dem kleinen Klaps, den Dirk ihr gerade verpasst hatte. Vanessa schmollte schon den ganzen Tag. Also beim Frühstück noch nicht, da war sie noch gut drauf gewesen, aber als mein Vater sie dann in das blaue Ding stopfte, ging die Stimmung in den Keller, und meine Mutter gleich mit, um dort einen Bretterknaller zu holen, den sie in der nächsten halben Stunde fast auf die Hälfte runterzog.

»Heute ist ein besonderer Tag!«, sagte sie, als sie sich das Glas nachfüllte. Und mein Vater war schon angefressen, weil er nicht mittrinken konnte, er war damit beschäftigt, Vanessa in das blaue Kleid zu zwängen, und danach sollte er fahren. Meine Schwester wehrte sich, versteinerte, wenn sie zu ihm kommen sollte, wurde weich, wenn er das Kleid in Position zu bringen versuchte. Mir war es egal, ich stand im Flur, war ganz stolz auf die Klamotten, die ich anhatte, und fragte mich, wann ich wohl meine Schultüte sehen würde.

Irgendwann hatte mein Vater Vanessa doch in das Kleid bekommen. Er kam zu mir, kniete sich neben mich und sah mit mir in den großen Flurspiegel. Ich sah stark aus. Richtig stark! Ich hatte eine dunkelblaue Jeans, einen senfgelben Pulli und eine fransige hellblaue Jeansweste an. Ich grinste. Papa öffnete die Schublade der Kommode, an der der Spiegel angebracht war, und zog eine Mütze heraus, die er mir auf den Kopf setzte. Darauf war das echte Marlboro-Logo eingestickt. Er nickte, grinste, grinste und nickte. Dann nahm er die Mütze noch mal zur Hand und rollte den Sonnenschutz ein. Mit seiner Bassstimme sagte er, dass ich wie ein echter Trucker aus Texas aussehen würde und dass er stolz auf mich sei. Wenn ich wie ein Trucker aus Texas aussah, sah Papa wie ein Cowboy aus Kansas aus. Er trug sein blaues Jeanshemd, eine dunkle Hose, hatte seine neuen Stiefel an, und statt einer Krawatte trug er diese Lederbänder mit Metallenden. Seinen Cowboyhut, mit dem er sonst immer unterwegs war, hatte er nicht auf. Mama wollte, dass ich im Mittelpunkt stand, und ich begriff damals so langsam, dass sie Papas Amerikatick auch ein bisschen lächerlich fand.

Aus der Küche rief sie, dass Vanessa wie eine Prinzessin aussehe. Vanessa kam zu Papa und mir, drückte sich an mich, und Papa kniete sich neben uns.

»Ich hab was für dich«, sagte er zu mir.

Er zog eine kleine Schachtel aus seiner Hosentasche, die er mir in die Hand drückte.

Auf der kleinen Holzschachtel standen Buchstaben, die ich nicht entziffern konnte.

»Was ist das?«, fragte Vanessa.

»Mach auf«, sagte Papa, und ich schob den inneren Karton aus der Papphülle. Es war eine Mundharmonika.

»Das ist jetzt deine«, sagte er. »Das ist eine chromatische. Die macht den richtigen Sound. Los, spiel mal!«

»Ich will auch eine!«

»Du wirst heute nicht eingeschult.«

»Bekomme ich eine, wenn ich eingeschult werde?«, fragte Vanessa und zupfte Papa an seinem Hemd.

Ich nahm das Ding und pustete rein. Es klang wie sehr lautes Ausatmen, aber halt so, wie wenn man durch eine Mundharmonika ausatmet.

»Gott, Ralf! Hast du ihm das Ding wirklich gekauft!«, hörte ich meine Mutter rufen.

»Ja. Und in ein paar Jahren gehe ich mit euch auf Tour. Vanessa spielt Banjo, und du spielst auf einer Zither. Wie June Carter Cash!«

»Mama! Ich bekomme ein Banjo!«

»Und was machst du?«, rief meine Mutter, die anfing zu lachen.

»Na, ich bin der Boss!«

»Ist klar!«, rief Mama und kam zu uns. Sie schnipste gegen den gebogenen Sonnenschutz meiner Mütze: »Du bist der Boss.«

»Kennst du diese Polen?«, fragte Papa Mama und nahm sie in die Arme. Vanessa guckte sich die Mundharmonika an und fragte, ob sie die mal nehmen dürfe. Ich wollte sie ihr nicht geben, wusste aber, dass ich Ärger bekommen würde, wenn ich sie nicht rausrückte. So war es immer mit den Sachen, die ich bekam: Sie gingen direkt an Vanessa, die sie dann kaputt machte. Und bekam Vanessa etwas, durfte ich es auf keinen Fall haben, denn ich war der große Bruder.

Ich drückte ihr die Mundharmonika in die Hand, und Vanessa steckte sie sich falsch rum in den Mund, pustete rein, es kamen keine richtigen Töne raus, und dann gab sie mir die Mundharmonika einfach zurück und verzog sich ins Wohnzimmer, wo ihr Puppenhaus herumstand.

»Welche Polen?«, flötete Mama.

»Die Kerry Family. Die spielen immer auf den Marktplätzen. Klar kennst du die, die haben wir doch in Magdeburg gesehen, wie sie vor McDonald's standen. Weißt du noch?«

»Du Spinner! Die heißen Kelly Family, und die kommen aus Holland«, sagte Mama, ließ sich von Papa auf die Wange küssen und ging zurück zu ihrem Bretterknaller.

Papa kniete sich wieder neben mich: »Wir werden berühmt. Die Körtge Family!«

Er nahm mir die Mundharmonika wieder ab und spielte eine kurze Melodie darauf. Ich kannte die Melodie, hatte sie schon einmal gehört, wusste aber nicht, wo ich sie gehört hatte. Er lächelte mich an, strich mir über die Mütze und gab mir das Instrument zurück.

Ich hielt das Ding in der Hand.

Nachdem Papa reingepustet hatte, war sie ganz warm. Ich setzte die Mundharmonika wieder ab.

Papa sagte: »Halt! Siehst du die Zahlen hier?«, fragte er.

»Ja.«

»Kannst du sie lesen?«, fragte er weiter, und ich nickte. Ich konnte nicht alle Zahlen lesen, aber ein paar waren mir bekannt. Papa zeigte auf die Sechs und die Fünf.

»Kennst du die?«

»Sechs.«

»Und die andere?«

Ich zuckte mit den Schultern.

»Die andere ist die Fünf. Und hier. Siehst du diesen Hebel?«, er zeigte mit seinem Finger auf die Taste auf der rechten Seite der Mundharmonika.

»Was ist das?«

»Keine Ahnung, wie der Hebel heißt, aber der ist wichtig«, sagte er und nahm mir die Mundharmonika ab. Wieder spielte er die kurze Melodie.

»Hast du gehört?«

»Nein.«

»Es ist ganz einfach. Zuerst pustest du in den Kanal sechs. Du musst den Mund schön fest an die Mundharmonika pressen, aber nicht zu fest. Und dann spannst du den Bauch an und pustest mit viel Kraft in den Kanal. Schön langsam. Und dann gehst du rüber in den Kanal fünf. Und dann, wenn du denkst, dass du keine Luft mehr bekommst, atmest du ein und drückst auf den Hebel. Und dabei bleibst du weiter auf der Fünf. Danach atmest du aus und gehst langsam wieder auf die Sechs, und das ist schon alles.«

»Gib«, sagte ich und probierte es. Es ging schief.

Papa nahm mir das Instrument wieder ab und führte es mir noch ein paarmal vor, und dann probierten wir und probierten, während Vanessa mit ihren Puppen spielte und Mama uns zusah.

»Das wird aber noch dauern, dass die Körtge Family berühmt wird«, sagte sie.

Es klingelte. Bei der Körtge Family tauchte die Familie Schulz auf. Familie Schulz machte das, was sie am besten konnte: Sie erklärte der Familie Körtge, was diese schon wieder falsch gemacht hatte.

Pascal fing an. Kaum sah er Vanessa, rief er laut, dass sie in diesem blauen Kleid wie ein Schlumpf aussehe. Und wegen ihrer Brille sehe sie auch nicht wie Schlumpfine, sondern wie dieser dumme Streberschlumpf aus, den selbst die Schlümpfe nicht leiden konnten. Pascal hatte leicht reden, er trug einen grauen Jogginganzug von Adidas, und ich kam mir in meiner Amerika-Uniform wie ein Idiot vor und konnte verstehen, dass Vanessa sich hässlich fühlte, wenn Pascal gleichzeitig so gut angezogen war. Sie tobte schreiend durchs Haus: »Das ist hässlich! Das ist hässlich! Ich will nicht hässlich sein!«

»Du bist nicht hässlich! Du bist eine Prinzessin!«, brüllte mein Vater in ihre Richtung, und ich nutzte den Moment und packte die Mundharmonika zurück in den Karton, den ich mir dann in die Innentasche meiner Jeansweste steckte. So konnte ich sichergehen, dass ich wegen der Mundharmonika nicht auch von Pascal ausgelacht wurde. Mama verhielt sich auch nicht anders als ich, sie floh auf ihre eigene Art vor Onkel Dirk und Pascal und verdrückte sich ins Wohnzimmer, wo die halbe Flasche Bretterknaller auf sie wartete. Sie kippte ein Glas und zündete sich eine Zigarette an, während Dirk seinen Sohn zurechtstutzte, dass er sich gefälligst bei Vanessa zu entschuldigen habe. Dirk sah irgendwie langweilig aus, sonst hatte der auch immer Cowboysachen an, heute trug er einen grauen Anzug mit blauem Hemd und einer roten Krawatte. An seinem Revers steckte eine kleine Deutschlandflagge. Dirk sah gar nicht aus wie Dirk, dafür sah Mama aus wie Mama. Also, wenn sie von der Arbeit kam, hatte sie immer so einem hellblauen Kittel an, aber zu Hause trug sie Leggins und entweder Tops mit Leoparden- oder Tigermuster. Heute war es der Leopard, und ich war froh, dass sie nicht mit dem Kittel zu meiner Einschulung ging. Sie atmete laut durch ihre Nase aus und zerdrückte ihre Zigarette in ihrem Schnapsglas. Und dann mussten wir auch schon los.

Jetzt, als wir alle im Auto saßen, sprach niemand mehr von Prinzessinnen und Cowboys, es gab nur noch ein Thema: unseren Passat, der nicht ansprang, und was nun zu tun sei.

Dirk sagte: »Nächste Woche kaufst du dir ein richtiges Auto. Wir holen dir einen ordentlichen Opel!«

»Ich kann kaum die Raten für das Haus bedienen!«

»Was nützt dir ein Haus, wenn du nicht wegkommst?«

»Es gibt ja noch den Zug«, sagte meine Mutter.

»Der hilft uns jetzt auch nicht, Silke!«, meckerte Dirk, und meine Mutter antwortete nicht, stattdessen wühlte sie in ihrer Handtasche und zog ihre Zigarettenschachtel hervor. Das einzig Sinnvolle an dem Auto waren für sie die Aschenbecher, die überall und sogar in die hinteren Türen eingebaut waren. Wenigstens daran hatten die deutschen Ingenieure in Mexiko gedacht, als sie das Auto dort zusammenkleben ließen. Dirk griff auch zu, mein Vater rauchte seit ein paar Wochen nicht mehr, hatte jetzt eh keine Zeit zu rauchen, statt an einer Zigarette zog er an einem Hebel, und die Motorhaube sprang mit einem Knall ein paar Zentimeter nach oben. Papa stieg aus, Dirk auch, und meine Mutter, Vanessa, Pascal und ich blieben im Auto und schwiegen. Die einzigen Geräusche, die ich hören konnte, waren das Ausatmen meiner Mutter, dem eine blaue Wolke folgte, und das Gemecker von Dirk, der meinem Vater Ansagen machte, was nun am Motor zu tun sei. Ich konnte die Wörter Zündkerzen, Vergaser und Anlasser hören, doch der Motor sprang trotzdem nicht an, als mein Vater die Fahrertür öffnete und am Zündschlüssel drehte.

»Na dann, Fußsohlenexpress!«, sagte meine Mutter, öffnete die Tür, drückte ihre Zigarette im Türaschenbecher aus und guckte zu Vanessa, Pascal und mir: »Los, mitkommen, wenn die beiden nicht wollen, gehen wir vier halt alleine. Wer braucht schon Männer?«

Wir stiegen aus und folgten meiner Mutter, die trotz ihrer Hackenschuhe sehr schnell auf dem Kiesweg vorankam, der ein paar Jahre später zu einer richtigen Teerstraße werden sollte. Ich spürte, wie der Mundharmonikakarton in der Weste gegen meine

Seite schlug. Ich versuchte ihn beim Gehen mit dem linken Arm festzuklemmen, und Pascal fragte mich, warum ich so komisch laufe.

»Ach, scheiß drauf!«, hörte ich meinen Vater hinter uns rufen: »Dann halt zu Fuß!«

Kurz danach waren Laufschritte im Kies zu hören, und Dirk und mein Vater waren bei uns.

»Du hast schmutzige Hände!«, sagte meine Mutter zu meinem Vater, ohne sich umzudrehen, und Papa zog eines seiner karierten Taschentücher aus der Hose und wischte sich damit die Hände ab.

»Dass du die Dinger noch immer benutzt. Ich nehme nur noch Tempo«, sagte Dirk, und anstelle meines Vaters antwortete meine Mutter: »Das sollte Ralf besser auch tun. Vor allem, wenn er in den Wald geht. Wie neulich!«

Mein Vater schwieg, und Dirk fragte: »Was war denn im Wald?«

»Er musste scheißen!«

Dirk blieb stehen: »Boah. Du Sau! Hast du dir mit so einem Ding den Arsch abgewischt?«

»Was sollte ich denn machen?«, plärrte mein Vater, vor Stolz grinsend. »Hätte ich etwa Blätter oder meine blanke Hand nehmen sollen? So wie unsere ausländischen Freunde?«

»Nee.«

»Genau«, sagte mein Vater. »Erst wird die Hand braun und dann der Rest.«

Wir bogen auf die Lindenstraße ein. Rechts von uns war der Fahrradladen, aus dem später ein Angelladen und dann ein leerstehender Laden werden sollte. Bis dann irgendwann eine Dönerbude darin einzog, die Döner verkaufte, der nicht Döner genannt werden durfte. Aber das wussten wir damals noch nicht, und die Einzigen, die in unserer Familie mit dem Rad fuhren, waren Vanessa und ich, doch unsere Fahrräder kamen auch nicht aus diesem Laden hier, sie kamen aus dem Baumarkt, in dem meine Eltern auch die Stahl-Gartenmöbel, die Flurkommode mit dem großen Spiegel, den blaugrauen Teppichboden in meinem Kinderzimmer, die Leimholzplatten aus Kiefer, den Fliesentisch im Wohnzimmer, die Holzsitzecke in der Küche, den Vogelbauer für unseren Nymphensittich Erwin und auch das quietschende Bett gekauft hatten, auf dem sie jeden Samstagmorgen zugange waren. Ich war zwar erst sechs, aber was die beiden da machten, das wusste ich schon lange. Als Vanessa ganz klein war, wollte ich morgens zu meinen Eltern zum Kuscheln ins Bett kommen. Vanessa stand in ihrem Holzkäfig, den unsere Eltern sicher auch im Baumarkt gekauft hatten, und schrie in Richtung Bett, auf dem sich mein Papa auf meiner Mama abarbeitete. Minutenlang stand ich im Türrahmen, ohne dass die beiden mich bemerkten. Als Papa auf Mama zusammenbrach, kippte auch Vanessa nach hinten, sie fiel auf ihre vollgeschissene Windel, und ich schloss schnell die Tür und versteckte mich in meinem Zimmer. Ein paar Wochen später beschwerte sich meine Mutter, weil ich gar nicht mehr zum Kuscheln ins Bett kommen wollte.

Wir gingen auf den Bahnübergang zu. Die Schule war, gemeinsam mit den Neubaublöcken, das letzte große Bauvorhaben in den sechziger Jahren gewesen, und so rückte der Bahnhof endgültig in die Mitte des Ortes. Noch vor dem Übergang kam Steffi mit ihrem Vater aus der Bahnhofstraße. Beide hatten ein Eis in der Hand. Steffi hatte Erdbeere oder Himbeere, auf jeden Fall war auf ihrem weißen Kleid ein rosa Fleck, und ihr Vater versuchte, den Fleck mit der dünnen Eisdielenserviette wegzuwischen, was die Sache nur noch schlimmer machte.

»Es ist gerade neun Uhr, und der frisst schon Eis«, hörte ich meinen Vater sagen, und meine Mutter zischte zurück: »Sei still!«

Dirk sagte nichts, brummte nur, was alles und nichts heißen konnte, und ich begrüßte Steffi.

»Kinder, wir sind spät dran! Steht nicht rum!«, sagte meine Mutter, worauf Steffis Vater antwortete: »Ohne uns werden die schon nicht anfangen. Da bin ich mir sicher.«

»Wäre nicht das Schlechteste«, sagte mein Vater und sah Steffis Vater ernst an, der gar nicht auf ihn achtete und noch einmal mit der Serviette über das Kleid seiner Tochter wischte.

»Heute ist dein Tag, euer Tag!«, rief Steffis Papa und sah erst Steffi, Pascal und dann mich an.

»Ja, ja. Die haben auch noch nachher ihren Tag«, entgegnete Dirk, und wir gingen weiter in Richtung Bahnübergang, wo sich auf einmal die Schranken senkten. Wir alle sahen nach links zum kleinen Turm der Schrankenwärterin. Wir konnten sehen, wie die Frau dort mühsam die Kurbel bediente, die dafür sorgte, dass wir nicht mehr über die Straße konnten. Während sie das tat, läuteten die Glocken der Anlage laut, und nachdem sich die Fallbäume federnd gelegt hatten, passierte gar nichts.

Mein Vater guckte auf seine neue Casio-Uhr, die er nicht im Baumarkt, sondern bei Quelle gekauft hatte.

»Was soll das denn werden?«, schimpfte er.

Meine Mutter sah ihn schweigend an.

»Das ist doch wohl nicht deren Ernst. Der Zug kommt erst in vierzehn Minuten! Sollen wir hier so lange warten?«

Papa sah wieder hoch zum Turm der Schrankenwärterin.

»Antje! Zieh das Ding hoch! Wir haben Einschulung!«

Die Schrankenwärterin, Antje hieß sie also, sah aus dem Fenster und schüttelte den Kopf.

»Blöde Ziege«, schimpfte Mama, und Papa brüllte: »So eine Scheiße!«

»Lass uns hinterm Bahnhof rüber«, sagte Dirk, und mein Vater stimmte zu, während wir Schüler, die noch keine Schüler waren, die vielleicht nie Schüler werden würden, weil wir nicht eingeschult werden konnten, weil die Schranken einfach über der Straße lagen, weil die Schrankenwärterin Antje die Schranken einfach nicht hochziehen wollte, während wir, tja, während wir einfach nur dastanden, uns ansahen und nichts sagten. Und ich weiß noch, dass Steffi links von mir stand. Und Vanessa und Pascal standen irgendwo bei Steffi, und Vanessa hatte dieses Kleid an, das sie überhaupt nicht mochte, meine Eltern dafür umso mehr.

»Wir sollten Vorbilder für unsere Kinder sein. Wir warten«, sagte Steffis Papa ruhig und fügte hinzu: »Die Situation wird gleich geklärt und bereinigt sein.« Woraufhin Dirk entgegnete, dass das mit der Reinheit nicht gerade das Fachgebiet von Steffis Vater sei, woraufhin dieser sich vor Dirk aufbaute und selbst dabei nicht aussah wie ein Mann, der sich aufbaut, sondern eher wie einer, der gleich ein Tänzchen einlegt. Mein Vater ging dazwischen und sagte »Ruhig, Brauner!« zu Steffis Vater, und dieser wollte sich nun vor meinem Vater aufbauen, beziehungsweise auftanzen, wurde aber von meiner Mutter zurückgepfiffen: »Emilio, reiß dich zusammen! Die Kinder!«

Emilio, Steffis Vater, interessierte sich einen Dreck dafür, was meine Mutter und wir Kinder davon hielten, er hampelte vor meinem Vater herum, und ich sagte zu Steffi: »Dass dein Vater immer so komisch sein muss!« Steffi zog ihren Mund zu einem Strich und schwieg, sie verschränkte die Arme, während unsere Väter kurz davor waren, sich zu kloppen. Plötzlich pfiff und dröhnte es. Ein Hupen, so laut, wie ich es noch nie gehört hatte. Und dann tauchte plötzlich diese große rote Lok vor uns auf, die tatsächlich einen echten ICE hinter sich hatte und diesen in Richtung Lötzek zog.

Unsere Väter hörten auf, sich zu kabbeln, standen nur da und sahen auf den Zug. Genau wie Mama, genau wie Dirk, genau wie wir.

»Kohl hatte recht«, sagte meine Mutter, und ich wusste nicht, was sie meinte, aber Steffis Vater antwortete: »So funktioniert der Kapitalismus. Die zeigen uns, was wir nicht dürfen.«

»Das klingt eher nach Sozialismus und deinem Land. Wir haben diese Scheiße hinter uns. Wir sind frei!«, rief mein Vater, aber Emilio ging nicht darauf ein, und ich spürte, wie auf einmal eine Hand nach meiner griff. Eine Mädchenhand. Und ich wusste, dass das nicht die Hand von Vanessa sein konnte, denn Vanessa war meine Schwester, und ihre Hand fühlte sich nicht so gut an wie die Hand, die sich gerade um meine schloss. Ich guckte zu ihr, und auch sie sah mich an. Dann öffnete ich leicht meine Weste und zeigte ihr den Karton der Mundharmonika. Steffi fragte mich leise, was das sei, und ich flüsterte in ihr Ohr, dass das eine Mundharmonika sei und ich ihr was vorspielen würde, wenn ich darin Übung hätte, sie nickte, und ich schob die Weste wieder zu.

Nachdem der ICE durch war, dauerte es noch eine ganze Weile, bis die Schranken wieder hochgingen. Steffis Hand zog sich zurück, und wir gingen die Friedensstraße entlang, bogen in die Humboldtstraße ein, bis wir schließlich in der Friedrich-Engels-Straße waren und den Schulhof betraten, der eher nach Großbaustelle als nach einem Ort für Kinder aussah. Es gab keine Schaukel, keine Wippe und auch keine anderen Spielgeräte. Es gab noch nicht mal einen dieser halb eingegrabenen Autoreifen, an dem man hätte spielen können. Alles, was es gab, waren der karge Hof, ein paar Bänke und der graue Baustellenzaun mit der großen Baustelle dahinter. Das Schulgebäude hatte drei Eingänge, über denen Fahnen angebracht waren. Ganz links die Fahne von Deutschland, dann die Fahne von Sachsen-Anhalt in der Mitte und ganz rechts die Fahne mit dem Wappen von Jeetzenbeck: eine rote, dreitürmige Burg, die drei blaue Dächer hat und im Wasser steht. In der Mitte des Burgtores drei Adlerbeine. Überall auf dem Schulhof liefen Kinder umher. Ein paar kannte ich aus dem Kindergarten, andere hatte ich noch nie gesehen. Die mussten aus den umliegenden Dörfern kommen. Pascal und ich standen da, hatten die Arme verschränkt, und sicher dachten wir das Gleiche: Wer würde der Arsch der anderen sein und wer von denen hier war cool. Wichtig war nur, dass die Uncoolen sich bei uns nicht blicken lassen würden, denn dann würde man sofort selbst einer von denen werden. Und auch wenn das unser erster Schultag war, war uns klar, dass wir auf keinen Fall zu den Uncoolen gehören wollten. Ganz sicher nicht.

Steffi und ihr Vater gingen zu einem glatzköpfigen, sehr alten Mann in einem grauen Anzug in der Mitte des Hofes. Neben dem alten Mann stand Steffis Mutter, die in ihrem blauen, enganliegenden Hosenanzug so aussah, als wäre sie von der Post und nur hier, um ein paar Briefe abzugeben. Steffi löste sich von ihrem Vater, um ihrer Mutter in die Arme zu rennen, die ihre Tochter einen Meter vor sich stoppte und in ihrer strengen Haltung ermahnte, nicht so herumzurennen. Ich kannte Steffis Mutter. Sie war Lehrerin. Ich wusste das und freute mich auf die Stunden bei ihr, denn Steffi war nett, und ich dachte, dass auch der Unterricht mit ihrer Mutter nett werden würde. Aber jetzt wirkte sie nicht nett, was vielleicht daran lag, dass sie selbst aufgeregt war, wegen des ersten Schultages. Meine Eltern hatten die Tage darüber gesprochen, dass sie auch ihren ersten Schultag haben würde. Weil sie zu lange an der Uni gewesen war und jetzt erst als richtige Lehrerin mit uns zusammen anfing. Steffis Mutter hielt ihre Tochter mit beiden Händen an den Schultern und sah auf das fleckige Kleid. Dann guckte sie ernst zu ihrem Mann und fing an, mit ihn zu schimpfen.

Dirk lachte, und mein Vater sagte: »Das hat er verdient.«

»Auf jeden Fall«, antwortete Dirk. »Heute ist der erste Schultag, da sollte man schon ein bisschen Anstand haben und darauf achten, dass die Kinder ordentlich rumrennen. Wegen Pascals Anzug war ich extra in Wolfsburg. In Altenwedel konnte ich so was nicht besorgen.«

Mama sagte nichts dazu, sie rauchte. Der alte Mann neben Steffis Mutter nahm Zeige- und Mittelfinger in den Mund und pfiff so laut, dass er auch eine Lok hätte sein können, die einen ICE durch die Altmark zieht.

Als der ganze Hof zu ihm sah, sagte er dröhnend: »Liebe Erstklässler! Willkommen in der Grundschule Jeetzenbeck. Es stellen sich bitte alle drei ersten Klassen in jeweils einer Reihe auf. Die Kleinen gehen nach vorne, die Großen nach hinten! Hier, an dieser Stelle«, er zeigte auf ein aufgemaltes Feld, »stellt sich die Klasse 1a auf. Hier die Klasse 1b und hier die 1c!«

»Als ich neulich bei der Umschulung war, wollte die Kollegin aus dem Westen mir erzählen, dass wir eine klassenlose Gesellschaft haben«, hörte ich meine Mutter hinter mir sagen.

Dirk regte sich darüber auf, dass sie da überhaupt hinmusste, schließlich hätte sie in der DDR doch ihre Ausbildung im Konsum gemacht, und meine Mutter meinte nur, dass die klassenlose Gesellschaft an der Kasse aufhöre, und ich verstand nicht, warum, aber Dirk fing an, sehr laut zu lachen.

Ich sah wieder zu dem alten Mann, er stand da und deutete auf zwei weitere Felder, die für die Klassen b und c aufgemalt waren.

Das Chaos war perfekt. Kaum jemand wusste, wohin er gehörte. Also, ich wusste es nicht. Ich wusste nur, dass ich mit Pascal in einer Klasse war. Das hatten meine Eltern mir gesagt. Und wohl auch mit Steffi, das hatte Pascal gesagt. Steffi wuselte bei der Markierung der 1b herum. Pascal stand bei der 1a. Ich sah zu meinen Eltern, doch die hatten ihre Blicke auf die große Baustelle oder sonst was gerichtet, zumindest sahen sie nicht zu mir. Und auch Dirk war keine Hilfe, der stand zwar nicht weit weg, sah aber zu den Fahnenstangen und schimpfte, dass vielleicht dieser Lappen hier hängen würde, dass das aber nichts bringen würde, wenn man nicht die richtigen Werte lebte. Es sei an der Zeit für einen ganz anderen Wind! Und während er über Wind und Fahne sprach, sortierte sich der Haufen, und unsere Reihe stand, Pascal direkt hinter mir. In der Reihe rechts von uns stand Steffi, sie guckte ernst nach vorne. Ich wollte ihr sagen, dass sie in der falschen Reihe war. Dann ging eine Frau an unserer Reihe vorbei, die anfing, durchzuzählen. Als sie fertig war, zählte sie noch mal durch. Und dann noch mal. Die Frau rief nach hinten, dass in unserer Reihe zwei zu viel seien. Und das, obwohl Steffi noch fehlte. Drei Kinder mussten sich falsch hingestellt haben. Die Frau wirkte überfordert, schimpfte, dass hier nur Kinder der 1a stehen sollten und keine anderen. Dann kam der alte Mann mit dem grauen Anzug. Er ging die Reihe ab, sah allen Kindern ins Gesicht und ließ sich dabei viel Zeit.

Als er bei mir war, sagte er: »Körtge, Marcel?«

Ich wusste nicht, woher er meinen Namen kannte, und ich verstand auch nicht, warum er erst meinen Nachnamen und dann meinen Vornamen sagte, aber ich nickte.

»Der Sohn von Ralf Körtge?«

Ich nickte.

»Ah ja«, sagte er. Er nahm meinen Arm und zog mich aus der Reihe.

»Stehen bleiben!«, sagte er und betrachtete dann Pascal.

»Pascal Schulz?«, fragte er, und ich hörte, wie Pascal leise »Ja« sagte. Dann zog er auch Pascal aus der Reihe, und so standen wir da, vor ihm, sahen ihn an, er blickte von oben auf uns herab und sagte: »Ihr beide gehört nicht in die Klasse 1a. Ihr gehört in die 1b. Denkt ihr, dass ihr euch einfach hinstellen könnt, wo ihr wollt?«

Ich wusste nicht, was ich sagen sollte. Mein Gesicht wurde warm, mein Magen flau, und ich sah auf seine Schuhe. Schwarze Lederschuhe, die nicht so gut aussahen wie die Stiefel von meinem Papa.

»Ich habe euch etwas gefragt!«, ertönte es von oben, und Pascal antwortete: »Nein!«

»Dann ab zu Klasse b!«, hörte ich den Mann sagen, und wir verzogen uns in die Reihe, die für uns gedacht war. Es gab ein bisschen Gemurmel, als wir uns einsortierten. Torben, den man in die Klasse 1a gesteckt hatte, zischte, dass wir Blödmänner seien. Das seien wir schon im Kindergarten gewesen. Und dann stand Pascal wieder hinter mir, nur dieses Mal in der Reihe der B-Klasse. Und vor mir stand Steffi. Ich konnte ihren Duft riechen. Die roch vollkommen anders, als Vanessa oder meine Mutter es taten. Sie roch viel besser. Das musste am Vater liegen, da war ich mir sicher. In der Karibik rochen die Menschen bestimmt nach Kokosnüssen und Sandstrand. Bei uns rochen alle nach Motoröl, grauer Erde und ABM – Arbeiten bis Mittag, wie mein Vater immer sagte. Der Moment der tollen Gerüche war kurz. Er dauerte vielleicht drei Sekunden, denn auf einmal forderte der alte Mann wieder unsere Aufmerksamkeit: »Ich bin Direktor Berg! Ab heute beginnt für euch der Ernst des Lebens. Ein neuer Lebensabschnitt fängt an. Bis jetzt habt ihr viel Zeit mit eurer Familie verbracht. Ab heute werdet ihr nicht mehr so viel Zeit zu Hause verbringen, denn ihr werdet Stück für Stück auf das werktätige Leben vorbereitet. Die Aufgabe der Schule ist es, diesen langen Weg gemeinsam mit euch zu gehen. Ihr werdet lernen, und es wird einige von euch geben«, dabei sah er zu Pascal und mir, »denen es schwerfallen wird. Andere«, nun sah er zu Steffi, »werden es leichter haben. Ich erwarte, dass ihr euch gegenseitig unterstützt, wenn es notwendig ist, und euch zurücknehmt«, jetzt sah er wieder zu uns, »wo es angebracht ist. Wenn ihr gegenseitig auf euch achtgebt, wird diese Zeit die schönste eures Lebens werden!«

Er war fertig. Ein paar der Eltern, die alle im Halbkreis um uns herumstanden, fingen an zu klatschen. Als der Rest der Erwachsenen mit einsteigen wollte, sprach Direktor Berg weiter: »Ihr werdet jetzt mit euren Klassenlehrern in eure Klassenzimmer gehen und eure erste Unterrichtsstunde haben. Danach treffen wir uns alle in der Aula, wo wir den feierlichen Teil des Tages begehen werden. Denkt daran, die erste Unterrichtsstunde des Lebens kann man nur einmal haben. Also aufpassen! Danke!«

Jetzt war er wirklich fertig, aber niemand klatschte. Das war nicht schlimm, denn wir wurden von unseren Lehrern eingesammelt. Die Klasse 1a bekam die Frau, die eben noch so hektisch gewesen war. Die 1c wurde von Herrn Berg übernommen. Wir bekamen Steffis Mutter und mussten in einer Reihe hinter ihr hergehen. Im Unterrichtsraum mussten wir uns alle nebeneinander hinter die letzte Sitzreihe stellen, und Steffis Mutter, die wir von heute an nur noch Frau Baumann nennen durften, rief unsere Namen auf. Wenn die Namen fielen, mussten wir einen Schritt nach vorn treten und »Anwesend!« sagen. Dann sah Frau Baumann auf ein Klemmbrett, das sie in der linken Hand hielt, und zeigte uns unsere jeweiligen Sitzplätze. Wir mussten zu unserem Platz gehen und so lange hinter unserem Stuhl stehen bleiben, bis alle zugeordnet waren. Dann lernten wir das Begrüßungsritual, das so aussah, dass Frau Baumann laut »Guten Morgen, Schüler der Klasse 1b!« rief und wir »Guten Morgen, Frau Baumann!« antworten mussten. Setzen durften wir uns nicht. Bevor das erlaubt war, ging Frau Baumann mit uns noch einmal die Anwesenheitsliste durch. Erst als alle Kinder erneut ihr Dasein mit »Anwesend!« bestätigt hatten, durften wir auf unseren Stühlen Platz nehmen. Frau Baumann führte dieses Ritual vor jeder Stunde durch. Selbst wenn wir zwei aufeinanderfolgende Stunden bei ihr hatten, kontrollierte sie auf diese Art und Weise die Anwesenheit aller Schüler. Das Einzige, was sich änderte, war die Tageszeit der Begrüßung. Ab der dritten Stunde hieß es nicht mehr »Guten Morgen!«, sondern »Guten Tag!«.

Ich musste vorne links sitzen. Direkt gegenüber von Steffis Mutter. Steffi saß irgendwo in der Mitte vom Raum, und Pascal hatte seinen

Platz auch in der ersten Reihe, nur auf der anderen Seite. Wir durften nur ganz kurz auf unseren Stühlen sitzen. Frau Baumann stellte sich vor die Tafel und verlangte, dass wir uns wieder hinter unsere Stühle stellten. Dann übten wir mit ihr das Lied »Hurra, ich bin ein Schulkind und nicht mehr klein« ein. Als wir im dritten Durchlauf waren, musste ich an die Worte von Onkel Dirk denken, der mir immer wieder eingetrichtert hatte, dass man sich auch mal was trauen muss, wenn man im Leben was erreichen will. Ich hatte zwar noch nicht viel Übung, dachte mir aber, dass es der perfekte Moment sei, packte meine Mundharmonika aus und pustete voll rein, als wir im Refrain waren. Erst Kanal sechs, dann rüber auf die Fünf, dann einatmen, dabei auf den Hebel drücken und zurück auf Kanal sechs. Es war perfekt. Es war besser, als Papa es hinbekommen hatte, und der konnte die Melodie richtig gut spielen. Frau Baumann hörte sofort zu singen auf, meine Klassenkameraden nach und nach ebenfalls, und als endlich auch Pascal gemerkt hatte, dass jetzt nicht mehr gesungen wurde, war es richtig still im Klassenzimmer. Ich bekam meinen ersten Eintrag ins Hausaufgabenheft, und das, obwohl ich noch nicht einmal ein Heft hatte. Frau Baumann nahm mir die Mundharmonika weg, schrieb ein paar Zeilen auf einen Zettel und sagte mir, dass ich mein Instrument erst wiederbekommen würde, wenn beide Elternteile diesen Zettel unterschrieben hätten und ich ihn ihr hier vorlegen würde. Ich faltete den Zettel zusammen, steckte ihn mir in die Tasche, in der vorher die Mundharmonika gewesen war, und dann übten wir im nächsten Durchlauf das Lied, das wir dann, zusammen mit den anderen Klassen, unseren Eltern in der Aula vorsingen mussten. Danach bekamen wir unsere Schultüten. Also, fast alle bekamen eine Schultüte. Ein Kind bekam keine Schultüte, weil dessen Schultüte im Kofferraum eines kaputten Passats lag, der auf der frisch geteerten Einfahrt eines neu gebauten Einfamilienhauses im nördlichen Teil des Dorfes stand. Als rauskam, dass die Schultüte dieses

Kindes vergessen worden war, stritten sich die Eltern des Kindes sehr laut in der Aula. Jeder, wirklich jeder konnte hören, wie die Eltern des Kindes sich gegenseitige Vorwürfe machten. Dem Vater des Kindes wurde vorgehalten, dass er an die Schultüte hätte denken sollen, woraufhin der Vater der Mutter um die Ohren haute, dass diese sich nicht so lange im Bad hätte anmalen sollen. Dann schrie die Mutter, dass der Vater ein verdammter Idiot sei, der nur eine große Fresse hätte, aber wenn es darauf ankomme, nicht da wäre, woraufhin dieser sagte, dass die Mutter sich mal nicht so haben solle und dass so was ja mal passieren könne. Der Vater brüllte dann seinen besten Freund an, warum der denn nichts gesagt hätte, als man gemeinsam los sei, doch der zuckte nur mit den Schultern und sagte dem Vater, dass er selbst schon am Vortag die Schultüte seines Sohnes, die sogar in den strahlenden Farben unseres Landes gestaltet sei, abgegeben hätte und dass Vorahnung besser als Nachahnung sei, woraufhin die Mutter des Kindes wieder auf den Vater einschimpfte und laut polterte, dass sie sich für den Falschen entschieden habe und auf ihre Mutter hätte hören sollen. Dass das Kind der beiden auf der Bühne der Aula stand und anfing zu weinen, das bemerkten der Mann und die Frau nicht. Steffi war es, die es bemerkte und mir die Papierserviette gab, mit der ihr Vater vorher versucht hatte, das Eis von ihrem Kleid zu wischen. Vielleicht mag es ein wenig kitschig klingen, aber ich habe diese dünne, schmutzige Serviette damals aufgehoben, ein paar Wochen hatte ich sie in meinem Hausaufgabenheft, bis meine Mutter sie fand, als sie unterschreiben musste, dass ich schon wieder keine Hausaufgaben gemacht hatte. Sie warf die Serviette in den Müll, unterschrieb Frau Baumanns Eintrag, und ich holte die Serviette aus dem Mülleimer heraus und versteckte sie in meinem Zimmer. Ich habe sie noch heute.

Den Abend der Durchfahrt des ICE und unserer Einschulung verbrachten wir mit allen Familien unserer Klasse im Schlosspark, wo ich meine Schultüte bekam. Süßigkeiten, Stifte, ein Lineal und andere Sachen, die man für die Schule braucht, waren darin. Vanessa bekam auch eine Tüte, ihre war viel kleiner als meine, und ihre Tüte war randvoll mit Süßigkeiten und einer Barbiepuppe. Die Barbie interessierte mich nicht. Die konnte sie behalten, das Problem war, dass sie in ihrer Tüte viel mehr Süßigkeiten hatte als ich. Dass ich dann, als Vanessa eingeschult wurde, keine Tüte, also auch keine kleine bekommen würde, wusste ich an diesem Abend noch nicht, ansonsten hätte ich ihren Vorrat direkt einkassiert. Am Ende tat ich das zwar auch, aber ich ließ mir mehrere Wochen damit Zeit. Jeden Tag ein bisschen wegnehmen, so merkte es niemand.

Steffis Mutter hatte sich darum gekümmert, dass alle Schüler und Eltern ihrer Klasse im Schlosspark feierten. Sie hatte weiße Plastikstühle und Tische vom Schlosshotel bekommen, und es gab sogar Sonnenschirme, auf denen Werbung von f6 war. Meine Mutter und Dirk standen am Rand und rauchten. Sie redeten darüber, dass dieses Tamtam, das hier aufgefahren wurde, völlig übertrieben sei. Und dann, irgendwann am Abend, gingen mein Vater und der von Steffi hinter einen Busch, um zu pissen. Als sie wiederkamen, hatte der Vater von Steffi ein blaues Auge. Mein Vater stritt ab, irgendwas damit zu tun zu haben und sagte, dass doch alle wüssten, dass solche wie Emilio nichts vertragen und schnell umkippen würden, wenn sie ein paar zu viel getrunken hätten. Steffis Vater regte sich auf, beschimpfte meinen Vater als Nazi. Dann regte sich mein Vater auf und sagte, dass er kein Nazi sei. Sein Vater, also mein Opa, den ich nie kennenlernen konnte, weil er schon lange vor meiner Geburt gestorben war, sei Nazi gewesen. Und er hätte seinen Vater dafür gehasst. Also solle Emilio gefälligst nicht behaupten, dass er ein Nazi sei. Steffis Vater ging auf meinen zu und wollte wissen, was er denn dann sei, wenn er kein Nazi sei, und mein Vater sagte, dass er ein Rassist sei und das solle man nicht mit irgendwelchen Spinnernazis verwechseln!

»So einen Affentanz wie in Rostock hätte es mit mir nicht gegeben! Ich hätte das beendet! Und zwar richtig!«, brüllte mein Vater, und der von Steffi ballte die Fäuste.

»Halt die Schnauze, Ralf!«, brüllte Dirk, packte meinen Vater an der Schulter und zog ihn an sich. Dann sah er ihn an, flüsterte etwas, klopfte ihm leicht auf die Wange, und mein Vater nickte langsam, zog ab und setzte sich auf einen der weißen Plastikstühle.

Steffis Vater stand ungläubig zwischen den ganzen Leuten und hatte seine Hände noch immer zu Fäusten geballt. Sie waren so fest zusammengepresst, dass es aussah, als würde er sie zerdrücken wollen. Sonst regte er sich nicht. Dafür fuchtelte nun Frau Baumann herum, sie plärrte, dass sie gewusst hätte, dass man mit Dirk und Ralf keine Feiern veranstalten könne. Sie schrie, dass mein Vater noch immer das Kind sei, dass er schon immer gewesen sei. Dirk war es, der die Sache beendete.

Er brüllte: »Jetzt ist Ruhe!«, packte Steffis Mutter an der Schulter und schob sie zu einem anderen Stuhl, dem, der direkt neben meinem Vater stand. Dann ging Dirk auf Emilio zu und sagte ihm, dass er sich jetzt lieber entspannen solle, bevor der Abend am Ende noch eskaliere. So was passiere halt mal. Ab und zu bekomme jeder mal eins in die Fresse. Er könne sich gar nicht daran erinnern, dass mal irgendwann niemand eins in die Fresse bekommen habe. Heute sei es halt Emilio gewesen, der ein paar gefangen hatte. Na und? Deswegen müsse man sich nicht wie eine Fummeltrine benehmen und anfangen, Streit vom Zaun zu brechen! Und dann drückte Dirk Emilio ein Garley in die Hand und forderte ihn und meinen Vater auf, anzustoßen, was die beiden sogar taten. Und kurz danach war der Abend dann zu Ende.

Der FCM ist wieder da
28. Mai 2023

Wir trafen uns am frühen Morgen am Bahnhof. Pascal war behängt wie ein Weihnachtsbaum. Er stand in seinem ehemals blau-weißen Trikot auf dem Bahnsteig, vom roten Sponsorenaufdruck war nur noch ein grau-rosa verwaschener Fleck übrig. Überall lösten sich Fäden vom Stoff. Brandlöcher, Spuren von Bier, Blut und Tränen. Nähte, die er in den Stoff gestochen hatte, um den Fetzen wieder tragbar zu machen, öffneten sich. Die Unterschriften, die er in den Jahren am Zaun gesammelt hatte, verblassten wie die Erfolge in den Erzählungen von Dirk und den anderen Alten. Es wurde Zeit, dass wir unsere eigenen Geschichten erzählten. Pascal fing mit seinem Trikot an, auch wenn das nur Geschichten aus den Niemandsländern der Ligen erzählte, in denen wir uns in den letzten Jahren getummelt hatten. Aber in den Stoff gewebt war auch die Geschichte zweier Aufstiege in die zweite Liga.

Um die Handgelenke hatte Pascal sich Schals gewickelt, er trug seinen blau-weißen Anglerhut und hatte sich seine Bierbüchsenhaube aufgesetzt, die er vor Jahren beim Lötzeker Martinimarkt an der Schießbude gewonnen hatte. Die linke Büchse schien schon ausgesoffen, so, wie sie in der Halterung hing, die rechte saugte er durch den Strohhalm, der einmal um seinen Kopf ging, leer.

»4:0«, sagte er, und ich antwortete: »2:2«.

»Zumindest bei der Menge der Tore sind wir gleich«, sagte er, zog an seiner Elektrozigarette und nebelte den Bahnhof ein.

Außer uns war niemand hier. Eigentlich hatte Dirk mitkommen wollen, er wollte uns sogar mit seinem Opel fahren, war aber gestern Abend noch kurz in den Laden gekommen und hatte abgesagt. Pascal hatte die Katze auf dem Arm gehalten und sie gestreichelt.

Er sah nach oben zu seinem Vater, der bei mir am Tresen stand und in die Auslage guckte, und fragte ihn, warum er nicht mitwolle, aber Dirk wollte nicht mit der Sprache rausrücken. Das war schon komisch, der Alte wollte sonst immer mit zum Fußball, und fast immer legte er uns die Karten aus, wenn wir keine Kohle hatten.

»Ralf wollte damals auch nicht mit«, sagte Pascal, und sein Vater flippte aus. Man könne ihn ja wohl kaum mit Ralf Körtge vergleichen, Pascal solle überlegen, was er sage, bevor er den Mund aufmache. Pascal glotzte Dirk an und sagte seinem Vater, dass der mal nicht so eine Muschi sein, sich zusammenreißen und gefälligst mit zum Fußball kommen solle, wie es sich für einen richtigen Kerl gehöre. Dirks Halsschlagader wurde armdick, hätte mich nicht gewundert, wenn er seinem Sohn für diesen Spruch die Scheiße aus dem Leib geprügelt hätte. Stattdessen öffnete er seine Lederweste und wedelte mit den Eintrittskarten vor unserer Nase herum. Zwei Stück. Wir bekamen die Karten zwar immer kostenlos, doch nie umsonst.

Dirk nutzte diesen Moment immer, um uns zu zeigen, wie sehr wir unser Leben versaut hatten und was für Enttäuschungen wir waren. Pascal kam dabei immer schlechter weg als ich, weil ich ja immerhin Arbeit hatte.

Pascal warf die Katze ab, sah seinen Vater an und erklärte laut, dass man an mir ja sehen könne, wohin es führe, zu arbeiten: zu gar nichts.

»Marcel hat zwei Jobs und keinen Euro mehr als ich!«, sagte Pascal dann immer und drückte seine Brust voller Stolz raus, als wäre er es, der die Jobs hätte. »Ich bin da schon eine Stufe weiter«, sagte er und holte lange aus: »Die Lohnarbeit ist ein veraltetes Konstrukt, es ist an der Zeit, dass die Maschinen für uns die Arbeit übernehmen. Marcels Arbeit ist sowieso völlig überflüssig. Die Wochenzeitungen, die er austrägt, braucht kein Mensch. In ein paar Jahren wird es sie nicht mehr geben, und den Döner wird dann ein Roboter vom Spieß schneiden.«

Am liebsten hätte ich ihm eins in die Fresse gehauen. Gemeinsam mit Dirk Pascal verkloppen. Auch wenn dieser recht hatte. Meine Jobs waren scheiße, dafür musste ich aber niemandem auf der Tasche liegen, und wenn Dirk mir die Karte gegen Bielefeld unbedingt geben wollte, dann war das immer noch seine freie Entscheidung. Ich hätte das selbst machen können. Hätte dann halt nur länger gedauert, das Geld ranzubekommen.

Oder ich hätte online mit Ratenzahlung bezahlt, habe ich schon oft gemacht, und man muss sich dann nicht den ganzen Monat einschränken, nur weil man mal zum Fußball will. Kleine Häppchen, die man einspart, bis der Minikredit abbezahlt ist, und dann kann man wieder zum Fußball. Das war nicht die geilste Lösung, aber immer noch besser als der Maxikredit, den mein Vater in meinem Alter schultern musste und der ihn am Ende aus der Bahn geworfen hat.

Dirk ließ sich von dem Geplapper seines Sohnes nicht beeindrucken. Vielleicht hätte es ihn gefreut, wenn ich Pascal eine gedrückt hätte, und sicher hätte er großen Spaß daran gehabt, hätten wir Pascal zu zweit in die Mangel genommen. Da sich aber weder Pascal noch ich trauten, den Fehdehandschuh in den Ring zu werfen, übernahm Dirk den Job. Wenn auch nur verbal: »Statt Marcel hier dummzumachen, solltest du überlegen, wie du ihn unterstützen kannst. Marcel versucht es wenigstens. Und das macht ihn zu einem besseren Menschen. Einem deutlich besseren Menschen als dich!«

»Ist schon ok«, sagte ich.

Dirk ging nicht auf mich ein und schiss seinen Sohn weiter zusammen: »Ich verlange nicht, dass du Raketenwissenschaft studierst, aber du hättest wenigstens deine Lehre zum Maurer beenden können, dann hättest du jetzt einen sicheren Job!«

»Die wollten mir 900 Euro zahlen, wenn ich Geselle geworden wäre! 900! Damit hätte ich mir den Arsch abwischen können!«

Dirk wurde laut: »Na und? Nachdem deine Mutter weg war, musste ich dich allein durchschleifen. Denkst du, das war einfach? Schwer war das! Und dann der Ärger in der Schule mit dir! Aus dir hätte was werden können. Deine Noten waren gut. Aber statt auf den Unterricht hast du dich auf Titten konzentriert! Diese Weibergeschichten haben dich nur abgelenkt!«

»Hey!«, sagte ich, und Dirk sah mich finster an.

»Was?«, fragte er mich.

»Sie war kein Weib!«

»Quatsch nicht rum. Ihr hättet es verhindern können. Ach, was rede ich! Wir alle hätten es verhindern müssen!«, brüllte Dirk, und Pascal schrie zurück, dass wir noch Kinder waren. Einfach nur kleine Kinder.

Ich wollte den beiden nicht mehr zuhören, ich musste an Steffi denken. Verdammt, es gab nicht einen Tag, an dem ich nicht an sie denken musste. Wie lange war sie jetzt weg? Es waren fast zwanzig Jahre. 2003 war sie abgehauen. 2003. Und es gab seitdem nicht einen Tag, an dem ich nicht an sie gedacht hatte.

»Außerdem ist es zwanzig Jahre her. Komm mir doch nicht mit dem alten Scheiß!«, schimpfte Pascal.

Dirk wedelte mit den Tickets gegen Bielefeld. Eine Karte drückte er mir in die Hand. Ich bedankte mich, und Dirk nickte. Dann legte er die andere Karte in die Hand von Pascal, und als Pascal zupackte, drehte Dirk seine Hand weg, sodass die Karte in zwei Teile zerrissen wurde, während Dirk zu Pascal sagte, dass er es gewesen sei, der mit dem alten Scheiß angefangen hätte.

»Viel Spaß morgen, Marcel«, sagte Dirk, klopfte mir auf die Schulter und verließ die Drehfleischbude. Der wollte nicht einmal was zu essen haben.

Pascal saß da, saß da auf seinem Platz und starrte auf die zerrissene Eintrittskarte, während die Katze ihren Körper gegen sein Bein drückte. Mit seinem Fuß schob er die Katze unsanft weg. Das Tier machte einen Buckel, fauchte ihn an und schlich zur Tür. Dort angekommen, öffnete ich ihr und sah ihr nach, wie sie auf eine Mülltonne sprang, dann den Mauervorsprung neben unserem Laden hoch machte, und schon war sie weg. Aus der Ferne konnte ich hören, wie Dirk sein Motorrad aufknattern ließ. Die Maschine konnte man sogar hören, wenn er in Seeben war. Als ich wieder in den Laden ging, verdrückte sich auch Pascal. Ohne was zu sagen, dampfte er ab, und das war es für diesen Tag. Niemand kam mehr. Nicht einmal der kleine Luca, um sich eine Pommes zu holen. Na ja, war halt Wochenende, und da war Torben manchmal zu Hause und wackelte Jessica durch. Oder auch nicht. In letzter Zeit hatte ich sie ein paar Mal im Supermarkt gesehen, wenn ich meine Mutter besucht hatte oder einkaufen war. Nett war sie. Und sie sah gut aus. Sie sah nicht so gut aus wie Steffi, aber der Unterschied war, dass sie noch da war und es mit Torben aushielt, der damals in der Schule ein echter Kotzbrocken gewesen war. Und dafür sah sie richtig gut aus. Einmal, als wir Fußball spielten, es war noch nicht einmal ein Ligaspiel, es war eher so ein Langeweilekick, gab es irgendwelches Blabla mit dem Schiri. Ich bin mit vor und wollte wissen, was los war, und auf einmal gab es hinter uns einen üblen Rumms, und der Gegenspieler von Torben lag gekrümmt auf dem Boden, hielt sich das Gesicht, und Torben stand nur mit ausgebreiteten Armen da und plärrte: »Was denn?« So war Torben. Aber anscheinend war er ein halbwegs zuverlässiger Partner. Und das wird Jessica gereicht haben. Keiner von uns war ein Held. Keiner von den Jungs aus der Schule wurde was Besonderes. Ich wurde kein Fußballer, auch wenn der alte Schmidt, der unser Trainer war, mir immer erzählen wollte, dass ich das Potenzial hätte. Pascal wurde auch kein Rennfahrer, nur weil er uns auf der Kartbahn in Altenwedel alle abzog, und Torben wurde kein Boxer, auch wenn er auf dem Feld alles umkloppte, was ihm in den Weg kam. Unsere Berufe waren: Koch, Maurer, Elektriker, Mechaniker und Arbeitsloser. Und es gab noch den Spinner Mülle, der es bis Leipzig geschafft hatte und der nun allen erzählte, dass er Schriftsteller wäre, aber als der zum Klassentreffen auftauchte, fragte ich ihn direkt, was das eigentlich soll. Der guckte mich nur an und sagte gar nichts.

Ich fragte ihn noch mal: »Also, echt jetzt, Mülle. Mal im Ernst. Findest du nicht auch, dass es wichtiger ist, dass man was zu essen auf dem Tisch hat, als irgendwelche Bücher zu schreiben?« Und kein Wort davon, was wirklich wichtig ist. Nicht eins. Soll er doch seine Bücher fressen, wenn hier alles den Bach runtergeht.

Jessica war da schlauer gewesen. Die hatte sich einen Mittelmäßigen von uns geholt. Nicht Mülle, der war keine sichere Bank, nicht Pascal, dessen Alkoholikerkarriere sich früh abzeichnete, nicht mich, mit dem man nichts zu tun haben wollte und der nie über Steffi hinweggekommen ist. Und über Vanessa. Aber auch keinen von denen, die länger als zehn Minuten in die Schulbücher guckten.

Sie ließ Torben sich in seinen Zwanzigern austoben, nagelte ihn dann vor gut zwölf oder dreizehn Jahren beim Dorffest fest, heiratete ihn, verreiste mit ihm nach Lanzarote, Paris und Oslo und ließ sich dann von ihm ein Haus bauen, in das sie ihm dann Luca hineinsetzte. Und nun war sie ganz gut abgesichert, hatte einen Typen, der sich drehte, der sich darum kümmerte, dass die Bude geheizt wurde und der wegen der Montagearbeit nie da war und so zu Hause keinen Stress machen konnte. Ich war mir sicher, dass Jessica die Cleverste von uns allen war. Es hatte nur keiner gesehen, vermutlich nicht mal Torben, der Glückspilz.

Eine Stunde vor Feierabend machte ich die Bude zu. Ich nahm den Drehspieß vom Grill, wickelte ihn in Alufolie ein und verfrachtete ihn in die Tiefkühltruhe. Morgen würde Emilio im Laden stehen und ihn wieder einhängen. Manchmal kamen wir mit einem Spieß durch die ganze Woche. Und manchmal war er nach einer Woche nur von Pascal, der Katze und mir vertilgt. Der Rest flog in den Müll.

Mit einer Gabel durchmischte ich den Salat, den würde Emilio morgen neu machen oder zumindest ordentlich neuen untermischen müssen. Aber das war sein Problem. Ich schaltete das Licht aus und ging nach Hause. Dort bestellte ich bei viagogo eine Karte für Pascal, für die ich fast 100 Euro per Minikredit abdrücken musste, und schrieb ihm eine Nachricht, dass ich vorher schon eine Karte gekauft hätte und er die haben könne. Er antwortete nur mit einem ausgestreckten Daumen, und ich ging ins Bett.

Und heute Morgen war ich dann um vier aufgestanden und stand klappernd mit meinem Fahrrad und dem Anhänger vor meinem Hauseingang und wartete auf den Transporter, der einfach nicht auftauchte. Ich sah nach oben. Das Haus, in dem ich wohnte, hatte drei Etagen mit jeweils zwei Wohnungen. Mama wohnte ganz oben rechts, die Bude, in die wir vor Jahren eingezogen waren, als das mit dem Haus nicht mehr funktionierte. Ich wohnte direkt unter ihr, nachdem der alte Puchalski gestorben war, konnte ich in die Wohnung rein. Ein paar seiner Möbel hatte ich übernommen. Einen Resopalesstisch mit einem intakten und drei kaputten Stühlen, eine Flurgarderobe aus den Neunzigern, die komplette Küche, noch aus DDR-Zeiten, einen Badschrank und die massive DDR-Schrankwand, die voller Fickhefte und Pornokassetten war. Einer der Filme hieß »Beschissener Besuch«. Pascal wollte mich überreden, diesen Schatz aufzuheben. Ich hatte gesagt, dass es dafür das Internet gäbe, worauf er meinte, dass wir irgendwann ins Altersheim kämen, und da wäre es wichtig, dass wir so was noch hätten. Dabei hielt er ein Magazin hoch, auf dessen Cover vier nackte Männer dicht an dicht standen und sich aneinander schmiegten. Hätten sie Klamotten angehabt, hätten sie auch eine Boyband sein können. Ich sagte Pascal, dass er das gerne behalten könne, und er sackte sofort alles ein. Die Videos warf er dann später doch weg, weil er selbst keinen Rekorder hatte. Tatsächlich fand ich in der Schrankwand vom Puchalski noch einen, den wir dann an Pascals Fernseher anstecken wollten. Keine Chance. Der Videorekorder hatte einen SCART-Anschluss, und die Glotze von Pascal hatte nur HDMI. Pascal ärgerte sich, erklärte mir, dass das hier die beste Warnung sei, echte Wichshefte zu besitzen, damit man nicht von irgendwelchem technischen Schnickschnack abhängig sei.

Die Wohnung gegenüber meiner Mutter stand seit mehr als acht Jahren leer, und in den restlichen Wohnungen lebten sehr alte Menschen, die in den letzten Jahren noch viel älter geworden waren, als sie es vorher schon gewesen waren. Die meisten von denen waren in den letzten Jahren netter zu mir und meiner Mutter geworden, was vermutlich daran lag, dass die sich denken konnten, dass ich es sein würde, der die Buden am Ende beräumte. Und ich war schon richtig neugierig, was für Pornoschätze Pascal und ich aus den Tiefen der Schrankwände heben würden. Und dann, in vier oder fünf Jahren, würde ich mit meiner Mutter sicherlich alleine in diesem Haus leben, und niemand würde den Alten nachfolgen, und somit würde es nie jemanden geben, der die Wohnung von mir mal beräumen würde, wenn ich dann in ein paar Jahrzehnten die Segel strich.

Die Oma unten links, Frau Streit, gab mir manchmal ihr Essen, das ihr der Pflegedienst brachte. Gelber Brei mit grünem Brei und braunem Brei. Dazu dann hell- oder dunkelbraune Soße. Ich sagte Frau Streit dann immer, dass das doch für sie sei, doch sie winkte ab und sagte, dass ihr der Kram manchmal wirklich zum Hals raushängen würde, und jedes Mal dachte ich, dass ich ihr mal einen Drehspieß mitbringen sollte. Und wenn der nicht runterging, könnten wir das alles einmal durch den Mixer jagen, darin hatte ich schon ein paar Erfahrungen.

Als ich heute Morgen vor dem Haus stand, nahm ich mir wieder vor, Frau Streit eine Portion mitzubringen, und hoffte, dass ich es nicht vergessen würde, wenn ich wieder im Laden stand, wovon aber auszugehen war.

Bei meiner Mutter ging das Licht in der Küche an, kurz danach ging das Küchenfenster auf Kipp, und eine dünne Rauchwolke entstieg dem Fensterspalt.

Ich drückte auf die Klingel.

»Körtge.«

»Mutter! Mach dich ins Bett. Es ist kurz nach vier.«

»Mein Rücken bringt mich um. Ich weiß nicht, was mehr schmerzt: liegen, sitzen oder stehen.«

»Hast du noch Ibu?«

»Hab schon drei 600er genommen. Aber ja, ich habe noch genug.«

»Drei? Bist du verrückt?«

Sie antwortete nicht.

»Und wenn du mal schwimmen gehst?«

»So weit kommt's noch, dann begaffen mich nur die alten Säcke.«

»Sollen sie doch. Ist doch in Ordnung.«

Schweigen.

»Und wenn ich einen finde, nennst du ihn dann Papa?«, fragte sie und lachte hustend ihr altes Rasenmäherlachen.

Ich sagte: »Nein. Aber ich werde dir nicht im Weg stehen, wenn du einen findest. Ist doch bestimmt schön für dich, wenn du mal wieder einen Mann hast.«

»Und wann stellst du mir mal eine Frau vor?«

»Ich habe schon Pascal, der ist mindestens genauso kompliziert«, sagte ich.

Schweigen. Ich hörte durch die Gegensprechanlage, wie sie den Zigarettenrauch ausatmete.

»Was ist?«, fragte ich in die Plastikpaneele hinein.

Ich hörte, wie sie an der Zigarette zog. Dann sagte sie: »Das musst du mit dir ausmachen.«

»Pascal ist in Ordnung«, antwortete ich.

»Ach, Marcel. Dein Vater war auch oft in Ordnung. Aber eigentlich war er eine Katastrophe. Ich habe mich auch immer vor deinen Vater gestellt. Ich habe mich so lange vor ihn gestellt, bis er irgendwann auf mir stand. Und dann musste ich ihn loswerden, er war nur noch Ballast. Marcel, ich war dir oft keine gute Mutter, aber ich sehe, dass du ein Gewicht mit dir trägst, das du loswerden musst.«

Ich sagte nichts und guckte auf die Gegensprechanlage. Hatte die keine zeitliche Begrenzung? Warum ging die nicht einfach aus?

Mama atmete aus. Dann sagte sie: »Manchmal braucht es das ganz große Theater, wenn man eine Sache beenden will.«

»Wo war das Theater bei euch?«

»Das Stück lief an, als ich meine eigene Hauptrolle sein wollte«, sagte sie, und ich war mir nicht sicher, ob ich sie verstanden hatte.

Ich sah auf die Straße. Der Transporter kam.

»So Mutter. Ich muss.«

»Kommst du zum Mittag?«

»Nee, ich bin nachher mit Pascal zum Fußball.«

»Ich mache dir Stullen«, hörte ich sie sagen und wollte protestieren, konnte es aber nicht, da sie aufgehängt hatte.

Das Licht in der Küche ging aus. Vermutlich humpelte sie jetzt ins Wohnzimmer. Rauchen und »Columbo« gucken.

Der Lieferwagen stoppte neben mir. Marek winkte mir kurz zu und stieg nicht aus, während ich an die Seitentür ging und mir meine zehn Pakete von der Ladefläche zog. Ich warf die Tür zu, schlug zweimal gegen die Karosserie, und Marek fuhr weiter. Als er um die Kurve bog, winkte er sicher, aber dafür hatte ich keinen Blick, da ich die Pakete auf meinen Hänger und in die Satteltaschen meines Rades verladen musste. Ich konnte genau acht Pakete einladen, das neunte schnitt ich noch vor der Haustür auf. Und Paket zehn brachte ich direkt in den Keller. Immer wenn ich acht Zehnerpakete zusammenhatte, brachte ich sie zur Altpapierstelle und verdiente mir dort noch ein paar Euro dazu. Die ersten vier Zeitungen konnte ich direkt bei mir im Haus loswerden. Mir selbst steckte ich keine in den Briefkasten, ich hatte genug im Keller. Dann lief ich mit dem Neunerpaket in der Hand die Blöcke meiner Wohnsiedlung ab, und als ich das Viereck einmal abgelatscht hatte, war ich das Paket los und konnte mich um die restlichen acht kümmern, die ich in ganz Jeetzenbeck verteilte.

Früher, als ich mit diesem Job angefangen hatte, durfte ich noch nicht direkt in Jeetzenbeck die Tour machen. Ich war 16, und der Zeitungsjob war der erste, den ich, neben meiner überbetrieblichen Ausbildung, überhaupt hatte. Zumindest war es der erste Job, für den ich bezahlt wurde. Jeden Sonntag ging es rüber nach Seeben, Randau und in die ganzen anderen Käffer, die links und rechts dieser Orte lagen. Die Jeetzenbecker Tour hatten Herr Meier und seine Frau sicher. Die machten das seit Anfang der Neunziger, also seit dem Zeitpunkt, ab dem diese Werbe- und Anzeigenblätter überhaupt erst verteilt wurden. Und Meier hielt durch bis 2017. Siebenundzwanzig Jahre. Jeden Sonntag. Bei jedem Wetter. Egal, was an dem Tag sonst noch angestanden hätte. Ich ging eigentlich davon aus, dass Meier mich mit und in dem Job überleben würde, hatte nie erwartet, dass ich irgendwann mal an seine Tour kommen würde. Aber 2017, als ich dreißig und Meier tot war, war es so weit.

Meier und seine Frau nahmen bei ihren Touren immer ihren Hund Rudi mit. Also, der Köter wird nicht die ganzen siebenundzwanzig Jahre mitgemacht haben. Es muss drei oder vier von ihnen gegeben haben, und der letzte hieß Rudi. Ein kläffender Yorkshire Terrier, dessen Namenspatron Rudolf Moshammer gewesen war.

Meier fuhr einen alten rostroten Fiat Panda, den er sich nach der Wende auf einer Wiese bei Altenwedel gekauft hatte. So ziemlich alle, die es vor der Währungsunion nicht geschafft hatten, ein Westauto zu kaufen, kauften ihr erstes Auto dort. Und alle, die dort kauften, bezahlten zu viel. Viel zu viel. Die, die ihre Autos vor der Währungsunion kaufen konnten, bezahlten auch zu viel, aber die, die auf der Wiese kauften, bezahlten mehr. Ich glaube, dass es kaum eine Familie in der Umgebung gab, in der nicht irgendwer ein Auto auf der Wiese gekauft hatte. Also alle außer Dirk. Dirk war der Einzige, den ich kannte, der damit prahlte, dass er seinen Opel als Jahreswagen direkt in Rüsselsheim geholt hatte. Und wenn ihm das nicht ausreichte, rieb er meinem Vater unter die Nase, dass der sich nicht nur einmal über den Tisch hatte ziehen lassen. Denn bevor wir den VW hatten, hatten meine Eltern ihre Ersparnisse zusammengeworfen und auf der Wiese einen Kadett D von 1978 gekauft. Rost am Scheibenrahmen, Rost am Schiebedach, Rost im Bodenblech. Nach zwei Jahren kam das Ding auf den Schrottplatz, und wir hatten erst mal kein Auto mehr, bis mein Vater den Passat aufgabelte. Den kaufte er nicht auf der Wiese, nein, den kaufte er auf einem rechteckigen Parkplatz, in dessen Mitte ein großer Fahnenmast stand. Um den Fahnenmast herum parkten alle möglichen Autos. Sie waren nicht ganz so abgeritten wie die Wiesenautos, viel besser waren sie jedoch auch nicht. Eigentlich gab es nur zwei Unterschiede zu den Wiesenverkaufsflächen: Vom Fahnenmast führten lange Wimpelbänder an die Zaunkronen, sodass alles ein bisschen bunter und fröhlicher aussah, und man bekam auch einen richtigen

Kaufvertrag, in dem dann stand, dass es keinerlei Garantien oder Gewährleistungen gab.

Der alte Meier hatte Glück mit seinem Panda. Die Karre hielt durch. Hinten, unter der Heckscheibe, prangte ein verblichener, ehemals gelber Aufkleber, auf dem schwach das Wort »Enkeltaxi« zu erkennen war. Daneben ein ebenfalls verblichener Aufkleber mit diesem »Ein-Herz-für-Kinder«-Herz, und rechts, direkt auf der Heckscheibe, war ein blauer, ovaler Aufkleber, der seit Anfang der Neunziger allen Witterungseinflüssen standhielt, darauf war in gelben Lettern »Ponypark Slagharen« zu lesen.

Jeden Sonntag zogen Meier, der Hund Rudi und Meiers Ehefrau los. Er saß am Steuer, hatte den Köter auf dem Schoß und fuhr seine Frau von Haus zu Haus. Sie stieg an jedem Briefkasten mühsam aus, ging die drei Schritte bis zur Blechbox und stopfte die Prospekte und Zeitungen hinein, während er an einem Zigarrenstummel lutschte, den Hund kraulte und mit laufendem Motor auf sie wartete. Ab und an durfte der Hund mit raus, zum Scheißen oder Pissen. Die Prospekte und Zeitungen lagen in zwei Einkaufskörben auf der Rückbank. Über die Körbe hatten die beiden eine Wolldecke gelegt. Und so fuhren sie durch unser Dorf. Sie stieg keuchend aus, er rauchte, zog die nächsten Exemplare vom Rücksitz und legte sie ihr auf den Schoss, wenn sie sich wieder auf den Sitz fallen ließ. Bei den Neubauten stieg er mit aus und half ihr. Der Hund blieb im Auto und bewachte die kostbare Fracht. Und im Sommer 2017 war dann Schluss. Die beiden beendeten ihre Tour, und Meier ließ Hund und Frau zu Hause raus. Dann fuhr er mit dem Wagen zu dem Garagenkomplex am Sportplatz. Dort angekommen, stieg er aus, öffnete seine Garage und fuhr den Panda rein. Langsam und vorsichtig zuppelte er in den Garagenverschlag, bis die Windschutzscheibe an dem Tennisball anstieß, den er sich dort hingehängt hatte. Auf die Idee mit dem Ball war er sehr stolz.

Das hätte er in einem amerikanischen Film gesehen, hatte er mal zu uns gesagt, als wir als Jugendliche bei den Garagen rumhingen. Er hatte sich aber nicht mehr erinnern können, welcher Film das gewesen war. In den letzten Jahren fiel ihm die Einfahrt in die Garage immer schwerer. Den Motor hochtourig überdrehend, eierte er dort hinein, und alle warteten darauf, dass er die Stoßstange mal in die Mauer schob und dann von dem einstürzenden Asbestdach erschlagen wurde. Es kam aber anders. Nach seiner letzten Tour stellte er den Fiat ordentlich in der Garage ab, sammelte die übriggebliebenen Zeitungen ein und packte sie auf einen Haufen, den er alle Vierteljahr dann zur Sammelstelle fuhr. Das tat er natürlich heimlich, sollte ja keiner merken, dass man ihm mehr Zeitungen bezahlte, als er tatsächlich auslieferte. Aber, na ja, wie heimlich kann so etwas in einem Dorf wie Jeetzenbeck sein? Jedenfalls, nachdem er die Zeitungen auf dem Haufen abgeladen hatte, sein Auto und dann die Garage verschlossen hatte, setzte er sich auf seinen alten Plastikstuhl, wie er es immer tat. Dort nuckelte er noch ein bisschen an seiner Zigarre, und statt den abgerauchten Stängel in den Blecheimer zu werfen, den er unter dem Stuhl stehen hatte, und dann einfach nach Hause zu gehen, um dort mit seiner Frau zu essen, noch mal eine Runde mit dem Hund zu gehen, später dann im Wohnzimmer Rätselhefte vollzukritzeln und am Abend »Tatort« zu gucken, starb er einfach in seinem weißen Plastikstuhl. Mit der Zigarre im Mund schlief er ein und wachte nicht mehr auf. Und niemand bemerkte es. Die, die ihn sahen, dachten vielleicht, dass er eingeschlafen oder besoffen wäre, dabei soff Meier nicht und er war auch nicht jemand, der am Nachmittag in aller Öffentlichkeit ein Schläfchen hielt. Nein, er saß einfach tot herum. Seine Frau war es dann, die ihn dort fand. Sie hatte das Abendessen fertig, und als das immer kälter und kälter wurde, ging sie ihn suchen. Der Hund war mit dabei. Das alles stand dann am übernächsten Tag in der

Tageszeitung. In der Wochenzeitung, die er und ich jeden Sonntag in jeden Briefkasten stopften, wurde davon nichts erwähnt.

Gegen 10 Uhr war ich mit allen Zeitungen fertig. Ich schleppte den Anhänger und das Fahrrad in den Keller, stellte mich kurz unter die Dusche und packte die Brote ein, die mir meine Mutter auf den Küchentisch gestellt hatte. Und dann ging ich zum Bahnhof, wo ich den angesoffenen Weihnachtsbaum Pascal traf und mit ihm über den Spielstand fachsimpelte. Das Ergebnis war mir eigentlich scheißegal. Ob es nun 2:2 ausging, wie ich tippte, oder 4:0, wie Pascal meinte, es machte keinen Unterschied. Ich setzte mich auf die Bahnsteigkante und ließ mir die Sonne ins Gesicht scheinen. Ich hatte Durst. Unter der Dusche hatte ich ein paar Tropfen Wasser trinken können, die einem so in den Mund fallen, und ich hatte zwar Mamas Stullen, aber an eine Wasserflasche hatten weder meine Mutter, Pascal noch ich gedacht.

»Hast du die Karte?«, fragte Pascal, der seine Bierbüchsen austauschte. Die leeren stopfte er sich in seinen Rucksack.

»Gib mal eine«, sagte ich und Pascal antwortete: »Erst die Karte.«

Ich zog die Karte aus meiner Tasche, die mir Dirk gestern gegeben hatte. Die, die ich abends noch gekauft hatte, hatte ich auf dem Handy.

»Na, geht doch«, sagte Pascal und drückte mir eine Dose in die Hand.

Ich hielt sie mir gegen die Stirn, tat gut. Dann öffnete ich sie und zog mir die halbe Büchse rein.

»Nicht so hastig, du hast schon wieder nichts mit. Denk ja nicht, dass du mir meinen Vorrat wegsäufst«, sagte Pascal, und ich hätte am liebsten »Halt die Fresse!« geantwortet, sagte aber gar nichts.

Der Zug fuhr ein. Das Ding war komplett leer. Nur der uralte Lokführer, der schon alt gewesen war, als wir noch zur Schule gingen, und die Schaffnerin, die während Corona immer so einen

Aufriss machte, dass man gefälligst einen Mundschutz zu tragen habe, während ihr eigener schon pissgelb war und nur noch auf halb acht vor ihrem Mund hing. Der Lokführer hatte es gut, der saß in seiner separaten Kabine und konnte auf die Masken pfeifen. Manchmal sah man den Alten vorne sogar rauchen, was bestimmt seit mindestens zwanzig Jahren verboten war und ihn überhaupt nicht interessierte. Er war kaum noch in der Lage, sich auf seinem Sitz zu halten, und sie hatte diesen strengen und genervten Blick, der jedes Mal schlimmer wurde. Ich glaube, dass es ihre größte Freude gewesen wäre, uns ohne Ticket aus den Zug werfen zu können. Irgendwo mitten auf dem Acker, aber wir hatten immer Fahrkarten. Selbst Pascal. Selbst, wenn er stinkbesoffen war und kaum noch krauchen konnte. Als ich in die Ferkeltaxe einstieg, dachte ich, dass es mir scheißegal um diese beiden war, wenn die Zugverbindung bald eingestellt werden würde. Keine Amerikalinie mehr für uns, aber auch keine überbezahlten und streikgeilen Mitarbeiter der Bahn mehr. Mann, was freute ich mich auf den slowakischen Mindestlohnbusfahrer, der uns bald durch die Gegend fahren würde. Der würde wenigstens nicht so tun, als wenn er was Besseres wäre.

Als wir saßen, fing Pascal wieder von dem Spiel an, redete davon, dass es heute richtig um was gehe.

»Um was denn?«, fragte ich. »Wir haben die Klasse gehalten.«

»Heute geht es um die Ehre. Heute müssen wir alles geben, damit die Wessis in die dritte Liga durchgereicht werden. Das haben die verdient!«, sagte er, womit er nicht falsch lag. Letztes Jahr war Bielefeld noch in der Bundesliga gewesen, wenn die es heute verkacken sollten, rief Liga drei. Es sei denn, sie würden es in der Relegation noch packen, was unwahrscheinlich war. Die Relegation ist für den Zweitligisten nie gut. Die, die gegen die Erstligisten antreten, werden meistens vermöbelt und hängen dann richtig tief in der Zweiten fest, und die, die gegen die Drittligisten ranmüssen, sind so platt, dass sie an die Wand gespielt werden.

Irgendwie kam es mir falsch vor, dass wir die Liga halten sollten. Vor einem halben Jahr noch hätte ich das nicht für möglich gehalten, da sah es richtig düster aus, und ich hatte mich innerlich schon wieder auf die Auswährtsfahrten nach Halle und Aue eingestellt. Aber dann hatte der FCM in der Rückrunde die Kurve bekommen, und nun war alles in Sack und Tüten. Andersherum wäre es mir anständiger und auch normaler vorgekommen: Magdeburg ringt um den Klassenerhalt und packt es nicht, und Bielefeld geht zurück in Liga eins und macht eine fette Party in unserem Stadion, bis alle ausrasten und unsere Hools den Gästeblock stürmen, alle Bielefelder Fans vermöbeln und anschließend Trikots, Schals und am Ende den ganzen Block anzünden.

Hinter Lötzek erreichte die Bahn den Drömling. Ich sah aus dem Fenster und fragte mich, was Dirk uns da neulich für einen Quark erzählt hatte. Links und rechts war nur ein bisschen Wald und halt ganz viel Moor. Das war mir in der Schule schon auf die Nerven gegangen, wenn Frau Baumann uns gesammelt dorthin hatte karren lassen, damit wir lernten, in was für einer wunderschönen Heimat wir lebten. Ich dachte an die eine Projektwoche zurück. Herbst, irgendwann so um 2000 herum muss es gewesen sein.

Steffis Mutter und dieser dicke Mann, der irgendein Naturforscher war, hatten bis zum Bauch in einem Graben gestanden. Beide hatten Gummihosen an, und der Graben hatte richtig krass nach Scheiße gerochen. Unsere Klasse hatte sich in kleinen Gruppen vor dem Graben verteilt und musste sich von dem Dicken alles Mögliche von wegen Biodiversität, Umweltschutz und blabla erzählen lassen.

Frau Baumann hatte die ganze Zeit genickt, und wenn der Typ mal kurz den Mund zu hatte, fing sie an zu reden und erklärte uns, wie wichtig es sei, dass wir umsichtig mit der Natur umgehen und so. Sie erzählte dem dicken Mann ganz stolz, dass wir dieses Kein-Müll-auf-dem-Schulhof-Programm hätten und uns immer vorbildlich benehmen würden. Dann durfte der Typ wieder was von Insekten, Schnecken und anderem Viehzeug erzählen, und Frau Baumann berichtete, wie unsere Klassenkameradin Jessica Pennings einmal einen Igel aufgepäppelt habe und es diesem danach wieder richtig gut gegangen sei.

Niemand von uns hatte je diesen Igel gesehen. Alle waren sich sicher, dass Jessica einfach nur Scheiße erzählte. Außerdem gab es da eine Sache, die Jessicas Igel dreimal in den Schatten stellte.

Ich meldete mich. Frau Baumann nickte mir zu, und ich sagte: »Steffi hat sogar mal einen Feldhasen gefunden und zum Tierheim in Lötzek gebracht.«

Frau Baumanns Gesicht wurde zu Stein. Dann sagte sie: »Und das war falsch. Dieser Hase hätte es auch ohne die Hilfe von Steffi geschafft, und nun lebt er unter Menschen. Ein Igel kann sich wieder alleine in der Natur zurechtfinden, wenn man, so wie Jessica, darauf achtet, ihm nicht zu nahe zu kommen und der Natur ihren Platz lässt. Steffi hat aber ein wildes Tier zu einem Wesen verwandelt, welches nun nicht mehr in der Natur überleben kann. Würden alle so wie Steffi handeln, gäbe es bald keine Feldhasen mehr.«

Steffi, die neben mir stand, murmelte »Idiot«, und ich ging rüber zu Pascal und Torben.

»Werden wir die Alte eigentlich mal irgendwann wieder los?«, fragte ich die beiden.

»Hä? Du klebst doch die ganze Zeit an Steffis Arsch«, sagte Torben.

»Doch nicht Steffi, ihre Mutter. Kennt ihr eine Klasse auf der Welt, in der die Grundschullehrerin auch die Lehrerin in der Sekundarschule wird? Die hasst uns. Ich wette, wenn wir irgendwo eine Ausbildung anfangen, wird die in der Berufsschule vor uns stehen und uns erklären, was für Versager wir sind.«

»Womit sie recht hätte«, meinte Pascal, und Torben sagte: »Mal ehrlich, das ist euer Problem. In der Grundschule hatte ich mit der nichts zu tun. Ich kam erst mit euch in eine Klasse, als neu ausgelost wurde. Aber ja. Ohne sie war es besser. Viel besser.«

»Ja«, sagte ich und sah Pascal an. Der grinste so blöde, dass er auf keinen Fall was Sinnvolles im Schilde führen konnte.

»Mir egal, soll die Alte doch verrecken«, sagte er und ging geduckt in Richtung Graben, und dann war er auch schon wieder da und hatte eine Blindschleiche in der Hand. Er legte den Zeigefinger auf seinen Mund und hielt mit der anderen Hand das Tier, das sich langsam darin wand. Die Schleiche glänzte braun. Ich fuhr mit der Hand über ihre Schuppen. Sie war kalt. Plötzlich riss Pascal seinen Arm nach hinten, holte aus und warf die Blindschleiche in die Mädchengruppe. Das Tier wirbelte durch die Luft und landete am Hals von Jessica, die sofort kreischte, als wäre sonst was passiert. Pascal und ich lachten, Torben glotzte dumm, die Mädchengruppe zerstob, Jessica riss sich das Tier vom Hals, die Schleiche landete auf dem Boden und Jessica trat das Tier mit drei kurzen Tritten tot. Zermatscht lag die Blindschleiche am Wegesrand, die glänzenden Schuppen verblassten, und Staub und Matsch raubten ihren kalten Glanz.

Mein Vater lachte, als er am Abend den Eintrag in meinem Hausaufgabenheft las und sagte, dass Andrea, so hieß Steffis Mutter mit Vornamen, endlich mal ihren Stock aus dem Arsch ziehen solle. Immerhin sei sie es gewesen, mit der er damals Frösche aufgeblasen hätte. Ich fragte nach, aber er sagte, dass ich es einfach mal selbst ausprobieren solle. Ich guckte und zuckte mit den Schultern, und er erklärte mir doch, wie man Frösche aufbläst. Man nimmt einen Frosch in die linke Hand. Drückt fest zu, aber nicht zu fest.

Er soll ja nicht zerdrückt werden. Dann öffnet man die Schenkel, steckt dem Frosch einen Strohhalm in den Arsch und pustet ihn wie einen Luftballon auf. Dirk hätte sogar direkt seinen Mund auf den Froscharsch gedrückt, lachte mein Papa. Man muss aufpassen, pustet man zu sehr, platzt der Frosch, und man muss sich einen neuen nehmen. Deswegen fange man auch mehrere. Ich fragte Papa, ob die Luft nicht wieder aus dem Frosch heraussausen würde. So wie ein Furz. Papa überlegte kurz, dann sagte er, dass man feuchte Erde reindrücken solle, dann bliebe die Luft im Frosch. Und dann könne man mit dem Frosch Tennis spielen. Andrea, Dirk, mein Vater und noch eine, die ich nicht kannte, spielten Frosch-Tennis auf den Wiesen vor Jeetzenbeck. Gemischtes Doppel. Ich fragte ihn, ob er mir das mal zeigen könne, doch er meinte, dass man das selbst machen müsse.

»Du musst deinen eigenen Weg gehen, Junge!«, sagte er, und das war es dann wieder mit den wilden Geschichten von früher. Er unterschrieb den Eintrag und kritzelte noch eine Einladung an Steffis Mutter darunter. Er wollte, dass sie mal zum Kaffeetrinken vorbeikam.

Frau Baumann aber kam nicht zum Kaffee vorbei, sagte, dass sie keine Zeit für so was habe, und ermahnte mich, meine Eltern daran zu erinnern, dass bald Elternabend sei. Den Rest der Woche bekam ich keinen weiteren Eintrag, und als ich mit Steffi nachmittags im Stölpenbad war, Pascal konnte nicht dabei sein, er musste nachsitzen, sagte Steffi zu mir, dass ihre Eltern sich nur noch stritten.

»Warum?«, fragte ich.

»Papa will zurück nach Hause.«

»Geht ihr mit?«

»Ich glaube nicht«, sagte Steffi.

In Obersfelde stiegen wir um in den Zug nach Magdeburg. Wir hätten auch nach Wolfsburg fahren können, das dauerte von Obersfelde aus nur acht Minuten. Aber da wir kein Geld für einen vw hatten, das Automuseum dort auch nicht sonderlich reizvoll war und in Wolfsburg kein Fußballverein war, der uns irgendwie interessierte, ging es weiter zur Landeshauptstadt.

In Magdeburg angekommen, gingen wir vom Bahnhof rüber in das City-Carré. Ein graues Einkaufscenter, das in den Neunzigern auf die große Kriegslücke gegenüber vom Hauptbahnhof gestellt worden war. Mit der Rolltreppe fuhren wir in das Untergeschoss, Biernachschub holen. Es gab weder Garley noch Hasseröder, wir packten ein paar 5,0er ein. Früher, ganz früher, waren wir hier immer Döner essen gewesen, aber die Bude gab es nicht mehr, und eine richtige Bratwurst wäre mir jetzt lieber gewesen. Wir machten uns auf den Weg zum Stadion. Hinter dem Allee-Center, dem zweiten großen Einkaufscenter, das nach der Wiedervereinigung in der Stadt gelandet war, überquerten wir die Elbe. Nach einer weiteren halben Stunde waren wir an der Bördelandhalle. Und dahinter sahen wir die neue Blechbude, die man auf die Fläche des alten Ernst-Grube-Stadions gestellt hatte.

»Schade, dass es keine Masten mehr gibt«, sagte ich, wie ich es immer sagte, wenn Pascal es nicht sagte.

»Finde ich auch. Früher konnte man das Ding schon von Weitem sehen. War viel schöner«, antwortete Pascal, und das wäre auch meine Antwort gewesen, hätte Pascal angefangen.

»Die Chemiker in Leipzig haben jetzt welche«, sagte ich stattdessen.

»Die interessieren mich einen Dreck«, antwortete Pascal und deutete auf den Wall an der Bördelandhalle.

»Hier«, sagte er, und ich nickte.

»Hier standen sie und wollten uns aufmischen.«

Ich nickte ein zweites Mal.

Heute war es ruhiger, kein Vergleich zu dem Ärger, den wir 2001 an selber Stelle erlebt hatten. Wir tranken unsere letzten Biere aus und gingen in Richtung Einlass. Am Heinz-Krügel-Denkmal fotografierten wir uns gegenseitig, und Pascal sagte, was er immer sagte. Er sagte, dass wir beide eines Nachts herkommen und den Europapokal aus der Hand von Krügel klauen würden. Wie immer sagte ich »Ja, ja«, fotografierte Pascal, der mit der Hand nicht den Pokal berührte, sondern im Schritt von Krügel rumwischte. Als ich ihm sein Handy gab, sagte er: »Aber dem Krügel holen wir einen runter. So viel Anstand muss sein.«

Wir stellten uns in die Schlange am Einlass. Vor uns Typen mit Halstattoos, neben uns Typen mit Halstattoos, hinter uns Typen mit Halstattoos, und der, der mir in aller Ruhe den Sack abtastete, hatte auch eins. Vermutlich tastete er so lange an mir rum, weil mein Hals kein Tattoo hatte. Ich habe nicht nur am Hals kein Tattoo. Ich habe auch am Arm, auf der Brust und auch am Bein keins. Nirgends habe ich eins. Mit 18 wollte ich mir mal eins machen lassen. Mit der Ferkeltaxe fuhr ich damals nach Altenwedel hoch und hatte dem Tätowierer erklärt, was ich gerne hätte: Das komplette Ernst-Grube-Stadion bei einem Spiel. Und zwar aus der Perspektive vom Stehblock.

»Dann kann man die Anzeigetafel nicht sehen«, hatte er geantwortet, doch ich meinte zu ihm, dass ich die immer hatte sehen können. Man brauchte ja nur nach links gucken.

Der Typ hatte mich angesehen und sich ein A4-Blatt gegriffen, auf dem er das Stadion skizzierte. Es war die richtige Perspektive gewesen. Es war so, wie man es als Fan im Stehblock sehen konnte. Ich fand das Bild richtig cool und wollte gleich anfangen, da sagte er: »Das ist die bekloppteste Idee, die man haben kann. Ich male dir praktisch nur Riesenköpfe, Arme, Rasen und ein paar kleine Männchen auf den Rücken. Wenn ich dir die Tafel mit draufknalle, siehst du vom Spielfeld gar nichts mehr. Dafür fehlt dann die Haupttribüne. Der einzige Block, den man dann noch sehen kann, ist der der Gästefans. Welche Gästefans willst du haben? Leipzig? Berlin? Oder lass uns gleich Dresden nehmen. Richtig irre Dresdener Nazi-Hools? Wenn du das machst, wird man dich dort ganz okay finden. Also, zuerst bekommst du natürlich ein paar in die Fresse, aber dann finden die dich lustig. Vielleicht darfst du dann mit denen in die Kneipe. Dort wirst du herumgereicht wie eine Dorfmatratze. Und beim FCM bist du dann der letzte Dreck. Und wir sind noch nicht fertig, denn irgendwie müssen dann noch die Flutlichtmasten drauf. Und stellt sich mir die nächste Frage: Was soll denn zwischen den Masten sein? Soll das bei Tag sein? Dann muss ich dir eine Sonne auf den Rücken kritzeln. Wenn du möchtest, male ich der noch einen roten Mund und zwei Augen rein. Aber wenn dein Bild lieber bei Nacht sein soll, dann müssen die Lampen der Masten leuchten, und dazwischen steche ich dann nur Schwarz. Der ganze Unsinn dauert locker vierzig Stunden, und am Ende siehst du aus wie der letzte Idiot. Dann stellt sich mir auch die Frage, ob du schon davon gehört hast, dass der ganze Kasten abgerissen werden soll. Ja, da guckst du. Hast du gedacht, dass die alte Schüssel da für immer rumstehen wird? Das Stadion besteht aus Kriegsschutt. Und was passiert mit alten Steinen, die man auf einen Haufen wirft? Richtig! Sie bewegen sich. Deswegen ist auch schon der eine Block gesperrt. Und wenn man den Kram nicht bald zusammenschiebt und in die Elbe kippt, wird ein Block nach dem anderen gesperrt werden müssen. Was ich mir noch vorstellen könnte, ist, dass wir das Stadion aus der Vogelperspektive zeichnen. Das geht. Dann kann man auch die hässliche Umgebung drumherum weglassen. Die freien Flächen kann ich dann mit Fußbällen,

FCM-Logos und dem Dom auffüllen. Für was anderes fehlt dir anscheinend die Phantasie. Und wenn wir schon so weit sind, können wir das Stadion direkt weglassen und nur den Dom auf deinen Rücken machen. Das wäre sinnvoll, denn der wird noch einige Stadien überleben. Nun siehst du mir nicht wie ein Kirchenknabe aus, also willst du doch dein Stadion, was? Und das Ganze aus der Perspektive vom Stehblock? Weil das ist das Einzige, was du dir vorstellen kannst. Das kennst du, da fühlst du dich wohl. Na ja, ist dein Rücken, ich muss damit nicht rumrennen. Also Feuer frei! Aber bevor wir loslegen, habe ich noch eine allerletzte Frage: Wie willst du das eigentlich bezahlen?«

Ich dachte nach. Mir fiel nur das Wort »Öhm«, ein, und so warf er mich aus seinem Laden. Seitdem war ich nie wieder in einem Tattoostudio gewesen, nicht dass es mir an Ideen gemangelt hätte, das mit dem Stadion fand ich immer noch cool, das einzige Problem war, dass ich keine Antwort auf seine letzte Frage hatte.

Nachdem ich durch die Einlasskontrollen durch war, suchte ich Pascal. In meiner Nähe war er nicht. An der Holzhütte, aus der die Trikots verkauft wurden, trieb er sich auch nicht herum. Und auch nicht am Eingang zum Block. Ich latschte umher und suchte ihn. Dann sah ich ihn am Bierwagen und fragte mich, warum ich ihn woanders gesucht hatte. Er holte vier Becher, drückte mir zwei in die Hand, und zusammen gingen wir in den Block.

Die Stimmung war krass. Das ganze Stadion stand die neunzig Minuten durch. Selbst die Leute auf den Sitzplätzen standen. Pascal und ich sind in den Fanblock rein. Pascal, weil Dirks Karte nichts anderes zugelassen hätte, und ich, weil ich Pascal nicht sagen wollte, dass ich mir gestern diese scheißteure Karte für die Gegentribüne gekauft hatte, nur um ihm die Karte geben zu können, die ich von Dirk hatte. Unsere Sicht war gut, wir standen mittendrin, hatten das ganze Stadion im Blick. Uns gegenüber die Bielefelder und links von uns die Gegentribüne, auf der ich meinen Sitzplatz sehen konnte, der nun verwaist blieb. Ich war müde, am liebsten hätte ich mich schlafen gelegt. War nicht drin. Nicht hier und nicht heute. Der Block sang das Magdeburger Lied. Wir sangen mit. Der Block hüpfte. Wir hüpften mit. Der Block jubelte, als in der 38. Minute das 1:0 fiel. Wir jubelten mit. Beim Jubeln flog mir der Bierbecher aus der Hand, er war weg, das Bier war weg, das Pfand war weg. Pascal hatte seine beiden Becher schon leer, und wo mein zweiter geblieben war, wusste ich nicht. Vielleicht hatte ich ihn schon ausgesoffen, vielleicht war es aber auch Pascal oder jemand ganz anderes gewesen. Ich nahm Pascal die beiden Becher ab, schob mich aus dem Block und holte zwei neue. Als ich die Biere entgegennahm, raunte das ganze Stadion. Irgendwas war passiert. Ich stolperte wieder vor und konnte vom Blockeingang aus sehen, wie Atik zum Elfmeter antrat und auf 2:0 erhöhte. Rechte untere Ecke, der Bielefelder Torhüter kam fast noch ran. Ich guckte in das Stadion. Kein Vergleich zum alten Grube-Stadion, das ich mir nicht auf den Rücken hatte tätowieren lassen. Ich hätte es machen sollen, einfach durchziehen. Ich hätte den doch auch nicht bezahlen müssen. Einfach abhauen, wenn er fertig gewesen wäre, so hätte ich es machen müssen.

Innen war das neue Stadion besser. Das Grube-Stadion war oval gewesen, es hatte eine Laufbahn gegeben, die Tribünen waren weit weg vom Feld. Hier war man näher dran, konnte alles viel besser sehen und vor allem fühlen. Und was ich dann fühlte, als ich zur Haupttribüne sah! Ich würde gerne sagen, dass mir fast beide Biere aus der Hand gefallen wären. Aber ich muss sagen, dass mir beide Biere aus der Hand gefallen waren. Direkt auf die Füße. Meine Turnschuhe waren durchweicht, schnell bückte ich mich, versuchte zu retten, was zu retten war, und konnte einen viertelvollen und einen komplett leeren Becher aufheben. Ich trank das restliche Bier, es schmeckte fürchterlich, und dann guckte ich wieder zur Haupttribüne. Sie war nicht mehr zu sehen. Sie war weg. Einfach weg. So schnell, wie sie da gewesen war, war sie wieder weg. Ich wusste, dass sie es war, reckte den Kopf, versuchte die VIP-Bereiche abzuscannen, doch ich hatte keine Chance, weil mir die ganze Menge entgegenkam, die zielsicher zum Bierstand latschte und mich schließlich mitzog.

Ich bekam erst Nachschub, als das Spiel schon wieder angepfiffen war. Und als ich wieder bei Pascal war, lief die zweite Halbzeit schon seit zehn Minuten, und es stand bereits 3:0, was ich wusste, weil ich den Jubel gehört hatte, aber nicht hatte sehen können, weil ich ein Bier in bar, das andere per Karte zahlen musste, dann war ich pleite, sah aus wie ein Depp, fühlte mich einfach nur müde und durcheinander und hörte diesen unglaublich lauten Jubel von dem Tor, das ich nicht sah.

»Alter? Hast du einen weggesteckt, oder warum dauerte das so lange?«, plärrte Pascal mich an und riss mir einen der Becher aus der Hand.

Ich sagte nichts, Pascal plapperte weiter: »Alter. Das Tor hättest du sehen sollen. Das war ein Ding. So was erlebst du nur alle zehn Jahre!«

»Wer hat getroffen? Condé?«, fragte ich und hatte keinen Blick für das Spiel, sondern sah nur zum VIP-Bereich. Wo war sie? Wo?

»Wer?«

»Condé?«, fragte ich.

»Alter! Glotz aufs Feld!«, brüllte Pascal, packte mich an der Schulter und schüttelte mich. Noch mehr Bier, das den Weg zu meinen Füßen fand.

»Wer hat getroffen?«, fragte ich ihn, und der Typ, der rechts von mir stand, meckerte: »Sag mal, bekommst du überhaupt was mit? Der Brasilianer. Unser Brasilianer!«

»Also doch Condé?«, fragte ich, und der Typ sagte: »Condé kommt aus Guinea, du Idiot! Yanko hat getroffen!«

»Wer zur Hölle ist Yanko?«, fragte ich, doch der Typ packte meinen Kopf und zeigte mit der anderen Hand auf die Nummer 36: »Der da!«

Den kannte ich gar nicht. Ich dachte, ich kannte alle. Weil ich so wenig Geld hatte, konnte ich zwar kaum zum Fußball, aber ich war mir sicher, dass ich alle Spieler kannte. Wo kam der denn her? Und vor allem: Was wollte der hier? Mittelfeldspieler. Tanzend rannte er übers Feld. Pässe wie von Beckenbauer und Bewegungen wie Messi. Dazu einen Körper wie Ronaldo. Also der neue Ronaldo, nicht der echte. Der originale Ronaldo hatte inzwischen einen Körper wie ich. Freistoß. Der brasilianische Beckenbauer-Messi-Ronaldo namens Yanko trat an. Weit ausholend, dann den Fuß fest auf den Ball kloppend, und das Bein bleibt auf dem Rasen stehen, als hätte man es im Boden verschraubt. Sah aus wie bei einer Tipp-Kick-Figur. Sah aus wie bei Reus.

So hatte ich es auch immer probiert. Ein paar Mal war ich nah dran gewesen, aber das hier war eine andere Liga. Ein Bombenschuss. Und der Ball zog eine Banane und kam dem Tor gefährlich nah, konnte aber geklärt werden. Warum hatte Magdeburg so einen Spieler?

»Der bleibt nicht lange«, sagte ich, und der Typ neben mir nickte, und Pascal schimpfte: »Von mir aus kann der sich sofort wieder verpissen! Was wollen wir mit so einem? Der stirbt in Schönheit. Heute kann der glänzen, aber was ist im Winter? Da friert sich so einer doch den Arsch ab und latscht halbtot übers Feld. Ich sage es dir jetzt schon: Der hat Glasknochen!«

»Du hast doch eben noch gemeint, dass es so was nur alle zehn Jahre gibt«, sagte ich.

»Ja. Weil solche sich nur alle zehn Jahre reinhängen!«

»Wir werden sehen!«, sagte der Typ rechts von mir, und wir gingen wieder in den Gesang über: »Der FCM. Der FCM. Der FCM ist wieder da!«

Das Lied sangen wir jetzt durch. Es gab nur eine kurze Unterbrechung, als das 4:0 fiel. Und ganz Magdeburg besang, dass Bielefeld in der dritten Liga dabei sein würde. Yanko tanzte die halbe Abwehr aus, rannte vor, umspielte drei Bielefelder und hob den Ball mit dem linken Fuß in die linke obere Ecke. Ich war verliebt in den Jungen. Scheiße, so einen hätte ich als Kind gerne als kleinen Bruder gehabt, mit dem hätte ich immer üben können. Und dann, wenn mein kleiner Bruder vor den großen Vereinen nicht mehr zu verstecken gewesen wäre, hätte ich ihn im Stadion anfeuern können. So einen gibt es wirklich nur alle zehn Jahre, und da wir die letzten dreißig Jahre nur Scheiße gefressen hatten, war der auch dreimal so gut wie die Typen, die normalerweise alle zehn Jahre auftauchten. Irgendwie kam er mir bekannt vor, die Bewegungen, die ganze Körperhaltung, und damit meine ich nicht diese Beckenbauer-Messi-Ronaldo-Reus-Sache. Nee, der kam mir vor, als hätte ich ihn schon mal gesehen. Aber wo? Wenn man so einen sieht, merkt man sich das doch. So einen vergisst man nicht.

Abpfiff. Die Bielefelder waren immer mehr auseinandergefallen Das hier hätte auch 6:0 oder 7:0 ausgehen können. Die Fans der Bielefelder machten noch ein paar Mal mit ein paar Böllern auf sich aufmerksam, was keinen von uns interessierte. Der Gesang ging über zu »Es lebt der FC Magdeburg«, das ganze Stadion sang. Die Spieler kamen zu uns vor, ließen sich feiern. Die Saison war durch. Ein weiteres Jahr Zweitklassigkeit lag vor uns, und heute dachte niemand an die Abstürze, die uns sicher noch bevorstanden.

Als ich mit ihm im Lkw unterwegs gewesen war, hatte mein Vater mir jedes Mal die Taschen vollgehauen, mir erzählt, wie er das

Europapokalspiel gegen Mailand gesehen hatte, wie er 1977 dabei gewesen war, als Schalke in Magdeburg den Sack vollbekommen hatte, und natürlich, wie er 1985 mit Dirk nach Berlin gefahren war. Halbfinale im FDGB-Pokal gegen den Berliner FC. 3:2 hatte Magdeburg dort gewonnen. Das erste Mal seit Jahren, dass Magdeburg in Berlin gegen Berlin gewinnen konnte. Das Rückspiel zu Hause hatte man dann 0:2 verloren, und damit war Magdeburg raus gewesen. Dafür konnten mein Vater und Dirk sich noch mit ein paar Berlinern prügeln. Er erzählte mir, dass er einen schnappen konnte, der, warum auch immer, einen Motorradhelm aufhatte. Dem habe er das Visier ein- und dem Typen die komplette vordere Kauleiste ausgeschlagen. Dass die Berliner dann das Finale ausgerechnet gegen Dresden verloren, interessierte niemanden mehr. Aber das war vielleicht der Unterschied zwischen mir und meinem Vater. Ich wollte Magdeburg gewinnen oder hoch verlieren sehen. Ich wollte Leidenschaft. Mein Vater konnte die großen internationalen Spiele sehen, und sonst wollte er eigentlich nur eine ordentliche Keilerei haben. So hatten mein Vater, Dirk und all die anderen, ohne es zu merken, die besten Jahre des Vereins erlebt. Die drei Meisterschaften in den Siebzigern, die Pokalsiege zu dieser Zeit und dann als Krönung den Sieg im Europapokal der Pokalsieger 1974. Das hatten nicht einmal die Leipziger geschafft und schon gar nicht die Schweine vom BFC. Unsere Väter waren so vollgepumpt gewesen mit Bier und Frust, dass sie nicht sahen, wie gut diese Jahre waren. Statt sich über die Siege zu freuen, prügelten sie sich mit denen, die verloren hatten. Und verloren sie selbst einmal ein Spiel, prügelten sie dem Gegner die Siegesfreude aus dem Leib. Und dann, als es so aussah, dass die Karten neu gemischt werden würden, Fußball mal mehr als Prügeln und Suff werden könnte, als alle, sogar Dirk und mein Vater, hofften, dass nun die Jahre kommen würden, in denen es aufwärts ging, passierte genau das Gegenteil. Es ging bergab. Die Mauer fiel, und der Verein versandete, spielte über Jahre in der vierten Liga. Wir bekamen damals nicht viel davon mit. Pascal und Torben hielten zu Dortmund, ich war für Schalke. Dass in Magdeburg auch Fußball gespielt wurde, wussten wir gar nicht, bis uns Dirk dann 2001 mitnahm. Da ging es dann wieder bergauf. Zumindest wirkte es so. Raus aus den Neunzigern, rein in das neue Jahrtausend, rein in einen Aufschwung, rein in unsere Jugend, und dabei die Welt entdecken. Aber irgendwie wurde unsere Welt immer kleiner, und das, was uns als Aufschwung verkauft wurde, war schon nicht mehr Stillstand, es war eher Abbau. Abbau Ost.

Wir hatten die Scheißjahre erlebt.

Das Hinsiechen. 2007 dieses blöde 1:1 gegen St. Pauli, als wir den Durchmarsch verpassten und in die zweite Liga hätten aufsteigen können.

Der langsame Abstieg danach, es wurde schlechter und schlechter. Dirk sprach schon wieder von den Neunzigern, und in seiner Stimme lag die Angst, dass das nun alles von vorne beginnen würde. Kaum noch Fans im Stadion. Im Frühjahr 2012 traf die Mannschaft das Tor nicht mehr, und dann standen Pascal und ich, gemeinsam mit fünfzig anderen Bekloppten, mit bunten Pfeilen hinter dem Tor, und zusammen rannten wir von links nach rechts und von rechts nach links, damit die Idioten auf dem Rasen sehen konnten, wohin sie ballern sollten. Als sie dann gegen den Berliner AK endlich trafen, half das auch nicht. Wir verloren das Spiel 1:2. Am Ende der Saison waren wir Letzter. Mannschaften wie RB Leipzig, Meuselwitz, Wolfsburg II, Hertha II, Cottbus II und sogar St. Pauli II waren weit vor uns. Und das ging ja noch, schlimmer war eigentlich, dass die Hallenser ganz oben standen und im nächsten Jahr aus der dritten Liga grüßten, während wir gegen die Dorf- und Zweitmannschaften spielen mussten. Doch irgendwann wurde es langsam besser, so langsam und so leise, dass wir es erst gar nicht mitbekamen. In einem

Jahr Sechster, in einem sogar Zweiter, und auf einmal waren wir Erster und spielten die Relegation gegen Offenbach, die sich nicht hätten vorstellen können, dass ausgerechnet wir ihnen die Grenzen aufzeigen sollten. Ein paar Jahre dritte Liga. Profifußball. Endlich. Und gleich obendran. Die Ticketpreise kletterten, und die Hütte war voll. Und dann stiegen wir sogar in die zweite Liga auf und die Tickets wurden noch mal teurer. Es ging direkt wieder runter, die Preise blieben oben, und wir konnten uns nicht mehr jedes Spiel leisten. War auch nicht so schlimm, die Ergebnisse waren mäßig, wir konnten froh sein, dass wir nicht durchgereicht wurden. Und jetzt waren wir wieder da und wussten nicht, ob wir dieser Situation trauen konnten. Zweite Liga. Wann ging es wieder runter?

Ich konnte den Klassenerhalt nicht genießen. Ich stand da, Pascal und Tausende andere neben mir, und alle besangen wir die Wiederauferstehung des FCM. Einige träumten groß: Mit dem Brasilianer sollte der Durchmarsch in Liga 1 kein Problem sein, und dann würden hier auch bald wieder Mailand und sonst wer auftauchen, im nächsten Jahr aber zumindest Schalke, denn die waren gestern runter in Liga zwei gegangen und alle um mich herum quatschten schon von der Auswärtsfahrt nach Gelsenkirchen und den drei Punkten, die man dort abholen würde. Aber ja, sollte nur eine Zwischenstation werden. Irgendwann, in ein paar Jahren, ginge es dann gegen Mailand, Liverpool, Barcelona und was weiß ich wen. Ich konnte da nicht mit einstimmen. Pascal hatte sicher recht, der Brasilianer, Yanko hieß er, der würde schneller weg sein, als wir schauen konnten. Wo kam der überhaupt her? Ich zog mein Handy raus. St. Pauli. War erst in der Winterpause zu uns gekommen. War mir damals voll entgangen. Oder ich hatte es vergessen. St. Pauli, Hamburg. Was wollte der hier? War der bei einer Elbschifffahrt falsch ausgestiegen? Er stand vielleicht dreißig Meter von mir entfernt. Vielleicht kam mir nur dieser Blick bekannt vor, den ich aus dem Spiegel kannte. Dieses Wissen, dass das hier kein Moment der Ewigkeit ist, dass das hier vielleicht wirklich der Anfang vom nächsten Abstieg war. Was konnte so einer wie der überhaupt selbst entscheiden? Eine falsche Grätsche des Gegners, und die Karriere war vorbei. Ein schlecht geschossener Elfmeter, und die eigenen Fans waren gegen einen. Dann wäre Yanko nicht mehr der Brasilianer, dann wäre er Yanko, der Bimbo. Und dann hieße es nicht mehr »Der FCM ist wieder da!«, dann hieße es »Bimbo raus!«, den Spruch hatte ich hier schon oft gehört, meistens auf die Gegenspieler gemünzt. Selbst wenn der Block so was heute nicht mehr rief, dann murmelte er es zumindest, und im Internet wurde dann klar formuliert, was man hier nicht mehr brüllen durfte.

Pascal legte seinen Arm um mich, und ich merkte, wie müde ich auf einmal war. Er fing an zu hüpfen, kraftlos hüpfte ich mit. Ich wollte einfach nur noch ins Bett, während Pascal davon sprach, dass wir uns jetzt besaufen würden. Ich wollte widersprechen, aber mir fehlte die Kraft. Die Spieler drehten ab, winkten den anderen Tribünen zu, gingen zu den Interviews. Ich guckte zum Bielefelder Block. Dort bekamen die Spieler gerade ein paar Ansagen vom Capo für die anstehenden Relegationsspiele. Als wenn das was bringen würde. Bei so was war ich auch schon ein paar Mal dabei gewesen. Irgendein Spinner hat ein Megafon in der Hand und plärrt, dass die sich mal zusammenreißen sollen. Für den Verein. Für die Heimat. Für die Fans. Schließlich gehe es um was, und alle, das gelte vor allem für die Spieler, seien nur ein ganz kleiner Teil von etwas richtig Großem und blabla. Eine Woche später bekam man dann wieder auf den Sack, und danach waren die Spieler ganz schnell bei anderen Vereinen, wo sie dann rumquatschten, dass sie da schon immer spielen wollten. Dass die

Strukturen, die Stadt und vor allem die Fans sie überzeugt hätten und so einen Dreck.

Ich sah wieder zum Brasilianer. Er stand an der Seitenlinie, plapperte in ein Mikrofon. Das Interview war zu Ende. Er ging weg, ging in Richtung Spielertunnel, wo ein Haufen Leute stand. Und da war sie. Ich sah, dass ich mich vorhin nicht geirrt hatte, als ich mich in der Halbzeit mit dem Bier bekippt hatte. Schwarze Hose, rote Jacke und rotes Haar. Sie war es. Hundertprozentig war sie es. Ich wollte ihren Namen brüllen, wollte sie auf mich aufmerksam machen, aber ich wäre nicht durchgekommen, außerdem hatte Pascal auf einmal ein volles Bier in der Hand, das ich ihm wegnahm und exte. Er klopfte mir vor Freude auf die Schulter, plapperte, dass ich endlich dabei sei und dass uns nichts mehr aufhalten könne, und dann waren wir auf einmal in einer Kneipe am Hasselbachplatz, später standen wir in einer Straßenbahn, und ich weiß noch, dass Pascal in die Bahn kotzte, und ab da waren meine Erinnerungen nur noch bruchstückhaft. Es gab noch eine Kneipe und dann gab es irgendwelchen Ärger mit einem Schaffner, und dann waren wir irgendwann doch im Zug, und am nächsten Tag wachte ich zu Hause auf meinem Sofa auf, und Pascal war halb sitzend und gleichzeitig liegend neben mir, hatte seinen Kopf an meiner Schulter und schnarchte.

Ich sah auf die Uhr. Das Spiel war nun schon 24 Stunden vorbei, und das Einzige, was ich wirklich sicher wusste, war, dass ich die ganze Zeit an sie gedachte hatte und am liebsten geweint hätte.

Oh, Sister
16. Juli 1997

Grundschule Jeetzenbeck

Zeugnis der Grundschule
Marcel Körtge
geb. am 03.10.1986 in Altenwedel
Kreis Altenwedel
Klasse 4b
Schuljahr 1996/97

~~Halbjahreszeugnis~~ | Jahreszeugnis

Leistungen:

Deutsch: 2
Mathematik: 4
Heimat- und Sachunterricht: 3
Ev./Kath. Religionsunterricht: nicht erteilt
Ethikunterricht: nicht erteilt
Musik: 3
Kunsterziehung: 3
Sport: 1
Werkunterricht: 4
Schulgartenunterricht: 4
Arbeitsgemeinschaften: keine

Bericht zum Arbeits- und Sozialverhalten und über die Leistungen:

Marcels Verlassen der Grundschule wird vom Kollegium mit gemischten Gefühlen betrachtet. Einerseits hat er alle Fächer so abgeschlossen, daß er versetzt wird. Allerdings muß festgehalten werden, daß sein Interesse in weiten Teilen nicht dem Unterricht galt. Oft störte er den Klassenfrieden während der Stunde, und auch in den Pausen mußte man ihn stets im Auge behalten und zur Ruhe ermahnen. Es wird empfohlen, daß er Nachhilfestunden im Fach Mathematik belegt. Das Kollegium hofft, daß Marcel in der Förderstufe ein angemesseneres Sozialverhalten an den Tag legt. Insgesamt hat er sich etwas besser verhalten, als es von ihm zu erwarten war.

Versäumte Tage: 11, davon unentschuldigt: 8
Bemerkungen: keine
Versetzungsvermerk: versetzt

Jeetzenbeck, 16.07.97

Helmut Berg
~~Schulleiterin~~/Schulleiter

Andrea Baumann
Klassenlehrerin/~~Klassenlehrer~~

Kenntnis genommen: ______________________________

Frau Baumann machte bei den Zeugnisübergaben kein großes Theater. Lediglich die drei Besten mussten an die Tafel und bekamen mit dem Zeugnis »eine kleine Aufmerksamkeit«, wie Frau Baumann es nannte. Steffi wurde als Erste aufgerufen, wie immer. Dass ihre Tochter die beste Schülerin der Klasse war, schien Frau Baumann nicht weiter zu interessieren. Kaum war Steffi vorn, wurde Jessica aufgerufen, die zu ihrem zweiten Platz beglückwünscht wurde, und als Josefine gerade aufstehen wollte, um das Trio voll zu machen, rief Frau Baumann Pascal auf, der nicht zu glauben schien, was er da gerade gehört hatte, und sich nicht traute aufzustehen. Frau Baumann sah Pascal freundlich an und forderte ihn erneut auf aufzustehen. Ganz langsam erhob Pascal sich von seinem Platz. Ich konnte das gut verstehen, wäre ich aufgerufen worden, wäre es mir genauso gegangen. Frau Baumann meinte es ernst. Sie war niemand, die Späße machte. Aber es war ihr immer ein Vergnügen, wenn Pascal und ich vor der Klasse strammstehen mussten, damit wir uns anhören konnten, was für eine Schande für die Schule wir seien. Und nun wurde Pascal aufgerufen, um sich mit Steffi und Jessica als einer der besten Schüler hinzustellen, die diese Klasse hatte. Und als Drittplatzierter war er auch der Erste, der sein Zeugnis erhielt. Anschließend wurde Jessica ihr Exemplar in die Hand gedrückt. Als Letzte war Steffi dran, die ihr Zeugnis und einen Handschlag ihrer Mutter erhielt. Wie immer. Und wie immer hatte sie Einsen in allen Fächern. Nachdem die drei ihre Zeugnisse erhalten hatten, bekamen sie die versprochene »kleine Aufmerksamkeit«. Ein Überraschungsei. Das war alles. Das war der Lohn für vier Jahre Quälerei durch Frau Baumann. Aber jetzt waren wir sie los. Das war's! Over and out. Hasta la vista, baby!

Aber Frau Baumann kannte den Film anscheinend auch und sagte nur: »I'll be back!«, denn bevor wir alle in die Sommerferien konnten, teilte sie uns mit, dass sie uns auch die nächsten zwei Jahre in der Förderstufe unterrichten würde und sich dann zur Sekundarschullehrerin weiterbilden würde, was bedeutete, dass die von uns, die nicht aufs Gymnasium gehen würden, bis zum Ende der Schulzeit bei ihr bleiben mussten. Der einzige Ausweg war sitzenbleiben.

Pascal saß wieder auf seinem Platz und fraß sein Überraschungsei. Was man hat, das hat man. So konnte es ihm niemand mehr wegnehmen. Der Rest von uns bekam, abgesehen von der Aussicht auf weitere sechs Jahre mit Frau Baumann, gar nichts. Es blieben die Zeilen, die auf dem Zeugnis standen. Ich verstand genau, was auf dem Zettel stand: Mit dem Marcel Körtge hat das alles keinen Sinn. Im Grunde genommen war es egal, ob ich zur Schule ging oder nicht, und hätte Steffi mich nicht jeden Morgen auf ihrem Schulweg eingesammelt, hätte ich noch mehr Fehltage auf meinem Zeugnis gehabt. Seit fast einem Jahr wohnte sie mit ihrer Mutter und ihrem Vater ebenfalls in unserer Straße, aus der sich langsam ein richtiges Wohngebiet entwickelt hatte. Je weiter nördlich die Grundstücke lagen, umso größer wurden die Häuser. Die Garage von Steffis Eltern war fast schon so groß wie unser Haus, und hinter deren Haus wuchsen schon die nächsten Gebäude aus den Erdlöchern. Die neuesten Häuser hatten riesige Pools, Gartenhäuser, die fast so groß wie die Garage von Steffis Eltern waren, und es gab weite Terrassen, auf denen fast nie jemand saß. Denn wer rumsaß, konnte seinen Kredit nicht bedienen, und dass mein Papa den nur noch mit Ach und Krach bedienen konnte, erkannte man daran, dass er immer öfter und länger auf dem Sofa im Wohnzimmer saß. Bis vor einem Jahr war er für das Möbelhaus in Altenwedel mit dem Lkw durch die Gegend gefahren. Auch wenn noch neue Häuser bei uns gebaut wurden, brauchten immer weniger Menschen neue Möbel. Die alten DDR-Schrankwände hatten ihren letzten großen Auftritt bei den halbjährlichen Sperrmüllrunden, und die neuen Möbel waren noch nicht alt genug, um auf der Straße zu landen. Mein Vater war der letzte Lkw-Fahrer, der im Möbelhaus eingestellt wurde, und er war der, der als Erster gehen musste. Ein paar Wochen war er arbeitslos, dann fuhr er für die Brauerei in Gardeleve Bier aus, aber auch da lief es nicht besser. Aus den vollen Schichten wurden halbe, und dann wurde er nur noch angerufen, wenn die Brauerei überhaupt mal einen Lkw voll bekam. Auf dessen Seitenplanen stand, dass die Gardelever Brauerei die älteste Deutschlands sei. An den anderen Tagen saß er zu Hause auf dem Sofa und guckte Fernsehen. Mama saß oft daneben. Als Vanessa eingeschult wurde, wollte sie eigentlich öfter an der Kasse sitzen, damit wir etwas mehr Geld hätten. Der Chef vertröstete sie immer wieder, doch statt mehr Stunden wurden es weniger. Und so fiel es meinen Eltern immer schwerer, die monatlichen Raten für das Haus zusammenzukratzen. Trotzdem hatte mein Vater große Pläne. Er entschied, dass es an der Zeit sei, dass wir als ganze Familie endlich mal Urlaub machten. Mama war dagegen, sie meinte, die Kohle reiche jetzt schon weder vorne noch hinten, Papa ließ sich davon nicht stören.

»Na und? Nächstes Jahr haben wir auch kein Geld. Und danach noch weniger. Scheiß drauf! Wir fahren weg. Ach was! Wir fliegen! Wir fliegen nach Italien! Nach Mailand oder Madrid!«, rief er und hielt eine Gabel mit Nudeln in die Luft. Dann bewegte er sie wie ein Flugzeug und steuerte sie in Richtung Vanessas Mund, die ihn nicht öffnete. Die Nudeln verharrten kurz vor dem Mund meiner Schwester, dann stopfte mein Vater sie in seinen eigenen Mund, und als meine Mutter sichergehen konnte, dass er nicht antworten konnte, so voll, wie sein Mund war, sah sie ihn ernst an und rechnete ihm vor, was so ein Urlaub kosten würde, und ich schlug vor, mein Sparschwein zu schlachten.

»Vielleicht sollten wir das Geld doch lieber in die Nachhilfe stecken. Der Junge kann nicht rechnen«, sagte Mama, und Papa würgte den Nudelrest runter und sagte, dass die uns in der Schule eh nur Unsinn beibringen würden und dass ein Nachhilfelehrer das nur schlimmer machen würde.

»Und so weit können wir hier alle rechnen: Wir stecken mehr Geld in die Nachhilfe, als der Junge irgendwann wieder nach Hause bringen wird. Das ist sinnlos. Wozu muss der Junge rechnen? Das machen eh bald alles die Computer. Fahren können muss er. Wer fahren kann, findet immer eine Arbeit.«

»Das sieht man ja bei dir, wie viele Fahrer gesucht werden!«

»Vielleicht wird er ja auch ein berühmter Fußballer? Dafür braucht er auch kein Mathe. Da reicht es, wenn wir bei den Verträgen aufpassen. Marcel wird Fußballer und ich sein Manager! Stell dir das mal vor: Mein Sohn kickt beim FCM. Im Mittelfeld. Er hätte das drauf, und wenn er so weit ist, spielen die mindestens zweite Liga!«, sagte er und stach mit seiner Gabel in den Nudelhaufen auf seinem Teller, als wäre dieser ein Tier, das er erlegen wollte.

»Wenn du so gerne fährst, schlage ich vor, dass wir auch in den Urlaub fahren und nicht fliegen! Das ist billiger.«

»Von mir aus«, maulte mein Vater und stopfte sich den nächsten Nudelklumpen in den Mund.

Ich war satt. Seit zwei Wochen gab es fast jeden Tag Nudeln. Nudeln mit roter Soße. Inzwischen konnte ich die schon selbst zubereiten, denn Mama versuchte, mich so oft wie möglich in der Küche zu halten, damit ich nicht durch das Wohngebiet stromerte, wenn ich schon nicht für die Schule lernte. Man brauchte eine Zwiebel, eine halbe Packung Ketchup aus der Plastikflasche, etwas Zucker, Salz und Pfeffer und ein halbes Glas Wasser. Und Wurst. Wurst war wichtig, am besten Fleischwurst, und wenn es die nicht gab, dann eben Mortadellascheiben. Zuerst wurde die Zwiebel gewürfelt und in Butter angebraten, dann kam die Wurst dazu, und danach kippte man das Wasser hinein und rührte. Mama nahm die

Ketchupflasche, presste die Hälfte des Inhalts hinein, und danach kamen Zucker, Salz und Pfeffer dazu. Das war alles. Kinderleicht. Und man brauchte natürlich Nudeln.

»Wir könnten in den Schwarzwald fahren«, schlug Mama vor, und Papa sagte, dass er da nicht hinwolle. Er wolle lieber ins Ausland.

»Dann nach Österreich.«

»Das ist kein Ausland.«

»Das ist aber ein anderes Land.«

»Na ja«, sagte Papa und meinte: »Dann lass und aber in den ungarischen Teil fahren, an den Balaton«, und Mama stimmte brummend zu, räumte den Tisch ab und servierte den Nachtisch: gelben Pudding. Der war fast noch einfacher zuzubereiten als die Nudeln. Man musste nur Milch heiß machen, dabei kräftig rühren und dann das Pulver reinkippen. Dann noch mal rühren, alles in eine Schüssel kippen, und nach einer halben Stunde war der Pudding fest genug, um ihn zu essen. Vanessa durfte immer den Rest vom Topf mit einem Holzlöffel rauskratzen. Ich durfte das nicht mehr, weil ich es ein paar Mal übertrieben hatte und dann in die Schüssel gekotzt hatte.

»Oder wir fahren wieder nach Polen. So wie früher.«

»Wann waren wir denn in Polen?«, fragte ich, und Mama sagte, dass das vor meiner Zeit gewesen sei.

»Da waren wir doch schon so oft.«

»Als ich 1989 nach Ungarn wollte, wolltest du nicht«, sagte Mama, und Papa antwortete: »Du warst damals hochschwanger, und niemals hätte ich den Jungen allein gelassen.«

»Den hätten wir nachholen können, und Vanessa wäre unsere erste Westdeutsche in der Familie geworden.«

»Zum Glück ist das nicht passiert. Meine Tochter ist ein Kind der DDR! Und ein Mann lässt seine Familie nicht im Stich!«, sagte Papa und verteilte mit einem großen Löffel den Pudding in drei kleine Schalen. In der Schüssel blieb der größte Teil. Er umfasste die Schüssel mit seinem linken Arm und aß seinen Nachtisch direkt daraus. So, wie er es immer tat, was Mama nicht mochte, weil die Schüssel ein Erbstück war, was ihn aber nicht weiter kümmerte.

»Ich weiß nicht, ob wir mit dem Auto überhaupt so weit fahren können. Vielleicht bleiben wir doch lieber zu Hause«, sagte Mama, die sich einen kleinen Schluck Eierlikör auf ihren Pudding kippte. Für Vanessa und mich musste der Pudding so reichen, wie er war, und Papa mochte keinen Eierlikör. Er öffnete sich eine der Bierflaschen, die er kostenlos von Arbeit bekam, auch wenn er lieber Krombacher als Garley trank.

»Einem geschenkten Gaul glotzt man nicht ins Maul«, sagte er immer, wenn er die Flasche mit dem Puddinglöffel aufhebelte, und so sagte er es auch jetzt: »Einem geschenkten Gaul glotzt man nicht ins Maul!«

Vanessa hatte ihre Schale schon leer und wollte in ihr Zimmer. Mama sagte, dass sie erst Hände waschen gehen müsse, und Vanessa rannte die Treppe hoch zum Badezimmer. Von oben rief sie: »Sauber!«, und Papa sagte: »Will ich sehen!« Vanessa kam wieder runter, zeigte ihre Hände, Papa war zufrieden, und meine Schwester ging in ihr Zimmer. Dann sah Papa zu mir und sagte: »Und was ist mit dir?«

Ich zeigte ihm meine Hände, und er gab mir einen kleinen Klaps auf den Hinterkopf.

»Die hellste Kerze auf der Torte bist du nicht. Wirst du nie werden. Aber das macht nichts. Wo willst du Urlaub machen?«

Ich überlegte. Mir fiel nichts ein, und ich zuckte mit den Schultern.

»Wichtig ist, dass wir zusammen wegfahren«, sagte Mama, und dagegen konnte auch Papa nichts sagen, er fuhr mit seinem Zeigefinger erst durch seine Schüssel und dann durch die von Vanessa.

Ich tat es ihm mit meiner kleinen Schüssel nach, und Papa sah mich zufrieden an: »Wenigstens das hat er verstanden: Dass man alles aufessen muss.«

»Ja, und wenn du nun verstehst, dass wir nur das ausgeben können, was wir haben, können wir auch den Urlaub planen.«

»Eine Woche, Silke. Eine Woche. Vielleicht auch zwei. Und ich kümmere mich um ein anderes Auto. Oder wir fahren mit einem Wohnwagen! Das ist besser! Wir werden mit einem Wohnwagen wegfahren.«

Mama ließ sich nach hinten in ihren Stuhl fallen und fing an zu lachen. »Ein Wohnwagen! So weit kommt's noch, dass wir mit einem Wohnwagen fahren. Wo willst du denn einen Wohnwagen herbekommen?«

»Wirst du schon sehen«, sagte Papa, stand auf, holte Mamas Zigarettenschachtel vom Fliesentisch und zog ihr eine raus. Sie steckte sich die Zigarette in den Mund, Papa gab ihr erst Feuer, und dann küsste er ihre Stirn.

»Wirst du schon sehen«, sagte er, und Mama pustete den Rauch über den Tisch, sah mich an und sagte lachend: »Dem Papa darfst du kein Wort glauben!«

Mama sollte recht behalten, dem Papa konnte man nichts glauben. Drei Wochen später hatten wir weder einen Wohnwagen noch ein anderes Auto, mit dem wir nach Polen oder in den ungarischen Teil von Österreich hätten fahren können. Und vom Urlaub war seit diesem Abendessen auch nur noch einmal die Rede gewesen. Papa meinte, dass das nicht nur Urlaub sei. Er sagte, dass man sich das mal aus der Nähe ansehen müsse. Mama wollte dann wissen, was er damit meinte, und Papa redete von Jugoslawien, was wohl nicht im ungarischen Teil von Österreich lag, aber irgendwo da unten sei. Mama zeigte Papa einen Vogel und sagte, dass sie da ganz sicher nicht hinwolle. Da hätte sie als Jugendliche zwei Mal hingemusst. Mit der FDJ. Sei was Besonderes gewesen. Aber dort hätte es im Laden nicht einmal richtige Tampons oder Binden gegeben. Keine zehn Pferde würden sie wieder mach Jugoslawien bringen.

»Vielleicht schnappen wir uns einen von den Burschen und bringen ihn zurück«, meinte Papa, und ich verstand gar nichts mehr, dafür wurde Mama laut: »Ralf! Nie im Leben werde ich zu den Jugos fahren! Die sind doch eh schon alle hier!«

»Das meine ich ja! Deswegen sollte man sich das mal vor Ort ansehen. Im Fernsehen können die uns sonst was zeigen! Das kann dort nicht so schlimm sein, wie die erzählen! Niemals!«

»Ich fahre da nicht hin!«

»Das werden wir ja sehen!«

»Das wirst du sehen! Außerdem hast du noch nicht einmal den Wohnwagen besorgt, den du angeblich ranholen wolltest! Nichts hast du gemacht! Nichts! Und auch wenn ich ganz froh bin, dass du wie immer den Mund zu voll nimmst und wir so das Geld sparen können, hätte ich mich sehr gefreut, wenn wir mal weggefahren wären! Und statt mal zu machen, was du ankündigst, sitzt du hier den ganzen Tag faul rum!«

»Was soll ich denn machen? Ich kann auch nur fahren, wenn die mich anrufen! Soll ich es so wie die anderen machen und mich am Kiosk neben dem Amt besaufen? Willst du das? Ja?«

»Nein!«

»Dann halt mal den Ball flach!«

Mama verschränkte die Arme. Papa guckte sie wütend an, und Vanessa senkte den Kopf, guckte auf ihre leere Puddingschale und traute sich nicht zu fragen, ob sie aufstehen dürfe. Dafür stand Papa auf, zog sich im Flur die Schuhe an und ging raus. Das war vor drei Tagen. Seitdem war er weg, und das Thema Urlaub kam nicht mehr zur Sprache.

Ich wusste nicht, wo Papa war. Mama rief immer wieder bei Dirk an, doch der schwieg am Telefon, weshalb Mama davon ausging, dass Papa bei ihm war. Hinfahren wollte sie nicht. Mit erhobenem Kinn saß sie die letzten Nachmittage auf dem Sofa und rauchte. Vanessa und ich mussten auch keine Nudeln mehr essen. Stattdessen teilten wir uns immer eine Fertigpizza und bekamen danach Fürst-Pückler-Eis, während Mama die Abendnachrichten sah.

Als Frau Baumann Pascal fragte, was er diesen Sommer machen würde, antwortete er, dass Dirk ihn in ein Ferienlager an den Werbellinsee schicken würde. Als er Frau Baumann antwortete, war sein Mund verschmiert mit der Schokolade vom Überraschungsei und auf seinem Tisch stand eins dieser kleinen Nilpferde, die damals immer in den Eiern waren.

Steffi war dran: »Kuba, mein Papa und ich besuchen meine Großmutter«, woraufhin ihre Mutter, die ja wusste, dass ihre Tochter nach Kuba fliegen würde, zu Steffi sagte, dass sie nicht gefragt worden sei und es sich eh schon in der ganzen Schule rumgesprochen hätte. Steffi antwortete ihrer Mutter nicht und sah auf ihren Tisch. Pascal war es dann, der in das Schweigen hinein fragte, warum Frau Baumann denn nicht mit nach Kuba fliegen würde, und Frau Baumann sagte nur, dass es dort viel zu heiß sei. Sie wandte sich von uns ab und fragte Jessica, welches Urlaubsziel ihre Eltern dieses Jahr ausgesucht hätten. Jessica antwortete, dass sie nach Sri Lanka fliegen würden. Ich wurde nicht gefragt, wo ich hinfahren würde, dafür war ich Frau Baumann dankbar. Wenigstens heute unterließ sie es, mich vorzuführen. Kurz bevor die Klingel ertönte, stand Frau Baumann auf, wünschte uns allen schöne Ferien und ermahnte uns, wobei sie mich mal wieder besonders streng ansah, dass wir uns ordentlich benehmen sollten. Dann sagte sie uns, dass sie sich auf die Zeit mit uns in der Förderstufe freute, und das war dann alles.

Nach der Zeugnisübergabe hing ich am Rand vom Schulhof rum. Andere Kinder durften in den Hort, auch wenn sie dort nicht angemeldet waren. Ich durfte es nicht mehr. Eine Zeit lang hatte Frau Neuschmidt mich geduldet, manchmal hatte sie mir sogar einen Teller vom Mittagessen hingestellt, was die anderen bezahlen mussten, was Mülle Frau Neuschmidt unter die Nase reiben musste, was dazu führte, dass ich Mülle was anderes unter die Nase rieb, und zwar meine Faust, was schließlich dazu führte, dass ich nicht mehr im Hort rumhängen durfte. Mülle, du dumme Sau!

Pascal und Steffi waren mit mir auf dem Schulhof. Seit Kurzem gab es eine Tischtennisplatte aus Stahl, auf der wir saßen. Steffi erzählte uns von Kuba, davon, dass es dort so ganz anders sei, dass die Menschen dort freundlicher seien, dass, wenn man ein Auto habe, man die Leute mitnehme, die auf der Straße stehen, und wenn man selbst kein Auto habe, wurde man von denen mitgenommen, die eins besaßen. Sie sprach davon, wie sie letztes Jahr im Regen mit ihrem Vater auf der Veranda gesessen hatte, und dann setzte sich einfach eine fremde Frau dazu, weil es so sehr regnete und die Frau nicht nass werden wollte. Steffi fand das komisch, aber ihr Vater störte sich nicht an der fremden Frau und lud sie sogar zum Essen ein.

»Das ist in Kuba ganz normal, das macht hier keiner«, sagte Steffi, und Pascal fragte, ob sie uns mal mitnehmen würde, und Steffi sagte, irgendwann bestimmt. Irgendwann.

Onkel Dirk kam mit seinem Opel vorgefahren. Ich reckte den Hals, versuchte zu erkennen, ob Papa im Auto saß, da Mama ja vermutete, dass Papa bei Onkel Dirk herumhing, aber er war nicht zu sehen. Pascal umarmte uns, und dann war er weg und auf dem Weg zum Werbellinsee, wo er uns vergessen würde und sich erst wieder an uns erinnern würde, wenn Onkel Dirk ihn dort wieder abholte und nach Hause brachte.

»Wo fahrt ihr hin?«, fragte Steffi mich, nachdem Pascal weg war, und ich erzählte ihr vom Wohnmobil, dass ich aber nicht daran glaubte, da Papa seit Tagen weg war und wir noch immer keins hatten.

»Wenn wir erwachsen sind, fahren wir zusammen weg. Nur wir beide. Ganz alleine, Marcel.«

»Nein, nicht alleine«, sagte ich. »Ich möchte, dass Vanessa mitkommt. Und Pascal.« Steffi nickte. Dann stand sie auf, denn ihre Mutter kam aus dem Schulgebäude. Steffi stand so schnell auf, dass ich sie gar nicht mehr umarmen konnte, was ich gerne getan hätte, da ich ihren Geruch so mochte. Sie würde bestimmt noch besser riechen, wenn sie aus Kuba zurück war, dachte ich, während ich ihr hinterherwinkte.

Ein paar Minuten später tauchte der Bus auf, in dem Vanessa war. Ihre Klasse hatte mit Direktor Berg den üblichen Ausflug in den Drömling gemacht. Sie freute sich, mich zu sehen, und warf ihre Arme um mich. Ich nahm ihre Tasche, und gemeinsam gingen wir nach Hause.

Mama war noch im Supermarkt und von Papa fehlte noch immer jede Spur. Der Passat stand in der Einfahrt und rostete vor sich hin. Vielleicht konnte ich ihn haben, wenn Papa tatsächlich nicht mehr auftauchte? In acht Jahren konnte ich meinen Führerschein machen und dann könnte ich mit dem Ding nach Jugoslawien fahren. Die Schlüssel lagen unter der Fußmatte, das wusste ich. Vielleicht würde ich Papa in Jugoslawien finden, der schon eine neue Familie hätte, und dann hätte ich Geschwister, die so aussehen würden wie ich, nur ein bisschen dunkler wären. Vielleicht wäre Jugoslawien doch nicht so schlimm. Oder ich würde mit Mama und Vanessa in den ungarischen Teil von Österreich fahren. Wobei, dann würde ich ein anderes Auto brauchen, Mama hasste die Karre zu sehr, um sich damit von mir rumfahren zu lassen. Ich ging am Auto vorbei ins Haus, Vanessa folgte mir. Wir brachten unsere Taschen in unsere Zimmer und packten die Zeugnisse auf den Fliesentisch im Wohnzimmer. Erwin piepte leise vor sich hin. Vanessa stand an seinem Käfig, hielt den Finger rein, und Erwin knabberte an ihrer Fingerspitze. Wenn ich meinen Finger reinhielt, plusterte er sich immer auf, fauchte und schwang seinen kleinen Köper seitwärts, wobei er mich beobachtete. Gerne hätte ich ihn im Wohnzimmer fliegen lassen. Aber das war uns verboten. Erwin durfte nur raus, wenn Mama oder Papa da waren, denn die waren die Einzigen, die es schafften, ihn wieder in seinen Käfig zu bekommen. Papa benutzte dafür immer einen Schuhkarton, den er Erwin überstülpte. Dann schob er ein Stück Pappe unter den Karton, hob alles an, drehte den Karton langsam um, sodass Erwin nach unten rutschte, und dann nahm er ihn aus dem Karton und brachte ihn in seinen Käfig zurück. Mama brauchte keinen Karton, sie nahm Erwin einfach auf ihren Finger und schob den Vogel wieder in seinen Bauer. Ich hatte beides versucht, als meine Eltern nicht zu Hause waren, und es dauerte lange, bis ich Erwin eingefangen hatte und wieder einsperren konnte. Am Ende pumpte mein Herz mindestens genauso schnell wie das von Erwin. Von da an hielt ich mich an das Verbot.

»Er braucht frisches Wasser«, sagte Vanessa. In seinem Napf war eine grün-graue Brühe, voll mit Erwins Scheiße. Es gab am Bauer einen Gitterverschluss, den man öffnen konnte. Dann zog man den Napf heraus, schloss das Gitter wieder, damit er nicht ausbüxte, und konnte das Wasser wechseln. Ich trug den Napf in die Küche, kippte die Brühe im Waschbecken aus und wischte mit meinem Finger im Napf herum, damit dieser halbwegs sauber war. Dann füllte ich frisches Wasser hinein und brachte den Napf wieder im Käfig an. Vanessa nickte zufrieden, und zusammen beobachteten wir Erwin in seinem Käfig. Er saß still auf seinem Holzstab und machte nichts. Wir hatten mal versucht, ihm Wörter beizubringen, was nicht geklappt hatte. Papa sagte immer, dass Erwin zu nichts zu gebrauchen sei und uns nur Geld kosten würde.

»Komm, wir gehen raus«, sagte ich zu Vanessa, die auf dem Sofa saß und ihrer Barbie die Haare kämmte. Sie sah auf, fragte, wohin, und ich sagte ihr, dass wir mit den Rädern rumfahren könnten, doch sie meinte, dass Mama uns verboten hätte, in den Rohbauten herumzustromern. Ich fragte sie, ob sie eine bessere Idee habe, und nein, die hatte sie nicht.

»Aber Steffi kommt mit?«, fragte sie.

Ich war kurz verwirrt, bis mir wieder einfiel, dass sie ihre Puppe so nannte.

Wir holten unsere Räder und fuhren durch unser Wohngebiet. Überall wuchsen neue Häuser aus der Erde. Wir fuhren an Baugruben und Rohbauten vorbei. Am Ende der Siedlung entstand ein regelrechter Palast. Das Gebäude jetzt schon größer als alle anderen Häuser in der Straße. Wir hielten vor dem Grundstück, das mit rostigen Metallstäben und Flatterband umzäunt war. Vor den anderen Häusern standen keine Autos, die Bewohner waren noch alle bei der Arbeit. Ich hob das Flatterband an und rief Vanessa zu, dass sie ihr Rad durchschieben solle.

»Wir dürfen hier nicht rein«, sagte sie, und ich meinte, dass wir nur ganz kurz hier seien. Vanessa sah mich an. Sie hielt den Lenker ihres Fahrrads fest umklammert, an dem ein kleiner, rosafarbener Korb angebracht war, in dem ihre Puppe lag. Langsam schob sie ihr Rad unter dem Flatterband hindurch, stellte es ordentlich auf dem Ständer ab und nahm die Puppe aus dem Korb. Ich zog mein Fahrrad unter dem Band durch und warf es auf einen Sandhaufen. Dann gingen wir langsam auf das Haus zu. Ein grauer Betonkasten. Zwei Etagen und obendrauf ein gelb glänzender Dachstuhl, auf dem noch keine Ziegel waren. Überall lagen große Papiersäcke mit Zement herum, das Haus war eingerüstet, und ich kroch unter den Stangen hindurch und kletterte ins Erdgeschoss, was einfach war, weil es noch keine Türen gab. In zwei oder drei Tagen konnte das schon anders sein. Das ging manchmal richtig schnell, dass erst so Eisentüren und dann irgendwann richtige mit einer Milchglasscheibe drin waren. Fenster gab es auch noch nicht. Im Haus roch es nach austrocknendem Beton. Der typische Geruch in unserem Wohngebiet. Wenn es nicht nach austrocknendem Beton roch, roch es nach frischem Teer, der von den neuen Straßen kam, die überall gemacht wurden. An eine Wand waren dicke Holzbretter gelehnt. Auf dem staubigen Boden nahm ich Anlauf und sprang gegen eins der Bretter und wurde zurück in den Raum geschleudert. Ich guckte zu Vanessa. Sie stand ganz eng an der Wand und hielt ihre Barbie fest umklammert. Ich sprang noch mal gegen das Brett. Und dann noch mal. Vanessa kam langsam zu mir, gab mir die Puppe und sprang auch gegen das Brett, wobei sie aufgeregt kreischte. Wir stellten uns hinter das äußere Brett, drückten es über unseren Köpfen von der Wand weg und warfen es um. Der Aufprall machte ein lautes Echo. Nachdem der Staub sich gelegt hatte, nahmen wir das nächste Brett und warfen es um. Wieder knallte es laut, wieder wehte Staub über den Boden, und wieder gingen wir zum nächsten Brett.

Der Nachbarraum war spannender als der Flur. An der Seite stand eine große Schubkarre, an die Wand gelehnt. Überall waren Werkzeugkisten, Säcke, Farbeimer, große Folienrollen, die aufeinandergestapelt waren, und in der Mitte vom Raum war ein großer Bottich, in dem trockener Zement war, oben drauf lag eine alte Kehrschaufel. Vanessa wollte wissen, was das sei, und ehe ich was sagen konnte, hatte sie schon ihre Finger in dem Pott. Ich kniete mich neben sie. Ihre Hände waren weiß, wie die einer Bäckerin. Sie nahm ihre Barbie und setzte sie in den Zement.

»So, Steffi, nun bist du am Strand, am Balaton. Du bist da, wo du schon immer hinwolltest, und nun kannst du Urlaub machen. Du kannst den ganzen Tag am Strand liegen, aber du musst aufpassen, dass du keinen Sonnenbrand bekommst«, sagte Vanessa und spielte mit der Puppe in dem Haufen.

»Was macht sie noch am Balaton?«, fragte ich sie, und Vanessa antwortete für ihre Puppe: »Sie besucht eine Burg. Eine ganz große Burg, und die sieht sie sich an, und dann geht sie wieder an den Strand.«

»Wir bauen eine Burg«, sagte ich zu ihr. Sie sah mich fragend an, ich nahm die Kehrschaufel, legte sie zur Seite, packte den Bottich und versuchte ihn umzustoßen.

»Halt!«, rief sie, schnappte ihre Puppe und stellte sich neben mich. Gemeinsam hoben wir den Pott an, kippten ihn um, und der Zementhaufen fiel heraus.

»Jetzt haben wir einen richtigen Strand!«, rief Vanessa, und ich meinte, dass ein richtiger Strand nicht so grau sei, worauf sie antwortete, dass das egal sei.

Ich versuchte mit meinen Händen eine Burg zu formen. Der Zement war zu fein, und es bildete sich nur ein kleiner Haufen.

»Wir brauchen Wasser«, sagte ich.

»Da!«, rief Vanessa und zeigte durch das tiefe Fensterloch nach draußen. Dort, wo später mal der Garten oder der Pool oder eine riesige Terrasse hinkommen würden, war ein Holzpflock in den Boden gerammt, und an den Pflock war ein notdürftiger Wasserhahn angeschraubt, an dem sogar ein Schlauch hing. Ich kletterte durch das Fensterloch, sah mich vorsichtig um, sprang raus, kroch durch die Gerüststangen, und schon war ich am Wasserhahn. Er funktionierte, und ich drehte den Hahn wieder zu. Dann nahm ich den Schlauch und brachte ihn zum Fensterloch, Vanessa nahm ihn mir ab, und ich sagte ihr, dass sie ihn in den Bottich halten müsse. Dann rannte ich zurück und stellte den Hahn an. Als der Bottich halb voll war, winkte Vanessa. Dann ging es los! Mit beiden Händen packten wir den Zement, tauchten ihn in das Wasser, und das, was wieder mit hochkam und nicht im Bottich verschwand, klatschten wir auf den Boden und vermischten es mit dem trockenen Zement, der auf dem Boden lag. Stück für Stück bauten wir unsere Kleckerburg aus Zement, Dreck und Staub. Wir kamen gut voran, probierten ein bisschen rum, bis wir die richtige Mischung hatten. Die obersten Stellen wurden hell, woran wir erkennen konnten, dass sie schon aushärteten. Unten war es dunkler. Ich baute ein Burgtor, Vanessa kümmerte sich um die Burgtürme, die wir an die Ecken der Burg setzten. In einer Ecke vom Raum lagen Holzreste herum. Ich nahm ein paar der kleinen Stücke, stellte zwei Quader auf den Boden und legte eine kleine Latte auf sie drauf. Dann beträufelte ich das Holz mit dem Zement und achtete darauf, dass der Hohlraum frei blieb und nichts vom Holz zu sehen war. Vanessa fand eine Pappkiste voll mit Nägeln, die sie als Fahnenmasten verwendete und in die Türme steckte. Ich holte eine der Rollen, die an der Wand lagen, und fing an, die Folie in kleine Fetzen zu reißen. Dann zogen wir die Nägel noch mal heraus, durchstachen mit ihnen die Folienfetzen, und anschließend steckten wir sie wieder in die Burgtürme, sodass wir richtige Fahnen hatten. Die Folie war so fest, dass es aussah, als würden die Fahnen stramm im Wind wehen. Als Vanessa alle vier Türme und ich mein Burgtor fertig hatte, bauten wir ein Haupthaus, einen Stall, und am Ende fegte ich alle Staub- und Dreckreste, die sich um unsere Burg herum angesammelt hatten, weg. Dann formten wir einen festen Wall um die Burg herum und bauten einen Graben. Eine Burg ohne Burggraben ist keine Burg. Das konnte man an der Burg im Jeetzenbecker Park sehen. Die war nur noch eine Ruine. Neben der Burg gab es zwar einen schönen See, aber ich war mir sicher, hätten sich die Schulenbecks damals um einen ordentlichen Burggraben gekümmert, hätten wir heute bestimmt mehr als diese hässliche rote Ruine, die zu nichts mehr nütze war. Als der Burggraben fertig war, legte Vanessa ein Holzstück an den Rand des Eingangs. Die Brücke. Ich ging einen Schritt zurück, Vanessa kam zu mir und griff meine Hand. Das konnte sich sehen lassen. Die Burg war fast so hoch wie sie. Sie war perfekt. Hätten wir Schnüre gehabt, hätten wir aus dem Holzstück eine richtige Zugbrücke bauen können. Draußen wurde es langsam dunkel. Ich verneigte mich vor der Burg und meiner Schwester und fragte sie, ob sie mit ihrem herrschaftlichen Anwesen zufrieden sei. Vanessa stellte sich auf die Zehenspitzen, machte den Rücken gerade und sagte vornehm: »Das müssen wir das Burgfräulein fragen!« Sie nahm ihre Puppe und stellte sie auf die Burgmauer. Vanessa ließ die Puppe langsam über die Mauer laufen, sich im Kreis drehen, und es war so, als wäre die Puppe tatsächlich echt und würde über die Mauer tanzen. Ich war ganz vertieft in das Spiel meiner Schwester und sah irritiert auf, als sie die Puppe einfach stillstehen ließ. Wenn ich mich heute zurückerinnere, ist es so, als wären wir ewig in diesem unfertigen Raum gewesen und als hätte es nie etwas anderes gegeben. Ich fragte sie, was los sei, warum sie aufgehört habe, die Puppe tanzen zu lassen, und Vanessa bat mich, ihr zu erzählen, was Steffi auf der Burg erlebte, dann erst könne sie wieder tanzen. Und so erzählte ich meiner Schwester, dem Raum, der Burg und der Puppe, was diese dort erlebte. Die Burg war nicht mehr am Balaton, wie wir es eigentlich erst dachten. Die Burg stand nun auf Kuba, und wir waren uns darin einig, dass das nichts mit der echten Steffi zu tun hatte. Dass es nur ein Zufall sei, dass die Barbie Steffi hieß und dass die Barbie auf einer Burg in Kuba war. Wir wussten nicht, ob es auf Kuba Burgen gab, es war uns auch egal. Ich redete und redete, erzählte, dass Steffi erst lange durch einen dichten Dschungel laufen musste, um die Burg zu finden. Einen Dschungel, der voller Schlangen, bunter Pflanzen, dichtem Unterholz und sicher auch gefährlichen Tigern und Löwen war. Aber Steffi konnte dort einfach durchgehen. All die Gefahren bereiteten ihr keine Angst. Und dann, als es schon spät war und die Sonne kurz davor, unterzugehen, fand Steffi die verlassene Burg. Die Burg war sehr alt, Teile drohten einzustürzen. Steffi musste vorsichtig sein, als sie die Burg betrat. Erst versuchte sie, durch ein altes Fenster in die Burg zu kommen, sie zerrte an einem Brett, das sich nicht lösen ließ. Dann fiel ihr ein, dass sie einen Schlüssel hatte. Sie ging langsam zum Burgtor, öffnete es vorsichtig und war ganz still, als sie das alte Gemäuer betrat. Das Licht brach durch Ritzen in der Wand, durch Löcher im Dach, und es funkelte der Staub, der in der Luft schwebte. Steffi war in einem großen alten Saal, dessen Pracht noch zu erkennen war, auch wenn er schon lange nicht mehr genutzt wurde. Sie stand in der Mitte vom Raum, und ganz langsam drehte sie sich um sich selbst, beobachtet nur von den Lichtstrahlen, die durch die Öffnungen in den Raum fielen. Und dort tanzte sie, ganz langsam, ohne dass es Musik gebraucht hätte, tanzte sie und verkündete, dass sie hier leben würde und allen, die den Weg hierher fanden, das Tanzen beibringen würde, damit dieser verlassene Ort endlich wieder etwas Schönheit erlebe.

Ich weiß nicht, ob ich es genau in diesen Worten formulieren konnte, aber ich spürte, dass Vanessa genau wusste, was ich meinte. Während ich sprach, stellte sie meine Worte mit der Puppe nach und ließ sie wieder tanzen. Es war schön, und es wäre noch schöner gewesen, hätte unser Spiel ewig gedauert, doch wie alle schönen Erlebnisse war auch dieses hier zu früh zu Ende. Kies knirschte, und vor dem Rohbau hielt ein Auto. Türen schlugen, und dann hörten wir einen Mann und eine Frau.

Die Frauenstimme sagte: »Was sind denn das für Fahrräder?«

»Hm. Ich weiß nicht. Unsere sind es nicht. Komisch.«

»Das sehe ich auch! Wo kommen die her?«

Ich legte meinen Zeigefinger auf meinen Mund, Vanessa tat es auch und nickte.

»Es sind nicht unsere.«

»Wieso sind hier Fahrräder?«

»Ich sagte doch, dass ich es nicht weiß!«

»Du bist keine Hilfe! So eine Frechheit! Das ist unser Grundstück!«, sagte die Frau und rief: »Ist da jemand?«

»Marcel!«, flüsterte Vanessa.

Das Gesicht meiner Schwester war ganz weiß, und ich fühlte meinen Puls in meinen Ohren. Schrittgeräusche im Kies. Dann klapperte das Gerüst. Und dann Schritte im Haus.

Ich zeigte auf die Schubkarre, die an der Wand lehnte, nahm Vanessas Hand, und langsam schlichen wir durch den Raum und versteckten uns hinter der Schubkarre.

»Was ist das denn?«, rief die Frau.

»Ähm. Eine Burg?«

»Das sehe ich auch! Was macht die hier?«

»Ich war das nicht!«

»Das ist mir klar. Wo steckt ihr? Wo?«, die Frau wurde immer lauter.

»Ganz schön groß, die Burg. War sicher nicht einfach, die zu bauen«, sagte der Mann.

»Manfred!«, sagte die Frau mit fester Stimme.

»Kommt raus!«, sagte der Mann, der Manfred hieß. Seine Stimme war nicht annähernd so fest und laut wie die seiner Frau. Sein Befehl klang eher wie eine Frage.

»Das ist ein Albtraum. Dieses ganze Haus ist ein Albtraum! Und dabei haben wir eine so schöne Wohnung, hatten so eine schöne Wohnung! Die du gekündigt hast! Und nun haben wir das da!«

Vorsichtig lugte ich hinter der Schubkarre hervor. Die beiden standen keine zwei Meter von uns entfernt. Die Frau hatte ihre Hände zu Fäusten geballt und starrte auf meine Burg.

»Die sind noch hier! Da ist eine Puppe!«

»Das ist eine Barbie«, sagte der Mann leise.

Die Frau griff die Barbie von Vanessa, die sich an meinem Arm festhielt, es fühlte sich an, als würde sie ihn gleich abreißen.

Die Frau drehte sich um, ich zog meinen Kopf zurück und rechnete damit, dass sie die Schubkarre von uns wegriss. Stattdessen schleuderte sie die Puppe in unsere Richtung. Die Puppe traf die Schubkarre, es gab einen lauten Knall.

»Die finde ich! Und dann ist was los!«, brüllte die Frau. Ich hörte, wie sie etwas vom Boden zog. »Die können was erleben!«, rief sie und stampfte aus dem Raum.

»Die sind sicher oben!«, sagte der Mann mit noch unsicherer Stimme als eben.

»Hier ist alles kaputt, das ganze Haus ist ruiniert! Sieh dir diese Schäden an! Da! Die Bretter! Ich will gar nicht wissen, wie es oben aussieht!«, rief sie, nur um die Treppe ohne Geländer hochzustampfen.

»Gib Acht!«, rief der Mann, dann fragte er leiser: »Wo seid ihr?«

Ich guckte wieder hinter der Schubkarre hervor. Der Mann sah mich an. Nun war er es, der seinen Finger auf den Mund legte, und ich der, der nickte.

Er sah mich an und rief: »Warte, Schatz, ich bin gleich bei dir! Ich komme jetzt hoch. Und dann gehen wir Raum für Raum ab! In aller Seelenruhe! Wenn sie hier sind, werden sie sicher nicht abhauen.«

»Quatsch nicht rum, Manfred! Komm!«, tönte es von oben.

Der Mann, er sah mich noch immer an, legte wieder seinen Finger auf den Mund. Dann rief er: »Warte. Ich nehme mir auch eine Latte!«

Er kam auf uns zu, griff langsam die Schubkarre und zog sie von uns weg.

»Wenn ich oben bin, verschwindet ihr!«, sagte er leise, und wir nickten.

Er bückte sich, nahm sich eine Holzlatte und rief in Richtung Treppe: »Ich habe eine!«, dann ging er in den Flur. Wir folgten ihm langsam. Als er die Treppe hochstieg, fuchtelte er mit seinem Arm. Das war das Zeichen abzuhauen!

»Da! Da! Da sind sie!«, hörten wir die Frau brüllen, als wir zu unseren Fahrrädern rannten.

»Meine Barbie!«

»Vergiss die Barbie, weg hier!«, rief ich Vanessa zu und blickte mich um. Die Frau war schon draußen. Sie rannte. Sie war vielleicht nur noch fünf Meter entfernt.

»Manfred! Ins Auto!«, schrie sie und rannte noch immer hinter uns her.

»Los! Los!«, rief ich zu Vanessa, und dann waren wir mit unseren Rädern auf der Straße. Die Frau gab auf, blieb keuchend stehen und trieb ihren Mann an, dass er ins Auto steigen sollte. Der ließ sich Zeit, fummelte ewig an der Autotür herum. Ich sah nach vorn. Vanessa hatte ein Wahnsinnstempo drauf. Junge, war die schnell! Ich sah nach hinten. Die Frau hatte Manfred weggeschubst, stieg ins Auto, und mit durchdrehenden Rädern fuhr sie los.

»Links rein!«, rief ich, und wir fuhren in unsere Straße.

»Die kriegt uns!«

»Niemals!«, rief ich und konnte unser Haus sehen. Vor unserem Haus stand ein Wohnwagen. Ein riesiger, braun-gelber Wohnwagen!

»Rein da!«, rief ich.

»Wo rein?«

»In den Wohnwagen!« Ich stoppte mein Rad und riss die Tür vom Wohnwagen auf. Ich warf unsere Räder unter den Wagen, zerrte Vanessa rein und zog die Tür hinter uns zu. Dann rannte ich nach hinten, krabbelte aufs Bett rauf und sah durch die Heckscheibe. Die Frau fuhr mit dem Auto die Straße auf und ab. Manfred tauchte auch auf. Unsere Haustür wurde geöffnet, und Papa brüllte: »Was soll das denn werden? Das hier ist ein Wohngebiet und keine Rennstrecke!«

Der Wagen stoppte. Die Frau stieg aus, wir waren geliefert.

»Ein schönes Wohngebiet ist das! In unser Haus wurde gerade eingebrochen!«

»Blödsinn! Das ist ein ordentliches Wohngebiet!«

»Ja? Und was ist das hier?«, rief sie und fuchtelte mit Vanessas Barbie herum.

»Geht's noch? Willst du mir erzählen, dass diese Puppe in deinem Haus randaliert hat? Willst du mal richtige Randale sehen? Da bist du bei mir genau richtig!«

»Marcel, was, wenn sie unsere Fahrräder sieht?«

»Psst«, machte ich.

»Ich wüsste nicht, wann ich Ihnen das Du angeboten hätte.«

»Wer hier wohnen will, duzt sich!«

»Hallo. Ich bin Manfred«, sagte Manfred.

»Manfred!«, rief seine Frau und sah ihn wütend an. Ich verstand noch nicht viel von Beziehungen, kannte ja nur die von Steffis und meinen Eltern. Beide Ehepaare waren komisch. Meine Eltern waren komisch, weil sie meine Eltern waren, und Steffis Eltern waren komisch, weil sie einfach nicht zusammenpassten. War alles nicht zu verstehen. Was ich aber verstand, war, dass Manfred und seine Frau noch weniger zusammenpassten, als es meine Eltern oder die von Steffi taten.

»Und wie heißt du?«, fragte Papa die Frau.

»Das geht Sie gar nichts an!«

»Birgit, jetzt sei doch nicht so. Der Mann ist doch ganz nett.«

»Manfred und Birgit, Birgit und Manfred. Na, das kann ja heiter werden.«

»Bei uns wurde eingebrochen!« Die Frau hielt wieder die Barbie in die Luft.

»Ja, das sagtest du schon. Und was hat die Puppe alles geklaut?«

»Es wurde nichts geklaut!«

»Dann war es auch kein Einbruch!«

»Birgit, wollen wir nicht wieder nach Hause?«

»Das ist kein Zuhause! Das wird nie eins sein!«

»Was?«

»Na dann! Einen schönen Nachmittag noch. Man sieht sich! Wenn ihr was braucht, wir helfen uns hier immer gern. Und wir freuen uns, wenn neue Nachbarn sich mit Kuchen und Bier vorstellen. Verstanden?«

»Kuchen und Bier?«, stammelte Manfred.

»Kuchen und Bier!«, sagte Papa und kam in den Wohnwagen.

»Schnauze halten!«, sagte er leise und sah uns an. Dann guckte er noch mal aus der Tür raus und winkte den neuen Nachbarn zu. Es wäre mir ehrlicher vorgekommen, hätte er die Faust geschwungen.

»In unserem Haus hat jemand eine Burg gebaut. Kinder haben eine Burg gebaut«, sagte Manfred.

»Interessant«, antwortete Papa.

»Hier ist der Beweis!«, sagte die Frau und hielt wieder Vanessas Barbie hoch.

Manfred ging langsam auf sie zu, berührte sie an ihrer Schulter. Sie stieß ihn von sich, rief, dass er seine Wichsgriffel von ihr lassen solle, stieg in ihr Auto und fuhr weg. Als sie im Auto saß, warf sie die Puppe aus dem Fenster, ihren Mann ließ sie allein vor unserem

Haus zurück. Er sah sich unsicher in unserer Straße um, winkte in Richtung Wohnwagen und rief mit kratzender Stimme: »Tschüss dann«, und ging weg.

Papa hatte die Hände in die Seiten gestemmt. Er blickte zu mir, er blickte zu Vanessa. Dann wieder zu mir. Dann sagte er: »Hat außer den Kasperköppen jemand euch gesehen?«

Ich schüttelte den Kopf.

»Vanessa?«

»Nein«, sagte sie leise.

»Was?«

»Nein«, sagte sie lauter.

»Sicher?«

»Ja.«

»Gut«, sagte er. Dann packte er Vanessa und hob sie hoch. Er kitzelte sie und sagte: »Habe ich zu viel versprochen? Ist das nicht ein tolles Wohnmobil?«

»Ja!«, lachte Vanessa.

»Denk ich auch.« Er ließ sie runter. »Wie seht ihr eigentlich aus? Habt euch wieder in den Rohbauten rumgetrieben, was?«

»Ja«, sagte ich leise.

»Egal«, antwortete Papa, und weiter: »Ab ins Bad! Waschen und umziehen! Und dann helft ihr eurer Mama beim Packen. Wir fahren heute Nacht noch los!«

»Heute Nacht noch?«

»Ja. Ich will vor dem Stau hinter München sein!«

»Wo fahren wir denn hin?«, wollte Vanessa wissen, und Papa antwortete: »Na, an den Balaton! Wie ich es versprochen habe. Ein Versprechen muss man immer halten! Immer!«

»Kommt Erwin auch mit?«, fragte ich.

»Natürlich, wir können ihn doch nicht alleine lassen!«, rief er und sah mich mit fröhlichen Augen an.

»Steffi! Steffi! Wir fahren an den Balaton, und dann bekommst du ein richtiges Schloss!«, rief Vanessa, die nach draußen stürmte und ihre Puppe einsammelte.

»Guck mal. Der Arm.«

»Was ist mit dem Arm?«, fragte Papa.

»Der ist fast ab«, sagte Vanessa und hielt ihm die Puppe hin.

Papa nahm sie, sah sie an und umklammerte die Barbie fest mit seinen Händen.

»Ich kümmere mich drum«, sagte er, und als wir am nächsten Morgen geweckt wurden, hatte die Puppe einen Verband, der ihr von der Schulter bis zur Hand reichte und mit dem sie gut an den Balaton reisen konnte.

L'amour toujours
03. Juni 2023

Das Wetter war mies. Es war elf Uhr, und das Thermometer zeigte 15° an. Ich stand auf meinem Balkon, guckte in Richtung Seeben und sah auf den Parkplatz vom Stölpenbad. Das Stölpenbad selbst war nicht zu sehen, die Pappeln verdeckten die Sicht. In meiner Hand hielt ich einen Butterkeks, von dem ich nach und nach die Zähne abbiss.

Links vom Stölpenbad führte die Landstraße entlang. Nur wenige Autos fuhren nach Seeben oder kamen von dort. Auf dem Radweg daneben war nicht einmal ein verirrtes Reh.

Der Keks zerbrach zwischen meinen Fingern in zwei Hälften. Ich schob sie mir in den Mund und kaute auf den trockenen Krümeln herum. Dann ging ich in mein Wohnzimmer, griff mir meine Übergangsjacke, die ich schon mit Anfang 20 hatte, zog mir meine Aldi-Turnschuhe an und ging hoch zu meiner Mutter. Ich klopfte an ihre Tür. Sie reagierte nicht. Ich klingelte. In der Wohnung blieb es still. Ich zog meinen Schlüsselbund hervor, schob den Zweitschlüssel in das Schloss, drehte ihn eine Viertelrunde, verharrte, drehte ihn wieder zurück und zog ihn heraus. Dann ging ich die Treppe runter und verließ das Haus.

Kalt, widerlich kalt draußen. Immerzu das Genöle wegen Erderwärmung, und nun war Juni, und ich fror mir hier den Arsch ab. Auf dem Radweg nach Seeben hatte ich Gegenwind und ärgerte mich darüber, dass ich meine Kopfhörer nicht dabei hatte. Pascal hatte seit Kurzem so eine Bluetoothbox, mit der er ganz Jeetzenbeck beschallen konnte, was er auch regelmäßig tat. Meistens lief Finch Asozial, Scooter oder Finch Asozial gemeinsam mit Scooter. Ich hatte eher Lust auf Simon & Garfunkel oder auf Gigi. Zu

Gigi hatte Steffi damals auf dem Dorfbumms getanzt, während ich am Tresen gestanden, Bier in mich reingekippt und ihr verstohlen zugeguckt hatte. Lange her. Hätte ich Simon & Garfunkel über so eine Box laufen lassen, hätte Pascal mich sicher gefragt, ob ich noch beide Eier in der Hose hätte, und bei Gigi hätte er mir in den Ohren gelegen, dass ich aufhören solle, in der Vergangenheit zu leben. Deswegen hatte ich die Kopfhörer, einfach dafür, dass Pascal nicht hören konnte, was für Musik ich mir reinzog.

Vor mir tauchte Seeben auf. Links beim Italiener war die Tür offen. Ich war seit über zehn Jahren nicht mehr in dem Laden gewesen und fragte mich, wer dort essen ging. Unsere Drehfleischbude lief schlecht, aber der Seebener Italiener war mir ein absolutes Rätsel. Ich senkte den Kopf, guckte auf das Gehwegpflaster und latschte weiter geradeaus. Dann kam die T-Kreuzung. Links nach Randau, rechts ins Nirgendwo. Und vor mir die Mauer, an der Vanessa sich totgefahren hatte.

Vor der Mauer war ein großer Verkehrswegweiser, der anzeigte, dass man nach links fahren musste, wenn man nach Magdeburg wollte. Früher hatte der genau in der Straßenflucht Richtung Jeetzenbeck gestanden, auf zwei Pfeilern. Den rechten Pfeiler hatte Vanessa damals mitgenommen, das Schild hatte so einen weggehabt, dass die Feuerwehrleute es erst wegschneiden mussten, bevor sie das Auto aus der Mauer ziehen konnten. Als sie das Schild neu aufstellten, montierten sie den Wegweiser nur noch auf einem Träger, sodass der nächste Selbstmörder besser in der Wand einschlagen konnte.

Viel war sonst nicht mehr zu erkennen. Ein paar Jahre lang hatten wir hier ein kleines Kreuz mit Vanessas Namen stehen, es gab auch Grablichter und Fotos. Irgendwann kam ein Brief vom Amt, dass der Kram zu beräumen sei, muss so fünf Jahre nach ihrem Tod gewesen sein, und als wir nicht reagierten, machte die Behörde kurzen Prozess und schickte meiner Mutter eine Rechnung für die Wiederherstellung des Straßenbegleitgrüns. Mama war so geschockt, dass sie einfach bezahlte.

Hinter der Straßenbegrenzung lag das Straßenbegleitgrün, das aus kargem Gras und McDonald's-Müll und Zigarettenstummeln bestand. Der schmalen Grünfläche folgte die Feldsteinmauer. Ich musste nur kurz suchen, um die Schrammen im Stein zu finden. Blaue Lackspuren von meinem Citroën, mit dem Vanessa sich in die Wand katapultiert hatte. Die letzten Spuren, die bewiesen, dass Vanessa an dieser Stelle gelebt hatte. Und wenn es nur für eine halbe Millisekunde war. In Indonesien gibt es Höhlenmalereien, die 45.000 Jahre alt sind. Ich hatte mal eine Doku gesehen, in der ein Forscher meinte, dass die Menschen von damals durch die Handabdrücke heute noch mit uns kommunizieren würden. Und auch mit den Menschen, die in weiteren 45.000 Jahren leben würden. Durch die Handabdrücke brachten sie uns vielleicht dazu, die gleiche Geste zu machen. Wenn ich die Lackspuren, die von Vanessa in den Fels gezeichnet wurden, betrachtete, dachte ich an das kleine Mädchen, das ihr blaues Kleid erst nicht anziehen wollte und es dann doch irgendwie mochte, bis Pascal ihr sagte, dass sie aussehe wie ein Schlumpf. In der Wochenendzeitung, die ich austrug, gab es immer wieder medizinische Ratschläge für alles Mögliche. Manchmal sogar für Menschen, die psychische Probleme hatten, und dort hatte ich mal gelesen, dass es helfen soll, wenn man in Stress- und Konfliktsituationen seine Gefühle benennt. Ich konnte es mir zwar nicht vorstellen, dass das stimmte, aber ich probierte es, weil ich nie was fühlte, wenn ich die Unfallstelle aufsuchte. Gar nichts. Früher waren da Entsetzen, Angst, Schuld, Kälte. Und dann, das war noch schlimmer, verstand ich, dass ich meine kleine Schwester niemals wiedersehen würde. Aber jetzt, jetzt war da nur noch Leere. Ein Auto hupte hinter mir und zog um die Kurve, ich sah hinterher. Aus dem Beifahrerfenster brüllte jemand, ob ich blöde sei, da rumzustehen. Ich zeigte der Karre den Mittelfinger und sah, wie der Wagen nach rechts abbog und Richtung Randau fuhr.

Mein Blick ging zurück zu den Spuren im Stein. Ich sah sie genau an, suchte nach Kratzern, die mir in den letzten Jahren entgangen waren, und hatte doch das Gefühl, dass es eher weniger wurden. Würde Vanessas Zeichnung 45.000 Jahre überdauern? Ich drehte mich um und ging an der Mauer entlang zum Friedhof. Der Eingang bestand aus einem einfachen rostigen Tor, das mit großen Eisenscharnieren an den Feldsteinen befestigt war. Ich zog es ein kleines Stück auf, schob mich durch den Spalt und ließ es hinter mir zufallen. Langsam ging ich die kleine Anhöhe hinauf, die zur Feldsteinkirche führte, hinter der die Grabstellen lagen.

Ich sah auf die Grabsteine. Die Namen der Menschen, die hier lagen, kannte ich auswendig, ihre Geschichten waren mir unbekannt. Was sie aber einte, war, dass fast alle von ihnen alt geworden waren. Nur wenige waren vor ihrem sechzigsten Geburtstag gestorben, manche Leben reichten an die einhundert Jahre heran. Die meisten waren zwischen siebzig und achtzig Jahre alt, als sie starben. Vanessa war mit Abstand die Jüngste auf dem Friedhof. Und wenn alles normal lief, würde es noch ein paar Jahrzehnte dauern, bis die nächsten Steine hier auftauchten, die dasselbe Geburtsjahr wie Vanessa angaben: 1989. An ihrem Grab angekommen, fragte ich mich, warum Mama damals doch zugelassen hatte, dass hier ihre letzte Ruhestätte war. Wir hätten sie in Jeetzenbeck beerdigen können, Mama wollte das eigentlich auch. Vanessa wurde ja nicht aus dem Wrack gezogen und direkt in ihr Grab gelegt. Nein, man versuchte, sie am Straßenrand wiederzubeleben. Als klar war, dass das keinen Sinn machte, deckte man sie mit einer Plane zu, und dann kamen die Bestatter, die sie zur Rechtsmedizin fuhren. Dort wurde sie untersucht. Im Befund stand, dass sie weder unter Alkohol- noch unter Drogeneinfluss gestanden hatte. Sie war vollkommen klar gewesen. Die Bestatter holten sie wieder ab, brachten sie ins Krematorium, und alles, was wir beisetzen konnten, war eine kleine Urne, in der ihre Reste lagen. Papa bestand darauf, sie in Seeben beizusetzen. Er ließ nicht mit sich reden. Sein Argument war, dass Vanessa doch unbedingt auf diesen Friedhof wollte, also sollte man sie hier verscharren. Genau so drückte er es aus, und Mama, die sich von ihm damals eigentlich nichts mehr sagen ließ, knickte ein.

Ich betrachtete das Grab. Kein großer Firlefanz. Lediglich ein Stein, auf dem Vanessas Name stand und die Jahreszahlen 1989 und 2003. Ich ging in die Knie, zupfte Unkraut heraus, sammelte tote Blätter auf und wollte die herausgezogenen Pflanzen zum Mülleimer bringen. Als ich aufstand und mich umdrehte, stand ich vor ihr. Beinahe wäre ich in sie hineingelaufen.

»Hey«, sagte sie. Dieser Blick. Diese Augen. Diese Haare. Dieser Geruch.

Ich sah sie an und sagte nichts, fühlte, wie ich das Grünzeug in meiner Hand zusammenpresste.

»Wie geht es dir?«, fragte sie. Ihre Stimme hatte sich nicht verändert.

»Muss«, sagte ich, weil mir nichts Besseres einfiel, weil mir gar nichts einfiel. Was hätte ich auch sagen sollen? Dass es mir gut geht? Dass es mir schlecht geht? Wann hatte mich das letzte Mal jemand gefragt, wie es mir ging?

Sie nickte, sah mich kurz an und guckte dann zur Friedhofsmauer. Ich folgte ihrem Blick. Ich wusste nicht, ob Steffi die Stelle kannte. Als es passiert war, war sie schon nicht mehr in Jeetzenbeck gewesen. Andererseits gab es nur einen Punkt, an dem das passieren konnte, und das musste auch Steffi wissen.

»Dort«, sagte ich. Der Friedhof lag leicht erhöht, wir konnten auf die Straße sehen, konnten fast bis zum Stölpenbad sehen, beinahe bis zu meiner Wohnung, hätten die Pappeln am Bad nicht die Sicht verdeckt.

»Ja«, sagte sie leise, und wir drehten unsere Gesichter wieder einander zu. Schweigend sahen wir uns an. Nach einer Weile, sicherlich waren es nur Sekundenbruchteile, und doch fühlte es sich wie Minuten an, sagte sie: »Willst du nicht fragen, wie es mir geht?«

Ich versuchte an die Gefühlsübung aus der Zeitung zu denken. Benennen Sie Ihre Gefühle. Freude, Erregung, Aufgeregtheit, vielleicht sogar Glück? Aber auch Wut, Verlustangst, Angst vor Enttäuschung, Angst zu versagen. Und dann dieses Kribbeln im Bauch, das einem bis in den Hals steigt und dann wieder abfällt, durch den Bauch rauscht und einem in die Füße klatscht, die man dann nicht mehr bewegen kann, wie man überhaupt nichts mehr bewegen kann.

Sie war älter geworden. Zwanzig Jahre älter.

Als sie damals verschwunden war, war unsere Beziehung in keiner guten Verfassung gewesen. Eigentlich war sie schon beendet, auch wenn ich das damals nicht glauben wollte. Irgendwann hatten wir uns verloren. Selbst heute konnte ich nicht sagen, was eigentlich falsch gelaufen war. Vieles war nicht richtig gelaufen, vermutlich das Wenigste. Aber so richtig schlecht war es doch auch nicht zwischen uns gewesen. Ja, ein paar Mal hatte ich sie falsch verstanden, hatte ein paar Dinger gebracht, die nicht so gut gewesen waren, und als sie mir das sagte, hatte ich das immer abgetan. Ich wollte cool sein. Wollte stark sein, wollte ihr zeigen, dass ich ein richtiger Mann war, und in diesen Momenten hatte sie versucht, mir klarzumachen, dass das gar nicht so wichtig war. Und dann, als ich das dann so halbwegs kapiert hatte und versuchte, es besser zu machen, da blockte sie ab. Ich hatte damals gedacht, dass das so ein Spiel war, dass das ganz normal sei und sie wieder zu mir finden würde. Oder ich zu ihr. Aber nein, ich hatte es zu spät gesehen. Und dennoch, als ich jetzt mit ihr auf dem Friedhof war, fühlte es sich nicht richtig an, dass sie damals einfach so abgehauen war. Es war nicht in Ordnung gewesen, wir gehörten doch zusammen. Wir waren das Paar der Schule. Marcel, der krasse Fußballer, und Steffi, das schönste Mädchen, das Jeetzenbeck je hervorgebracht hatte. Wir waren das perfekte Paar gewesen, und damals hatte es noch so viel Zukunft gegeben.

Ich kann mich noch an den Tag erinnern, an dem sie verschwunden war. Es war der Tag ihrer Abschlussprüfung. Sie musste in die Nachkontrolle. Ausgerechnet in Deutsch bei ihrer Mutter musste sie in die Prüfung. Ich weiß noch, dass wir am Vortag sogar telefoniert hatten, ich hatte sie angerufen und wollte ihr Mut zusprechen, wollte ihr sagen, dass sie das alles hinbekommen und mit einer 1+ abschließen würde. Steffi war mürrisch am Telefon, ein Wunder, dass sie überhaupt rangegangen war, also sagte ich erst mal nichts. Ich fragte sie dann, was sie gerade lernte, und sie erzählte mir von diesem Gedicht, dass sie sich reindrückte, in der Hoffnung, dass ihre Mutter sie genau darüber prüfen würde. »Herr von Ribbeck auf Ribbeck im Havelland« hieß das Lieblingsgedicht ihrer Mutter. Sie las es mir vor, und dann schwieg sie, war ganz still und sagte gar nichts mehr, und ich fing an, das Schweigen mit meinen Worten zu durchbrechen, indem ich ihr sagte, was ich von diesem Gedicht hielt. Ich sagte ihr, dass ihre Mutter dieses Gedicht ganz sicher auswählen würde. Steffi atmete leise in den Hörer und fragte: »Warum?«

»Weil es zu ihr passt. Dieses Gedicht ist eine Ode an unsere Heimat. An die Altmark.«

»Aber das Gedicht spielt doch im Havelland«, sagte sie, und ich versuchte ihr zu erklären, dass das Havelland auch nur neben der Altmark liege und eigentlich genauso wie die Altmark sei. Die Landschaft ist flach. Es gibt diese endlosen Ackerflächen, Kiefernwälder, Kartoffelfelder. Und irgendwo dazwischen, da liegen sie, die kleinen Orte, die unser Leben ausmachen. Und in den kleinen Orten leben die kleinen Menschen, die manchmal ganz groß sind, ohne es sein zu wollen. Die es schaffen, aus einem kleinen Birnenkern einen Baum erwachsen zu lassen, der noch Generationen an Havelländern oder Altmärkern erfreut. Darum geht es, erklärte ich ihr: Es geht um das Hierbleiben, um das Wurzelnschlagen, darum, dass wir unsere Heimat als das erkennen, was sie ist: kernig und manchmal auch komisch. Und dass wir lernen sollen, damit umzugehen, dass es hier merkwürdige Menschen gibt, wie den Sohn von Herrn Ribbeck. Menschen, die uns nichts gönnen, die nicht wollen, dass wir hier glücklich werden, und dass wir, wenn wir schlau genug sind, die Möglichkeit haben, diesen Menschen zu beweisen, dass es eben doch geht. Dass die Altmark und das Havelland eine Zukunft haben. Und das findet sich in diesem Gedicht: unsere Heimat.

Steffi blieb lange still. Ich war ganz aufgeregt, fast schon besoffen von meinen eigenen Worten, und ich war mir sicher, dass Steffi morgen mit einer 1+ aus der Prüfung gehen würde und wir dann wieder so richtig zusammenkommen würden. Stattdessen sagte sie, dass sie darüber noch mal nachdenken müsse. Und dann legte sie auf.

Am nächsten Tag war sie nicht bei der Prüfung erschienen. Am nächsten Tag verschwand sie einfach. Für zwanzig lange Jahre und ein paar Wochen war sie weg. Ich wusste erst nicht, dass sie nicht mehr da war. Mir hatte niemand etwas gesagt. Als ich am nächsten Abend zu ihr fuhr, öffnete mir ihre Mutter die Tür und stand mit verweinter Schminke vor mir. Wir standen an der Eingangstür, und Frau Baumann packte mich an der Jacke und wollte wissen, wo ihre Tochter sei und warum ich nicht ans Telefon gehe, schließlich hätten sie und Emilio mehrmals versucht, mich anzurufen. Ich zog mein Handy hervor, auf dem keine verpassten Anrufe waren.

»Auf dem Festnetz!«, rief Frau Baumann, und ich wollte wissen, was überhaupt los sei, und dann schrie sich mich an, dass sie heute früh abgehauen sei, dass sie am Nachmittag mit Emilio sogar die Landstraßen abgefahren habe, um nachzusehen, ob Steffi sich was angetan hatte.

»Sie ist weg, Marcel! Sie ist weg!«, schrie Frau Baumann, während ihr die Tränen das Gesicht runterliefen. So hatte ich sie noch nie erlebt. Ich versuchte sie zu beruhigen, Emilio versuchte sie zu beruhigen. Er stand am Herd, hatte seine Schürze um und kochte ein kubanisches Essen. Er sprach seiner Frau gut zu, sagte ihr, dass Steffi gleich auftauchen und wir dann zu viert essen würden. Frau Baumann ließ sich von ihrem Mann nicht beruhigen. Keine Chance. Die Frau, die die pure Selbstkontrolle war, war außer sich. Ich verstand nichts mehr, löste mich aus ihrem Griff und machte mich auf nach Hause, wo meine Mutter angesoffen vor dem Fernseher lag und rauchte. Immer wenn ich in diese Bude kam, wünschte ich mir, dass wir wieder in dem Haus wohnen würden. Dort war es zwar nicht viel besser gewesen, dafür hatten Vanessa und ich aber getrennte Zimmer gehabt. Meine Schwester saß im Schneidersitz auf ihrem Bett und wollte nicht mit mir reden. Ich fragte sie, ob sie etwas wüsste, doch sie schwieg und schüttelte nur den Kopf. Als sie mich ansah, sah ich, dass sie weinte, und ich fragte sie, was los sei. Sie antwortete, dass Steffi sie eigentlich heute Nachmittag mit zur Tanzschule nach Obersfelde hatte mitnehmen wollen, und ich wollte wissen, ob das der einzige Grund sei, warum sie so weine. Sie guckte auf ihre Füße, sah dann zu mir hoch und sagte: »Ich mache mir Sorgen um Mama, wenn bald niemand mehr da ist.«

Was sie damit meine, fragte ich sie.

»Gar nichts.«

Sie trug einen schwarzen Hoodie, der eigentlich Steffi gehörte. Steffi hatte ihn mal vergessen, und ich hatte immer gehofft, ihn ihr irgendwann zurückgeben zu können. Ich sah Vanessa an und wusste, dass es besser war zu schweigen, dass Schweigen besser war, als ihr zu erzählen, dass bald alles besser werden würde. Denn es fühlte sich nicht so an, dass es besser werden würde.

»Marcel?«, fragte Vanessa in unser Zimmer.

Ich sah hoch, sah sie an, und sie sagte: »Ich vermisse sie.«

»Sie kommt wieder. Hier machen alle so eine Welle, das ist doch Unsinn.«

»Sicher?«

»Klar kommt sie wieder.«

»Und wenn nicht?«

»Vanessa! Reiß dich zusammen! Steffi kommt zurück. Versprochen!«

Benennen Sie Ihre Gefühle.

Ich konnte sehen, dass es Steffi schlecht und gut ging. Sie hatte müde Augen, ihr Mund war ein Strich. Doch auf ihrer roten Neoprensteppjacke waren goldene Knöpfe, auf denen »Joop« stand. Ich sah auf ihre Fingernägel. Lang und scharf. Die lackierte sie nicht mehr selbst. Und auch die weißen Stiefel, die sie früher getragen hatte, gab es nicht mehr. Jetzt waren es schwarze Schuhe, mit leichtem Absatz. Mein Blick ging wieder hoch, von den Schuhen, der schwarzen Hose, über die rote Jacke, und ging zu ihrem Gesicht, in dem noch immer dieser traurige Strichmund war, der von ihren roten Haaren eingerahmt wurde.

»Wie geht es dir?«, fragte ich.

»Es ist okay«, sagte sie leise.

Meine Arme hingen schlaff an mir herunter. Das Grünzeug klemmte noch in meiner Faust, die langsam ihre Anspannung verlor.

»Ich habe dich im Stadion gesehen«, sagte ich, und sie nickte.

Sie zog ein kleines silbernes Etui hervor und klappte es auf. Davidoff. Slim. Sie bot mir eine an, ich schüttelte den Kopf. Sie war erstaunt, lächelte und sagte, dass das gut sei, dass ich nicht mehr rauchte, und steckte sich die Zigarette an.

»War nicht meine Entscheidung. Lag am Amt, dass ich nicht mehr rauchen konnte.«

Sie sagte nichts, guckte auf das Grab, zog an ihrer Zigarette, pustete aus und fragte mich dann mit dünner Stimme, wie sie das verstehen solle. Ich antwortete ihr, erzählte ihr von den vier Wochen Frankfurt und den 1.400 Euro, die ich verdient hatte. Sie lachte kurz, als ich ihr erzählte, dass die Frau vom Jobcenter mir dann den Schaden vorgerechnet hatte, den ich dem Staat angetan hätte, und mir dann die Stütze strich. Dann schwiegen wir wieder. Der Rotton ihres Haares war nicht ganz so knallig, wie ich ihn in Erinnerung hatte, was vermutlich daran lag, dass sie die Tönung damals bei Schlecker gekauft hatte, und die gab es nicht mehr, und hätte es sie noch gegeben, hätte sie die sicher nicht mehr verwendet. Ob sie inzwischen graue Haare hatte? Welche Haarfarbe ich hatte, konnte ich gar nicht genau sagen. Vor ein paar Jahren hatte ich mir eine Maschine gekauft, mit der ich einmal die Woche alles auf 3 mm runtermähte.

»Wie lange wirst du bleiben?«, fragte ich sie und merkte, wie ich das Unkraut in meiner rechten Hand wieder fester zusammendrückte.

Sie führte die Zigarette zum Mund. Dann sagte sie: »Ich bin mir nicht sicher«, ließ ihre Zigarette fallen und trat sie mit der Schuhspitze aus.

Ich guckte auf ihre Füße, sah der Halbkreisbewegung zu.

»Was macht Pascal?«, fragte sie, und ich antwortete: »Trinkt. Und hat eine große Fresse. Eigentlich wie damals. Nur mit etwas mehr Alkohol.«

»Hat er einen Job?«

»Nee. Hat die Ausbildung abgebrochen, und die vom Amt haben ihn irgendwann aufgegeben.«

»Okay«, sagte sie und holte sich noch eine Zigarette aus ihrem Etui. Ich sah, dass ihre Hand leicht, aber nur ganz leicht, zitterte. Vielleicht hatte ich mich auch verguckt.

Ich sagte: »Ich arbeite seit ein paar Jahren für deinen Papa. Aber das weißt du sicher. Unten am Bahnhof.«

»Ich war noch nicht bei meinen Eltern«, sagte sie und versuchte die Zigarette anzuzünden. Das Feuerzeug konnte die Flamme nicht halten, und ich gab ihr Windschutz, wobei sich unsere kleinen Finger ganz kurz berührten, und jetzt wusste ich, dass sie wirklich vor mir stand, dass sie wieder da war.

»Viel hat sich nicht geändert. Emilio ist der alte Optimist, der er schon immer war. Er vermisst Kuba, spricht nicht oft drüber, aber ich glaube, dass er es sehr vermisst. Und deine Mama, na ja.«

»Was?«

»Unterrichtet in Altenwedel an der Grundschule, seitdem sie die Schule in Jeetzenbeck zugemacht haben. Der Sohn von Torben und Jessica, Luca heißt er, kommt manchmal bei mir in den Laden, und ich mache ihm dann Pommes. Und der erzählt dann von deiner Mama. Er nennt sie Frau B. und weiß nicht, dass ich sie kenne.«

»Kommt sie nicht ins Restaurant?«

Ich musste lachen. Ich musste richtig laut lachen. Zum Glück waren wir alleine auf dem Friedhof.

Steffis Mund war wie mit dem Lineal gezogen und die Augen eng zusammengekniffen. Zwischen ihnen bildete sich eine Falte, und ich war beruhigt, dass auch sie ein bisschen gealtert war.

»Was?«, fragte sie verärgert.

»Na ja. Restaurant ist ein großes Wort.«

»Was?«, fragte sie wieder.

»Ich sehe deine Mama mehrmals die Woche am Laden deines Vaters vorbeigehen. Aber sie war noch nie drin.«

»Was?«

»Dein Papa hat eine Gaststätte. Nur ist es kein kubanisches Spezialitätenrestaurant mehr, sondern eher so eine Art Dönerbude. «

»Was soll denn das heißen: So eine Art Dönerbude?«

Ich holte tief Luft. »Du solltest wirklich mal mit deinen Eltern reden. Es geht ihnen so weit ganz gut. Aber ich glaube, dass es gut wäre, wenn du sie besuchst.«

Sie sah mich ernst an. Dann sagte sie: »Du weißt also mal wieder, was gut für mich ist?«

»Das habe ich nicht gesagt.«

Sie ließ ihre Zigarette fallen und drückte den Stummel neben dem anderen aus, der noch auf dem Boden lag. Dann hockte sie sich hin, sammelte beide Kippen ein und ging zum Müllplatz. Ich folgte ihr und fragte sie, ob sie vielleicht Lust hätte, mit mir nach Altenwedel zu fahren: »So wie damals. Wir fahren mit der Ferkeltaxe nach Altenwedel und könnten diesen Oppenheimer-Film gucken, den mit der Atombombe.«

Sie blieb stehen und sah mich neugierig, fast schon lächelnd an.

»Oder ›Barbie‹, was meinst du? Wollen wir zu ›Barbie‹? Und danach gehen wir noch zu McDonald's. So, wie wir es damals immer gemacht haben. Nur wir zwei! Die beiden Filme laufen zwar erst nächsten Monat an, aber die Trailer sind gut, und vielleicht bist du im Juli ja noch hier, und dann könnten wir das machen. Es würde mich freuen. Und dann fahren wir mit dem Zug zurück. Das ist vielleicht unsere letzte Gelegenheit. Die wollen die Verbindung einstellen. Wusstest du das?«

Der Strichmund zog sich wieder gerade, ihre Augen wurden schärfer. Sie ließ ihre Zigarettenstummel in den Mülleimer fallen und sagte: »Vergiss es, Marcel. Vergiss es einfach. Das, was damals war, ist vorbei. Und ich bin ganz sicher nicht hier, um nostalgisch zu werden. Und vor allem bin ich nicht wegen dir hier.«

Sie drehte sich um und ging. Ich sah ihr nach und hatte noch immer das Grünzeug in der Hand. Der Kies knirschte unter ihren Schuhen.

Ich warf das Zeug in den Mülleimer, warf es direkt auf ihre Kippen, dann ging ich zu Vanessas Grabstein, küsste Zeige- und Mittelfinger meiner rechten Hand und legte sie für einen Moment auf Vanessas Namen, drehte mich um und verließ den Friedhof. Als ich an der Straße ankam, sah ich gerade Steffi abfahren. Sie saß in einem schwarzen 5er BMW, und die Hinterräder drehten für einen kleinen Moment kurz frei, als sie vom Parkplatz fuhr. Ich rief ihr hinterher, aber sie konnte mich nicht hören. Sie hatte ihre Anlage voll aufgedreht und hörte Gigi, obwohl sie nicht nostalgisch sein wollte.

Buch 2

Aus Liebe zur Freiheit

Ganz allein für zwei Stunden in Altenwedel

12. Juni 2002

Ich wollte nur kurz Zigaretten holen. Am Bahnhof. Nur ein paar Kippen aus dem Automaten ziehen, eine rauchen und dann nach Hause. Der Automat lag günstig, war am Bahnhofsgebäude angebracht, aber so, dass man ihn von der Straße aus nicht sehen konnte. Direkt gegenüber der Schule gab es einen Automaten, bei dem es oft Ärger gab, weil man gesehen werden konnte, wenn man sich dort eine Packung zog. Hier nicht, hier war Ruhe, und ich konnte ungestört rauchen. Ich suchte drei Euro aus meinem Portemonnaie. Eine Ein-Euro-Münze und einen Zweier. Die Münzen waren noch ganz neu und glänzten. Pascal hatte mir neulich erzählt, er hätte eine italienische Münze, die er mir nicht zeigen wollte, und Mama brachte von der Arbeit eine aus Holland mit. Im Radio hatte sie gehört, dass es mehr als zehn Jahre dauern würde, bis wir alle europäischen Münzen zu gleichen Teilen in unseren Brieftaschen hätten, wobei ich davon ausging, dass es in Jeetzenbeck zwanzig oder dreißig Jahre brauchen würde. Ich drückte auf den schwarzen Bolzen, die Zigarettenschachtel fiel in den Ausgabeschacht, und mein Wechselgeld landete im Rückgeldfach. Ein Zehncentstück aus Deutschland, ein Zwanzigcentstück aus Deutschland und Bingo: Ein Fünfcentstück aus Frankreich. F6, 19 Stück, zwei Euro Fünfundsechzig. »Fünf Mark!«, würde Mama schimpfen, und Papa würde ausrechnen, was das in DDR-Mark gewesen wäre. Hätte ich Großeltern gehabt, hätten die den Preis in Reichs- und Rentenmark bestimmen können. Ich war 15 und erlebte meine dritte Währung. Von der ersten hatte ich nichts mitbekommen, ich wusste nur, dass die 1990 alle so schnell wie möglich loswerden wollten. Wenn es so weiterging, dachte ich, würde ich mit 30 meine vierte, fünfte oder sechste Währung erleben.

Ich zog die Packung aus dem Schacht, riss sie auf und klopfte mir eine Zigarette raus. Als ich sie angezündet und gerade den ersten Zug genommen hatte und langsam ausatmete, musste ich husten. »So klang ich auch bei meiner ersten Zigarette«, sagte Pascal in solchen Momenten immer, nur dass das hier nicht meine erste Zigarette war und Pascal auch nicht neben mir stand und mich vollquatschte, denn Pascal machte gerade was ganz anderes. Das wusste ich genau, denn das war auch der Grund, warum ich plötzlich husten musste. Pascal stand auf der alten Verladerampe und leckte meiner Schwester den Hals aus. Sie hatte ihre Arme um seine Hüfte gewickelt, während er ihr den Arsch abtastete und immer tiefer mit seiner Zunge in ihrem Mund rumwühlte.

Ich schnipste die Zigarette weg, marschierte los, überlegte, wie ich die beiden voneinander trennen konnte und wem ich zuerst die Hölle heiß machen sollte, als ich plötzlich an meinem Rucksack gepackt und hart nach hinten gezogen wurde. Ich drehte mich um, wollte schon brüllen, dann erkannte ich Steffi, die vor mir stand.

»Ich!«, sagte ich und kam nicht weiter, denn Steffi sagte: »Lass es! Komm mit.«

»Wohin?«, fragte ich sie, doch sie war schon auf dem Weg zur Wartehalle.

»Wir fahren weg.«

»Aber wohin?«, fragte ich, als wenn es hier mehr als zwei Möglichkeiten geben würde. Man konnte 25 Minuten nach Norden fahren, und in Richtung Süden dauerte die Fahrt ungefähr 40 Minuten.

»Jetzt komm, der Zug fährt gerade ein.«

Tatsächlich. Der türkisgrüne Lack der alten Ferkeltaxe blätterte an der Front ab, das alte Verkehrsrot der Deutschen Reichsbahn war darunter zu erkennen. Auch das Logo der Reichsbahn konnte man sehen, wenn man genau hinguckte. Wir stiegen in den hinteren der beiden Wagen. Schweigend saßen wir auf einer der

Dreierbänke und sahen aus dem Fenster. Steffi sah irgendwo hin, doch ich beobachtete Pascal und meine Schwester, die nicht mitbekommen hatten, dass wir sie gesehen hatten. Pascal hatte seine Hand inzwischen in die Hose meiner Schwester geschoben und begrabbelte sie in aller Ruhe.

Der Zug fuhr dröhnend und langsam an, die Bodenplatte vibrierte leicht und die Schaffnerin kam und wollte unsere Fahrscheine sehen. Steffi zeigte ihre Monatskarte.

»Und Sie, junger Mann?«

»Ich habe keinen Fahrschein.«

»Dann kaufen Sie doch bei mir einen.«

»Wo fahren wir überhaupt hin?«, fragte ich Steffi, und sie antwortete, dass es nach Altenwedel gehe.

»Drei Euro«, sagte die Schaffnerin.

Ich holte meine Brieftasche hervor. Drei Münzen lagen im Geldfach. Zwei aus Deutschland und eine aus Frankreich. Fünf Minuten zuvor hatte ich noch drei Euro gehabt, die nun in dem Automaten steckten, der am Bahnhofsgebäude angebaut war, das an die Verladerampe grenzte, auf der Pascal gerade meine Schwester aussaugte, deren beider Körper ich noch sehen konnte und die immer kleiner wurden.

»Ähm«, sagte ich und sah zur Schaffnerin.

»Nach Ähm fährt dieser Zug nicht.«

Steffi verdrehte ihre Augen. Sie holte ihr Portemonnaie raus und zählte Münzen ab, ob eine aus dem Ausland dabei war, konnte ich nicht erkennen. Ich bekam einen Fahrschein, die Schaffnerin wünschte uns eine gute Fahrt, und wir sahen wieder aus dem Fenster, sahen auf die Raps- und Weizenfelder und betrachteten die Kiefern des kleinen Waldstücks, durch das wir fuhren.

»Du solltest die beiden in Ruhe lassen«, sagte sie zu mir.

»Pascal ist nicht gut für Vanessa.«

»Aber für dich ist er es?«

»Was meinst du?«

»Du bist doch jeden Tag mit ihm zusammen. Ist Pascal gut für dich?«

»Er ist mein bester Freund«, sagte ich und guckte auf ihre Haare, die ihr in den Ausschnitt fielen. Seit gut zwei Jahren färbte sie ihre Haare knallrot. Oben, am Ansatz, kamen ihre dunklen Haare langsam zum Vorschein. Ein paar Wochen zuvor war ich mit Vanessa im Supermarkt gewesen, in dem unsere Mutter arbeitete. Mama stand an der Kasse und Vanessa und ich zwischen den Haarpflegeprodukten. Ich sollte meiner Schwester sagen, welches Mittel Steffi benutzte. Ich konnte es ihr nicht sagen, hatte keine Ahnung, welche Farbe Steffi nahm, und Vanessa wollte dann noch wissen, ob Steffi ihre Haare vorher blondiere, damit das Rot überhaupt angenommen werden könne. Ich hatte nur mit den Schultern gezuckt und sie gefragt, warum sie ihre Haare auch rot färben wolle. Vanessa hatte mich ernst angesehen und gesagt, Rot sei nun einmal ihre Lieblingsfarbe. Hätte mich jemand eine Minute vorher gefragt, ob meine Schwester eine Lieblingsfarbe habe, ich hätte keine Antwort darauf gewusst. Am Ende hatte Vanessa ein Mittel gefunden, bei dem sie sicher war, dass sie damit schönes rotes Haar bekommen würde. Zusammen gingen wir zur Kasse, und als wir dran waren, warf uns Mama erst einen strengen Blick zu und machte dann die Ansage, dass wir nicht mal daran denken sollten, so was zu machen, schließlich seien wir keine Asozialen. Statt der Haarfarbe bekamen wir zwei Überraschungseier.

»Das ist auch billiger als so ein Stuss«, hatte Mama gesagt, als sie die Eier abscannte.

Ich wollte mein Ei nicht essen, oder ich weiß gar nicht mehr, ob ich es essen wollte. Was ich weiß, ist, dass Vanessa beide Eier gegessen und mir die Spielzeuge gegeben hat, die ich dann noch in den Mülleimer des Supermarkts warf.

»Wenn er gut für dich ist, kann er auch gut für Vanessa sein. Sie mag ihn«, sagte Steffi.

Ich überlegte.

»Er ist nicht gut für sie.«

»Du wiederholst dich«, sagte Steffi.

Keine Ahnung, was das gerade sollte. Ich mochte sie sehr, wollte sie zur Freundin haben, aber das bedeutete noch lange nicht, dass Pascal sich einfach so an Vanessa vergreifen durfte. Nach einer Weile fragte ich mich, was wir überhaupt in Altenwedel wollten. Ich hatte schon ein paar Ideen, was wir hätten machen können, tatsächlich wollte ich sie längst mal nach Altenwedel ausführen, wollte mit ihr im Café unter dem Rathausturm Baumkuchen essen, mit ihr durch den Park des Friedens spazieren und sie dann fragen, ob sie nicht mit mir zusammen sein wolle. Ich hatte mir das schon tausend Mal ausgemalt und es dann wieder verworfen. Dass es nun Steffi war, die mich nach Altenwedel ausführte, hätte ich nicht zu träumen gewagt. Richtig übel war, dass ich keine Kohle dabei hatte. Ich hatte noch etwas Geld auf dem Konto, in Altenwedel würde ich einen Geldautomaten suchen müssen. Aber ob das reichen würde, um ihr einen schönen Nachmittag zu machen? Allerdings war sie ohne mich auf dem Weg nach Altenwedel gewesen und hatte mich nur zufällig am Bahnhof getroffen. Vielleicht wollte sie nur, dass ich das junge Glück von Vanessa und Pascal nicht störte. Was wollte sie überhaupt in Altenwedel? Ich malte mir alle möglichen Szenarien aus. Die beste Variante war, dass sie mit mir Baumkuchen essen wollte. In dem Café unter dem Rathausturm. Dann würde sie mit mir durch den Park des Friedens spazieren, und später dann würde sie mich fragen, ob ich mit ihr zusammen sein wolle. Das wäre gut. Das wäre einfach. Wir hätten dann eine Grundlage, auf der wir unsere Beziehung zu- und miteinander aufbauen könnten. Gleiche Interessen, gleiche Ideen. Zumindest was Ausflüge und die Begründung der Beziehung anbelangte.

Ich fragte sie, wo sie hinwolle, und sie sah mich an und sagte: »Du darfst nicht lachen!«

»Natürlich nicht«, antwortete ich.

»Wirklich?«

»Versprochen.«

Sie zog den Mund zu einem Strich, wie sie es immer tat, später noch öfter tun sollte, wenn sie mir misstraute.

Dann sagte sie: »Ich gehe zur Tanzschule.«

»Was?«

»Ich nehme Tanzunterricht. In der Volkshochschule.«

»Das kannst du doch mit mir üben«, sagte ich grinsend, und ihre Mundwinkel hoben sich an. Sie nannte mich Spinner, buffte dabei meine Schulter und sah wieder aus dem Fenster. Auf einem Acker standen grasende Rehe, sonst gab es nichts zu sehen. Fünfzehn Minuten später fuhr die Bahn im Altenwedeler Bahnhof ein.

Wir gingen in die Innenstadt, vorbei am Turm vom ehemaligen Rathaus, das Café besuchten wir heute nicht. Dann rüber zur Burgstraße, vorbei an den kleinen Geschäften. Handyshop, Optiker, Bäcker, Baumkuchenkonditorei, Klamottengeschäft, Kneipe, Spielwarenladen und das Kaufhaus, das früher über drei Etagen ging und dessen Treppen zu den oberen Etagen mit Werbetafeln abgesperrt waren, sodass man nicht hoch konnte. Mit Vanessa und meiner Mutter kam ich immer her, wenn Schlussverkauf war. Ich mochte das Kaufhaus, hier konnte man erahnen, was für eine wohlhabende Stadt Altenwedel vor einhundert Jahren gewesen war. Auf den oberen Etagen gab es damals sicher nicht nur Kisten und Krempel, sondern Mäntel, Hüte, Kaffee, Tee, Gewürze, Eisenwaren und alle anderen Waren, die aus den Kolonien über Hamburg in unsere Hansestadt importiert worden waren. Über große Holztreppen, die damals sicher mit dickem Teppich bespannt waren, ging man nach oben, flanierte durch das Kaufhaus und hatte jederzeit einen schönen Blick auf den zentralen Bereich des Erdgeschosses. Man konnte an die Brüstung treten und nach unten, aber auch nach oben sehen. Oben war ein prächtiges Glasdach. Darüber der blaue Himmel, der das Kaufhaus mit Licht flutete. Anstelle verzierter Eisenträger samt Glasdach fand sich dort heute eine Aluminiumkonstruktion, die mit verdreckten Milchglasscheiben bedeckt war. Das bisschen Licht, das sich durch diese Absperrung hindurchzwängen konnte, war grau und kalt, und die Halogenröhren, die überall an der Decke hingen, machten die Sache nicht besser. Eher schlechter. Mama sagte, dass hier die Plastikklamotten angeboten wurden, die die westdeutschen Kaufhäuser nicht verkauft hätten. Als wir einmal eine Hose für mich gefunden hatten, die aber ein Stück zu kurz war, fragte sie die Verkäuferin nach einer mit etwas längeren Beinen, aber die Verkäuferin zuckte nur mit den Schultern und sagte, dass es nur das gebe, was im Regal zu finden sei.

Steffi und ich gingen am Kaufhaus und dann am Puparschbrunnen vorbei, und ich fragte Steffi, ob sie das Gedicht unter dem Brunnen kannte, doch sie sagte nein und dass wir keine Zeit hätten, da der Unterricht gleich losgehe. Dann, vor einer Tür, stoppten wir.

»Bis nachher«, sagte sie und schob die Tür auf.

»Ich denke, ich soll mit?«

»Nein.«

»Und wenn ich bloß zusehe?«

»Denk nicht mal dran!«

»Och, Steffi«, sagte ich und sah sie an. Sie sah mich auch an, wartete anscheinend ab, ob da noch was kommen würde, aber mehr fiel mir nicht ein.

»Bis nachher«, sagte sie und ging durch die Tür.

»Wann bist du fertig?«, rief ich ihr hinterher.

»In zwei Stunden.«

»Was soll ich denn so lange machen?«

»Mach, was du willst, Hauptsache, du bist in zwei Stunden hier!«, hörte ich sie noch rufen, dann fiel die Tür zu.

Scheiße. Allein in Altenwedel. Zwei Stunden. Zwei Stunden in Altenwedel. Allein. Ganz allein für zwei Stunden in Altenwedel.

Ich sah auf meine Uhr. 15 Uhr. Ich stellte mir einen Timer auf einhundert Minuten und ging runter Richtung Rathausturm, irgendwo dort war ein Bankautomat, mit etwas Geld würde ich die Zeit schon rumbekommen. Ich zog mir zwanzig Euro aus dem Automaten und sah mich um. Ich konnte in eines der Cafés gehen und Kuchen essen, nur hatte das ohne Steffi keinen Sinn. Ich setzte mich auf eine der Bänke an der Neuperverstraße und überlegte, im Park des Friedens rumzuhängen. Aber auch dort ging man nicht alleine hin.

Mit Vanessa und meinen Eltern war ich mal dort gewesen. Vanessa und ich hatten Eis und unsere Eltern Streit. Ich wühlte einen Kaugummistreifen aus meiner Hosentasche und kaute auf dem Ding rum, machte Bläschen, rieb mir den klebrigen Kaugummi aus dem Gesicht, spuckte ihn aus und steckte mir eine der Zigaretten an, die mich überhaupt erst hierhergeführt hatten. Ich rauchte. Einatmen, den Rauch im Mund sammeln, nach unten abziehen, die Lungen füllen und dann langsam ausatmen. Hätte ich ewig machen können, und doch fragte ich mich, ob Steffi mir die Wahrheit erzählt hatte. War sie wirklich nur tanzen? Und warum wollte sie nicht, dass ich sie begleitete? Ich trat die Zigarette aus und ging die Straße wieder hoch. Wieder vorbei an Handyladen, Brillengeschäft, Bäckerei, Baumkuchenkonditorei, Klamottenladen, Kneipe, Spielzeuggeschäft, Kaufhaus und Puparschbrunnen. Und dann stand ich wieder vor dem Haus, in das Steffi eine halbe Stunde zuvor gegangen war.

Das Haus grenzte an einen Parkplatz, auf dem ein VW-Transporter der Post stand. Die Karre parkte rückwärts zur Hauswand, und dahinter war eine etwa vier Meter hohe Mauer. Wenn ich bis zur Mauer kommen würde, so dachte ich, könnte ich mich an den Fensterbrettern hochziehen. Ein Abwasserfallrohr gab es auch. Oben waren fünf Fenster dicht nebeneinander. Dort musste der Tanzraum sein. Die Fassade bestand aus roten Ziegelsteinen, und nur im oberen Geschoss gab es Fenster. Schwer vorstellbar, dass die im Keller tanzten oder in einem Raum, der schlechtes Licht hatte. Ich stieg auf die vordere Stoßstange vom Transporter. So hatte es mir mein Vater beigebracht, als wir mal einen Lkw wuschen. Die Stoßstangen der Lkw hatten sogar Einbuchtungen, in die man sich hineinstellen konnte, um an die Frontscheibe zu kommen. Ich kletterte weiter, zog mich über die Scheibe und stieg auf das Dach. Langsam ging ich zum Heck, von dort war es nur ein Sprung, und ich hing mit beiden Händen an der Mauerbrüstung. Ich zog mich hoch, richtete mich auf, balancierte zur Hauswand und sah mich um: Niemand in der Nähe, der mich beobachtete. Die Fensterbretter zu erreichen war nicht einfach. Springen war nicht drin, wäre ich abgerutscht, wäre ich sicher nicht auf der Mauer, sondern auf dem Autodach gelandet und hätte mir alle Knochen gebrochen. Neben mir war das Fallrohr. Ich rüttelte dran. Schien zu halten. Ich packte es und kletterte vorsichtig nach oben, konnte das Fensterbrett greifen und mich mit dem Fuß auf einem der Anker abstützen, die das Rohr an der Wand hielten. Von hier oben hatte ich einen prima Ausblick, besser noch, als wenn ich mit Steffi den ollen Rathausturm erklommen hätte. Von drinnen ertönte Musik. Treffer.

Langsam zog ich mich hoch, sodass ich in den Raum gucken konnte. Parkettboden, holzgetäfelte Wände, Holzstangen parallel zum Boden. An die Enden der Stangen waren glänzende Messingkugeln montiert. Auf dem Boden stand ein blau leuchtender Ghettoblaster. So einen hätte ich auch gerne gehabt. Vor der Musikbox wackelte der Tanzlehrer hin und her, und an ihm klebte Steffi. Die beiden sahen so aus, als wären sie ein Körper. Ein gutaussehender Körper. Er trug eine schwarze Hose. Schwarzes Hemd, schwarzen Gürtel, schwarze Schuhe. Mit seinen Haaren, ebenfalls schwarz, nach hinten gegelt, sah er aus, als wäre er direkt aus der spanischen Hochebene hierher teleportiert worden. Und Steffi kam sowieso von einem anderen Planeten. Sie trug ein weißes Kleid, das einen starken Kontrast zu ihrer Haut und ihren Haaren bildete. Eigentlich hätten die beiden so direkt zum Standesamt wirbeln können. Warum nahm sie mich mit nach Altenwedel, wenn sie mit so einem Typen rumhängen konnte? Mir konnte doch keiner erzählen, dass der seinen Job nicht ausnutzte, um an Mädchen zu kommen. Es sei denn, er war schwul. Aber warum gab es keine anderen Menschen, die Tanzunterricht hatten? Hätte ich meine Eltern gefragt, ob sie mir Einzelunterricht im Tanzen bezahlen, hätte höchstens ein Pantoffel auf meinem Arsch getanzt. Der Tanzlehrer führte Steffi drehend durch den Raum, sie warf ihren Kopf nach hinten, ihre Haare flogen umher, und er sah ihr in die Augen, während er seine linke Hand fester um ihre rechte schloss und sie mit seiner Rechten an der Hüfte führte. Die beiden drehten sich im Rhythmus der Musik durch den Raum, als wären sie ganz woanders.

Wenn ich auch nicht viel verstand, so begriff ich doch, dass ich ihre Welt niemals kennenlernen würde. Ich lebte zwar im selben Ort wie Steffi, aber das war schon alles, was uns verband. Meine Familie gehörte zum Abschaum des Dorfes, während ihr Vater vielleicht nicht von jedem anerkannt, aber zumindest akzeptiert wurde. Und ihre Mutter spielte sowieso in ihrer eigenen Liga: Lehrerin, Vorsitzende des Fördervereins der Schule, Vorsitzende des Frauenchors und Mitglied in tausend anderen Vereinen. Irgendwann würde die noch Bürgermeisterin werden, und vermutlich wäre ihre erste Amtshandlung dann, den Neubau sanieren zu lassen, in dem wir inzwischen lebten, was dazu führen würde, dass wir uns selbst diese Bude nicht mehr leisten könnten und dann vielleicht im alten Kulturhaus am Bahnhof würden campieren müssen. Aber auch das alte Ding würde sie, ob mit uns oder ohne uns darin, wahrscheinlich gleich abreißen lassen, obwohl es eigentlich aus der Hauptstadt stammte und bis 1916 in Berlin gestanden hatte. Dort war es damals von französischen Kriegsgefangenen abgetragen und hier bei uns in Jeetzenbeck wieder aufgebaut worden, nachdem das alte Bahnhofshotel, das sich früher an dieser Stelle befunden hatte, einem Feuer zum Opfer gefallen war. Immer wenn ich davorstand, fragte ich mich, wie und vor allem warum die das damals gemacht hatten. Das Haus war zwei Etagen hoch, darauf ein halb eingestürztes Satteldach. Drinnen gab es einen zerstörten Veranstaltungssaal, dessen Bestuhlung zerfetzt und zerrissen war. Es gab auch eine Bar und in den oberen Stockwerken Zimmer mit altem Krempel, der vor sich hin rottete.

»Marcel?«

Ich erschrak, riss mich nach rechts und packte mit beiden Händen das Fallrohr, an das ich mich klammerte. Meine Beine wurden weich. Das war knapp.

»Hier unten!«

Ich sah zur Straße. Dort war Mülle. Er stand unten auf der Einfahrt vom Parkplatz, hatte sein Fahrrad neben sich stehen und winkte mir zu, auf dem Kopf einen Helm. Der Spinner.

»Hast du sie noch alle?«, rief ich.

»Was machst du da oben?«

»Ich putze hier die Fenster. Das sieht man doch!«

»Ist das nicht gefährlich?«

»Was willst du?«

»Wenn du dich bei der Volkshochschule anmelden willst, kannst du auch einfach unten durch die Tür reingehen.«

»Was?«

»Da unten. Da ist der Eingang«, sagte er und deutete in die Richtung der Tür, durch die Steffi vorhin verschwunden war.

»Verpiss dich!«

Die Musik verstummte.

»Ich bin nicht hier!«, flüsterte ich laut-leise rufend in Richtung Mülle. Er nickte, ich klammerte mich mit beiden Händen am Fallrohr fest und versuchte mich dahinter zu verstecken. Schräg über mir tauchte Steffis Kopf auf.

»Was machst du denn hier, Mülle?«, rief sie runter.

»Öhm.«

»Was?«

»Na ja.«

»Was machst du hier? Spionierst du mir nach, du widerlicher Stelzbock?«

»Nein. Ich. Ähm.«

»Wer ist noch hier?«

Mülle überlegte, was er sagen sollte. Er überlegte zu lange. Steffi machte den Hals lang und sah zur Straße runter. Nur direkt zu mir guckte sie nicht. Ihr Blick ging kurz zu dem Innenhof, der hinter der Mauer war, und dann wieder rüber zu Mülle.

»Hau bloß ab, oder ich hole Marcel!«

»Marcel?«

»Ja, Marcel!«, rief Steffi, und mein Herz machte einen Hüpfer.

Meine Hände schmerzten, lange würde ich mich nicht mehr festhalten können.

»Aber Marcel ist doch gar nicht hier«, sagte Mülle dumm grinsend, und sein Blick führte von Steffi zu mir, von mir zu Steffi und zurück.

Dann sagte er: »Also von mir aus kannst du ihn anrufen. Vor dem habe ich keine Angst!«

»Okay«, sagte Steffi, und ich schob meinen Fuß etwas weiter auf den Anker des Fallrohrs und versuchte, mich mit meinem Bein festzuklemmen. Mit der linken Hand ließ ich das Fallrohr los und zog mein Handy aus der Tasche. Ich hatte es. Mit dem Daumen versuchte ich den Deckel vom Handy zu öffnen. Ich ärgerte mich, dass ich mir ein paar Wochen zuvor auf dem Asiamarkt am Bahnhof eine neue Handyhülle gekauft hatte. Das Ding konnte blau und rot blinken, sogar noch bevor man angerufen wurde oder eine SMS erhielt, saß dafür aber bombenfest. Ich wollte den Akku rausnehmen. Hätte ich das Handy über die Tasten ausgeschaltet, hätte es einen Ton gegeben, und Steffi hätte gesehen, dass ich nur dreißig oder vierzig Zentimeter unter ihr hing.

»Rufst du ihn jetzt an oder nicht?«, blökte Mülle. Ich drückte meinen Kopf gegen die Wand und sah nach oben. Ich konnte Steffis Handy sehen. Ich bekam den Verschluss von meiner Handyhülle nicht auf, und Mülle stand immer noch dumm rum. Der genoss das. Das war der größte Moment in seinem erbärmlichen Leben, und den wollte er auskosten.

»Ist er gleich da?«, fragte er Steffi, während sein Grinsen immer breiter wurde.

»Jetzt reicht's!«, sagte Steffi, drückte auf den Knopf, meine Hülle fing an zu blinken, und noch bevor mein Telefon den ersten Ton von sich gab, warf ich es hinter mich über die Mauer. Es platschte laut, statt zu klingeln.

»Was war das?«, fragte Steffi. Mülle reagierte nicht.

Ich schielte nach oben, Steffi guckte in die Richtung, in die ich mein Handy geworfen hatte. Sie hatte ihres am Ohr.

»Geht er nicht ran?«, fragte Mülle, und ich hoffte, dass dieser Unsinn hier bitte langsam zu Ende ging, aber Steffi sagte: »Ich kann auch Ralf anrufen«, und Mülle fragte das Gleiche, was ich dachte: »Wer ist Ralf?«, und sein blödes Grinsen verschwand.

»Marcels Vater. Soll ich den anrufen? Ja?«, fragte Steffi, und Mülle sagte endlich: »Ich kann auch einfach gehen.«

»Ja! Hau ab! Verpiss dich!«, rief Steffi ihm zu.

Dann verschwand ihr Kopf im Gebäude, und sie donnerte das Fenster zu. Ich blieb wie festgefroren am Fallrohr hängen, fixierte den dummen Müllensiefen, und als aus dem Raum wieder Musik ertönte, kletterte ich das Rohr runter, ließ mich auf die Mauer fallen und sprang von ihr direkt auf den Parkplatz. Der Schmerz schoss von meinen Fußsohlen über die Schienbeine bis in die Knie. Mit dem Schmerz kam die Ahnung, dass ich so nicht zum Fußballtraining würde gehen können. Der alte Schmidt würde mich zur Sau machen, wenn ich ihm erzählte, wie ich mir meine Beine zerschossen hatte. Ich hörte ihn förmlich: Dass er all seine Hoffnungen in mich gesetzt hatte. Und dass er enttäuscht von mir sei. Doch ich hatte jetzt ganz andere Sorgen. Erst mal war Mülle fällig! Wacklig stand ich auf und humpelte auf die Straße, um ihn mir zu schnappen. Mülle schwang sich unbeholfen auf sein Fahrrad und strampelte los. Mit dem Fuß rutschte er aus, knallte sich sein Pedal in die Ferse, und ich hätte fast seinen Gepäckträger zu fassen gekriegt, als er wieder in Fahrt kam.

»Du dumme Sau!«, brüllte ich ihm hinterher und nahm einen Stein, der ihn nur knapp verfehlte.

Ich sah auf meine Uhr. Noch gut fünfzig Minuten, dann würde Steffi wieder rauskommen. Mein Handy war hinter der Mauer, und wenn ich hier auf der Straße stehenblieb, würde sie mich irgendwann sehen. Ich humpelte zurück zum Parkplatz, kletterte auf das Auto, dann über die Mauer, ließ mich ganz langsam und vorsichtig in den Innenhof fallen, und wieder schoss der Schmerz durch meine Beine. Irgendwie war mir klar, dass meine Fußballerkarriere hier und jetzt definitiv vorbei war. Ich brauchte eine Pause, war vollkommen platt und lehnte mich an die Mauer. Aus meiner Hosentasche wühlte ich die Zigaretten hervor und steckte mir eine an. Ich sah mich im Innenhof um. Richtig schlimm hier. War genau so, wie man sich den Osten vorstellte. Das Wohnhaus links von mir war grau und verfallen. Alle Fenster waren vernagelt und die Tür zum Hausinneren zugemauert. Auf dem Dach hingen windschief die alten TV-Antennen, darunter große weiße Flecken Taubenscheiße. Gegenüber war die Brandmauer eines anderen Wohnhauses und rechts eine Art Werkhalle, an der Blechschilder von der Route 66 und andere Amerikamotive angebracht waren. Noch vierzig Minuten, und ich hatte keine Ahnung, wie ich aus diesem Hof rauskommen sollte. Es gab keinen Baum, keinen Strauch. Nur ein paar zerlegte Motorradrahmen lagen in einer Ecke herum. Es gab noch nicht einmal einen alten Aschekübel, auf den ich hätte klettern können, um auf die Mauer zu kommen. Dabei standen diese hässlichen Dinger doch überall herum.

Mein Handy fand ich in einem alten Fass mit stinkendem Wasser. Ich versuchte es einzuschalten. Tot. Wie unwahrscheinlich bitte war es, dass es ausgerechnet in dieses Fass gefallen war? Rundherum waren nur Bauschutt, Beton und tote Büsche, aber mein Handy musste in das Stinkefass fallen? Ich wischte es an meiner Hose ab und steckte es ein. Dann besah ich mir die alte Werkhalle und die Mauer. Vielleicht ging es ja doch? Ich krallte mich in die Steinfugen und versuchte mich hochzuziehen, aber es klappte nicht. Ich zündete mir eine Kippe an. Einen anderen Ausweg als durch die Werkhalle schien es tatsächlich nicht zu geben. Wenn die Tür nicht offen sein sollte, würde ich die Scheibe einschlagen, dachte ich, warf die halbe Kippe weg und humpelte zur Halle. Über der Tür hing eine zerfledderte und schmutzige Südstaatenflagge. Langsam drückte ich die Klinke runter und versuchte die Tür aufzuschieben. Offen. Jackpot. Der Raum war schummrig. Weit hinten gab eine nackte Glühbirne ein schwaches Licht von sich. Der Raum war voller großer Stahlregale, in denen Holzkisten und Pappkartons standen. Dazwischen lagen Werkzeuge und irgendwelche Motoren- und Motorradteile. Es roch nach Öl. Dann hörte ich Stimmen. Zwei Männerstimmen. Ich überlegte, wieder umzudrehen, um ein letztes Mal zu probieren, über die Mauer zu klettern. Doch dann schlich ich zwischen den Regalen hindurch und suchte nach dem Ausgang, den ich am anderen Ende vermutete. Als ich die Mitte des Raumes erreicht hatte, wurden die Stimmen lauter, und Schritte waren zu hören. Die Typen kamen in meine Richtung. Ich duckte mich und schob mich zwischen zwei Kisten in einem der Regale.

»Wann fährst du wieder nach Warschau?«, fragte der eine Mann, und der andere antwortete, dass er nächste Woche fahren würde. Ich wusste sofort, wem diese Stimme gehörte. Die Männer kamen näher, gingen an mir vorbei, und ja, ich lag richtig. Er war es. Was zur Hölle war heute nur los? Erst Pascal mit Vanessa am Bahnhof, dann mit Steffi hierher, dieser dumme Mülle, mein Handy im Stinkefass, und nun das? Irgendwo ganz weit oben saß gerade einer auf einer Wolke und lachte sich über mich kaputt.

Die Männer blieben keine fünf Meter von mir entfernt stehen. Der, den ich nicht kannte, fragte, ob der Kontakt zu dem Stielhandgranatentyp noch stabil wäre, und Dirk sagte ruhig und entspannt: »Klar. Ich nehme den Ralf Körtge mit. Zum Schleppen ist der gut«. Dann lachte Dirk kurz auf, und der andere zündete sich eine Zigarette an und bot Dirk auch eine an. Die beiden quatschten von der Lieferung und wo die Granaten hinsollten, und mir wurde langsam klar, wo ich eigentlich war.

Dirk hatte sich in den Neunzigern selbstständig gemacht, wie er es nannte. Seitdem fuhr er immer wieder nach Polen und kaufte dort auf dem Schwarzmarkt am Warschauer Stadion Nazizeug ein, das er woanders weiterverkaufte. Waffen, SS-Uniformen, alte Stiefel, Hakenkreuzfahnen, und, ja, er kam auch an Stielhandgranaten ran.

Pascal und ich hatten mal ein paar gesehen, als wir in Dirks Werkstatt rumgestromert waren. Daneben hatte eine Kiste mit Eisernen Kreuzen gestanden. Eine Woche später hatte mein Vater so ein Ding am Rückspiegel unseres Autos hängen und mir erzählt, dass das ein Familienerbstück von meinem Opa sei. Dann erzählte er, dass Opa im Kessel von Stalingrad gewesen sei und tapfer durchgehalten hätte, als er beim Kampf gegen die Russen in seinem MG-Nest hockte und einen Iwan nach dem anderen erledigte und so weiter und so fort. Garantiert waren das alles Lügen.

Jedenfalls hatte Dirk sein Importgeschäft laufen. Und ich wusste jetzt endlich, was Papa trieb, wenn er ewig nicht zu Hause auftauchte. Manchmal war er nur ein Wochenende nicht zu Hause, und manchmal waren es gleich drei Wochen. Dirk brauchte einen Idioten zum Kistentragen, Schmierestehen und, wenn es drauf ankam, um die Fäuste fliegen zu lassen oder auch mal den Sack vollzubekommen. Für so was war Papa gut zu gebrauchen, der hatte ja Zeit und seit Kurzem eine Hantelbank im Keller, auf der er stundenlang stumpf Gewichte drückte, wenn er denn mal zu Hause war.

Angefangen hatte es mit Papas Abwesenheiten nach unserem Ungarn-Urlaub, wobei man den so eigentlich nicht nennen konnte. Bis zu einem Rastplatz waren wir damals gekommen. Irgendwo in Bayern teilt sich die Autobahn, führt links und rechts an einem Berg vorbei. Kurz danach kommt ein Rastplatz. Und genau da war unser Urlaub zu Ende gewesen. Der Wohnwagen verreckte, nichts ging mehr. Mama und Papa hatten sich gezofft, und ich musste mich um Vanessa kümmern, und dann ist es hässlich geworden. Papa ist wütend gewesen, hat mit dem Werkzeug um sich geworfen, als er merkte, dass er die Karre nicht mehr zum Laufen kriegen würde. Dann war ihm der Vogelbauer von Erwin im Weg gewesen, der im Gang vom Wohnmobil stand, weil Papa ihn dort hingestellt hatte. Er hatte ihn mit beiden Händen gepackt und auf den Boden geworfen. Erwin hatte die Gelegenheit sofort genutzt und sich direkt verdrückt. Mama wurde Papa gegenüber laut. Vanessa und ich heulten, und eine Frau, die mit einem dunkelgrauen Mercedes auf dem Parkplatz stand, fragte Mama, ob sie uns mitnehmen solle. Und dann war was los. Papa hatte Mama beschimpft, hatte die Frau beschimpft, und Mama hatte Vanessa und mich an den Händen gepackt und uns zu dem Mercedes geschleift. Dann waren wir abgefahren und hatten Papa mit dem Wohnmobil alleine auf dem Parkplatz zurückgelassen. Wir durften bei der Frau übernachten. Vanessa und ich schliefen im Bett der Frau, und Mama und sie übernachteten auf ihrem Sofa. Am folgenden Tag brachte sie uns zum nächsten Bahnhof, und dann fuhren wir über Leipzig und Magdeburg nach Hause. Papa war nicht da. Es dauerte vier Wochen, bis er mit dem Wohnwagen wieder auftauchte, dann lebte er für drei Wochen bei uns, wurde von Mama rausgeworfen, und seitdem war er alle paar Wochen mal zu Hause, und die restliche Zeit lebte er sonst wo. Über diese Zeit wurde nicht gesprochen, und es dauerte fast ein Jahr, bis der Wohnwagen von der Einfahrt wegkam.

Hier, zwischen den Kisten, von denen ich nicht wissen wollte, was in ihnen war, wurde mir alles klar. Papa war der Leckarsch von Dirk und den Motorradtypen. Dirk mochten sie respektieren, der hatte seit Kurzem ja selbst eine Harley, Papa mussten sie einfach nur für einen Idioten halten, der in seinem Amerika-Wahn alles Mögliche für die Typen tat. Der dachte bestimmt, dass das richtige Outlaws und Gesetzeslose seien, dabei waren das nur Kriminelle, die sich lange Bärte wachsen ließen und grimmig guckten, damit die keiner anquatschte.

Dirk und der andere quatschten von irgendeiner Lieferung, die zum Boss in Hannover gehen sollte. Dann ging es um Wohnwagen, die sie auf der B71 in Richtung Magdeburg aufstellen wollten, und so was. Und dann machten sie sich noch mal über meinen Vater lustig, erzählten sich davon, wie sie ihm damals dieses beschissene Wohnmobil angedreht hatten, in dem nicht mal mehr die Nutten aus Jugoslawien sein wollten. Beide lachten, und ja, ich musste auch kurz grinsen. Papa war schon ein Typ. Mir hatte er eine ganz andere Geschichte über das Wohnmobil erzählt, in der Dirk zwar auch vorkam, aber davon, dass da vorher Nutten drin gewesen waren, war keine Rede gewesen. Ganz im Gegenteil.

Irgendwann waren sie fertig, ließen ihre Zigaretten fallen, traten sie aus und gingen in Richtung Hinterhof. Als sie aus der Tür raus waren, stand ich langsam auf und suchte den Ausgang. Ich fand eine Stahltür und zog sie vorsichtig auf. Das Ding quietschte tierisch laut, die andere Tür zum Innenhof wurde aufgerissen, und Dirks Kumpel fragte laut, wer da sei. Ich riss an der Tür, und als ich durch sie hindurchschlüpfte, konnte ich sehen, dass der Mann schon hinter mir her war. Unter Schmerzen rannte ich durch den Flur bis zur nächsten Tür, und dann stand ich auf der Straße. Ich humpelte hastig nach rechts, um das Haus der Motorradnazis herum, vorbei am Parkplatz und fast in Steffi hinein, die gerade vom Tanzunterricht kam. Steffi sah mich verwundert an, ich guckte verstohlen nach rechts, sah Dirks Bekannten um die Ecke laufen, sah, dass er in unsere Richtung wollte, und in diesem Moment packte ich Steffi, riss sie an mich, und so hatten wir den Kuss unseres Lebens, während er an uns vorbeirannte.

Steffi riss sich von mir los, gab mir eine Ohrfeige, die richtig feuerte, und ich sagte ihr, dass ich sie liebte, zog sie wieder an mich und holte mir den zweitbesten Kuss meines Lebens.

»Du bist so ein Spinner!«, sagte sie, als unsere Münder sich voneinander gelöst hatten.

»Ich liebe dich!«, sagte ich wieder.

»Das sagt man nicht einfach so.«

»Ich weiß. Und deswegen sage ich es dir.«

»Warum?«, fragte sie und zog ihren Mund schon wieder zu diesem Strich.

»Wie, warum?«

»Warum liebst du mich?« Sie verschränkte ihre Arme.

Ich wusste nicht, was ich dazu sagen sollte. Ich hatte keine Antwort. Ich wusste nur, dass es richtig war, dass ich das fühlte, und dass ich nie ein anderes Mädchen würde lieben können. Sie war nicht irgendein Mädchen. Sie war mein Mädchen.

»Komm, wir gehen ins Kino«, sagte ich, nahm ihre Hand, und zusammen gingen wir los. Sie ließ mich machen.

»Wieso gehst du wie ein alter Mann?«

»Was?«

»Du humpelst. Was hast du gemacht?«

»Willst du nicht wissen«, sagte ich, und sie sagte, dass sie Hunger habe, und umfasste meine Hand.

»Neben dem Kino ist McDonald's«, antwortete ich, und Hand in Hand gingen wir raus aus der Innenstadt, kamen an die B71 und gingen zur Fressstation, während neben uns Lkw, Traktoren, Autos, aber keine Wohnwagen vorbeifuhren.

Steffi wollte eine Juniortüte, die seit ein paar Jahren Happy Meal genannt werden sollte. Immer wenn ich bei McDonald's das Wort Happy Meal hörte, musste ich an meinen Vater denken, der drei Jahre zuvor fast ausgerastet wäre und die Frau hinter der Theke angebrüllt hatte, was er denn jetzt mit Mehl solle? Wenn er sich ein Brot backen wolle, würde er wohl kaum hierherkommen und blabla. Na ja, Englisch war nie Papas Stärke. Steffi jedenfalls bestellte sich ein Happy Meal mit einem Hamburger, von dem sie dann noch die Gurken popelte, als wir am Tisch saßen. Ich hatte einen McRib, nahm die obere Brötchenhälfte ab und packte Steffis Gurken zu denen, die schon auf meinem waren.

»Können wir immer so machen«, sagte ich, und Steffi zog ihre Fanta durch den Strohhalm und sah mich mit einem Blick an, den ich überhaupt nicht deuten konnte.

»Wollen wir nun ins Kino?«, fragte ich sie.

»Von mir aus«, sagte sie. »Was läuft denn?«

»›Spider-Man‹ und ›Star Wars‹. Was ist dir lieber?«, fragte ich, und Steffi meinte, dass sie heute lieber zu »Spider-Man« gehen wollen würde. Sie grinste mich an und sagte, dass sie schon immer mal sehen wollte, wie jemand Wände hochrannte. Ich aß meinen Burger auf und sagte nichts dazu. Wir verließen den McDonald's, und als wir die B71 überquerten, griff Steffi wieder meine Hand und häkelte ihre Finger zwischen meine. Mein Magen wurde flau, am liebsten hätte ich mich zu ihr umgedreht und sie angeschaut, dachte aber, dass sie mich dann bestimmt loslassen würde, wenn sie sah, wen sie da an der Hand hatte. Sie ließ mich auch wieder los, allerdings erst, als wir an der Kinokasse standen und ich mein Portemonnaie aus meiner Hosentasche zog. Danach traute ich mich nicht mehr, nach ihrer Hand zu greifen. Wir bekamen einen Doppelsitz in der Mitte vom Kino, am Knabberstand holte ich uns noch eine Packung Popcorn und eine Fanta, die wir uns teilten, und dann, als Spider-Man sich von oben abseilte und Kirsten Dunst ihm die Maske vom Kinn zog und ihn küsste, drückte Steffi sich an mich ran, suchte meinen Mund und knutschte mit mir den Rest des Filmes durch. Was da auf der Leinwand passierte, interessierte uns beide nicht mehr, den Film habe ich erst Jahre später, als Steffi schon längst nicht mehr in Jeetzenbeck lebte, zu Ende gesehen, und ich weiß noch, dass das einer der schlimmsten Momente in meinem Leben war: Ich saß alleine auf meinem Sofa, war schon mächtig angesoffen und sah Peter Parker gegen den Goblin kämpfen, und musste doch nur an Steffi denken, von der ich nicht wusste, wo sie war und ob ich sie jemals wiedersehen würde.

Nach dem Kino liefen wir an der B71 entlang in Richtung Bahnhof. Bargeld hatte ich keins mehr, und ich war mir nicht sicher, ob ich wirklich noch genügend Geld auf dem Konto hatte, um mir eine Fahrkarte zurück nach Jeetzenbeck kaufen zu können. Als wir Richtung Bahnhof gingen, überlegte ich, ob ich Steffi dazu überreden könnte, mir noch einmal eine Karte zu kaufen. Schließlich hatte ich Essen und Kino bezahlt.

Allerdings dachte ich auch an den Verlauf des Tages zurück und war mir nicht sicher, ob ich es überhaupt verdient hatte, dass sie ihre Hand um meine schloss und mit mir durch das abendliche Altenwedel schlenderte. Vermutlich eher nicht. Eine weitere Option war, einfach zwei Fahrräder am Bahnhof zu klauen und mit denen nach Hause zurückzufahren. Manchmal standen welche unangeschlossen herum. Ob man mit so einem Ding dann auch zu Hause ankommen würde, war eine ganz andere Frage, außerdem hätten wir zwei gebraucht, oder Steffi wäre allein mit dem Zug nach Hause gefahren und ich mit so ein Schindmöhre hinterher.

»Was macht ihr Turteltauben denn hier?«, rief es aus einem Opel, der neben uns anhielt. Dirk.

»Wir wollen zum Bahnhof«, sagte ich. Steffi ließ mich los und verschränkte ihre Arme.

»Wollt ihr nach Hause?«, fragte er und ich sagte: »Ja.«

»Steigt ein, Kinder. Ich fahre euch.«

Steffi verdrehte die Augen und öffnete die Tür hinter dem Beifahrersitz. Dann war sie auch schon drin.

»Marcel?«, fragte Dirk, und ich stieg auf der Beifahrerseite ein.

Als ich im Auto war, drehte er die Musik stumm. Dirk hatte ein neues Radio. Eins, welches die Namen der Titel einblendete: Frank Rennicke – Das Maedel mit der Fahne.mp3.

Der Timer des Titels lief weiter, und nachdem das Fahnenmädel stumm verschwand, tauchte dort Stahlgewitter auf. Dirk drückte auf den Powerknopf, und das Display wurde schwarz.

»Warum warst du in Altenwedel?«, fragte ich vorsichtig. Bestimmt hatte der mich gesehen. Garantiert hatte der mich gesehen.

»Musste ein bisschen was erledigen. Ein paar kleinere Geschäfte, aber das ist noch zu früh für dich und vielleicht nicht das Richtige für Steffis Ohren.«

»Was soll das denn heißen?«, fragte Steffi.

Dirk überlegte. Dann sagte er: »Nichts. Das ist einfach nicht sehr interessant«, und sah zu mir rüber, zwinkerte mit dem rechten Auge, und ich wusste, dass er mich gesehen hatte.

»Du bist in der DVU. Habe ich recht?«, sagte Steffi von hinten.

Dirk schwieg und sah auf die Straße. Wir kamen durch die Vororte und bogen im Kreisverkehr Richtung Jeetzenbeck ab. »War ich. Aber der Haufen war der letzte Dreck. Mit solchen Idioten konnte man nichts anfangen. Die wollen sich nur kloppen. Hat doch alles nichts gebracht. Ist irgendwas besser geworden? Nichts ist besser geworden. Vor vier Jahren hatten wir eine Wendestimmung. Wie 89. Und nichts wurde draus gemacht. Ich bin schon lange nicht mehr in der DVU. Außerdem arbeite ich lieber mit Leuten zusammen, die was bewegen«, sagte er, und ich musste an seinen Plan mit den Wohnwagen denken und daran, dass Papa es sein würde, der diese Wohnwagen zu ihrem Ziel bewegen würde.

Steffi fragte: »Warum soll ich verschwinden?«

»Was?«

»Du willst mich hier weghaben. Kriminelle Ausländer raus und so.«

»Warum sollten kriminelle Ausländer denn hier sein dürfen? Das musst du mir mal erklären, mein Kind.«

»Ich wurde hier geboren!«

»Darum geht es doch gar nicht. Du bist eine von uns und ich habe nichts gegen dich. Warum sollte ich auch? Du bist nicht kriminell. Ich habe etwas gegen die, die sich hier breitmachen und denken, dass ihnen alles gehört. Die bekommen alles in den Arsch geblasen, und unsereins muss zusehen, wie man überlebt. Kann ich was dafür, dass es in Jugoslawien so kaputt ist? Bin ich daran schuld? Nein! Aber ich soll dafür bezahlen. Und dann guck dir mal an, wer hier herkommt: Das sind doch alles Männer. Warum bauen die ihr Land nicht auf?«

»Mein Papa ist auch ein Mann.«

»Ach, Steffi, du verstehst das nicht«, sagte Dirk und zündete sich eine Zigarette an. Er ließ sein Fenster ein Stück herunterfahren, blies den Rauch durch den Spalt und sagte: »Dass dein Papa hier ist, ist doch vollkommen in Ordnung. Und dich wollen wir doch auch hier haben. Du gehörst dazu. Und das wird auch immer so bleiben. Dein Vater kam damals als Vertragsarbeiter zu uns. Das war doch eine gute Sache. Unsere Wirtschaft wurde unterstützt, und Emilio hat eine gute Ausbildung hier bekommen. Es ist vielleicht ein bisschen komisch, dass er nicht wieder abgehauen ist, wie die anderen von der Sorte. Aber was soll's, so hast du wenigstens einen Vater. Die meisten Vertragsarbeiterkinder haben keinen. Ist schon in Ordnung, dass er hier ist.«

»Papa wollte auf Kuba studieren. Hier musste er Scheiße schaufeln.«

»Und? Hat es ihm geschadet? Man kann halt nicht immer machen, was man will. Wichtig ist, dass man was macht und nicht auf der faulen Haut liegt, wie die, die jetzt einfach ungefragt hierherkommen. Das ist doch der Unterschied. Dein Papa, was macht er jetzt?«

Ich blieb stumm sitzen und regte mich nicht. Eigentlich wäre es mir lieber gewesen, wenn Steffi und ich in Altenwedel gestrandet wären. Wir hätten auf den Zug warten und vielleicht noch ein bisschen knutschen können. Aber jetzt führte sie diese komische Unterhaltung mit Dirk, und irgendwie verstand ich beide. Dirk hatte schon recht, was wollten diese ganzen Jugos hier? Und die Russen, die seit ein paar Jahren hier überall auftauchten, nur gebrochen Deutsch sprachen und die mit ihren getunten 3er BMW immer vor unserer Schule rumlungerten. Arbeiten gingen die anscheinend nicht, aber die Autos konnten die sich leisten. Und auch den Alkohol und die ganzen Zigaretten. Über die Typen waren die wildesten Gerüchte im Umlauf, aber Genaues wusste am Ende keiner, weil niemand was mit denen zu tun haben wollte. Die Einzige, die nicht ganz deutsch war und mit der alle zurechtkamen, war halt Steffi. Aber bei der war das auch vollkommen egal, die war ja schon immer hier, wie Dirk es ja auch gesagt hatte. Sie gehörte dazu. Und ihre Hautfarbe war auch nie ein Problem gewesen. Mich hatte das nie gestört. Im Gegenteil, ich fand das sogar richtig gut, dass sie immer etwas dunkler war als wir.

»Papa arbeitet als Metzger.«

»Na, siehst du. Das ist doch eine gute, ehrliche Arbeit. Und wenn er wollte, könnte er damit in Kuba sicher sogar eine deutsche Fleischerei aufmachen. Das wäre doch was, damit wäre er sicher ganz schnell einer der gefragtesten Fleischer auf Kuba.«

»Privatbetriebe sind auf Kuba nicht erlaubt.«

»Na ja, irgendwie findet sich immer ein Weg«, sagte Dirk und warf seinen Zigarettenstummel aus dem Fenster. Die Scheibe fuhr wieder hoch.

Für ein paar Minuten war Ruhe im Auto. Kurz vor Jeetzenbeck sagte Dirk: »Mal unter uns Steffi, ich will wirklich nicht, dass du verschwindest. Ich möchte, dass du hier bleibst. Und wenn du mit der Schule fertig bist und Arbeit suchst, sag mir Bescheid. Ich wüsste da was, das könnte zu dir passen.«

»Was denn?«, fragte sie.

»Das erzähle ich dir dann. Du wirst deinen Weg schon gehen, Kleine«, sagte er, und ich versuchte das alles zu sortieren und hoffte, dass Dirk nicht das meinte, was ich mir da gerade zusammenreimte. Wir kamen in Jeetzenbeck an, und Dirk ließ uns am Bahnhof raus.

Als ich mit ihr auf dem Bahnhofsvorplatz stand, hatte sie keine Lust mehr zu reden, und meine Hand wollte sie auch nicht halten. Schweigend ging ich mit ihr zu den Fahrradständern, wo sie ihr Fahrrad stehen hatte. Hinter uns stand das alte Kulturhaus von Jeetzenbeck, ich zeigte auf das Gebäude und sagte zu Steffi, dass wir da mal einsteigen sollten.

»Du hast sie doch nicht mehr alle!«

»Was denn?«

»Hast du nichts anderes zu tun, als in irgendwelche abgerittenen Häuser einzusteigen?«

»Was?«

»Und wie willst du da rein? Etwa an der Regenrinne hoch?«

Ich merkte, wie ich rot wurde.

»Denkst du, dass ich nicht gesehen habe, wie du durchs Fenster geguckt hast?«

»Du hast mich gesehen?«

»Ja. Und ich habe dich auch gesehen, wie du an der Regenrinne hingst. Und die Krönung war dann, dass du bei den Nazis rein bist, du Trottel!«

»Das war ein Fallrohr, und das sind eher so Motorradtypen. Keine richtigen Nazis«, antwortete ich.

»Wie kann man nur so blind sein?«, fragte sie und stieg auf ihr Rad.

Als sie losfahren wollte, zeigte ich wieder auf das verfallene Kulturhaus und fragte sie, ob wir da trotzdem mal rein wollten.

»Was willst du da drin?«

»Guck mal da«, sagte ich und zeigte auf das Gebäude: »Rechts vom Eingang, man muss nur über diesen kleinen Busch springen, und dann kann man durch das Fenster. Ist ganz einfach. Ich werde es dir zeigen. Versprochen!«

»Spinner!« sagte sie, umarmte mich, legte ihren Kopf auf meine Schulter und sagte leise: »Mach die Augen auf, Marcel. Bitte, mach die Augen auf.«

Und dann fuhr sie nach Hause.

Fahrrad, Führer, Freibad, Fußballer

10. Juni 2023

Pascal und ich wollten am Schrampsee zelten. Mein erster Urlaub seit der Tour mit meinem Vater durch Frankreich vor 21 Jahren. Es war nicht einfach, der Agentur zu verklickern, dass ich das ernst meinte und dass die sich für dieses Wochenende um einen Ersatz kümmern mussten. Der Mann am Telefon meinte, dass er eigentlich immer ein oder zwei Ersatzleute haben würde, aber hier in Jeetzenbeck sei nur ein Herr Meier hinterlegt. Ich sagte ihm, dass der schon seit ein paar Jahren tot sei, und dann wusste er auch nicht weiter und fragte mich, ob das denn wirklich notwendig sei mit dem Urlaub. Nach einigem Hin und Her sagte ich ihm, dass mir doch jemand eingefallen sei, gab ihm die Nummer von Pascal und legte auf. Es dauerte keine drei Minuten, und Pascal rief mich an und beschwerte sich bei mir, was das gerade für eine Scheiße gewesen sei. Ich fragte ihn, wer nun die Zeitungen übernehmen würde, und er sagte, dass er die Nummer vom Altenheim weitergegeben hätte. Kurz danach rief mich noch mal der Mann von der Agentur an und sagte mir, dass man dieses Wochenende einfach auf die Auslieferung der Wochenendzeitung in Jeetzenbeck verzichten würde. Einen schönen Urlaub wünschte er mir nicht.

Mit den Rädern würden wir drei, vielleicht vier Stunden bis zum Schrampsee brauchen. Als wir durch Niedertramm fuhren, sahen wir Dirk, wie er durch seinen Vorgarten kroch und Unkraut jätete.

»Was ist denn hier los?«, fragte ich, als wir neben ihm hielten.

Dirk sah zu mir hoch. »Das heißt Guten Tag.«

Ich verdrehte die Augen und sagte: »Guten Tag, Dirk. Was machst du da?«

»Guten Tag, Herr Vater«, sagte Pascal.

»Dass man euch das noch immer sagen muss!«

Dirk erhob sich. Er trug eine Camouflagehose, ein graues T-Shirt und hatte seine Frei.Wild-Mütze auf. Um seine Hose spannte sich sein NVA-Gürtel.

»Habt ihr nichts zu tun?«

»Wir fahren zum Schrampsee. Und du? Verspäteter Frühjahrsputz?«

»Seit meine Mutter nicht mehr ist, kümmert sich ja keiner drum«, sagte Dirk und sah Pascal an. »Hatte schon überlegt, einfach Rindenmulch hier draufzukippen, und gut ist. Oder ich stelle die Ziegen für ein oder zwei Tage hier auf die Fläche, aber das ist alles Unsinn. Ich möchte es gemütlich haben.«

Ich dachte an früher. Seitdem Pascals Oma gestorben war, und das musste nun schon zehn oder fünfzehn Jahre her sein, kümmerte sich niemand um den Vorgarten. Weder Pascal noch Dirk. Meistens standen irgendwelche Fahrzeuge und anderes Zeug hier rum. Rahmen von alten Motorrädern, Reifenstapel, Stoßstangen und anderer Schrott. Zeug, das sich so ansammelt, wenn man auf dem Dorf lebt.

»Ich vermiete die Wohnung deiner Großmutter«, sagte Dirk zu Pascal.

»An Flüchtlinge aus der Ukraine?«, fragte ich, und nun war ich es, der Dirks strengen Blick abbekam.

»Natürlich nicht. Ich will Leute, die ihren Aufenthalt bezahlen. Fünfundzwanzig Euro die Nacht.«

»Und das klappt?«

»Habe schon meinen ersten Gast.«

»Wen?«

»Jemand aus der Großstadt«, sagte Dirk, »kennst du nicht. Und ihr zwei verschwindet jetzt lieber.«

»Aus welcher Großstadt?«, fragte Pascal.

»Das geht dich nichts an. Solltest du mich tatsächlich überleben und man dir den Hof, den Hof, den unsere Familie seit vier Generationen bewirtschaftet, nicht wegnehmen, dann kannst du dich um so was kümmern. Vorher hat dich das alles nicht zu interessieren!«

»Na dann, los geht's! War schön, dich zu sehen«, sagte ich zu Dirk und schwang mich auf mein Rad. Nach drei Metern war Schluss.

»Scheiße.«

»Was?«, hörte ich Dirk rufen.

»Oh nee«, plärrte Pascal.

»Was?«, brüllte Dirk.

»Mein Reifen ist platt. So eine Kacke!«

»Kann man so sagen. Na dann, schönen Tag noch«, sagte Dirk und ging wieder auf die Knie und kratzte Unkraut.

Ich stieg vom Rad, warf meinen Rucksack ab und drehte das Fahrrad um. Ich packte mein Werkzeug aus und suchte nach dem Flickzeug. Alles war da: Maulschlüssel, Luftpumpe. Nur kein Flickset.

»Du, Dirk?«

»Was?«

»Ich habe kein Flickset. Hast du was?«

Er sah zu mir, hob die Augenbrauen und sagte: »Ich wollte einfach mal ein ruhiges Wochenende haben. Und dann taucht ihr Knallbirnen hier auf. Schieb den Schrotthaufen auf den Hof.«

»Danke.«

»Ja ja.«

Ich warf mir meinen Rucksack über und schob mein Rad auf Dirks Vierseitenhof. Backstein. Vorne das Wohnhaus, links und rechts Ställe und hinten die große Scheune. Das rechte Stallgebäude hatte Dirk zu einer Werkstatt umgebaut. Seine Harley war unter einem grauen, ehemals weißen Tuch zu erahnen. Ein alter Traktor stand vor dem Motorrad. An der Wand lagen Kisten, Kanister und anderer Krempel. In der Mitte vom Hof war der alte Brunnen zu erkennen, den er in den Neunzigern mit meinem Vater abgetragen und dann mit einer großen Betonplatte verschlossen hatte, als der Hof an das kommunale Wassernetz angeschlossen wurde. Ein paar Hühner scharrten auf dem Hof. Eine Glucke war in einem Drahtverschlag neben dem Brunnen eingesperrt und saß auf ihren Küken, die aus ihren Federn guckten und aufgeregt piepten. Hinten am Stallgebäude stand Dirks Opel Senator. Daneben lag sein Köter in einem Käfig aus geklauten Bauzäunen. Nachts lief das Vieh frei auf dem Hof rum. Als der Hund uns sah, sprang er auf, fletschte die Zähne und knurrte. Dirk machte seinen Ludenpfiff, und der Hund zog sich auf seinen Platz zurück.

»Da hin«, hörte ich Dirk sagen.

»Da hin!«, rief er noch mal. Ich drehte mich zu ihm um. Er meinte uns und nicht den Hund und zeigte zur linken Hofseite, wo ein paar grauweiße Plastikstühle um einen alten Holztisch aufgebaut waren. Ein alter Werbeschirm von f6 stand zusammengefaltet an die Wand gelehnt, an der eine abblätternde Schützenkönigplakette von 1987 hing.

»Nicht zur Werkstatt?«, fragte ich.

»In die Werkstatt dürfen nur zwei. Der eine bin ich und der andere nicht du.«

»Was ist denn da?«, fragte ich und sah zu Dirk, der nur grimmig guckte. Dann sagte er: »Spannt den Schirm auf, setzt euch hin und seid still. Ich hole den Krempel.«

»Wer wohl der andere ist?«, fragte ich Pascal, nachdem mein Fahrrad auf den Kopf gedreht, der Schirm aufgespannt war und wir auf den Stühlen saßen.

»Der Köter«, sagte Pascal und zeigte auf den Hund, der geduckt auf seinem Platz lag und uns beobachtete.

»Meinst du?«

»Kann mir keinen anderen vorstellen.«

»Vielleicht sein Gast.«

»Ich weiß nicht. Ich glaube nicht, dass jemand herkommt, um an Quads und Traktoren zu schweißen.«

Dirk kam zu uns. Er warf mir ein Flickset rüber, und ich fing damit an, mein Fahrrad zu zerlegen.

»Eigentlich auch ganz schön, euch mal wiederzusehen. Aber heute ist schlecht. Wenn dein Schlauch geflickt ist, macht ihr euch vom Acker!«

»Müssen wir auch«, sagte Pascal. »Wir wollten am Schrampsee zelten.«

»Aha.«

»Kommst du mit?«

»Lass mal. Mit meiner Hüfte kann ich kaum noch ficken, da werde ich ganz sicher nicht zelten.«

»Die haben auch Ferienhäuser. Mit richtigen Betten.«

»Die Buden kenne ich. Da waren die Stuben der NVA bequemer«, sagte Dirk und fragte: »Was ist los, Marcel, kommst du zurecht?«

Ich sah zu ihm. Dann guckte ich auf das Flickset. Eine alte, speckiggelbe Plastebüchse, auf der in geschwungenen Buchstaben »VEB Pinnerol« stand.

»Ich glaube nicht, dass das noch funktioniert«, sagte ich.

»Klar funktioniert das!«

»Wie alt ist der Kram?«

»Keine Ahnung. Die muss noch von meinem Vater sein, vielleicht sogar von meinem Opa. Gib mal her.«

Dirk fummelte in der Büchse rum. Er zog einen alten Flicken raus und deutete mit der Hand auf den Schlauch. Ich drückte ihm das Ding in die Hand.

»Wo ist das Loch?«

»In der Nähe vom Ventil.«

»Ach, Marcel. Du musst das Loch markieren. Mit einem weißen Stift. Man hat immer einen weißen Stift dabei, wenn man eine Radtour macht. Nichts könnt ihr alleine. Na ja, Hauptsache, du findest das Loch, wenn du doch mal eine klarmachst. Nicht, dass du dich dann anstellst wie der letzte Trockenficker. Hier. Und jetzt festhalten«, sagte er, nachdem er den Flicken aufgeklebt hatte.

Ich nahm den Schlauch und drückte auf den Flicken.

»Das hält im Leben nicht.«

»Klar hält das«, sagte Dirk.

Ich schob den Schlauch zwischen Reifen und Felge. Drückte alles rein und zog den Mantel wieder auf. Dann pumpte ich Luft in den Reifen.

»Und?«

»Na ja, ich weiß nicht.«

»Das hält. Das ist noch echte Wertarbeit. So, Männer. Ich hole uns Bier, und danach ist Abmarsch.«

Als Dirk im Haus war, sagte Pascal: »Kann dem Alten gar nicht schnell genug gehen, dass wir abhauen.«

»Ich weiß nicht, ob wir so bis Schrampsee kommen«, antwortete ich und packte die Luftpumpe und meinen anderen Kram ein. Dann setzte ich mich auf einen der Stühle.

»Wie geht es Silke?«, fragte Dirk, als er zurückkam und jedem von uns ein Garley in die Hand drückte.

»Prost«, sagte Pascal und hebelte sich sein Bier auf.

»Ich glaube, ganz gut. Eigentlich wie immer.«

»Du musst dich mehr um sie kümmern. Hilf ihr im Haushalt, besuche sie. Führe sie mal zum Essen aus. Setz dich mit ihr in den Hartz-IV-Express und fahre mit ihr nach Altenwedel.«

»Sie will kaum raus.«

»Deswegen musst du dich um sie kümmern.«

»Vater hat recht«, sagte Pascal.

»Was quatschst du? Wann warst du denn zuletzt hier, um deinem alten Herrn einen Besuch abzustatten?«

Pascal antwortete nicht und nuckelte an seinem Bier.

Dirk trank seine Flasche zur Hälfte runter. Dann sagte er: »Wenn ich euch so sehe, bin ich froh, dass ihr keine Kinder bekommen habt.«

»Warum?«

»Nichts gegen dich, mein Sohn«, sagte Dirk und schlug Pascal auf die Schulter. »Aber ganz ehrlich, ihr seid doch kaputter, als Ralf und ich es je waren. Ich habe als Vater versagt, Ralf hat als Vater versagt. Was hätte das mit euch werden sollen?«

»Ich mag dich auch, Papa«, sagte Pascal und popelte an seinem Etikett herum.

Dirk sah mich an: »Ich denke, dass dein Vater dich gernhat. Ich denke auch, dass es dir ganz gut zu Gesicht stünde, wenn du dich mal wieder bei ihm meldest.«

»Wozu?«

»Ihr könntet mal ein paar Sachen klären. Das dachte ich in letzter Zeit öfter.«

»Haben wir auch was zu klären?«, fragte Pascal seinen Vater, doch der achtete nicht auf ihn.

»Ich habe keine Nummer«, sagte ich.

»Kann ich besorgen.«

»Lass mal«, sagte ich.

»Hm. Wie auch immer. Ist deine Entscheidung. Aber verkehrt wäre es nicht. Du hast mit ihm mehr gemeinsam, als du denkst.«

»Glaube ich nicht«, sagte ich.

»Kannst du dich daran erinnern, als dein Opa gestorben ist?«

»Nee.«

»Dein Vater war nicht auf der Beerdigung. Das konnte ich damals gut verstehen. War trotzdem falsch.«

»Warum?«, fragte ich.

Dirk sah mich an. Dann sagte er: »Weißt du, Marcel, die Fragen, die du hast, die kann ich dir nicht beantworten. Und vielleicht kann er das auch nicht. Aber eins weiß ich: Es wäre besser, du fragst ihn und nicht mich.«

»Hm.«

»Jetzt guck nicht so bedröppelt. Es ist Sommer. Das Wetter ist gut, ihr wollt an den See. Genießt eure Zeit«, sagte er und zog sich den Rest seiner Flasche rein. Mein Bier stand noch im unteren Bereich vom oberen Etikett, Pascal hielt nach einem zweiten Bier Ausschau.

»Wartet mal. Ich zeig euch was«, sagte Dirk und stand auf.

Er ging über den Hof. Die Augen des Hundes folgten ihm, der Köter selbst blieb still auf dem Boden liegen. Auf der anderen Seite vom Hof angekommen, ging Dirk in seine Werkstatt und verschwand im Dunkeln. Als er wiederkam, hatte er einen kleinen Walnusskasten in der Hand.

»Hier, das ist mein neuester Schatz«, sagte er und drückte mir den Kasten in die Hand.

Ich öffnete die kleine Kiste, und Hitler guckte mich böse an. Eine Ausgabe von »Mein Kampf«. Ich wollte das Buch herausnehmen, doch Dirk schlug mir auf die Finger.

»Aua!«

»Nicht so stürmisch. Hier, zieh die an«, sagte er und reichte mir eine Pappschachtel mit Einweggummihandschuhen.

»Zieh zwei Paar an!« Das tat ich und nahm das Buch heraus.

»Ist das ein Original?«, fragte Pascal.

»Natürlich. Onkel Adolf hat sogar unterschrieben«, antwortete Dirk. Ich öffnete das Buch. Auf der zweiten Seite tauchte noch ein Hitlerfoto auf, und darunter war in steiler Schrift seine Signatur zu sehen.

»Ist die Unterschrift echt?«

»Klar ist die echt, ich arbeite doch nicht für den Stern.«

»Hm. Aber wozu?«, fragte ich, klappte das Buch zu und dachte an das ganze Zeug, mit dem mein Vater damals seinen Lkw dekoriert hatte. Und an die Sache mit den Stielhandgranaten, die danach passiert ist, musste ich auch denken.

»Weil man die Geschichte nicht vergessen darf. Das ist ein Zeitdokument. Das Buch stand früher in jedem Haus, und nun soll es plötzlich was Schlechtes sein.«

»Was willst du damit?«

Dirk sah mich ernst an. Dann sagte er: »Ich weiß, wie man mich nennt.«

Ich sagte nichts dazu. Dirk hatte seinen Spitznamen weg, wie alle hier ihre Spitznamen weghatten. Pascal hatte seinen, ich hatte meinen. Unsere Spitznamen waren allen bekannt, selbst Dirks Hund kannte die Spitznamen von Pascal und mir. Bei Dirk war nur der Unterschied, dass man den Spitznamen nicht aussprach, wenn man in seiner Nähe war.

»Wie nennen mich die Leute?«

»Dirk, du musst nicht –«, setzte ich an, doch er unterbrach mich: »Wie nennen mich die Leute?«

»Nazi-Schulz«, sagte ich.

Dirks Gesicht wurde hart. Er sah uns nacheinander an. Nach einer Weile sagte er: »Ja. Und das ist Blödsinn.«

»Na ja. Aber dieses Buch hier.«

»Das ist ein Zeitdokument. Ein Artefakt mit und aus einer großen Geschichte. Ich erkenne nichts Falsches daran, es zu bewahren.«

Ich legte das Buch zurück in die Kiste und stellte sie auf den Tisch. Pascal zog sich auch vier Handschuhe an, nahm die Kiste, und ich trank einen Schluck von meinem Bier.

»Was kostet so was?«, fragte er.

Dirk ging nicht auf Pascals Frage ein. Stattdessen sagte er: »Wisst ihr, ich denke, dass die Leute falschliegen. Eine Zeit lang hatte ich meinen Spitznamen vielleicht verdient. Damals, als ich in der DVU war, war das vielleicht nicht ganz falsch. Und auch, was da 2002 passiert ist, war nicht glücklich. Aber mal im Ernst: Das ist Jahre her, und vor diesem Staat bin ich angeblich vollkommen resozialisiert. Es gibt keinen Grund mehr, dass man mich Nazi-Schulz nennt. Man sollte mich Historiker-Schulz nennen.«

»Hm. Und was ist mit der AfD?«, fragte ich.

»Die interessiert mich nicht. Das sind doch alles halbkommunistische Schwuchteln aus dem Westen. Die können mich mal am Arsch lecken. Denkst du, dass die was besser machen, als CDU, CSU oder DVU? Oder die NPD? Ich bin mit der Politik fertig, mich interessiert das alles nicht mehr. Keine der Parteien würde sich wirklich um meine oder eure Interessen kümmern. Und deswegen kümmere ich mich um die Geschichte. Ich passe auf sie auf. Mit solchen Exponaten leiste ich wichtige historische Arbeit. Und ich lasse mir da auch nicht mehr reinreden. Dieser ganze Unsinn von den Verfehlungen der Wehrmacht und dass die SS so schlimm gewesen sei. Am Ende war doch jeder Arsch in der SS. Das ist doch alles übertrieben. Es war Krieg. Und der Krieg hat seine eigenen Regeln. Das sehen wir doch gerade in Russland.«

»Der Krieg ist in der Ukraine. Nicht in Russland.«

»Erklär mir doch mal den Unterschied«, sagte Dirk und sah mich an.

»Keine Ahnung.«

»Siehst du. Du hast keine Ahnung.«

»Ja, aber –«, setzte ich an, und Dirk unterbrach mich wieder: »Das ist auch kein Wunder. Woher sollst du das auch wissen. In den letzten dreißig Jahren war doch alles schlecht, was aus dem Osten kam. Wie weit kamt ihr im Geschichtsunterricht?«

»Kurz nach Stalingrad war Schluss.«

»Da haben wir es. Das war 43. Seitdem sind achtzig Jahre vergangen. Deswegen ist meine geschichtliche Arbeit so wichtig. Ich bin ein Korrektiv gegen diesen ideologischen Blödsinn, den wir hier seit Jahren erleben. Ist euch das mal aufgefallen: Immer steht der Westen auf der richtigen Seite der Geschichte. Das muss anscheinend ein Naturgesetz sein. Wenn die Amerikaner im Nahen Osten die Sau rauslassen, ist das in Ordnung, kein Problem, egal, wie viele die da totfoltern. Wenn die Russen aber ihren Vorhof in Ordnung bringen, ist das auf einmal ein völkerrechtswidriger Angriffskrieg. So ein Unsinn! Wenn ihr wollt, nehme ich euch mal mit nach Polen. Wir können uns gerne mal Auschwitz ansehen. Aber eigentlich wäre es viel wichtiger, dass wir nach Bromberg fahren und uns ansehen, was dort für Schweinereien passiert sind.«

»Was war dort?«, fragte ich.

»Seht ihr: Das meine ich. Ihr wisst nichts. Bromberg war weit vor Stalingrad! Belogen haben sie euch. In einem System, in dem solche Lügen die Wahrheit sein sollen, nennt man mich dann Nazi-Schulz. Es wäre zum Lachen, wenn es nicht so traurig wäre.«

Pascal legte das Hitler-Buch wieder in den Walnusskasten und klappte ihn zu. Ich trank mein Bier auf die Hälfte runter, und als ich es abstellte, sah Dirk auf seine Uhr und sagte: »So. Und nun solltet ihr mal los. Genug Geschichtsunterricht für heute. Abmarsch. Und zwar sofort.« Mit erhobener Faust und ausgestrecktem Daumen deutete Dirk auf sein Hoftor. Ich stürzte den Rest meines Bieres, musste rülpsen und hätte dabei fast alles wieder ausgekotzt.

»Was stimmt mit dir nicht?«, fragte Dirk.

»’tschuldigung«, nuschelte ich, drückte alles runter und griff mein Rad.

Wir kamen nicht mehr zum Schrampsee. Kurz nachdem wir Niedertramm verlassen hatten, verlor mein Rad wieder Luft. Wir schoben zurück nach Jeetzenbeck, und gegen Mittag waren wir bei mir zu Hause. Gemeinsam standen wir auf meinem Balkon, tranken Garley und guckten auf die lange Straße nach Seeben. Rechts lag das Stölpenbad hinter den Pappeln, und ich fragte Pascal, ob wir den Tag nicht doch noch nutzen sollten, um dort hinzugehen. Pascal atmete den Rauch seiner Elektrozigarette aus, stimmte nickend zu, und ich ging eine Treppe hoch, um meine Mutter zu fragen, ob sie auch mitkommen wolle. Ich klingelte. Sie öffnete nicht. Ich klopfte. Keine Reaktion. Eine Woche zuvor, an dem Tag, an dem ich Steffi wiedergetroffen hatte, war sie auch schon nicht da gewesen. Ich zog den Zweitschlüssel hervor und öffnete die Tür.

Meine Wohnung hatte den identischen Schnitt und doch war sie ganz anders. Die Möbel, die ich hatte, waren von den alten Leuten im Haus oder billig im Baumarkt gekauft. Möbel, die man halt hatte, wenn man sich nichts leisten konnte und alleine lebte. Die Möbel meiner Mutter waren anders. Diese Möbel hatten wir schon gehabt, als wir noch in dem Einfamilienhaus in der Neubausiedlung wohnten. Selbst den Teppich im Flur hatte mein Vater damals aus dem Haus gekratzt und hier neu verlegt. Ich stand im Flur und sah in den dunklen Raum. Links war das Gästezimmer, wie meine Mutter es nannte. Eigentlich war es ein Marcel-und-Vanessa-Museum, nur dass meine Sachen größtenteils raus waren. Ich konnte mich auch nicht daran erinnern, dass dieses Zimmer jemals Gäste beherbergt hatte. Mein altes Bett stand noch drin, und meine FCM-Poster und Siegerurkunden der Bundesjugendspiele hingen an der Wand. Von Vanessa war alles da. Sie hätte sofort wieder einziehen können. Ich sah mich selbst, wie ich hier vor 21 Jahren gestanden hatte und meine kleine Schwester hektisch und nur mit einem Handtuch bedeckt von unserem Zimmer ins Bad gerannt war. Ich sah meinen Vater, der im Flur tobte, weil er irgendein Problem mit dem Schuhanzieher hatte, und ich sah den Sprung im Glas vom Wandspiegel, den er mit dem Schuhanzieher hineingeschlagen hatte. Derselbe Spiegel, vor dem wir damals standen, als ich eingeschult wurde. Ich sah meine Mutter, die eine Zigarette in der Hand hatte und meinem Vater beschimpfte und ihm sagte, dass er nur zwei Sachen in seinem Leben hinbekommen hätte: Vanessa und mich. Und dass er in allen anderen Bereichen versagt hatte. Ich sah mich selbst, wie ich mit Vanessa Verstecken spielte, obwohl wir dafür viel zu alt waren, und ich sah mich meine Schwester suchen, die es geschafft hatte, sich in die hintere Ritze der Wohnzimmercouch zu quetschen, auf der meine Mutter rauchend saß und mir sagte, dass ich so blöde wie mein Vater sei und meine Schwester nie finden würde. Ich hatte sie gefunden, aber erst, nachdem sie in der Ritze zu husten anfing und Mama schon ganz panisch war, als wir sie da nicht gleich rausbekamen, und dann saß Vanessa auf dem Schoß von Mama, und Mama sang ihr ein Lied vor, während ich ihre Zigarette halten musste und heimlich daran zog. Ich sah meine Eltern durch die Küche tanzen. Im Radio lief Truck Stop, und Papa hatte seine volle Montur an, die er nach der Jahrtausendwende immer seltener auspackte: die Hose mit den Lederfransen an den Seiten, das Hemd, die Weste, die Stiefel und den Hut mit der Feder. Und in diesem Outfit hatte er Mama im Arm, tanzte mit ihr durch die Küche und versprach uns allen, dass wir bald als Familie nach Arizona fliegen würden.

Wo war sie? Rechts von mir befand sich das schmale Bad. Dahinter die Küche, deren Fenster immer auf Kipp stand, wenn sie am Küchentisch rauchte. Und mir gegenüber, am anderen Ende des Flures, war das Wohnzimmer, von dem noch das Schlafzimmer abging. Typischer Altneubau aus DDR-Zeiten. Sechziger Jahre, kurz bevor man anfing, auf Ziegelsteine zu verzichten, und die Häuser in Plattenbauweise errichtete. Ich ging in unser altes Zimmer, ging als Gast ins Gästezimmer und setzte mich auf mein altes Bett und fragte mich, was für ein Leben wir alle wohl geführt hätten, wenn Papa damals hier gewesen wäre, wenn ich besser auf Vanessa aufgepasst hätte, wenn Pascal besser auf Vanessa aufgepasst hätte, wenn Vanessa und ich besser auf unsere Mutter aufgepasst hätten, wenn Steffi nicht abgehauen wäre und Vanessa sich nicht kurze Zeit später in die Seebener Mauer gesetzt hätte. Was wäre dann passiert? Hätten wir dann tatsächlich dieses Leben führen können, wie es Anfang des Jahres im MDR gezeigt worden war? Oder würde ich das Leben von Torben führen, der zwar kaum zu Hause war, dafür dort aber eine tolle Frau und einen echt niedlichen Sohn hatte, die jede Woche auf ihn warteten? Vielleicht war es auch egal. Ich lebte mein Leben, ein Leben, von dem ich überhaupt nichts mehr erwartete.

Ich zog die oberste Schublade meines alten Nachtschränkchens auf. Es lagen nur vier Sachen darin. Steffis Serviette vom Tag unserer Einschulung. Eine Karte aus Las Vegas, die mir mein Vater mal gegeben hatte. Darauf stand nur: »Amerika! Mein Junge, ich bin in Amerika! Heute ist der große Kampf. Schulz wird allen zeigen, wo der Hammer hängt!« Dann war da ein Foto meiner Eltern, das ich aufgenommen hatte, als wir auf dem Weg nach Ungarn waren. Bevor unsere Reise auf dem Rastplatz in Bayern endete, hatten wir eine Pause auf einem anderen Rastplatz gemacht. Ich hatte mir heimlich den Fotoapparat meiner Eltern geschnappt und das Foto geschossen, nachdem ich vom Pinkeln zurückkam. Im Hintergrund sieht man eine Restaurantbrücke, die die A9 überspannt. Im Zentrum des Bildes ist der Wohnwagen. Vanessa guckt aus dem Seitenfenster heraus. In der Hand hat sie ihre Barbie-Puppe Steffi, mit der sie in Richtung Kamera winkt. Vanessa lacht, und man kann ihre Zahnlücken erahnen. Mama und Papa stehen an der Motorhaube vom Wohnwagen. Papa hat seinen linken Fuß nach hinten gestellt, der Absatz seines Stiefels liegt auf dem Reifen auf. Die Sonne scheint ihm ins Gesicht und spiegelt sich in seinem Sonnenbrillenaufsatz. Er hat seinen braunen Cowboyhut auf und die Hände lässig im Bund seiner Jeans stecken. Sein kariertes Flanellhemd spannt über seinen Bierbauch. Die obersten Knöpfe sind offen, sein Brusthaar schaut heraus, seine Silberkette, an der ein amerikanischer Vierteldollar angebracht ist, ist nicht zu sehen. Mama steht neben ihm. Ihr Haar ist mit Hilfe von Klammern zu einem Dutt zusammengesteckt, ein paar Strähnen stehen zu den Seiten ab. Sie trägt ihr Leoparden-Top und hat eine lila-schwarz-grüne Leggins an. Ihre weißen Nike-Turnschuhe glänzen in der Sonne. In der linken Hand hält sie ihre Zigarettenschachtel und in der rechten eine Zigarette, die sie gerade zum Mund führt.

Ich weiß noch, dass ich das Foto schoss und Papa dann Mama an der Hüfte packte und sie an sich ran zog. Sie schnipste ihre Zigarette weg, steckte sich die Schachtel in den Bund ihrer Leggins und ließ sich von Papa umarmen. Seine Arme lagen überkreuz über ihrer Brust, sie hielt sich an seinen Armen fest und ließ ihren Kopf auf seine Schulter fallen. Kurz danach kam Vanessa aus dem Wohnwagen gerannt und warf sich mit ihrem Körper in unsere Eltern, und ein paar Stunden später war der Urlaub vorbei.

Ich legte das Foto zurück in die Kommode und nahm meine Mundharmonika, die auch in der Schublade lag. Die Mundharmonika war ganz kalt, als ich sie an meinen Mund setzte und die einzige Tonabfolge spielte, die ich kannte. Kanal sechs, fünf, Einatmen auf der Fünf und beim Ausatmen zurück auf die Sechs.

Pascal trommelte von draußen gegen die Wohnungstür und brüllte, ob ich vorhätte, noch mal wiederzukommen. Ich steckte die Mundharmonika ein, schob die Kommode zu und verließ die Wohnung. Pascal wollte wissen, was ich dort so lange gemacht hatte. Mir fiel nichts anderes ein, als ihm zu sagen, dass ich auf Toilette gewesen war, und Pascal nannte mich Schwein.

Im Freibad wählte ich die dritte Umkleidekabine, wie immer. Hier hatte ich im Sommer 2002 mit Steffi rumgemacht, bis uns der Bademeister erwischte und rauswarf. Als ich eine Stunde später nach Hause kam, wussten schon alle Bescheid: Papa, der gerade mal wieder zu Hause und gleichzeitig stolz auf mich war. Mama, die mich mit hochgezogenen Augenbrauen ansah und sagte, dass sie nichts anderes mehr von mir erwarte, und Vanessa, die mir dann, als wir in unserem Zimmer waren, sagte, dass ich mich gefälligst nicht mehr in die Sache mit ihr und Pascal einmischen solle, wenn Steffi und ich uns nicht anders verhalten würden. Einen Tag später war ich wieder im Schwimmbad, nahm mein Taschenmesser und ritzte »S+M 2002« in die Wand.

Meine Ritzerei war noch immer zu erkennen. Die Umkleidekabinen waren zwar ein paar Mal in den letzten Jahren gestrichen worden, doch die Initialen hielten.

Als ich rausging, war Pascal schon im Wasser. Er diskutierte gerade mit Hubert, dem Bademeister, der am Beckenrand stand und ihm sagte, dass Pascal sich gefälligst zusammenreißen und nicht so weit vom Kinderbereich weggehen solle. Was er damit meine, wollte Pascal wissen, und Hubert machte ihm die Ansage, dass er nichts unternehmen würde, wenn Pascal betrunken absaufe, und es für ihn am besten wäre, wenn er einfach in der Nähe vom Nichtschwimmerbereich bliebe. Ich ging an den beiden vorbei, hatte keine Lust, mich in diesen Streit einzumischen, wusste eh, dass das zu nichts führte und Hubert Pascal im Zweifel rausholen würde. Wäre nicht das erste Mal. Eigentlich ganz schön, dass Pascal überhaupt noch in das Bad gelassen wurde. Ansonsten war nichts weiter los. Ein paar Menschen schwammen ihre Bahnen, alle trugen sie Badehauben, wie wir es im Schwimmunterricht auch immer mussten. Ich ging zur Pommesbude. Gabi hatte Schicht, und wir machten unseren üblichen Witz, dass sie mir heute Pommes und ich ihr in ein paar Tagen welche machen würde, wenn sie mal wieder bei mir im Laden vorbeikommen würde. Ich kaufte mir noch eine Fanta und ging damit und mit der Pommesschale zu der Bank, auf der ich mit Pascal immer saß, weil weder er noch ich Bock hatten, auf dem trockenen Grasboden zu liegen. Auf dem Weg dorthin lief mir Luca über den Weg, der mich ohne mein »Emilio's Spezialitätenrestaurant«-T-Shirt nicht erkannte und sich bei Gabi eine Portion Pommes schnorrte. Cleverer Bengel.

Ich sah Pascal beim Planschen zu, aß meine Pommes und fragte mich, ob Pascal das Freibad nicht eher als Badewanne nutzte, um zu Hause Wasser zu sparen.

Der Bademeister saß auf seinem weißen Plastikstuhl, und es war nicht zu erkennen, ob er schlief oder alles im Blick hatte. Ich übernahm seinen Job, bewachte das Becken und beobachtete die Leute, die eine Bahn nach der anderen zogen. Immer hin und her. Eigentlich ganz schön langweilig, schwimmen zu gehen. Als wir noch kleine Scheißer waren, gab es diese großen Gummireifen, die wohl eigentlich für Traktoren gedacht waren, in denen wir uns über das Becken treiben lassen konnten. War schön darin, an manchen Tagen wurde man von den Bremsen, die hier rumschwirrten, zerfressen, aber besser, als im Gummiring über das Wasser zu treiben, konnte man es kaum haben. Irgendwann gab es die nicht mehr, und auch die Rutsche wurde wenig später abgerissen, sodass das Schwimmbad eigentlich nur noch zum Schwimmen gut war. Oder halt, um sich günstig zu waschen, wie Pascal es tat, vor dem gerade ein Fußball im Becken landete. Einen Meter weiter, und Pascal hätte den Ball voll in der Fresse gehabt.

»Geht's noch?«, brüllte der Bademeister einen jungen Mann an, der mit dem Arm entschuldigend erst zu Pascal und dann zum

Bademeister winkte. Pascal warf ihm den Ball rüber, und der Kerl verzog sich wieder auf die Rasenfläche, die hinter dem Badebereich lag und wo wir früher schon auf ein altes Holztor geschossen hatten, das immer von den Mädchen besetzt worden war, wenn wir keinen Bock auf die hatten, die aber unbedingt mit uns spielen wollten. Und dann voll drauf, bis sie genervt oder heulend abzogen. Mein Blick folgte dem Typen, irgendwie kam der mir bekannt vor. Hier im Ort lebte er nicht, das hätte ich gewusst. Vielleicht war er gerade hergezogen? Jemand, der die Ruhe der Altmark suchte, der bereit war, mindestens eine Stunde bis zur nächsten Autobahn zu fahren, um hier wegzukommen, und der seine Erholung darin suchte, dass hier gar nichts passierte? Anscheinend war er alleine und hatte keinen Bock zu baden. Stattdessen schoss er die Pille immer in das Tor. Gute Schüsse. Hart und fest. Und richtig gute Schusstechnik. Er stand locker da, holte weit aus, und in dem Moment, als er den Ball berührte, war es, als würde er seinen Fuß in den Rasen rammen, als sei der Fuß mit dem Boden verschraubt. Klassischer Marco-Reus-Schuss. Nicht schlecht. Ich überlegte, ob ich nicht neulich schon einen gesehen hatte, der das konnte. Oder war das sogar der? Aber wo zur Hölle war das? So, wie der schoss, hätte der bei uns einen Stammplatz sicher, das würde niemandem entgehen.

»Hey!«, rief ich zu Luca, der von Gabis Bude zurückkam.

»Oh. Hallo, Onkel Marcel«, sagte er, und ich klopfte auf den Platz neben mir, und der Kleine setzte sich hin.

»Willst du mal kosten?«, fragte er und reichte mir eine Pommes. Ich zeigte ihm meine und fragte ihn, ob er tauschen wolle, und so bekam ich seinen und er einen von meinen. Ich zog die Pommes durch meine Mayo, und ja, Freibadpommes schmeckten besser als alle anderen Pommes. Und vor allem besser als die Pommes, die wir bei uns anboten.

»Wo ist deine Mama?«, fragte ich und sah mich im Schwimmbad um. Keine Jessica weit und breit, und auch Torben war nicht zu sehen, der war sicher wieder auf Montage. Neulich hatte ich gehört, dass der inzwischen irgendwas an Offshore-Windkraftanlagen zu tun hatte. Angeblich wurde der immer mit dem Hubschrauber zur Arbeit gebracht.

»Weiß nicht. Gestern meinte Mama, dass du früher ein richtig guter Fußballer warst«, sagte er, während er eine Pommes ablutschte. Mit unseren ging das nicht. Unsere Fritten waren geriffelt, die konnte man nicht ablecken.

»Dein Papa war auch nicht schlecht. Torben war ein richtig guter Verteidiger. Der hat alle abgeräumt.«

»Was war dein bestes Spiel?«, fragte Luca.

Ich überlegte eine Weile. Mir fiel keins ein. Da waren ein paar gute dabei, aber ich war nur ein Teil der Mannschaft gewesen und konnte nicht ohne die anderen funktionieren. Hätten Torben, der Staatsratsvorsitzende, Ölscheich und Bonzen nicht mit auf dem Platz gestanden, wäre ich gar nichts gewesen. Und Pascal war auch wichtig, auch wenn er nur am Rand stand und die gegnerische Ersatzbank bepöbelte, was sogar einmal dazu führte, dass einer der Ersatzspieler auf Pascal losging, ihm eine zimmerte und dann Rot sah. Im Anschluss musste einer vom Feld, der damit gar nichts zu tun hatte, und Bonzen hat dann noch zwei Tore gemacht, die ich ihm aufgelegt hatte. Vielleicht war das mein bestes Spiel gewesen, als ich die zwei Dinger vorbereitete?

Ich sah Luca an und erzählte ihm diese kleine Geschichte, und er grinste zufrieden.

Pascal kam zu uns, setzte sich zwischen uns und nahm mir meine Pommesschale ab.

»Na, Luca, alles klar?«, fragte er den Bengel und wuschelte ihm durch die Haare.

»Marcel hat mir gerade von dem Spiel erzählt, wo du dafür gesorgt hast, dass einer der Ersatzspieler die Rote Karte bekam«, sagte Luca.

»Ja. Das war geil. Haha. Gegen wen war das? Altenwedel?«

»Gegen Schrampsee«, antwortete ich. »Luca wollte wissen, was mein bestes Spiel war.«

»Und da nennst du ihm ausgerechnet das?«, fragte Pascal.

»Klar.«

»So ein Unsinn. Also, Luca, pass mal auf. Der Marcel ist der Mann mit dem goldenen Knie. Der kann eine Bierbüchse aus dreißig Meter Entfernung vom Tor ballern. Marcel hätte das Zeug gehabt, mit dem anderen Marcel zu spielen. Kennst du den anderen Marcel?«

Luca schüttelte den Kopf.

»Marcel Schmelzer. Linksverteidiger. Der spielte in der Jugend beim FCM und dann ging der nach Dortmund und wurde zwei Mal Deutscher Meister. Und ich sage dir, Marcel hätte das auch geschafft! Dem Marcel, also unserem Marcel, dem macht keiner was vor, und sein bestes Spiel war gegen Lötzek. Da hat er drei Tore gemacht, und die waren alle gleich.«

»Tore sind doch immer gleich«, sagte Luca, stand auf und warf seine Pappschachtel in den Mülleimer neben der Bank. Dann setzte er sich wieder zu uns.

»Nee, Kleiner. Jedes Tor ist anders. Mal kommt der Ball flach, mal spitz, mal von oben, und mal dreht er sich rein. Aber Marcel hier hat damals drei Freistoßtore gemacht, die alle die gleiche Flugbahn hatten. Und alle drei gingen in die rechte obere Ecke. Und bei allen Toren stand Marcel an derselben Stelle. Direkt an der rechten Ecke vom Sechzehner. Ich weiß auch nicht, warum, aber die dummen Lötzker hatten genau an der Stelle drei Mal deinen Papa umgelegt, und dein Papa, der konnte fallen wie ein Gott. Torben die Schwalbe haben wir ihn genannt.«

»Aber Papa spielte doch Abwehr.«

»Ja. Und manchmal ging er mit vor. Und dann fiel er um. Das machte ihn ja so gut. Er konnte umkloppen wie ein Holzfäller auf Koks und gleichzeitig so elegant fallen, als wäre er ein Balletttänzer. Und bei dem Spiel gegen Lötzek ließ er sich drei Mal an derselben Stelle fallen. Astreine Schwalben waren das, und jedes Mal bekamen wir den Freistoß, und jedes Mal haute Marcel das Ding in die rechte obere Ecke. Und die Lötzeker hatten das beim dritten Mal immer noch nicht kapiert. Hätte dein Vater einen vierten Freistoß rausgeholt, hätte Marcel das Ding noch mal in die Ecke oben rechts geballert. Die Lötzeker, die können vielleicht Besen binden, aber das ist schon alles. Die dummen Besenbinder haben wir weggefegt! Dank Marcel! Ich sag dir, der Marcel macht die besten Freistöße. Das kann sonst keiner.«

»Will ich sehen«, sagte Luca, und in dem Moment, in dem er das sagte, stand Pascal schon auf seinen Beinen, warf meine leere Frittenschale auf die von Luca und zog uns mit in Richtung der Wiese, wo der Typ noch immer übte.

»Körtge! Schulz!«, brüllte der Bademeister. Wir guckten rüber. Der Alte hob die Faust und brüllte, dass wir gefälligst keinen Unsinn machen sollten. Ich sagte: »Ja, ja«, Pascal winkte ab, und Luca folgte uns zu der Wiese, während der Bademeister uns mit ernstem Blick hinterhersah.

»Hey, mein Guter!«, rief Marcel dem Mann zu, der gerade wieder so einen Wahnsinnsschuss abrief. »Von dem hier kannst du noch was lernen«, dabei zeigte er auf mich.

Der Typ sah uns an, hatte die Lippen wie einen Strich gezogen und musterte uns. Dann warf er mir den Ball rüber und sagte: »Na, da bin ich aber gespannt.«

Ich legte mir die Pille vor den Fuß. Verdammt, wann hatte ich das letzte Mal gegen einen Ball getreten? Das war bestimmt zehn

Jahre, wenn nicht sogar noch länger, her. Pascal hatte recht, ich war der Mann mit dem goldenen Knie. Aber Gold ist weich, und ein Knie kann brechen. Und als Mann mit dem gebrochenen Knie war es dann aus gewesen mit den letzten Träumen, die ich noch hatte und für die ich damals eh schon zu alt gewesen war.

Luca, Pascal und der Typ sahen mich an. Ich guckte zu Pascal und forderte ihn auf, anzusagen, und Pascal sagte, dass ich direkt auf das linke Lattenkreuz halten solle, und in dem Moment zog ich ab. Ein kurzer Anlauf, drei Schritte. Dann den Ball leicht unter der Mitte mit dem Mittelfuß treffen, ihn vom Rasen heben, das Bein dabei hart durchstrecken, es über den linken Fuß rutschen lassen und es dann in den Rasen rammen, als wäre es mit dem Boden verschraubt. Sollte der Typ mal nicht denken, dass er der Einzige war, der das draufhatte. Der Ball zeichnet eine lange Kurve, die auf die Mitte der Latte zuhält, kurz vor dem Tor dreht er nach links ein und rauscht knapp am Lattenkreuz vorbei. Noch drei Übungen, und ich würde den Abdruck des Balls in das Holz brennen.

»Na ja«, sagte Pascal, und Luca flitzte los, um den Ball zu holen. Als er ihn hatte, warf er ihn vor sich und schoss im Lauf den Ball mit zu viel Kraft, sodass er über uns drüber flog und in Richtung Becken zischte. Ich rannte hinterher, der Ball ditschte ein paar Meter vor dem Becken in ein Blumenbeet, und als ich ihn dort wegholte, sah ich aus den Augenwinkeln Hubert, der nun stand, seine Sonnenbrille in der Hand.

»Ich schmeiß euch gleich raus!«, drohte er, und ich kickte den Ball rüber zu dem Typen und forderte ihn auf, das linke Lattenkreuz zu treffen.

»Entspann dich, Hubert!«, rief ich zum Bademeister, und er brüllte zurück, dass wenn noch ein Ding passieren würde, er uns am Sack aufhängen und uns so an das Eingangstor nageln würde. Ich blieb kurz stehen und sah ihn an. Hubert bestand nur aus

Muskeln und einem lächerlich großen Schwanz, der sich in seiner roten Hose abzeichnete. Im Dorf ging der Witz rum, dass die Hälfte aller Neugeborenen von ihm sein musste. Aber niemand sah ihm ähnlich, das hätte man gesehen, wenn er ein Kind gezeugt hätte. Sein Gesicht war wie aus einem Stein gekloppt. Aber mit einem ganz groben Meißel. Der war schon der Bademeister hier gewesen, als ich noch nicht auf der Welt war, aber wenn ich jemandem zutrauen würde, das umzusetzen, was er gerade angekündigt hatte, dann war er das. Hubert war im falschen Jahrhundert geboren worden, mindestens im falschen Jahrzehnt. Der hätte eigentlich mit einem Beil in der Hand auf einem Schlachtfeld stehen und Köpfe spalten müssen. Das wäre sein Ding gewesen. Stattdessen kümmerte er sich darum, dass Kinder ihr Seepferdchen machten, reichlich Chlor im Wasser war und Rentner nicht absoffen, wenn sie einen Herzinfarkt bekamen. Oder Pascal. Bald würde auch er in Rente gehen, und wieder wäre eine Seele verloren. Ein Mann, dessen ganzes Wesen so wirkte, als wäre er für den Krieg geboren, würde friedlich in Pension gehen, ohne je an einem Massaker beteiligt gewesen zu sein.

Der Kerl fing den Ball auf. Legte ihn an die Stelle, an der ich ihn liegen hatte, ging drei Schritte zurück, machte seinen kurzen Anlauf, ließ sein Bein fliegen. Die gleichen Bewegungen wie bei mir. Nur geschmeidiger, präziser, natürlicher, so, als hätte er nie etwas anderes gemacht. Die Flugbahn vom Ball war gebogener, nicht so gerade, ging aber auch erst in Richtung der Mitte der Latte, nur um dann kurz vorher komplett nach links einzubiegen und direkt auf dem Lattenkreuz zu enden. Es klatschte. Das Tor wackelte, der Ball sprang zurück und Luca rannte ihm entgegen, holte weit aus und feuerte ihn ins Netz.

»Linksfuß«, sagte ich, und der Typ neben mir nickte. Ein recht dunkler Hautton, schon unüblich für unsere Gegend, wo wir nur den Albaner in Lötzek hatten, der sich als Grieche ausgab. Klar, es gab auch noch Emilio. Und die Russen natürlich, die in den Neunzigern hier aufgetaucht waren, kein Wort Deutsch sprachen, aber darauf bestanden, Deutsche zu seien, obwohl die alle Vladimir, Victor und Kolja hießen.

Ich sah rüber zu Pascal, der sich ins Tor gestellt hatte und versuchte, die Schüsse von Luca zu halten, der nicht nur mit links, sondern auch mit rechts abzog, und ich konnte nicht sagen, welcher Fuß sein stärkerer war.

»Eher beide Füße. Ein kleiner Brehme«, sagte der Typ neben mir, und nun nickte ich.

»Du spielst beim FCM, oder?«, fragte ich ihn, und Yanko, von dem ich mir sicher war, dass er es war, nickte langsam und sah mich an.

»Seit Januar, ja. War vorher in Hamburg.«

»Ich wäre gerne Profi geworden, der Trainer und alle anderen meinten, dass ich das Potenzial gehabt hätte. Aber ich glaube nicht, dass ich es wirklich hatte.«

»Ich weiß«, sagte er.

»Wie?«

»Du bist Marcel, oder?«, fragte er unsicher.

»Woher kennst du mich?«

Er schwieg lange, hatte die Lippen fest aufeinandergepresst und schien zu überlegen, was er sagen sollte.

»Ich habe schon viel von dir gehört. Und von dem da auch«, sagte er und zeigte auf Pascal: »Und als ich gerade deinen Schuss gesehen habe, war mir klar, dass du es sein musst, von dem Steffi immer erzählt hat.«

»Steffi?«

»Ja.«

»Du kennst Steffi?«, fragte ich ihn.

»Klar«, antwortete er und sah mich an. Ich habe keine Ahnung, was er dachte. Irgendwie sah er so aus, als würde er reden wollen und gleichzeitig nicht. Mir ging es ähnlich. Mein Blick führte wieder zu Pascal und Luca. Inzwischen stand Luca im Tor, und Pascal ballerte drauf, was kein Problem war. Pascal hatte noch nie einen harten Schuss gehabt, war eher ein Zufall, wenn er überhaupt den Ball mal in eine richtige Flugbahn brachte. Ich hatte es ihm damals versucht beizubringen, keine Chance. Pascal hatte andere Qualitäten. Am Spielfeldrand war er gut. Gut darin, die gegnerische Mannschaft aufzuhetzen, um ein paar in die Fresse zu bekommen, damit wir nur noch gegen zehn Spieler ranmussten. Yankos Blick lag noch immer auf mir, er schien mich komplett abzuscannen, und ich tat es ihm gleich. Ob er ihr Lover war? Das würde das fette Auto erklären, mit dem sie neulich vom Friedhof weggefahren war. Steffi als Spielerfrau. Ein kleiner Toyboy, irgendwie würde es passen. Mit ihrer Mutter und Emilio war es auch nicht viel anders. Die passten so wenig zusammen, dass ich mir sicher war, dass Emilio Qualitäten hatte, über die er nie zu sprechen brauchte. Yanko war mein Nachfolger. Oder mein Nachnachnachfolger, was wusste ich schon? Und irgendwie kam es mir so vor, als sähen wir uns ähnlich. Ein ganz kleines bisschen zumindest. Das gab es ja manchmal. Man steht irgendwo rum, denkt nichts Böses, und dann rennt da einer rum, der genauso aussieht, wie man selbst. Das war mir bei der Schwarzarbeit in Frankfurt passiert. Da war so ein Vogel aus Sachsen, der installierte dort mit seinen Kollegen Kabeltrassen in dem Einkaufszentrum, in dem ich auch mit ranmusste. Und der sah mir echt ähnlich, war schon erschreckend. War ein komischer Typ, hatte sich mit seiner sächsischen Fistelstimme immer mit irgendwelchen Hessen gestritten, und irgendwie war es dabei immer um den Dialekt gegangen, den er hatte, dabei klangen die

Hessen genauso blöde wie der. Na ja, lange her, wer weiß, was aus dem geworden war. Yanko war anders, vielleicht sah er mir doch nicht so ähnlich, zumindest nicht so ähnlich wie der Sachse in Frankfurt. Und doch kamen mir seine Züge bekannt vor. Vielleicht war es das, was Steffi an ihm mochte? Stand sie noch immer auf mich und suchte sich nun Männer, die mir entfernt ähnlich sahen? Und dann auch noch Fußballer waren?

Ich fragte ihn, ob sie viel über mich spreche, doch er zog sein Handy aus der Hosentasche und sah auf den Bildschirm. Kein Foto von Steffi. Komisch. Nur ein Bild von irgendeinem Sandstrand und Palmen. Solche Bilder hatte Emilio auch in der Drehspießbude hängen. Aber ja, die im Stadion hatten ja gemeint, dass er Brasilianer sei, und sicher war das ein Foto von der Copacabana. Er ließ den Bildschirm wieder schwarz werden, schob das Handy zurück in die Hose und sagte, dass er losmüsse.

Ich nickte ihm langsam zu und dann schneller zu Pascal, damit der rüberkam und Yanko den Ball zurückgab.

Pascal passte den Ball zu Luca, der ihn aufnahm und mit der Pille zu uns geflitzt kam. Als er ihn Yanko in die Hand drücken wollte, sagte der, dass Luca ihn behalten könne.

»Yanko spielt beim FCM«, sagte ich zu Luca, doch den interessierte das nicht. Der bedankte sich nur für den Ball und rannte zurück zum Tor, auf das er weiter einballerte.

»Beim FCM?«, fragte Pascal und sah Yanko prüfend an. Dann sagte er: »Ach ja, der Brasilianer. Na, dann kannst du noch was lernen, Marcel!«

Yanko lächelte gequält und sagte wieder, dass er jetzt losmüsse. Dabei sah er mich wieder so prüfend an. Vermutlich hatte er ähnliche Gedanken wie ich. Ich war mir sicher, dass er sich mit mir verglich, sich fragte, wer besser zu Steffi passte, und dass, wenn sie mal mit mir zusammen war, er gar nicht so krass sein konnte, wie er es selbst vielleicht von sich dachte, da ich halt nur so ein Dorftrottel war, der halbwegs gut kicken konnte.

»Na, dann musst du ihm den Ball noch unterschreiben!«, sagte Pascal, und ich rief rüber zu Luca und fragte ihn, ob er ein Autogramm auf dem Ball haben wolle. Aber Luca schüttelte den Kopf und rief zurück, dass er dann mit dem Ball nicht spielen könne und dass der Ball zu gut sei, um nicht mit ihm zu spielen.

Die zwei Ohrfeigen für den Nichtraucher

19. Juni 2002

Steffi, Vanessa und Pascal hatten Schulferien. Ich nicht. Ich hatte die Schule nach der neunten Klasse verlassen und war frei. War besser für mich, besser für Frau Baumann und vor allem besser für Steffi. Aber der Reihe nach.

In der letzten Schulwoche fanden die Bundesjugendspiele statt. Weitwurf, Weitsprung, Staffellauf und der ganze andere Blödsinn, der die meisten meiner Klassenkameraden zu einer Teilnehmer-, mich aber immer zu einer Siegerurkunde führte, die ich mir dann in unserem gemeinsamen Zimmer an die Wand hängte.

Nach der Siegerehrung wartete ich vor den Mädchenumkleiden, um Steffi abzuholen. Ich wollte nicht in die Umkleidekabine rein, denn die war ja für die Mädchen, und am Ende hätte Jessica oder eine der anderen nur wieder Stress gemacht. Also wartete ich im Gang davor auf Steffi und überlegte, wie ich sie fragen sollte. Ich wollte mit ihr einen Ausflug nach Altenwedel machen, dieses Mal ohne den ganzen Trubel drumherum. Nur mit der Ferkeltaxe hoch in die Kreisstadt und dann vielleicht Baumkuchen essen gehen. Oder vielleicht doch noch auf den Aussichtsturm in der Innenstadt. So richtig wusste ich auch nicht, was ich vorhatte, aber vielleicht war das nicht wichtig, wichtig war, dass wir Zeit miteinander verbringen konnten. Steffi würde den Sommer mit ihrem Vater in Kuba verbringen, und mein Vater erzählte in den letzten Wochen immer öfter davon, dass er mich mit dem Lkw mitnehmen wolle, wenn es einen Fahrer gäbe, den er im Urlaub vertreten könne.

Steffi kam aus der Mädchenumkleide raus, und ich reagierte cool. Ich tat so, als würde ich meine Siegerurkunde angucken. Dann sah ich ganz zufällig hoch und sagte: »Ach, Steffi, du bist noch hier?«

»Du Idiot!«, sagte sie, packte mich am Kragen und zog mich in die Umkleide. Und kurz danach saßen wir auch schon nebeneinander und hatten unsere Hände in der Hose des anderen. Das war so ziemlich das Unromantischste, das ich mir vorstellen konnte, und meine romantischen Vorstellungen reichten wirklich nur bis zum Knutschen im Kino. Warum brachte sie so eine Aktion? Sollte das ein Abschiedsgeschenk werden, weil heute mein letzter Schultag war und sie noch ein weiteres Jahr vor sich hatte?

»Was ist?«, fragte sie.

»Nichts.«

»Mach weiter!«

»Ja. So?«, fragte ich und fummelte bei ihr rum. Verdammt, ich wusste überhaupt nicht, was ich da machte. Sie hob ihr Becken, drückte es fester an mich und zog es wieder zurück.

»Mach ich was falsch?«

»Sei still und küss mich!«, sagte Steffi, packte meinen Kopf und riss ihn an sich heran. Und dann knutschen wir, während ich meine Hand in ihrer Hose hatte. Ihr Becken drückte wieder hoch. Und sie stöhnte auf. Nicht sehr laut, nicht so wie in den Filmen, die Pascal immer auf dem Schulhof verkaufte, aber immerhin. Verdammt, das hier war viel besser als in den Filmen. Sollte Pascal den Dreck doch an wen anders verkaufen.

»Wir müssen los!«, sagte ich.

»Sei still!«

»Ja. Bin schon still!«

»Ruhe!«

So kannte ich Steffi noch gar nicht, und ich dachte, dass ich sie gut kannte, aber das alles, was gerade passierte, war anders. Ganz anders.

»Wieso bist du eigentlich nicht rasiert?«, fragte sie.

»Was?«

»Ach. Egal!«, sagte sie, riss meine Hand aus ihrer Hose und machte bei mir weiter.

»War das gut?«

»Was?«

»Ob das gut war?«

»Na ja«, sagte sie und schob sich von mir weg, ich klammerte mich mit beiden Händen auf der Bank fest, und sie zog mir die Hose bis zu den Schuhen. Dann kniete sie vor mir.

»Echt? Mit dem Mund? Geil!«, sagte ich, doch sie antwortete nur: »Hast du 'ne Macke? Das kannst du vergessen!«, und machte mit der Hand weiter. »Vielleicht. Vielleicht, wenn du rasiert bist«, sagte sie und grinste.

»Ja? Mache ich nachher. Mache ich gleich nach der Schule!«

»Sei still!«, sagte sie, und ich war still.

Steffi wusste, was sie da tat. Oder sie vermutete es vielleicht. Es war ja auch ganz einfach: Penis in die Hand und dann hoch und runter. Bei ihr war das alles komplizierter. Und dabei war dort viel weniger zu sehen beziehungsweise zu ertasten. Da war nur der Schlitz, aber anscheinend ging es erst hinter dem Schlitz so richtig los. Da war noch mehr. Viel mehr. Ich nahm mir vor, noch mal einen Blick in die Biologiebücher zu werfen. Oder ich besorgte mir eine Bravo. Irgendwas, das mich mehr vorbereitete. Oder ich fragte Steffi, ob wir mal eine Art Auszeit machen könnten. Also keine Auszeit von uns. Sondern eher eine Zeit, in der ich die Sache da unten wirklich mal in Ruhe angucken und anfassen könnte. Nicht hier in der Umkleide. Und das würde dann nicht als Rummachen oder so zählen, das wäre reine Vorbereitung. Außer der Wertung. Nur zum Üben. In der Bundesliga müssen die ja auch vorher trainieren, bevor die auf den Rasen dürfen, Steffi hätte das sicher verstanden, immerhin übte sie ihre Tänze auch, bevor sie auf eine Bühne ging, was bis dahin auch noch nicht passiert war. Ach, es war kompliziert. Nur bei mir war es das nicht. Bei mir reichte es aus, ihn in die Hand zu nehmen und dann: hoch und runter. Und das tat Steffi. Und das tat sie gut. Richtig gut.

»Boah! Du Sau!«, schimpfte sie und gab mir mit der linken Hand eine Ohrfeige, die nicht ballerte.

Sie hatte meine Soße auf ihrem Arm und wischte ihn angeekelt an meiner Hose ab.

»Kannst du mich nicht warnen?«

»Entschuldige.«

»Und hör auf, dich zu entschuldigen.«

»Entschuldige.«

»Marcel!«

»Ja. Ich bin schon still.«

»Scheiße, wir kommen zu spät. Du wartest. Dann merkt Mama nichts«, sagte sie, und ich nickte. Und dann war sie auch schon weg. So schnell, wie sie mich in die Umkleide gezogen hatte, so schnell war sie wieder verschwunden. Vielleicht sogar noch schneller.

Ich saß da und sah mich im Raum um. Die Mädchenumkleide sah ganz genauso aus wie die der Jungs. Nur spiegelverkehrt. Genauso spiegelverkehrt, wie im Zimmer von Vanessa und mir die Möbel im Raum standen. Ich saß da, meine Hose noch immer bei den Knien, Steffi war weg, und ich fragte mich, ob ich das gerade wirklich erlebt hatte. Ich stand auf, zog meine Hose hoch und warf meinen Rucksack über. Dann ging ich zum Waschbecken, wischte mir mit ein paar Papierhandtüchern den Kleister von der Hose. Ich warf die Handtücher in den Mülleimer und öffnete den Wasserhahn, doch ich weiß nicht, warum, aber als ich meine Hände waschen wollte, roch ich an meiner rechten Hand, und dann beschloss ich, mir die Hände doch lieber nicht zu waschen. Ich überlegte, ob ich Pascal nachher meine Hand unter die Nase drücken sollte, der würde Augen machen. Vielleicht lieber nicht, so wie ich den kannte, würde er mir dann seine Hand unter die Nase drücken, und dann hätte ich richtig schlechte Laune. Das mit Vanessa und ihm wollte einfach nicht enden. Papa fragte manchmal am Abend, wo sie sich rumtrieb, und ich log, tat so, als würde ich es nicht wissen, und Papa war dann immer unzufrieden, und Mama meckerte erst mit mir, dass ich besser auf Vanessa aufpassen müsse, und dann mit ihm, dass ihn das nichts angehe und Vanessa schon alt genug sei.

Ich sah auf meine Uhr. Steffi war nun seit gut zehn Minuten raus, es war Zeit, zurück zur Klasse zu gehen. Zeugnisübergabe bei Frau Baumann, bei Steffis Mutter, die uns vor einem Jahr noch die Bilder von Muschis und Pimmeln im Unterricht gezeigt hatte und die nicht wusste, dass mir ihre Tochter gerade eine ganz andere Art Biologieunterricht erteilt hatte. Wobei Steffi keine Noten vergab, was wiederum mein Glück war. Mehr als eine Fünf wäre für mich sicher nicht drin gewesen, die Note, die mir ihre Mutter schon oft genug gegeben hatte, und gleich würde sie das letzte Mal in ihrem Leben die Gelegenheit dazu haben, denn eins war klar: Mit der Schule war ich fertig. Ein für alle Mal!

Ohne anzuklopfen, ging ich in den Klassenraum, und kaum saß ich auf meinem Platz, ging das Theaterstück zwischen Frau Baumann und mir los.

»Schön, dass der Herr Körtge auch noch zu uns kommt«, sagte Frau Baumann.

»Ja, sorry. Der Mann von der Zeitung wollte noch ein Foto von mir. Und einer vom Radio war auch da. Bestleistungen in allen Wertungen, Frau Baumann. Bestleistungen!«

»Es wäre schön gewesen, wenn ich das an dieser Stelle ebenso behaupten könnte«, sagte sie und wedelte mit meinem Zeugnis. »Sicher, dass du nicht in der Raucherecke standest und dort geraucht hast?«

»Frau Baumann, das dürfte ich doch gar nicht. Ich bin erst 15.«

Frau Baumann hatte keine Lust auf eine Eskalation. Sie kam einfach zu mir und klatschte mir mein Zeugnis auf den Tisch. Die Noten sprachen für sich, Steffis Mutter hatte schon recht. Aber welchen Unterschied hätte es gemacht? Ich hatte nun meinen Hauptschulabschluss und konnte machen, was ich wollte. Maurer, Koch, Gas-Wasser-Scheiße, die ganzen Assiberufe standen mir offen, bis ich irgendwann meinen Lkw-Führerschein machen konnte. Zum Fahren brauchte man keinen Realschulabschluss. Zum Fahren brauchte man einen Führerschein und einen sitzfesten Arsch. In ein paar Jahren würde ich den Fleppen haben, während die anderen sich darüber ärgern würden, dass sie noch ein Jahr länger unter der Herrschaft von Frau Baumann leiden mussten. Vielleicht konnte ich für Dirk fahren. Nicht so wie mein Vater, sondern die richtig krassen Touren. Dirk kannte sicher einen, der wusste, wo das Bernsteinzimmer war, und das konnte ich dann zu seinem neuen Besitzer bringen. Leider waren es bis dahin noch ein paar Jahre, aber wenigstens war ich aus der Schule raus. War mir scheißegal, was nun kommen würde, Hauptsache raus hier! Und mal ganz ehrlich: In einem Jahr würden auch nur die Maurer-, Koch- und Gas-Wasser-Scheiße-Berufe auf meine Mitschüler warten, die unbedingt das zehnte Jahr noch hier rumkriegen wollten. Oder die Stütze. So viel wusste ich schon: Der Betrag der Stütze war für alle gleich. Auch für die Streber.

»Wenn du aus dir was machen willst, ist Bildung für dich der einzige Weg. Und diesen Weg bist du nicht gegangen«, hörte ich Frau Baumann sagen.

»Pfff.«

»Hoffen wir für dich, dass du die nächsten neun Jahre besser nutzt, als die ganze Zeit zu rauchen«, sagte sie und drehte sich um.

»Ich habe nicht geraucht«, sagte ich.

»Wem willst du das erzählen? Natürlich hast du das gemacht!«, antwortete sie und drehte sich wieder zu mir.

»Nein, ich rauche nicht!«

»Ich glaub dir kein Wort!«, sagte sie und packte meine rechte Hand, zog sie an ihr Gesicht und roch dran. Sie holte richtig tief Luft. So tief, dass wirklich alle in der Klasse hören konnten, dass sie an meinen Fingern roch.

»Ich habe nicht geraucht! Sie können Steffi fragen!«, sagte ich und zeigte in Richtung ihrer Tochter.

»Arschloch«, sagte Steffi, schnappte ihren Rucksack und rannte aus dem Klassenraum. Frau Baumann starrte ihrer Tochter hinterher, währenddessen krallte sich ihre Hand immer fester um mein Handgelenk. Ihre Fingernägel bohrten sich in meine Pulsadern, und ihre Augen wurden dunkel, das Gesicht steinhart und der Mund zu einem Strich, wie Steffi es niemals können würde.

»Du kommst nach der Stunde zu mir!«, sagte Steffis Mutter und ließ meine Hand los.

»Zu Ihnen nach Hause?«, fragte ich, und dann bekam ich vor der ganzen Klasse eine Ohrfeige. Im Gegensatz zu der Ohrfeige von ihrer Tochter, die noch keine halbe Stunde her war, ballerte diese richtig. Mein linkes Ohr dröhnte. Frau Baumann stand zitternd vor mir, sah auf ihre Hand, zu mir und dann wieder auf ihre Hand. Und dann rannte auch sie aus dem Klassenzimmer.

»Wow, was war das denn?«, fragte Pascal nach einer Weile, und ich zuckte nur mit den Schultern, sagte nichts und betrachtete stoisch mein Zeugnis. Hauptschule. Endlich geschafft.

»Du bist so ein Idiot!«, sagte Jessica und stand auf. Mit festen Schritten verließ sie den Raum. Vermutlich ging sie Frau Baumann suchen. Oder deren Tochter. Und bestimmt fand sie auch eine der beiden, denn weder Frau Baumann noch Jessica oder Steffi sollten diese Stunde noch einmal auftauchen.

»Alter, drei auf einem Streich!«, sagte Pascal und klopfte mir auf den Rücken, während ich weiter auf mein Zeugnis starrte. Nur Vieren. Nur Vieren. Nur Vieren. Ein Zettel voller Vieren, einer Zwei in Deutsch und einer Eins in Sport. Meine Schulzeit war vorbei. Keine Abschlussfeier. Keine feierliche Übergabe der Zeugnisse, keine Rede vom Direktor, keine weinenden Eltern, die stolz auf ihren Sohn waren. Nicht mal eine Abschlussklassenfahrt, bei der man eine Woche lang vollkommen eskalieren konnte und keinerlei Konsequenzen zu befürchten hatte. Wenigstens blieb mir so aber eine Rede vor der ganzen Schule erspart, in der Frau Baumann mich bloß wieder mal vorgeführt hätte – und dass ich nach der Stunde zu ihr kommen sollte, hatte sich jetzt wohl auch erledigt. Ich guckte in den Raum, sah meine Mitschüler ein letztes Mal an und sagte: »Bis zum Klassentreffen, dann könnt ihr mir alle erzählen, wie bekloppt ihr mich fandet«, stand auf, rotzte dem Strebersack Mülle einen grünen Eumel auf sein T-Shirt und ging nach Hausc.

Unser Block war nur gut hundert Meter vom Schulgelände entfernt. Papa saß auf dem Sofa und glotzte eine Talkshow, RTL oder Sat1. Andere Sender liefen bei uns nie. Nur am Abend ProSieben mit »TV Total«.

»Hier. Mein Zeugnis«, sagte ich und packte das Ding auf den Wohnzimmertisch.

»Muss man das überhaupt noch unterschreiben?«, fragte er.

»Keine Ahnung. Wird doch eh keiner mehr dort kontrollieren.«

»Hm. Gib mal her. Hui. Eine Glanzleistung ist was anderes«, sagte er und klatschte seine Unterschrift darunter.

»Ich muss los!«, sagte ich und wollte aus dem Wohnzimmer raus.

»Warte mal, Junge«, sagte Papa.

»Was?«

»Ich habe den Job bekommen. Zwei Wochen mit dem Lkw durch Frankreich als Urlaubsvertretung. Du kommst mit. Da kannst du gleich was lernen«, sagte er und glotzte mich an. Wobei, der lächelte sogar. Wann hatte der mich überhaupt mal angelächelt?

»Frankreich?«

»Ja.«

»Baguette fressen?«

»Ja. Und Wein saufen. Die saufen nichts anderes dort. Die haben sogar Schilder dafür.«

»Schilder?«

»Ja. An jeder Autobahn. Da steht ›Sauf Service‹ drauf, auf den Schildern.«

»Und was ist mit dem Kredit?«, fragte ich.

»Was?«

»Mama sagte, du gehst nur nicht arbeiten, weil die Bank alles wegnimmt.«

»Du musst das Erbe ausschlagen, wenn ich mal nicht mehr bin«, sagte er und sah in den Fernseher.

»Hm.«

»Und wegen dem Kredit: Die Bank wird nichts von dem Geld sehen. Die werden überhaupt nichts mehr sehen! Die Arschficker!«

»Schwarzarbeit?«, fragte ich.

»Pah. Schwarzarbeit. Dieses Wort«, sein Blick ging zu mir. »Ich will dir mal was sagen! Denkst du, dass ich diesem Drecksstaat oder dieser Bank noch einen Pfennig gebe? Denkst du das?«

Ich zuckte die Schultern.

»Nichts bekommen die von mir. Und wenn die wollen, dass ich nicht arbeiten gehe, dann gehe ich nicht arbeiten. Mir doch egal! Die zwingen mich doch dazu! Von mir aus kann deine Mutter den Job im Supermarkt auch sausen lassen. Das macht doch alles keinen Unterschied! Und ja, wenn du es so nennen willst: Die zwei Wochen in Frankreich sind schwarz. Und das Geld gehört dann uns. Dann können wir mal wieder ordentlich essen gehen. In Altenwedel. Oder wir fahren mal wieder nach Magdeburg.«

»Hm«, machte ich.

»Dann gehen wir schön essen, wenn wir zurück sind! Wir gehen zum Griechen!«

»Von mir aus«, sagte ich und dachte an den Griechen in Lötzek, der eine riesige albanische Flagge hinter dem Tresen hängen hatte.

Ich verließ die Wohnung, schließlich hatte ich noch was vor. Steffi und ich würden heute nach Altenwedel fahren. Aber so was von! Ich ging runter in den Keller, holte mein Rad und fuhr einmal durch das Dorf. Rein in die Straße, in der wir damals gelebt hatten, vorbei an unserem alten Haus, in dem seit unserem Auszug niemand wohnte und an dessen Tür noch immer der Holzzwerg hing, der ein Schild in den Händen hielt, auf dem »Körtge« stand. Warum machte das keiner weg? Dann rum um die Kurve, vorbei an dem Haus, in dem ich damals mit Vanessa die Kleckerburg gebaut hatte und dessen Bewohner nach nur einem Jahr schon wieder ausgezogen waren. Nun wohnte da ein anderes Ehepaar, das verzweifelt versuchte, Nachwuchs zu bekommen, und die Wartezeit mit Gemüseanbau und Gezanke überbrückte. Und dann, ein paar Häuser weiter, noch im »alten« Teil der neuen Siedlung, stand das Haus von Steffis Eltern. Ich legte mein Fahrrad auf der Einfahrt ab, ging zur Haustür und klingelte.

»Ahh, Marcel, was hast du heute verbrochen?«, fragte ihr Vater, der tatsächlich ein ärmelloses T-Shirt, auf dem die kubanische Fahne abgebildet war, trug.

»Woher wissen Sie, dass ich was verbrochen habe?«, fragte ich noch, und dann sagte er schon: »Ach, nur Spaß, mein Lieber. Komm doch rein!«

Ich wollte nicht rein. Ich wollte wissen, wo Steffi war, aber ihr Vater ließ keine Ausreden gelten. Er packte mich an der Schulter und schob mich in den Flur, bat mich, meine Schuhe auszuziehen, drückte mir ein paar ausgetretene Schlappen in die Hand, und ein paar Sekunden später saß ich mit ihm am Mittagstisch.

»Kubanisch«, sagte er, als er servierte.

Eigentlich waren es nur Bohnen mit Reis, aber mit den richtigen Gewürzen würde das wohl wie in Kuba schmecken, meinte er und klatschte mir den Teller voll. Und, na ja, was soll ich sagen? Schmeckte gut.

»Wie geht es dir, mein Lieber?«, fragte er mich, als ich ihm gegenübersaß.

»Muss.«

»Was hast du jetzt vor? Andrea meinte, dass du die Schule schon verlassen wirst?«

Ich sah ihn an. Er löffelte in seinem Teller herum und sah mich freundlich an. Der wusste nichts, gar nichts. Oder es war ihm scheißegal.

»Wer ist Andrea?«

»Meine Frau. Steffis Mutter. Deine Klassenlehrerin.«

»Meine ehemalige Klassenlehrerin. Ich bin komplett fertig mit der Schule.«

»Und was kommt jetzt? Die Welt entdecken? Arbeiten gehen? Das große Geld verdienen und vom Tellerwäscher zum Millionär werden?«

»Hm?«, machte ich.

Er überlegte. Nach einer Weile sagte er: »Weißt du, als ich nach Deutschland kam, merkte ich schnell, dass hier alle hart in ihren Köpfen sind. Verstehst du?«

»Hm.«

»Du musst träumen, mein Lieber. Träume groß. Dann wird das Leben dich beschenken.«

»Womit?«

»Das musst du herausfinden. Irgendein Geschenk wirst du bekommen, vielleicht nicht das, was du dir erträumst, aber irgendeins bekommst du ganz sicher.«

»Hm.«

»Gibt es etwas, von dem du träumst?«

Was war denn hier los? Sollte ich ihm jetzt sagen, dass ich von seiner Tochter träumte? Der Tochter, die mit mir nach dem heutigen Tag ganz sicher nie wieder ein Wort reden würde?

Ich sagte: »Nein.«

Sein Ausdruck wurde noch nachdenklicher. »Nenne dich nicht arm, weil deine Träume nicht in Erfüllung gegangen sind; wirklich arm ist nur, wer nie geträumt hat.«

»Was sind denn Ihre Träume?«

Steffis Vater stützte seine Hände in die Hüften, sah aus dem Fenster und überlegte. Dann sagte er: »Ich hätte gerne ein Restaurant. Ein kubanisches Restaurant. Hier in Jeetzenbeck. Etwas kubanische Kultur hier in diesem schönen Ort. Das wäre toll.« Sein Blick ging vom Fenster weg zu mir. »Und dann wirst du mein Kellner. Oder besser noch: Du wirst mein Koch, und ich bringe dir alle kubanischen Gerichte bei. Die Frauen werden dich lieben, Marcel! Der Weg zum Herzen der Frau führt durch ihren Magen. Das musst du dir merken. Wenn du gut kochen kannst, ist der Rest vielleicht gar nicht mehr so wichtig. Wobei! Musik. Musik und Leidenschaft sind ebenso wichtig, und mehr brauchst du nicht.«

»Klingt gut«, sagte ich und wusste nicht, was er damit meinte. Ich dachte an den fetten Koch im Restaurant neben dem Garagenhof. Im Leben nicht würde ich so enden wie der!

Die Wohnungstür öffnete sich. Schritte waren zu hören. Eine Jacke oder Tasche oder was auch immer wurde aufgehängt. Schuhe wurden ausgezogen und Hausschuhe an. Ich schloss die Augen. Als ich sie wieder öffnete, saß Steffi neben mir und tat sich mit einem

Löffel Bohnen und Reis auf ihren Teller. Sie guckte mir direkt durch mein bisschen Gehirn und starrte auf meine Schädeldecke.

»Kommst du nachher mit?«, fragte sie.

»Was?«

»Marcel. Du musst dir ein bisschen mehr Mühe geben«, sagte ihr Papa und lächelte mich an.

»Was?«

»Da hast du einen. Sagt nur ›hm‹ und ›was‹. Aber wer so wenig redet, redet wenigstens keinen Unsinn, mein Kind«, sagte Steffis Vater und lächelte abwechselnd sie und mich an.

Ich räusperte mich. Dann sagte ich: »Wo willst du denn hin?«

»Nach Altenwedel. Ich habe wieder Tanzunterricht. Kommst du nun mit?«

»Da. Da.«

»Dada kann er auch sagen. Immerhin«, sagte Herr Baumann und räumte seinen Teller weg.

Ich probierte es erneut: »Da wollte ich mit dir auch hin.«

»Na, dann passt das ja«, sagte Steffi.

»Das ist schön, dass du unseren Marcel mitnimmst. Weißt du Marcel, manchmal denke ich, dass du eigentlich auch zu unserer Familie gehörst. Willst du mit nach Kuba? Wir fliegen in zwei Tagen«, sagte er und nahm mir meinen Teller ab. Er brachte das Geschirr in die Küche und klapperte dort herum.

»Das wäre vielleicht ein bisschen viel des Guten«, sagte Steffi, ohne mich anzusehen.

»Darf ich mit zusehen, beim Tanzen?«, fragte ich sie leise, und sie sagte: »Nein. Und wenn du mitmachen willst, brauchst du andere Schuhe.«

»Ich kann nicht tanzen.«

»Das kann man lernen«, sagte sie, ging in die Küche und ließ mich allein im Wohnzimmer zurück, während die Haustür sich erneut öffnete und die gleiche Geräuschfolge aus dem Flur zu hören war: Tür zu, Jacke oder Tasche aufhängen, Schuhgeklapper, Schuhe ausziehen, Hausschuhe anziehen, und schließlich Schritte in meine Richtung. Ich setzte mich aufrecht hin und sah zur Wohnzimmertür, in der Steffis Mutter erschien. Sie blieb kurz stehen, sah mich ernst an, straffte ihre Haltung und ging direkt auf mich zu. Ich stand auf. Kerzengerade stand ich vor ihr, sah ihr in die Augen, und sie sagte: »Das hätte ich nicht tun dürfen. Ich möchte um Entschuldigung bitten.«

Ich nickte und sagte: »Ja. Angenommen.«

»Ich kann mir nicht aussuchen, mit wem Steffi sich trifft, und ich werde ihr da auch nicht reinreden. Aber ich werde nicht zulassen, dass du dich benimmst wie dein Vater.«

»Mein Vater?«

»Ja. Dein Vater.«

»Was hat mein Vater denn damit zu tun?«

»Das kannst du selbst rausfinden, aber wenn ich dir einen Rat geben darf, dann ist es der, dass nur Bildung dich aus dem Loch holen kann, in dem du steckst.«

»Ich stecke in keinem Loch.«

»Wie du meinst«, sagte sie, drehte sich um und ging in die Küche, aus der Steffi gerade herauskam oder schon gekommen war. Sie stand im Türrahmen und sah uns an. Ihre Mutter sah auf ihre Uhr und sagte: »Dein Zug fährt in sechs Minuten. Ich schlage vor, dass du dich beeilst.«

Steffi nickte mir zu, und gemeinsam verließen wir das Haus und fuhren zum Bahnhof und erreichten gerade so noch die Ferkeltaxe nach Altenwedel.

Dieses Mal saß ich die Zeit einfach auf der Bank am Rathaus ab. Ich kletterte nicht wieder die Mauer hoch, spionierte ihr nicht nach, hatte auch sonst keinen Ärger. Aber wir waren danach auch nicht im Kino, und Steffi wollte auch nicht meine Hand halten.

Als wir abends wieder in Jeetzenbeck waren, sagte sie nur: »Das mit uns fühlt sich ganz gut an.«

Ich lächelte sie an. Wunderbar, dachte ich, anscheinend bin ich doch nicht so ein Totalausfall!

»Und gleichzeitig überhaupt nicht richtig. Lass uns die Zeit, in der wir beide weg sind, nutzen, um darüber nachzudenken, was wir eigentlich wollen.«

»Ich will dich, Steffi, ich wollte nie etwas anderes. Das meine ich ernst. Ich liebe dich!«

»Vielleicht ist das das Problem«, sagte sie. Dann stieg sie auf ihr Rad und fuhr nach Hause.

Grünpfeil und Sandmann

26. Juni 2023

Eine Stunde lag noch vor mir, ich saß am Resopaltisch und hatte die Katze auf dem Schoß, die ihren Kopf schnurrend gegen meinen linken Arm drückte. Hinter dem Tresen tanzte der Drehspieß. Um drei Portionen hatte ich ihn heute entschlankt. Eine für die Katze, eine für Pascal, und ich musste auch was essen. Gelangweilt sah ich zum Fernseher. In den Nachrichten waren alle ganz aufgekratzt. Auf ein paar Sendern wurde über den möglichen Untergang des russischen Regimes spekuliert, weil Putin niemals ohne Gesichtsverlust aus dem Putschversuch seiner Söldnertruppen herauskommen könne, auf anderen Sendern ging es darum, dass Putin bald in Litauen, Estland oder Polen einfallen würde, da er jetzt den gesellschaftlichen Zusammenhalt hatte, nachdem er den Putschversuch auf friedliche Weise beendet hatte. Die Sender, die sich nicht mit den Russen beschäftigten, hatten ihre Topmeldung weiter westlich, aber dennoch im Osten gefunden und berichteten aus Thüringen, wo die Nazis gestern ihren ersten Landratsposten seit 1945 errungen hatten, wobei das damals sicher noch anders hieß. Ich kann nicht sagen, welche der Nachrichten mich mehr langweilte. Das, was die Russen da trieben, interessierte mich nicht. Seit über einem Jahr eierten die da rum und schafften es nicht, die Ukraine klarzumachen. Und das mit Thüringen fand ich auch nicht sehr spannend, ganz im Gegenteil. Ich fand es lächerlich, dass die Fernsehteams immer nur im Osten aufschlugen, wenn was Schlimmes passiert war. Menschen stehen vor einem brennenden Asylantenheim in Rostock und zeigen mit vollgepisster Hose den Hitlergruß: Das Fernsehen ist da. 2002 macht die Flut Bad Schandau und Grimma dem Erdboden gleich: Das Fernsehen ist da. In Dresden hält ein Irrer auf einer Demo einen Galgen hoch: Das Fernsehen ist da. Und wenn in Halle ein Nazi Amok läuft, versucht, in eine Synagoge einzudringen und Menschen auf offener Straße ermordet, wenn im Vogtland ein Knallerbsenstrauch durch einen Zaun wächst, wenn der NSU tötend durch das Land zieht, wenn vor der WM in Brandenburg No-go-Areas ausgerufen werden, wenn in Köthen Familie Ritter mal wieder freidreht, wenn Sachsen-Paule einfach nur ficken will, wenn in Tröglitz ein Asylantenheim in Flammen aufgeht, wenn Oury Jalloh in Dessau von Polizisten ermordet wird, wenn ein Trottel mit Fischermütze in Dresden Journalisten bepöbelt, wenn die Nazis mit zweistelligen Prozentzahlen in die Landtage einziehen, dann hält die Kamera voll drauf. Wenn mein Leben hier wirklich so wäre, wie es im Fernsehen immer zu sehen ist, würde ich hier nicht leben wollen. Nur an meinem Geburtstag wird ein anderes Bild gezeigt. Da werden halbtote Bürgerrechtler aus ihren Särgen geholt, mit Anstecknadeln versehen, und dann dürfen die noch ein paar warme Worte in ein Mikrofon sprechen, solange es nicht zu viele sind und sie keine Forderungen stellten, und das auch nur, wenn man sichergehen kann, dass die Querulanten von damals auch dem heutigen System brav nach den Mund reden. Wolf Biermann singt dann noch ein Lied, beschimpft ein paar Politiker der Linkspartei, die damals noch nichts zu melden hatten oder gar nicht geboren waren, und im nächsten Bericht wird darauf hingewiesen, dass Grünpfeil und Sandmann den Weg in den Westen geschafft haben, und dann ist wieder mal gut. Gute Nacht, Dunkeldeutschland.

Luca kam rein. Ich schaltete den Fernseher aus und fragte ihn, wie es ihm gehe, und er meinte, dass es ihm ganz gut gehe. Ich warf ihm eine Portion Pommes in die Fritteuse, und kurz danach war er auch schon wieder weg, und ich setzte mich wieder auf meinen Platz und nickte ein.

Als ich aufwachte, war es schon kurz vor 19 Uhr. Ich wischte mir den Sabber vom Mund und betrachtete den Drehspieß, der komplett verkohlt war. Ich sah ihn mir an und beobachtete die Umdrehungen des schwarzen Fleischs, das so aussah, als hätte man eine sehr alte Lederjacke um einen sich drehenden Metallstab gewickelt und angezündet. Ich ging mit mir ins Gericht, schon ein paarmal hatte ich mir geschworen, dass das nicht mehr passieren dürfe, und nun war es wieder so weit. Im Keller hatten wir keine Spieße mehr, und die Kühltruhe war ebenfalls leer, da wir ein paar Tage vorher die angenagten Spieße entsorgt hatten. Ich sah schon Emilio vor mir, wie er mich mit großen und enttäuschten Augen ansehen und mich dann fragen würde, ob ich nicht doch endlich mal den Führerschein machen könnte, damit nicht er allein immer die Fahrten nach Altenwedel machen müsse, um neue Spieße zu holen. Langsam stand ich auf, ging um die Theke, schaltete den Grill ab und räumte das Waschbecken aus, in das ich den Spieß stellte, um ihn mit kaltem Wasser runterzukühlen. Ich hätte auch warten können, dass er halbwegs kalt ist, aber dann hätte ich locker eine weitere Stunde hier rumhängen müssen. Verkohlt stinkender Dampf breitete sich im Laden aus. Ich stellte den Wasserhahn ab, ließ den Spieß unter dem Wasserstrahl liegen und holte einen blauen Müllsack, den ich mir auf dem Tresen zurechtlegte. Dann schnitt ich die Fleischstücke vom Metall und stopfte sie in die Mülltüte, die ich mir dann überwarf. Um vom Laden in den Innenhof zu kommen, wo die Restmülltonnen standen, musste ich durch einen kleinen Abstellraum gehen, kam von dort in das Treppenhaus, wo sich die Tür zum Innenhof befand. Ich versenkte die Tüte in der Tonne, ging wieder zurück ins Treppenhaus und zog hinter mir die Tür zu. Wieder im Abstellraum, hörte ich zwei Stimmen, von denen ich eine noch nie hier gehört hatte.

Stimme Nummer eins war die von Emilio, so weit normal. Die andere Stimme gehörte seiner Frau. Die beiden stritten sich.

»Andrea, das ist doch nicht so viel, das sind nur tausend Euro, die hole ich wieder rein. Ich habe schon eine Idee, wie der Laden besser laufen wird. Gib mir etwas Zeit, und schneller, als du denkst, ist alles wieder in Ordnung«, hörte ich Emilio sagen.

Ich blieb im Abstellraum stehen und guckte auf die Pappkartons, die wir hier reingestellt hatten. Frau Baumann ließ ihren Mann ausreden, hörte sich seine Beschwichtigungsversuche an und sagte ihm dann, dass sie nicht bereit sei, diesen Laden weiter mit Geld zu füttern, nur damit Emilio sich einreden könne, dass dieses Geschäft irgendwann mal Ertrag abwerfen beziehungsweise auf null kommen würde. Emilio blieb ruhig, ließ seine Frau ausreden, hörte sich alles an, während ich durchzählte, dass wir acht Kartons voller Servietten hatten, die wir in zehn Jahren nicht loswerden würden, sollte der Laden weiter so laufen, wie er es tat. Als seine Frau fertig war, ergriff er endlich das Wort. Das war schon komisch, es kam wirklich nicht oft vor, dass ich mit Emilio Streit hatte, aber wenn es passierte, redete er dazwischen, ließ einen nicht ausreden, warf seine Arme in die Luft und redete immer lauter und schneller. Manchmal verfiel er dann ins Spanische, was ich natürlich nicht verstehen konnte. Hier war es anders. Er wartete geduldig, dass seine Frau fertig war, und wenn sie drei oder vier Sekunden still war, versuchte er langsam und deutlich zu sprechen, achtete darauf, dass die Sätze grammatikalisch korrekt waren, fast wie ein Schüler an der Tafel. Ich musste an meine Schulzeit zurückdenken, an die Situationen, die ich mit Frau Baumann erlebt hatte, die nicht anders waren und die immer dann eskalierten, wenn man einfach dazwischenquatschte und nicht darauf wartete, dass Frau Baumann für eine Antwort bereit war. Nicht so Emilio, der war trainiert, der wusste, wie er mit seiner Frau sprechen durfte. Er sagte ihr, dass dieser Laden mehr sei als ein paar Zahlen auf einer Abrechnung, dieser Laden sei ein Symbol für die Vielfalt des Ortes, ein bunter

Ort, an dem man sich so fühlen könne, als sei man woanders und nicht in einem kleinen Dorf in der Altmark. Frau Baumann seufzte, dann fragte sie ihn, was diese Klitsche hier denn für ein Symbol sein solle, während ich die Kisten mit den Plastikgabeln zählte, die Emilio vor drei Jahren von einer Insolvenzversteigerung aus Gardeleve mitgebracht hatte. Eine hatten wir angebrochen, fünf weitere standen noch ungeöffnet herum, und dann gab es noch die drei Kisten mit den Löffeln, die wir nie geöffnet hatten. Emilio antwortete ihr langsam und sehr leise: »Andrea, du wolltest nicht mit mir nach Kuba kommen. Ich bin für dich hiergeblieben. Wir hätten schon vor zwanzig Jahren gehen können, hätten uns in Kuba ein anderes Leben aufbauen können, das wolltest du nicht, und ich bin dir immer treu geblieben. Ich liebe dich.«

Frau Baumann machte ein lautes »Pah!« und sagte ihm, dass er sich das alles nicht schönreden solle. Immerhin würde Emilio jedes Jahr drei Wochen nach Kuba fahren, und niemand wisse, was er da alles treibe. Außerdem solle er nicht vergessen, dass sie die Flüge bezahle, dass sie sich darum gekümmert habe, dass er eingebürgert worden sei, und dass er, wenn sie nicht gewesen wäre, letztes Jahr gar nicht nach Kuba hätte fliegen können, weil er es vergessen habe, sich um seinen Reisepass zu kümmern. Sie sagte ihm, dass er hier viel besser leben würde, als er es in Kuba jemals könne, da er dort wirklich arbeiten gehen müsste und nicht so ein Schlendrianleben führen dürfte, wie er es hier tat. Ich fand ihre Rede ziemlich hart, aber vielleicht hatte sie recht, und wer wusste schon, wie viele Kinder er inzwischen in Kuba gezeugt hatte. Niemand wusste das. Was ich aber wusste, war, dass wir noch neun abgelaufene Kisten Bier hatten, das wir schon vor zwei Jahren hätten wegkippen müssen, von Pascal aber ohne Murren langsam weiter weggesoffen wurde.

»So denkst du über mich? Du bist nie mitgekommen, warst nie da. Es würde dir gefallen, Andrea.«

»Ich weiß ganz genau, was da los ist. Ich muss das nicht sehen. Ich werde diese Rechnung nicht bezahlen!«, sagte sie, und es hörte sich so an, als würde sie einen Zettel auf den Tresen klatschen. Dann sagte sie: »Außerdem stinkt dieser Laden. Er stinkt richtig!«

»Das hier ist keine Schule!«, sagte Emilio nun nicht mehr ganz so langsam, nicht mehr ganz so leise, nicht mehr ganz so abwartend.

»Was soll das heißen?«, antwortete Frau Baumann, die kurz davor war, so zu klingen wie an dem Tag, an dem sie mir die Ohrfeige verpasst hatte.

»Was willst du von mir, Andrea? Wir hätten das hier nicht machen müssen! Wir hätten nach Kuba gehen können!«

»Das hast du schon gesagt!«

»Ja. Aber dieser Laden hier ist keine Schule. Hier muss nicht alles nachgerechnet werden. Hier darf Marcel Marcel sein. Er ist nicht mehr dein Schüler, hier kann er sein, wie er möchte. Du hast ihn damals viel zu hart rangenommen. Genau wie unsere Tochter! Hier dürfen die Menschen sein, wie sie sind. Alle sind willkommen! Auch du!«

»Wer soll das bezahlen, Emilio? Wer? Kannst du diesen Unsinn mit deinem Döner bezahlen? Ja? Kannst du es? Nein, du kannst es nicht!«, rief Frau Baumann, verließ den Laden und warf die Tür hinter sich zu. Ich konnte hören, wie Emilio ihr hinterherrannte, wie er die Tür aufriss und auf die Straße brüllte, dass das Drehspieß und nicht Döner heiße.

Dann kam er zurück, tapste in langsamen Schritten durch den Laden. Nach einer Weile hörte ich, wie er den Wasserhahn aufdrehte, wie er anfing abzuwaschen und wie er dabei leise sang. Ich spürte, wie die gelbe Katze sich gegen mein Bein drückte, und war heilfroh, dass die jetzt auftauchte. Ich packte sie und ging in den Laden.

»Marcel«, sagte Emilio erschrocken, als wäre ich ein seltener Besucher.

Ich räusperte mich. Dann sagte ich: »Na, Chef, alles klar? Ich war gerade die Katze füttern.«

»Im Innenhof?«, fragte er und sah auf ihren Napf, der randvoll war.

Ich sah ihn an. Er zwang sich zu lächeln, und ich sagte ihm, dass die heute komisch drauf sei, wolle die ganze Zeit fressen, aber anscheinend nur draußen.

»Katzen sind halt Katzen«, schloss ich, während Emilio sein Lächeln weiter nach oben schob, bis er tatsächlich gut gelaunt zu sein schien. Er wischte seine Hände an seiner Hose ab und sagte: »Steffi ist zurück! Kannst du dir das vorstellen? Sie ist zurück! Gestern Abend stand sie einfach bei uns zu Hause im Wohnzimmer. Sie hatte sogar noch ihren alten Schlüssel.«

»Ich weiß, ich habe sie neulich am Friedhof getroffen, als ich das Grab von Vanessa besuchte«, sagte ich und ließ die Katze auf den Boden. Ich bereute sofort, was ich gerade gesagt hatte. Ich bereute, ihm erzählt zu haben, dass die Katze schon gefressen hätte, da sie wie ein Pfeil zu ihrem Napf schoss, und ich bereute auch, ihm gesagt zu haben, dass ich Steffi getroffen hatte.

»Großartig!«, begann er ganz langsam, dann sagte er noch einmal, dass das »großartig« sei, und dann fiel er wieder in seine Rolle als Strahlemann zurück, freute sich darüber, dass Steffi auch an Vanessa gedacht hatte, und sagte mir, dass sie Yanko mit dabeihabe.

»Wer ist Yanko?«, fragte ich und versuchte mich dabei möglichst dumm zu stellen, indem ich die Worte in die Länge zog.

»Na, der Fußballer! Marcel, den musst du doch kennen! Der Yanko, der beim FCM die Tore schießt! Den musst du doch schon gesehen haben! Yanko! Yanko vom FCM.«

»Ach, der Brasilianer«, sagte ich.

Emilio sah mich an, seine Mundwinkel schoben sich noch weiter nach oben, und nun war er voll da. Er kam zu mir, packte mich mit den Händen an meiner Schulter und schüttelte mich: »Marcel! Yanko ist kein Brasilianer. Er ist Viertelkubaner.«

»Hä?«

»Sein Opa ist Kubaner, Marcel. Ich bin sein Opa!«

»Was?«

»Ja. Ich habe jetzt einen tollen Enkel. Auf einmal, nach all den Jahren. Einen Enkel, der für den FCM die Tore schießt. Ist das nicht großartig? Ich hatte mir immer gewünscht, dass Steffi zurückkommt. Und nun ist sie wieder hier. Und sie hat mir einen Enkel mitgebracht! Einen Enkel, Marcel! Das Leben beschenkt einen immer wieder. Man muss nur darauf warten!«

Ich sah Emilio in die strahlenden Augen. »Ich brauche ihre Telefonnummer, Emilio. Gib mir ihre Telefonnummer!«

Seine Mundwinkel fielen herunter. »Ich habe vergessen, sie danach zu fragen. Aber Andrea wird sie haben. Geh einfach vorbei. Andrea sollte zu Hause sein.«, sagte er, und sein Lächeln wirkte, als wäre es in seinem Gesicht festgetackert, während er hinter den Tresen ging und das Wasser aus dem Spülbecken ließ.

Er sah so aus, wie ich mich gerade fühlte: fertig. Ich bekam das alles nicht mehr zusammen: Steffi tauchte hier einfach auf und brachte diesen Typen mit, der auch noch ihr Sohn sein soll? Und dann Frau Baumann, die mit ihrem Mann irgendeine Art Deal hatte, der nun anscheinend nicht mehr galt, was dazu führen würde, dass ich bald arbeitslos wäre und mein Freund und Chef Emilio nichts mehr hätte, das er sich schönreden könnte.

»Hach, der Laden läuft nicht gut, oder?«, fragte er mich und guckte auf den leeren Spieß, der halb aus dem Waschbecken ragte.

Was sollte ich dazu sagen? Die, die zum Essen herkamen, bezahlten nicht, und die, die bezahlten, kamen meist nur einmal im Monat. Letztes Jahr hatten wir probiert, einmal wöchentlich das Altenheim zu beliefern, was nicht klappte, weil die Alten skeptisch waren. Die, die dann doch probierten, konnten den Drehspieß nicht kauen oder der Salat setzte sich zwischen Gaumen und Gebiss fest. Ich hatte Emilio von Frau Streit bei mir im Haus erzählt, deren Brei ich manchmal aß, und dann hatten wir versucht, aus dem Drehspieß eine Art Spießbrei zu machen. Emilio witterte schon das große Business. An drei Spießen probierten wir rum. Die Drehspießbutze wurde zum Nahrungsmittellabor, aber am Ende war es wohl mehr der Spaß, den Emilio beim Zusammenrühren der Zutaten hatte, als die Aussicht auf ein erfolgreiches Geschäft.

»Chef, wir sollten den Laden zumachen.«

»Nein«, sagte er scharf, »der Laden bleibt. Wenn der Laden zu ist, kann man nur noch beim Nazi neben den Garagen essen gehen, und das kommt überhaupt nicht in Frage. Wir bleiben hier. Jeetzenbeck bleibt bunt! Und wenn ich schon nicht mein kubanisches Spezialitätenrestaurant habe, habe ich immer noch dich und den Laden!«

Er hätte längst seine Sachen packen und nach Kuba gehen können. Aber das wollte er nicht, er wollte hierbleiben und auf Steffi warten. Und die Warterei überbrückte er mit Freude, Liebe und Umarmungen, die er der ganzen Welt entgegenbrachte, während seine Frau immer frostiger wurde. Ich hatte ihn immer dafür bewundert, und nun fragte ich mich, was ihm jetzt noch blieb. Steffi war wieder da. Ja. Er hatte recht behalten. Sie hatte sogar einen Sohn, er einen Enkel, alles war in Ordnung. Nur, worauf sollte er jetzt hoffen? Es gab kein Ziel mehr, auf das er sich freuen konnte. Die letzten zwei Jahrzehnte waren verstrichen, sie kamen nicht zurück. Was, wenn Steffi wieder gehen würde? Könnte er noch einmal diese Kraft aufbringen? Und die vielleicht viel größere Frage: Was, wenn sie bleiben würde? Weder Emilio noch ich hatten davon eine Vorstellung, und sollte Steffi auch keine haben, würde es richtig schlimm werden.

Emilio strahlte mich an. Er breitete die Arme aus und sagte: »Weißt du, wir fragen Yanko! Wir machen mit Yanko Werbung für den Laden. Und dann kommen alle her, und der Laden ist voll! Ich bin sein Opa, natürlich wird er uns helfen!«

»Vorher räumen wir aber auf«, sagte ich, und zusammen wuschen wir den Tresen, den Grill und alles andere ab.

Eine halbe Stunde später machten wir die Bude gemeinsam zu. Die Katze wollte nicht von ihrem Platz gehen, ich nahm sie hoch und warf sie auf die Straße. Fauchend zog sie langsam ab, wir guckten ihr hinterher, wie sie über die Mülltonne und den Mauervorsprung verschwand. Dann verabschiedeten wir uns, und ich fühlte mich ganz gut. Eigentlich war doch alles in Ordnung, dachte ich, als ich langsam nach Hause lief. Ich hatte noch zwei Jobs. Ja, der eine war fürchterlich und wurde schlecht bezahlt, dafür war Emilio im anderen mein Chef, und bisher waren wir durch Frau Baumanns Hilfe irgendwie über die Runden gekommen. Pascal kam momentan auch halbwegs klar, der FCM hatte die Liga gehalten, Steffi war wieder da, und dieser Typ war nicht ihr Ficker, sondern ihr Sohn. Ihr Sohn! Vielleicht gab es sogar noch Hoffnung für sie und mich, vielleicht würden wir unsere Beziehung aufwärmen können. Und wenn nicht, vielleicht konnten wir uns neu, beziehungsweise überhaupt kennenlernen. Ich wollte alles über sie herausfinden, wollte wissen, wer sie in Hamburg gewesen war, oder wo auch immer sie mit Yanko gelebt hatte. Steffi hatte sicher als Tänzerin an einem Balletttheater oder so was gearbeitet. Vielleicht war sie auch irgendwie selbstständig gewesen. Eine Boutique oder so. Ich nahm mir vor, sie zu fragen. Sie würde mir dann erzählen, wie sie Yanko, als der noch ein kleiner Steppke war, mal zum Fußball gebracht hatte, und wie er mit dem Ball am Fuß alle anderen in seinem Alter ausdribbelte und sofort in die Nachwuchsabteilung mit Sonderförderung aufgenommen wurde und so was. Sie würde mir erzählen, wie sie immer auf der Tribüne saß, ihn anfeuerte, mit ihm mitfieberte und ihm die Tränen aus den Augen wischte, wenn er mal ein Spiel verloren hatte, ihn abends zu Hause im Bett wieder aufbaute und ihn mit der Energie und Lebensfreude ihres Vaters am nächsten Tag wieder zum Training brachte.

Ich war mir sicher, dass sie die perfekte Mutter für ihn gewesen war.

Ich blieb stehen.

Yanko war ihr Sohn.

Ihr Sohn war ein erwachsener Mann.

Ich holte mein Handy raus und suchte in den Fußballdatenbanken nach ihm.

Name: Yanko Baumann
geboren am: 13.07.2003
geboren in: Hamburg, Deutschland
Nationalität: Deutschland
Größe: 186 cm
Gewicht: 80 kg
Position(en): Zentrales Mittelfeld, Defensives Mittelfeld
Spielfuß: links

Ich las es noch mal durch. Und dann noch mal. Wir hätten das alles sehen können. Wir hätten es sehen müssen. Der hieß nicht nur Yanko, der trug den Nachnamen von Steffi. Warum war uns das nicht aufgefallen? Warum war ich so blind gewesen? Warum hatte ich es nicht sehen können? Neunzehn Jahre alt. Vor fast zwanzig Jahren war Steffi abgehauen, nur ein paar Wochen bevor Vanessa sich totgefahren hatte. Und in der Zeit hatten wir Sex gehabt. Wir waren zwar nicht mehr zusammen, und doch hatten wir jeden Tag gevögelt. Ich hatte das alles nicht verstanden, auch komisch gefunden, dass wir uns immer nur so kurz trafen, und irgendwie ging ich auch davon aus, dass wir schon wieder richtig zusammenkommen würden, je öfter wir miteinander schliefen. Hatten wir verhütet? Meistens schon, würde ich sagen. Aber jetzt sah ich hier auf dem Display, dass es doch nicht funktioniert hatte. Er war nicht nur der Sohn von Steffi. Er war auch mein Sohn. Ich hatte einen Sohn, der bereits erwachsen war, von dem ich nichts wusste, außer dem Kram, den ich hier gerade im Netz gefunden hatte. Ich hätte kotzen können. Jahrelang jammerte ich mich bei Pascal aus, dass mein Vater nie so richtig für mich da gewesen war, und jetzt fand ich heraus, dass ich einen Sohn hatte, für den ich nicht einen Tag in seinem Leben dagewesen war, der mich hassen musste, weil ich ihn und seine Mutter alleine gelassen hatte. Dessen Mutter mich hassen musste, weil ich damals so bescheuert gewesen war, und die vielleicht einfach nur mal ein Zeichen von mir gebraucht hätte. Vielleicht hätte ich ihr sagen sollen, dass das so nicht geht? Vielleicht wäre sie dann geblieben? Vielleicht hätte ich sie damals am Tag vor ihrer Abschlussprüfung auch nicht so belabern dürfen? Vielleicht wäre es einfach besser gewesen, ihr nicht immer sofort an die Wäsche zu gehen. Ich war dumm gewesen. Ich dachte, dass sie das so wollte, aber jetzt, wo ich auf dem Gehweg stand und das las, kam ich mir wie das letzte Arschloch vor. Und das Schlimmste war: Ich konnte nicht sagen, ob ich inzwischen ein besserer Mensch geworden war.

Ich stand da, sah auf die Hauptstraße unseres Dorfes, neben mir war der Bahnhof, der bald kein Bahnhof mehr sein würde, und hätte mich jemand in diesem Moment gefragt, wer ich überhaupt sei, hätte ich nur eine Antwort gehabt: die Vergangenheit.

Benzin im Blut
21. Juni 2002

Wir fuhren nicht nach Frankreich. Nicht in der ersten Woche. In der ersten Woche fuhren wir nach Altenwedel, um dort morgens um vier den Lkw in einem Gewerbegebiet abzuholen. Einen roten Scania-Lkw. Mit einer Taschenlampe in der Hand ging mein Vater um den Lkw herum und sah sich alles an, ich latschte ihm hinterher.

An der Frontscheibe hatte der Lkw eine Plastiksonnenblende, in der auf der Beifahrerseite ein großes Loch war. Dahinter klebten Fleisch- und Federreste. Papa schaltete die Lampe aus und sah den Mann an, dem wir den Lkw abnehmen sollten.

»Der Vogel ist mir voll reingeflogen, als ich gerade einen Polen überholen wollte. Hat ordentlich gerummst«, sagte der Typ. »Und der Saupole hat nicht angehalten, um mir zu helfen. Das wäre nicht passiert, wenn der nicht so herumgeschlichen wäre.«

Der Mann war ein Wal. Der war bestimmt 2,05 Meter groß, wenn nicht noch größer. Sein graublaues T-Shirt spannte über seinem riesigen Bauch, und seine Hose reichte kaum über die Arschbacken.

Mein Vater betrachtete das Loch und nickte. Dann öffnete er die Fahrertür, kletterte in den Lkw und ließ sich auf den Fahrersitz fallen. Er griff das Lenkrad, das in der waagerechten Position stand.

»Mit dem Lenkrad musst du aufpassen«, sagte der Wal.

»Wieso?«

»Der Verschluss spinnt rum. Am besten, du lässt es waagerecht. Ich fahre immer waagerecht, ansonsten würde es eh an meinem Wanst scheuern«, sagte er und klatschte sich mit der flachen Hand auf seine Wampe.

Ich sah zu meinem Vater. Er riss an einem Hebel, und das Lenkrad klappte nicht runter, nein, es rauschte praktisch in Richtung Boden. Es knackte laut, und das Lenkrad stand senkrecht.

»Ich habe doch gesagt, du sollst das nicht machen!«, sagte der Dicke und stieg auf die Stufen zum Führerhaus, welches sich nach links neigte, als er sich am Griff hochzog.

»Was ist das denn für eine Scheiße?«, schimpfte Papa.

»Der Bock ist nicht der neueste, der braucht Liebe«, sagte der Wal, und zusammen versuchten sie den Hebel reinzupressen, um das Lenkrad zu fixieren.

»Das ist doch alles im Arsch hier!«

»Bis eben war es wunderbar, dann warst du der Meinung, dass du es besser weißt als ich«, schimpfte der Dicke und stemmte sich mit seinem Körper von unten gegen das Lenkrad, sodass es wieder in die Waagerechte kam. Sein fetter Bauch hing aus seinem T-Shirt hervor, und zusammen kloppten er und mein Vater den Hebel wieder rein.

»So kann man doch nicht fahren.«

»Ich fahre immer so, und du wirst es auch so tun«, sagte er und stieg von den Stufen. Das Fahrerhaus selbst rückte wieder in die Waagerechte.

»Sonst noch ein paar Überraschungen?«

»Die Sicherungen für die Warnsignale habe ich rausgerissen.«

»Welche? Geschwindigkeit oder Motor?«

»Alle.«

»Wie, alle?«

»Na, alle. Wenn du mal zu flott unterwegs bist, piept nichts.«

»Ja, das ist normal, die reiße ich auch immer raus. Aber was ist mit der Ölleuchte, der Motorleuchte? Was ist damit?«

»Alles raus. Öl ist frisch drauf, musst du halt ab und an mal nachsehen.«

»Und der Motor? Ist der in Ordnung?«

»Natürlich ist der in Ordnung. Hat nur 960.000 runter. Der ist frisch eingefahren. Pass mir lieber auf den Auflieger auf, bevor du dir um den Motor Gedanken machst. Die von der Zentrale wollten mir letzte Woche einen anderen aufschwatzen. Das da ist mein Auflieger, und das bleibt auch so! Klar? Ich habe keinen Bock, dass die mir da so einen alten Klepper von irgendeinem Polen oder Ungarn dranhängen. Das hatte ich schon mal, dann sind die Dichtungen nicht in Ordnung, das ganze Ding ist verbeult, oder in den Hohlräumen befinden sich Haschspritzen und so was. Ein Kollege von mir ist mal so eine Osteuropaklitsche gefahren und bei der Kontrolle ist der Drogenhund mit so einem Ständer um die Karre geflitzt«, sagte er und hielt seine Hände weit auseinander. Dann sagte er: »Das da ist mein Hänger, und das bleibt mein Hänger. Lass dich da ja nicht auf irgendwas ein. Verstanden? Wenn die was wollen, sollen die mich gefälligst anrufen.«

»Ich denke, du machst Urlaub.«

»Die zwingen mich dazu. Ich wollte keinen Urlaub haben. Aber die meinten, ich muss – wegen irgendwelcher Gesetze. Ich bin erwachsen, habe ich denen gesagt, ich kann das allein entscheiden. War denen scheißegal. Und der Knaller ist, dass ich jetzt meinen Lkw dir geben soll. Das muss man sich mal vorstellen. Mit dem Ding ist noch nie ein anderer gefahren, und jetzt soll ich den einfach so abgeben. Und das nur wegen diesem verschissenen Urlaub!«

»Irgendwas vor?«

»Wie?«

»Fährst du weg?«

»Junge, spinnst du? Ich fahre das ganze Jahr weg. Aber wenn du willst, fahre ich dir hinterher. Dann weiß ich wenigstens, dass es meinem Bock gutgeht.«

»Ich komm klar.«

»Das sagen sie alle, und dann rufen sie nach zehn Kilometern an, weil sie Probleme mit dem Licht oder den Gängen haben. Kannst du überhaupt fahren?«

»Natürlich kann ich fahren.«

»Sicher? Die von der Zentrale meinten, dass du arbeitslos bist!«

Papa sagte nichts und sah dem Typen in die Augen. Der Typ sah zurück, und nach einer Weile sagte er: »Mach bloß keine Scheiße!«

Papa antwortete nicht und startete den Motor. Das Fahrerhaus rappelte, der Motor dröhnte auf, und ich konnte sehen, wie der Wal innerlich starb, als Papa den Zündschlüssel herumdrehte.

»Vollgetankt?«

»Klar.«

»Wieso ist die Nadel dann unten?«

»Der Sensor ist kaputt, aber das ist egal. Der Tank ist voll bis oben hin.«

Ich ging um das Führerhaus rum und ließ die beiden quatschen, keine Ahnung, wer hier wem mehr die Taschen vollhaute. Ich öffnete die Tür und wollte in das Fahrerhaus klettern. Gerade als ich mich reinziehen wollte, packte der Wal, der plötzlich hinter mir stand, meine Hose und zog mich wieder runter.

»Nicht so schnell. Da drinnen werden keine Straßenschuhe getragen, klar? Das ist meine Wohnung, und ihr beiden seid meine Gäste.«

Ich nickte und schlüpfte aus meinen Schuhen, die ich in die Ablage der Beifahrertür stopfte. Er sah mich finster an. Dann zog ich mich auf den Beifahrerplatz.

»Gib mir mal die Taschen, die hinter dir liegen«, sagte der Dicke, und ich drehte mich um. Auf dem Bett hinter den Sitzen waren zwei schwarze Sporttaschen. Ich packte die erste und wäre fast mit der

Tasche aus dem Fahrerhaus gezerrt worden, als der Dicke zupackte. Dann nahm ich die zweite, die ich ihm mehr oder weniger in die Arme warf, damit mir das nicht noch einmal passierte.

»Sachte!«, blökte er und brachte die Taschen in den Kofferraum seines Autos.

Er kam zurück, stieg die zwei Stufen auf der Beifahrerseite hoch und hielt sich an meinem Sitz fest. Ich versuchte mich nicht zu bewegen, hatte Angst, dass ich gleich mit dem Sitz auf der Straße lag.

»Haben die dir Scheiben gegeben?«, fragte der Wal meinen Vater. Sein Atem roch nach Knoblauch.

»Nee. Die sagten, die gibst du mir.«

»Das sind doch alles Arschlöcher«, schimpfte der Dicke und stieg wieder von den Stufen. Der Lkw wackelte kurz, als er absprang. Papa machte den Motor aus, und der Wal ging zurück zu seinem Auto und kam mit drei Fahrtenschreiberscheiben zurück.

»Was soll ich denn mit drei Scheiben? Ich soll das Ding zwei Wochen fahren.«

»Nicht mein Problem«, sagte der Dicke und fügte hinzu: »Noch Fragen?«

»Nee.«

»Du, Junge?« Der Wal sah mich an.

»Nee. Keine Fragen.«

»Dann gute Fahrt«, sagte er, hob den rechten Arm, und es sah fast so aus, als wenn er einen Hitlergruß machen wollte, aber auf halber Höhe verlor der Arm den Kampf gegen die Schwerkraft und rauschte wieder nach unten.

»Eins noch!«, rief Papa.

»Was denn?«

»Wo soll ich eigentlich hin?«

»Na, das fällt dir ja früh ein. Steht in den Frachtpapieren«, sagte der Wal und warf sich in sein Auto, startete den Motor und fuhr davon.

Papa suchte die Frachtpapiere, auf seiner Seite lagen sie nicht. Ich öffnete das Handschuhfach auf meiner Seite. Ein Stapel Pornohefte, aber keine Frachtpapiere.

»So eine Scheiße!«, schimpfte Papa, und ich stellte mich auf den Beifahrersitz, um zu sehen, ob die Papiere auf dem oberen Bett lagen. Dort waren sie nicht, dafür waren dort zwei volle Mülltüten mit irgendwas drin. Ich zeigte sie Papa, und er flippte fast aus. Dann packte er die Tüten und warf sie scheppernd in den Straßengraben.

»So eine Sau!«, schimpfte er, als er wieder auf seinem Platz saß. Dann durchwühlte er die restlichen Fächer und fand die Frachtpapiere schließlich in dem Fach der Fahrertür.

»Doch nicht Frankreich. Wir fahren nach Prag«, sagte er. »Das ist doch die letzte Scheiße. Die haben mir versprochen, dass wir nach Frankreich oder Italien kommen. Jetzt sollen wir nach Prag! Was wollen wir denn in Prag? Vierzig Jahre lang durften wir in das beschissene Prag, aber nach Italien oder Frankreich durften wir nicht, und nun soll ich schon wieder nach Prag! So ein Dreck!«

»Die Tschechei ist sicher schön«, sagte ich.

»Ja. Du wurdest dort gezeugt!«, brüllte er.

»In Prag?«

»Natürlich nicht. Als ich mit Mama 85 in Popelíky zelten war. Da habe ich dich ihr reingehauen. Das war gut. In Popelíky war es schön!«

»Papa, ich wurde am 3. Oktober 86 geboren. Das kann gar nicht sein.«

»Dann muss doch wer anders dein Vater sein. Wusste ich es doch. Prag! So eine Scheiße! Da gibt es nur Drogen und Nutten! Wenn wir in Prag sind, bleiben die Türen verriegelt, klar? Ich will keinen Ärger!«

»Klar«, sagte ich, und er antwortete: »Komm, wir holen unser Zeug aus dem Auto.«

Wir gingen zu unserem Passat. Eigentlich war verabredet, dass Mama mitkäme, damit sie das Auto nach Hause fahren konnte, wenn wir im Lkw waren. Aber dann hatten die beiden sich wieder wegen irgendwas in der Wolle gehabt, und am Ende hatte Papa bei Dirk angerufen und der hatte dann versprochen, sich um das Auto zu kümmern.

Ich holte unsere zwei Sporttaschen aus dem Kofferraum, und Papa zog die großen blauen Müllsäcke von der Rückbank, in denen unsere Bettwäsche war.

Als wir alles aus dem Auto raushatten, schloss Papa den Wagen ab und legte den Schlüssel auf den vorderen linken Reifen.

»So macht man eine Autoübergabe, wenn man alleine ist, klar?«, sagte er, und ich nickte.

Wir stiegen in den Lkw. Papa durchwühlte seine Tasche und holte einen kleinen Beutel heraus, aus dem er eine Südstaatenflagge zog. Mit Pinnnadeln befestigte er die Flagge an der Rückwand der Kabine, und ich musste an den Innenhof neben der Tanzschule denken. Papa griff wieder in seine Tasche. Dieses Mal holte er zwei Kennzeichen hervor. Auf dem einen stand »Ralf« und auf dem anderen »Marcel«.

»So. Das wird eine richtig gute Zeit für zwei richtig gute Männer!«, sagte er und ließ sich auf den Sitz fallen.

Ich packte unsere Bettwäsche aus. Er schlief oberhalb der Kabine, ich hinter den Sitzen.

»Wo ist die Kühltruhe?«, fragte ich.

»Ist da keine?«

»Nein.«

»Dieses Schwein! Die hatten mir versprochen, dass es eine Kühltruhe gibt«, schimpfte Papa. »Egal, wir fahren los«, schob er hinterher, dann startete er den Motor, und wir fuhren ab in Richtung Magdeburg.

Nach einer halben Stunde ging die Sonne auf, und als wir in Magdeburg ankamen, war es schon hell.

Wir fuhren auf der Tangente durch Magdeburg, hielten bei der Tankstelle kurz vor der A14, und Papa holte sich Kaffee und mir einen Red Bull. Als er wieder im Lkw saß, klingelte sein Handy. Am anderen Ende war die Zentrale, die ihm sagte, dass wir den Anhänger nicht nach Prag bringen, sondern erst mal bis Schkeuditz fahren sollten, wo wir einen anderen Anhänger bekommen würden. Papa sagte nur »Geht klar!« und legte auf.

Gegen Mittag waren wir in Schkeuditz. Ein anderer Lkw der Spedition wartete bereits auf uns, der Anhänger stand schon abgekoppelt bereit. Papa fuhr daneben, dann stellten wir den Auflieger ab, die beiden Lkw rangierten hin und her, und nach ein paar Minuten waren die Anhänger getauscht. Papa bekam die Frachtpapiere vom anderen Fahrer, und der bekam unsere. Die beiden redeten nicht viel miteinander, praktisch sprachen sie gar nicht. Brauchten sie auch nicht, es war klar, warum wir hier waren, und der andere Mann sprach sowieso kein Deutsch. Vermutlich kam er aus Polen, Ungarn oder einem der anderen osteuropäischen Länder. Als mein Vater wieder im Lkw saß, durchwühlte er die Papiere und sagte: »Ich werd zum Elch. Wir fahren nach Lötzek.«

Während der Rückfahrt schwiegen wir. Papa hatte einen ganz kleinen Schwarz-Weiß-Fernseher, den wir über die 12-Volt-Steckdose des Lkw betrieben, um darauf das WM-Viertelfinale zwischen Deutschland und den USA ansehen zu können. Ich fragte ihn, ob es ihm gefallen würde, wenn die USA gewinnen würden, wo er doch ein halber Cowboy war, und er brummte, dass er 95 in Las Vegas gelernt hätte, dass der Bessere nicht immer der Sieger sei. Dann verfiel er wieder in Schweigen, und wir sahen diesen Grottenkick, den die Deutschen gegen die Amerikaner ablieferten. Vorne ging nichts, in der Mitte gab es keine Ideen, und hinten zerfiel die Abwehr regelmäßig – eigentlich hätte das Spiel auch »Oliver Kahn gegen die USA« heißen können, denn ohne den wären die damals mit 0:4 aus dem Turnier geflogen. Kurz vor der Halbzeit bekamen die Deutschen einen Freistoß, und Ballack köpfte den Ball ins gegnerische Tor. Zumindest wurde uns das so erzählt, denn als das Tor fiel, hatten wir nur Ton, aber kein Bild. Der Fernseher rauschte, Papa klopfte wie wild darauf rum, und anstatt ein stabiles Bild zu zeigen und zu funktionieren, gab der Fernseher einfach komplett den Geist auf und machte erst puff und dann gar nichts mehr. Wir stellten auf Radio um, da war das 1:0 schon längst Geschichte, und die einzige Freude, die wir hatten, war, dass das Spiel nicht besser wurde und wir uns das nicht ansehen mussten.

Kurz vor Magdeburg hielten wir zum Pissen an und weil Papa seine gesetzliche Pause machen musste. Bei der Gelegenheit entsorgte er auch gleich den kleinen Fernseher und stopfte ihn fluchend in eine der Mülltonnen, die auf dem Rastplatz standen. Dabei hatte er große Probleme. Über der Mülltonne war ein Stahlbügel montiert, sodass man den Deckel nur leicht anheben und nicht seinen ganzen Hausmüll entsorgen konnte. Der Fernseher passte nicht rein. Papa zerrte und wackelte an dem Deckel herum, bis dieser schließlich aus seinen Scharnieren brach und er den Fernseher an dem Stahlbügel vorbei in der Mülltonne versenken konnte. Dann stopfte er den kaputten Deckel in die Tonne, und ich fragte mich, ob ich, wenn wir eh heute nach Lötzek fahren würden, nicht lieber gleich zu Hause bleiben konnte. Aber ich wusste, dass das nicht drin war. Papa hatte sich wirklich angestrengt, diesen Job zu bekommen. Die letzten Tage hatte er immerzu am Telefon gehangen, um alles klarzumachen, und als dann festgestanden hatte, dass das funktionierte, hatte er von nichts anderem mehr geredet, als dass wir beide nun nach Frankreich fahren würden.

Aber erst mal ging es zurück nach Lötzek, wo wir am frühen Abend ankamen. Wir lieferten Futtermais bei der Milchviehanlage in der Jeetzenbecker Straße ab. Das Abladen war, neben der Aktion mit der Mülltonne, das spannendste Ereignis des Tages. Hinten wurde ein Metallverschluss geöffnet, an dem ein großer Schlauch angeschlossen wurde, der mit dem Futtersilo des Betriebs verbunden wurde. Dann pumpten wir nach und nach die 60 Kubikmeter Mais vom Lkw in das Futtersilo. Unser Tank, der auch Silo genannt wurde, wurde von einer Hydraulikpresse nach oben gehoben und am Ende, kurz bevor er leer war, hing unser Tank fast senkrecht im Himmel.

Danach kamen der Schlauch wieder ab und wurden in die Halterungen geschoben, die sich am Fahrwerk vom Auflieger befanden. Die Verschlüsse wurden dichtgemacht, wir fuhren auf die Waage, Papa unterschrieb ein paar Papiere, und dann fuhren wir nach Jeetzenbeck, wo wir den Lkw am Bahnhof stehen ließen. Als Papa den Motor verstummen ließ, rief er in der Zentrale an und fragte, wo es morgen hingehen würde. Aus dem Lautsprecher seines Telefons konnte ich hören, dass die Frau auf einer Tastatur rumklimperte. Nach einer Weile sagte sie zu ihm, dass sie noch keine Tour habe, er aber morgen Vormittag erst mal nach Altenwedel fahren solle, damit das Silo gereinigt werden könne. Und bis dahin würde sich schon eine Tour finden. Papa antwortete nicht, und sie sagte ihm, dass er den Tag zu 30 Prozent bezahlt bekommen würde, sollte sie keine Tour finden. Er meinte, dass ihm versprochen worden sei, dass er nach Frankreich oder Italien käme, und sie meinte dann nur, dass wir hier nicht bei »Wünsch Dir was« seien, und legte auf. Mit leerem Blick sah er auf sein Handy. Seine Hand schloss sich um das Gerät, hätte er ein bisschen mehr zugedrückt, wäre es zersprungen. Dann sah er mich an, setzte ein Lächeln auf und sagte, dass wir schon noch nach Frankreich kommen würden. Wir stiegen aus dem Lkw aus und latschten nach Hause. Papa schwieg, er wollte nicht reden, sicherlich hatte er sich den Tag ganz anders vorgestellt und gehofft, dass wir nun irgendwo in Bayern oder Holland wären. Ich wusste, dass er einen kleinen Grill dabeihatte und sich schon darauf gefreut hatte, dass wir es uns auf dem Rastplatz gemütlich machen würden. Stattdessen kamen wir nun zu Hause an, wo uns niemand erwartete. Mama war nicht da, und zu essen gab es auch nichts. Dafür hörten wir, wie Pascal und Vanessa es in unserem gemeinsamen Zimmer miteinander trieben.

Wie angewurzelt stand ich in der Eingangstür unserer Wohnung und musste mit ansehen, wie Papa in das Zimmer von Vanessa und mir stürmte und ein paar Sekunden später Pascal, der nackt war und ein Kondom über seinem Pimmel hängen hatte, am Nacken gepackt hielt und ihn so, wie er gerade war, an mir vorbei ins Treppenhaus warf.

»Die ist noch nicht mal vierzehn, du Sau!«, brüllte Papa, und unter uns gingen die ersten Türen auf, und die Rentner von unten wollten wissen, was bei den Assis da oben schon wieder los war.

Pascal nickte mir zu und ging einfach nackt die Treppe runter. Das Kondom zog er sich von seinem Schwanz und ließ es in seiner Hand baumeln. Die Türen unter uns klappten wieder zu. Mit einem Handtuch um ihren Körper geschlungen rannte Vanessa ins Bad und verschloss die Tür hinter sich. Papa hämmerte dagegen, und ich ging in unser Zimmer und sammelte Pascals Klamotten ein. Da er einfach nackt die Straße langlatschte, fand ich ihn sofort. Ich hatte eine Stinkwut auf ihn, wie ich ihn da allerdings langgehen sah, empfand ich auch ein bisschen Bewunderung.

Ich rannte zu ihm und drückte ihm seine Klamotten in die Hand. Langsam zog er sich an. Als er in seiner Hose war und sich sein Shirt über den Kopf zog, sagte er: »Hättet ihr nicht noch zwei Minuten warten können? Wir waren fast fertig!«, und ich gab ihm eine Ohrfeige.

»Sorry«, sagte er und weiter: »Ich bin gut zu ihr. Ehrlich. Ich liebe sie.«

»Halt die Fresse.«

»Ich mein ja nur«, sagte er und zündete sich eine Zigarette an. Ich nahm auch eine, und zusammen gingen wir hoch in Richtung Bahnhof, wo ich ihm den Lkw zeigte, von dem er überhaupt nicht beeindruckt war. Dann gingen wir in den Park, setzten uns an den Teich und rauchten.

Als ich später nach Hause kam, war nur Vanessa da. Sie hatte eine graue Jogginghose und einen schwarzen Hoodie an, der eigentlich Steffi gehörte und den sie hier mal vergessen hatte. Ich sagte ihr nicht, dass der Pullover etwas zu eng für sie war. Vanessa saß auf ihrem Bett und fragte mich leise, ob ich ihr eine Geschichte erzählen könnte, und ich wusste nicht, was ich ihr anderes hätte erzählen können als das, was Papa und ich heute erlebt hatten. Vanessa hörte mir zu, vergrub dabei ihre Hände tief in der Bauchtasche von Steffis Hoodie und saß mit gesenktem Kopf da. Als ich fertig war, fragte sie mich, ob ich mit ihr, wenn ich mal ein eigenes Auto hätte, verreisen würde, und ich versprach ihr, dass wir beide zusammen an den Balaton fahren würden. Sie schüttelte den Kopf, sagte, dass Mama mitkommen solle, und ich nickte. Ich fragte sie, ob sie Hunger habe. Sie hob ihren Kopf, sagte leise »Ja«, und ich ging in die Küche, schnitt drei Harzer Käse in Scheiben, legte diese auf einen Teller und stellte ihn für drei Minuten in die Mikrowelle. Ich beobachtete den Käse, wie er zu einer einzigen Masse verschmolz, dann machte es ping. Ich holte den Teller heraus, schnitt den Käse wie eine Pizza in vier Stücke und spritzte Ketchup darauf. Dann nahm ich zwei Gabeln und brachte das Essen in unser Zimmer, wo ich schweigend mit meiner Schwester auf ihrem Bett saß und wir den Harzer aßen.

Als wir fertig waren, schob Vanessa den Teller unter ihr Bett und sagte, dass sie gerne tanzen würde. Sie fragte mich, ob ich mit Steffi schon einmal getanzt hätte. Ich schüttelte den Kopf, sagte ihr, dass ich Steffi ja kaum noch sähe und sie sich kaum noch bei mir melde. Vanessa nahm meine Hände, zog mich von ihrem Bett und drückte sich eng an mich. Sie legte ihren Kopf auf meine Schulter, und ich spürte, wie sie schluchzte.

»Steffi muss bei uns bleiben«, sagte sie, und ich nickte, obwohl ich nicht so ganz verstand, was sie damit meinte. Dann drehten wir uns langsam im Kreis und tanzten zu einer Musik, die wir beide nicht hören, aber fühlen konnten.

Die vergessenen Tempel

4. Juli 2023

Am Vormittag hatte ich mich in den ersten Zug nach Altenwedel gesetzt. Dort musste ich in den Bus nach Schrampsee umsteigen, weil die Bahnstrecke zwischen Altenwedel und Schrampsee schon 2004 stillgelegt worden war. In Schrampsee angekommen, ging ich einmal um den See und versuchte, über alles nachzudenken. Über das, was in den letzten Wochen und in den zwanzig Jahren davor passiert war. Die Ruhe war schön. Kein Dirk, der mir erklärte, dass das mit den Nazis alles nicht so schlimm gewesen sei, kein Pascal, der mir Bier aus dem Kreuz leiern wollte, überhaupt niemand hier, der mich oder den ich kannte. Gegen Mittag machte ich eine Pause auf der Treppe der Tempelruine von diesem Verrückten, der vor einhundert Jahren hier gelebt hatte. Von seinem riesigen Tempel war nur noch diese Ruine übrig. Er hatte massenhaft Kinder gezeugt, diese im Winter im See getauft, und allen Menschen hier gepredigt, dass man nach Gehör schreiben solle. Die Nazis hatten ihn dann später in ein KZ gesteckt, und als er nach dem Krieg dort wieder rauskam, steckte ihn die DDR in eine Irrenanstalt, wo er schließlich starb. Er war der berühmteste Mann, der jemals in Schrampsee gelebt hatte. Ich sah auf den See und musste an Vanessa denken, die hier immer gerne baden war. Ein paar unserer Klassenfahrten hatten uns auch hierhergeführt, und neulich wäre ich fast mit Pascal hergekommen, hätte mein Fahrrad mich nicht im Stich gelassen.

In vier Monaten würde Vanessa zwanzig Jahre tot sein. Vor sechs Jahren war es schlimm gewesen, da war das Jahr, in dem sie genauso lange tot war, wie sie gelebt hatte. Warum hatte sie sich umgebracht? Wir hatten nie eine richtige Antwort auf diese Frage gefunden, aber vielleicht kann man solch einen Selbstmord nur verstehen, wenn man selbst so jung ist, und das war ich schon lange nicht mehr. Ich weiß, dass ich es damals nicht an mich heranlassen wollte. Wenn meine Schwester in der Lage war, gegen eine massive Feldsteinmauer zu fahren, war ich es dann nicht auch?

Bis zum Abend blieb ich in Schrampsee. Als ich im Bus nach Altenwedel saß, fühlte ich mich besser, und als ich dann mit der Ferkeltaxe in Jeetzenbeck ankam, ging es mir sogar richtig gut, und es wunderte mich nicht, dass ich Steffi am Bahnsteig sah, wie sie eine ihrer schmalen Davidoff-Zigaretten rauchte.

Als sie mich bemerkte, zuckte sie mit dem ganzen Körper, und es sah kurz so aus, als würde sie sich umdrehen und gehen wollen. Ich ging mit festen Schritten auf sie zu und umarmte sie. Stocksteif stand sie da, rührte sich nicht, und ich drückte meine Nase an ihren Nacken und roch unter dem ganzen Parfüm diesen tollen Geruch. Ich roch Kuba.

»Ich bin wirklich froh, dass du wieder hier bist«, flüsterte ich, und ich merkte, wie sie sich langsam entspannte und sogar ihre Hände auf meine Hüften legte. Zwar um mich wegzuschieben, doch sie tat es so leicht, dass es sich fast wie eine Umarmung anfühlte.

Sie sagte nichts und trat ihre Zigarette auf dem Bahnsteig aus, während der Zug, aus dem ich gerade ausgestiegen war, an uns vorbei in Richtung Lötzek fuhr.

»Ich zeig dir was«, sagte ich, nahm sie bei der Hand, und sie ließ sich von mir mitziehen. Wir gingen durch die alte Bahnhofshalle, deren Fenster und Türen man bald zunageln würde, um dann den gesamten Komplex zu vergessen, und überquerten den kleinen Platz vor dem Bahnhof. Uns gegenüber war der kleine Laden, in dem früher ein Eiscafé drin war, bis es mit Brettern zugenagelt worden war. Dahinter war das alte Kulturzentrum, das schon so lange verfiel. Als wir davorstanden, fragte ich Steffi, ob sie die

Geschichte von dem Haus kannte, und sie antwortete genervt, dass ich ihr damit früher schon immer in den Ohren gelegen hätte. Ich griff ihre Hand etwas fester und sagte ihr, dass wir früher aber nie drin gewesen seien.

»Ich weiß genau, dass ich dir damals versprochen hatte, dass wir reingehen. Und an Versprechen muss man sich halten.«

»Ja, als Versprechender«, sagte sie.

»Na dann«, sagte ich und zerrte an einem der Bretter, die das Fenster verschlossen. Ich brauchte ein wenig, bis ich es richtig packen konnte. Als es dann wegbrach, hätte ich beinahe Steffi damit getroffen, die ihren Mund sofort zu einem Strich zog, aber nichts dazu sagte und sich auch nicht aufregte, als ich das nächste Holz herausbrach. Vielleicht ist genau das unser Leben, dachte ich: Eine Reihe von Glücksmomenten, die darin bestehen, dass man anderen kein Brett ins Gesicht schlägt. Vielleicht wäre mein Leben bis zu diesem Punkt besser verlaufen, wenn ich öfter versucht hätte, Bretter von Fenstern und Türen zu reißen.

Als ich das dritte Brett weggezogen hatte, erkannte ich, dass das Fenster von innen zugemauert war. Mit dem Brett in der Hand drehte ich mich um. Steffi sah mich belustigt an.

»Hast du ein Brecheisen dabei?«, fragte sie und grinste.

Ich ließ das Brett fallen. »Ich habe es zumindest probiert.«

»Na, dann lass uns deine Mühe belohnen«, antwortete sie, zog einen Schlüsselbund aus ihrer Jacke und ging in Richtung Eingangstür.

Ich schob mich an dem Busch vorbei und folgte ihr. Als sie einen der Schlüssel in das rostige Vorhängeschloss schieben wollte, sagte ich: »Dein Papa meinte neulich, dass du noch den Schlüssel für dein Elternhaus hast, aber der wird wohl kaum hier reinpassen.«

Steffi steckte den Schlüssel ins Schloss, drehte ihn um, und der Bügel sprang hoch.

»Was zur Hölle?«, rief ich. Steffi schob die Tür auf und trat ein. Ich zog die Tür hinter uns zu. Der alte Veranstaltungssaal war dunkel. Bis unsere Augen sich daran gewöhnt hatten, standen wir nebeneinander. Hätte ich meinen Arm ein Stück bewegt, hätten wir uns berührt. Der Saal war nicht ganz so groß, wie ich ihn in Erinnerung hatte. Stühle lagen auf dem kaputten Parkett. Ein wenig Licht kam in engen Kegeln durch die löchrige Decke. Staubpartikel schwebten in den Kegeln. Die Luft war trocken und kalt.

»Wieso hast du den Schlüssel?«

Steffi, die noch immer neben mir stand, sagte leise: »Ich überlege, das Haus zu kaufen. Ich würde gerne eine Tanzschule eröffnen.«

Ich spürte einen kleinen Stich in meinem Herzen. Wir hatten keine Schule mehr, den Bahnhof würde es bald nicht mehr geben, aber wir hätten dann eine Tanzschule, die niemand erreichen konnte?

»Wie teuer ist das Haus?«

Steffi sagte, dass das Haus jemandem aus Baden-Württemberg gehörte, der es damals für 7.000 Euro gekauft hätte und nun 30.000 dafür haben wollte.

»Hast du so viel Geld?«

»Fast«, sagte sie. Außerdem verdiene Yanko ganz gut.

»Ich habe auch noch sechshundert, aber da komme ich so schnell nicht ran«, sagte ich, und Steffi fing an, mit ihrem ganzen Körper zu lachen. Ihr Lachen kam aus ihr, flog durch den Raum und wurde als Echo von den Wänden und vom Dach zu uns zurückgeworfen. Ich stand da, hatte die Lippen aufeinandergepresst und sah ihren Schatten an. Sie drehte sich zu mir und griff sanft meine Hände. »Ich muss noch ein Versprechen einlösen. Dann kannst du zur Bank gehen und deine Einlagen auflösen.« Sie führte mich in die Mitte des Saals.

Ich fragte, was das für ein Versprechen sei. Sie antwortete, dass sie mir damals versprochen hätte, mir Tanzen beizubringen, und ich fragte, ob das an dem Tag war, als ich an der Regenrinne hing, und sie sagte, dass das ein Fallrohr gewesen sei.

»Das war auch der Tag, an dem wir uns zum ersten Mal geküsst haben«, sagte ich.

»Ja«, flüsterte sie, und als ich schon dachte, dass sie ihren Kopf an meinen legen würde, sah sie doch nur nach unten, um ihr Handy aus ihrer Jacke zu holen. Dann machte sie Musik an. Mit den ersten Tönen erkannte ich das Lied. »Hier bin ich geboren« von Gundermann. Sie legte das Handy auf einen der alten Stühle, kam zu mir und fragte: »Darf ich bitten?«

Ich machte einen Knicks, und es ist keine Lüge, wenn ich sage, dass das der erste Tanz war, den ich tanzte, seit ich damals mit Vanessa in unserem Kinderzimmer getanzt hatte.

Der Schattenboxer
25. Juni 2002

Um 13:30 Uhr wurde in Südkorea das Halbfinale der Fußball-WM angepfiffen. Die Deutschen wurden in Seoul als Heimmannschaft geführt, und die Südkoreaner waren Gast in der eigenen Hauptstadt. Weil der Fernseher in irgendeiner Mülltonne bei Magdeburg lag, wir inzwischen aber im Ruhrgebiet waren, konnten wir das Spiel nur über das Radio verfolgen. Anscheinend lief es besser als gegen die Amerikaner. Doch am Ende ging es wieder nur 1:0 aus, vor allem lag das wohl wieder nur an Oliver Kahn. Zumindest sagte das der Reporter im Radio. Ich fragte Papa, ob wir nicht wieder so einen kleinen Fernseher kaufen könnten, um am Sonntag das Finale zu sehen. Papa antwortete, dass er was viel Besseres vorhabe. Er versprach mir, wir würden das Spiel in einer französischen Kneipe oder Weinbar, Bistro nannte man das dort wohl, angucken, deswegen würden wir keinen Fernseher mehr brauchen. Und dann erzählte er mir endlich die Geschichte, wie er mit Dirk 1995 in Amerika war.

»Du kannst dir das nicht vorstellen, Junge. Es ging direkt los, als wir da waren. Wir wollten gerade den Mietwagen abholen, so ein großes amerikanisches Auto mit einem riesigen verchromten Auspuff. Das war nicht nur ein Auto, das war schon ein halber Lkw. Mit dem Ding hätte ich das Haus wegziehen können, das wir damals hatten. Einfach so. Ich hätte das Haus an die Anhängerkupplung hängen und die Straße hoch und runter ziehen können. Ohne Probleme. Jedenfalls wollten wir das Auto holen und gingen in so einen Laden rein, wo wir den Papierkram erledigen mussten, damit wir dann die Karre bekamen. Und kaum waren wir drin, hörten wir auf einmal Schüsse. Bäng, bäng, bäng! Drei kurze Schüsse nacheinander.

Und dann noch drei: Bäng! Bäng! Bäng! Ich wusste noch gar nicht, was los war, da lagen alle um mich herum schon auf dem Boden. Selbst Dirk. Der hatte sich regelrecht in die Hosen geschissen. Mag man gar nicht meinen, oder? So ein großer Kerl, und kaum ballert irgendwo jemand rum, da liegt der auf dem Boden wie ein kleines Mädchen. Als wäre er Vanessa. Aber vorsichtig musste man schon sein. So eine Revolverkugel eitert ganz schwer raus. Ich bin also in die Hocke und habe mich langsam zum Fenster vorgeschlichen, und dann konnte ich sehen, was da los war. Über die Straße rüber gab es ein kleines Geschäft, die verkauften da Alkohol und vielleicht auch Zigaretten. War ein bisschen so wie unsere Tankstellen, wie die Tankstelle in Lötzek eigentlich. Nur anders, denn die verkauften dort kein Benzin. Überhaupt sind Läden und vor allem die Tankstellen vollkommen anders. Man muss nicht aussteigen, um zu tanken. Das Benzin kommt von selbst ins Auto. Jetzt guckst du, was? Da gibt es immer jemanden, der einem das Auto betankt, und dann kommt er zu dir und kassiert ab. Darin sind die da drüben eh immer ganz schnell: im Abkassieren, das kann ich dir sagen! Nun glotz nicht so, kannst du mir alles glauben! Jedenfalls sehe ich, wie auf einmal einer aus diesem Laden rausrennt. In der einen Hand die Knarre und in der anderen eine weiße Tüte voller Dollar. Richtig voll! Die war so voll, dass die fast gerissen wäre, und einige Scheine sind auch aus der Tüte gefallen. Also, was heißt einige? Das müssen Hunderte, wenn nicht Tausende Dollar gewesen sein, die auf einmal durch die Luft wehten. Aber das war dem Typen egal. Und weißt du auch, warum? Der hatte keine Zeit, groß nachzudenken, der musste handeln! Also rannte er auf den Laden zu, in dem wir waren, und wo alle, außer mir, auf dem Boden lagen. Ich war zwar in der Hocke, aber ich lag nicht auf dem Boden. Bin ja keine Schwuchtel. Ich konnte mir ja denken, was der vorhatte. Bin ja nicht blöd. Der wollte bei uns rein, der Trottel. Der war vielleicht schlau genug, einen Laden zu überfallen, aber wenn du so ein Ding drehst, dann musst du auch wissen, was du danach machst. Verstanden? Und das wusste der nicht. Der hatte nicht überlegt. Dabei ist das in Amerika nicht anders als bei uns. Also, hätte ich das gemacht, ich hätte mir vorher Gedanken gemacht, wie ich stiften gehe. Aber so sind die da. Die handeln im Affekt, denken nicht nach, und dann wissen die nicht weiter. Ich blieb also in der Hocke und schlich mich im Entengang zur Eingangstür, dort konnte er mich nicht entdecken. Vielleicht dachte der sogar, dass der Laden leer war, war ja keiner zu sehen. Die feigen Hühner lagen alle auf dem Boden. Aber ich brauchte nur noch zu warten. Und dann passierte es: Die Tür flog auf, und als sie aufflog, trat ich einfach dagegen, und sie flog zurück, und er bekam sie voll in die Fresse. Der wusste gar nicht, was los ist, und lag auf dem Bürgersteig. Und als er dann wusste, was los ist, hatte ich ihn im Schwitzkasten und verpasste ihm eine Abreibung. Frag Dirk, der war dabei! Inzwischen hatte der seinen Mut wiedergefunden und half mir, den Typen festzuhalten. Das hätte er gar nicht machen brauchen, hätte uns viel mehr genützt, wenn Dirk sich mal mit der Plastiktüte voller Geld beschäftigt hätte, die lag nun auf dem Boden und die ganzen schönen Dollars auf der Straße. Ich kam mit dem Kerlchen schon zurecht, wusste, was ich tat. Aber der nicht, der versuchte noch verzweifelt, an seine Knarre zu kommen, ich stieß sie mit dem Fuß weg, wobei die ihm eh nichts genützt hätte. Das hier war die Wirklichkeit und nicht ein Film, wo man mehr Kugeln hat, als das Magazin hergeben kann. Ich kloppte ihm meine Faust auf die Niere, und schon lag er ganz still und friedlich auf dem Boden und wehrte sich nicht mehr. Und dann erst kamen die Bullen, übernahmen den Kerl und verfrachteten ihn in ihr Auto. Und wir mussten mit! Anstatt uns zu Ehrenbürgern zu machen, mussten wir mit auf die Wache, bis die endlich einen ranholten, der in der Lage war, halbwegs Deutsch zu sprechen! Und als wir dann endlich wieder raus waren, war der Tag gelaufen. Wir wollten mit dem Auto zum Hoover-Damm, das war nun nicht mehr drin. Und denkst du, dass die uns Rabatt gegeben hätten bei der Verleihstelle? Nichts gab es! Das ist so ein undankbares Volk! So hatten sich bei uns nicht einmal die Russen verhalten. Von denen gab es immer eine Zigarette oder einen Wodka. Und das habe ich in Amerika gelernt: Wenn ich noch einmal über den großen Teich mache und so was sehe, dann mache ich gar nichts und halte mich raus. Sollen die ihre Probleme doch unter sich klären oder sich wegballern, wie sie wollen. Am Ende trifft es dort schon keinen Falschen. Sollen die sich mal reduzieren. Was geht mich fremdes Leid an?«

Wir fuhren in einen Tunnel. Der Verkehr war dicht und Papa saß auf seinem Sitz und redete und redete. Seine Augen wurden immer größer, er gestikulierte, warf seine Arme durch das Führerhaus, und es war so, als wäre ich mit ihm in Amerika und nicht im Ruhrpott. Er sprach weiter von dem großen Auto, das sie dann doch noch verlängern konnten und mit dem sie die Wüste um Las Vegas herum erkundeten, erzählte, wie die beiden am Grand Canyon gewesen waren, wie die Sonne in der Wüste unterging und wie sie am Hoover-Damm standen. Und er erzählte mir vom Colorado-River, der, aus den Rocky-Mountains kommend, der längste, breiteste und überhaupt wichtigste Fluss im Südwesten Nordamerikas sei. Er sprach von den Schleifen, die der Fluss in den Stein gefressen hatte, und davon, wie die Sonne darin glänzte. Ich dachte an unsere Ausflüge an das Schiffshebewerk bei Magdeburg und an die Elbe, die genauso graublau war wie die Teppichböden, die wir zu Hause hatten. Ich konnte mir den Fluss in Amerika nicht vorstellen, ich hatte keine Ahnung, wie so ein Fluss in einer Wüste aussah, und Papa hatte damals keinen Fotoapparat dabeigehabt und konnte mir keine Bilder zeigen.

Als wir den Tunnel verließen, tauchte zwischen den beiden Autobahnspuren eine S-Bahn-Strecke auf. Die Autobahn war nun nicht mehr von Bäumen begrenzt. Wohnhäuser standen parallel zur Fahrbahn, und die Balkone der Bewohner zeigten auf die vielbefahrene Straße. Für einen Moment stellte ich mir vor, ich müsste hier wohnen, und fand diese Vorstellung schrecklich. Wir konnten auf das Stölpenbad gucken, und hier glotzte man auf die Autobahn.

Papa sprach weiter, sprach davon, dass an dem Abend dann Axel Schulz gegen George Foreman boxen sollte. »Weißt du, wer Foreman ist? Nein? Du weißt es nicht. Woher auch? Foreman hat damals gegen Muhammad Ali geboxt, aber nicht einmal den kennst du. Der größte Boxer aller Zeiten. Und nun sollte Foreman gegen Schulz ran. Unseren Axel Schulz aus Frankfurt! Also dem richtigen Frankfurt, nicht diesem widerlichen Drogenloch da am Main! Ich wünschte, du wärst etwas früher auf die Welt gekommen, dann hätte ich dich mitnehmen können, mein Junge. Wir sind da also rein, Dirk und ich, in dieses riesige Hotel, wo der Boxkampf stattfand. Alles glitzert und blinkt dort. Ein bisschen so wie auf dem Lötzeker Martinimarkt, nur mit mehr Lichtern. Und überall stehen da diese Automaten rum, in die man sein Geld stopfen kann, um es zu verlieren. Haben wir natürlich nicht gemacht, war eh schon alles so teuer da, da konnte ich nicht noch meine paar Kröten in diese piependen Kisten stecken. Ich bin doch nicht bescheuert. Und überall waren Deutsche, Ostdeutsche! Wir waren die Könige des Hotels! Und auch die Könige der Halle, die in dem Hotel war. Das kann man sich nicht vorstellen! Das ist ein Hotel, und in dem Hotel sind Kinos, Geschäfte, Casinos und die große Halle, in der der Boxkampf stattfand. Das war unsere Halle an diesem Abend! Und dann ging es los. Der Ansager kam, der, der immer die Wörter so lang zieht, als würden sie nie enden, und der stellte die beiden vor. Du hättest unseren Axel sehen sollen! Der stand im Ring wie eine deutsche Eiche.

Ein Mann wie ein Baum! Da sind selbst Dirk und ich nichts gegen, nicht mal zu zweit würden wir mit Axel fertigwerden, da hätten wir keine Chance, der würde Kleinholz aus uns machen, der würde uns auffressen und danach deine Mutter, Vanessa und dich zum Nachtisch verlangen. Das kannst du wissen! Axel kämpfte, er holte aus, wich den Schlägen von Foreman aus und blieb den ganzen Kampf über stehen. Er wackelte nicht ein einziges Mal, er behielt die Ruhe, die Übersicht und ließ sich nicht aus der Reserve locken. Das war ein Kampf! So einen Kampf hatte ich noch nicht gesehen, und ich habe viele Kämpfe gesehen. Die ganze Halle brüllte: »Axel! Axel! Axel!«, und Dirk und ich brüllten mit. Wir beide brüllten am lautesten. Und Axel hielt durch. Er schaffte es nicht, Foreman umzukloppen, aber der wackelte. Und zwar richtig! Vor allem, wenn die Runden durch waren, dem schlotterten die Knie. Der konnte nicht mehr. Und zwischen Runde 11 und 12 war uns klar: Der ist reif, der kippt jetzt um. Und Axel bearbeitete ihn, kloppte zu, links, rechts, links. Aber Foreman blieb stehen, fiel nicht um. Aber das ist egal, mein Junge. Denn im Boxen muss man den anderen nicht immer auf die Bretter schicken, das ist nicht wie eine Dorffeier, wo es erst zu Ende ist, wenn einer liegt und man nur noch in so einen Sack Knochen reinprügelt. Nein! Beim Boxen kann man auch gewinnen, wenn der andere wackelt und schwankt, und man kann sogar gewinnen, wenn der andere noch steht. Und wir haben gewonnen! Alle haben es gesehen! Und die Halle wurde immer lauter: »Axel! Axel! Axel!« Und dann ertönte die Glocke, und der Kampf war aus, und wir jubelten, und Axel jubelte, er riss seine Arme nach oben. Ich sage dir, Junge, der hat Arme, die sind dicker als meine Beine. Er riss diese Stämme nach oben und wusste, dass er gewonnen hatte. Alle wussten es. Alle jubelten, auf einmal waren zwanzig oder dreißig Leute im Ring, und alle waren bei Axel, dem größten deutschen Boxer seit Max Schmeling.

Und dann ging die Scheiße los! Eigentlich hätten wir es wissen müssen! Und eigentlich wussten wir es sogar! Wir hatten es vorher ja selbst beim Autoverleih erlebt! Wir wurden beschissen, verarscht, verraten und verkauft! Die Amerikaner erklärten Foreman zum Sieger! Und am liebsten wäre ich in den Ring gestiegen und hätte das beendet, was unser Axel da angefangen hatte. Am liebsten hätte ich den umgehauen! Aber so richtig! Hätte ich auch geschafft, Axel hatte gute Vorarbeit geleistet. Das wäre was gewesen, wenn ich da noch mit reingegangen wäre. Wie so ein Flitzer beim Fußball. Aber nicht nackt! Bin ja nicht schwul! Na ja, jedenfalls pfiffen die Leute! Dirk pfiff. Ich pfiff, wir brüllten und schrien, aber es nützte nichts. Wir waren die Verlierer. Wie immer. Und das ist die zweite Lektion, die ich in Amerika gelernt habe, Junge, und die solltest du dir gut merken: Du darfst dich nie auf jemand anderen verlassen. Es gibt nur einen, der für dich sorgt, und das bist du selbst! Hast du das verstanden? Ich frage, ob du das verstanden hast?«

Ich nickte langsam, er wirkte zufrieden und sah wieder nach vorn auf die Straße. Die Häuser wurden wieder weniger und die Bäume mehr. Ich dachte an die Postkarte, die er mir damals mitgebracht hatte, als er aus Amerika wiedergekommen war.

»Amerika! Mein Junge, ich bin in Amerika! Heute ist der große Kampf. Schulz wird allen zeigen, wo der Hammer hängt!«, stand auf ihrer Rückseite. Auf der Vorderseite war das Flamingo-Hotel zu sehen, obwohl der Boxkampf im MGM war. Es steht kein Datum auf der Karte, aber ich weiß, dass sie vom 22. April 1995 ist. An diesem Tag fand der Kampf zwischen Foreman und Schulz in Las Vegas statt. Die Karte hat keinen Poststempel. Papa musste Geld sparen und verzichtete darauf, sie in den Briefkasten zu werfen. Als er sie mir damals gab, sagte er, dass er eh schneller wieder in Deutschland gewesen sei, als die Post es jemals geschafft hätte. Und wer weiß, vielleicht wäre sie auch gar nicht angekommen.

Wir fuhren weiter, kamen nach Duisburg, wo wir den Auflieger reinigen und dann mit Plastikpellets befüllen ließen, die nun tatsächlich nach Frankreich sollten. Ich hatte schon nicht mehr daran geglaubt. Die Nacht verbrachten wir in einem Gewerbegebiet. Papa parkte den Lkw, und dann gab es Abendessen. Wir hatten einen kleinen Gaskocher und eine Pfanne, auf der wir uns Spiegeleier mit Bohnen und Speck brieten. Dazu viel Ketchup. Das aßen wir jeden Abend und meist auch zum Frühstück. Wir saßen auf unseren Plätzen, guckten der untergehenden Sonne zu, wie sie sich zwischen die Industrieschornsteine schob und schließlich verschwand, aßen unser Desperado-Essen, wie Papa es nannte, und hörten Truck Stop, deren CDs Papa alle eingepackt hatte. Das war der schönste Abend, den ich je mit meinem Vater haben sollte.

Das WM-Finale war auch schön, aber das war mitten am Tag. Ich erinnere mich, wie wir in einer französischen Spelunke waren, in der man sich dann noch über uns lustig machte, was uns aber egal war, da die verdammten Franzosen nicht mal die Vorrunde überstanden hatten. Als amtierender Weltmeister waren die rausgeflogen. In der Vorrunde! Hätte nicht viel gefehlt, und Papa hätte sich noch mit einem von den Franzosen gekloppt. Der Franzose schob sich schon die Ärmel nach oben, als Papa mich zwischen sich und den französischen Mann stellte und ihm in gebrochenem Englisch erklärte, dass ich Marcel heiße und damit so was wie der lebende Beweis der deutsch-französischen Freundschaft sei. Der Franzose nickte, sagte in noch schlechterem Englisch, dass ein Franzose seinem Sohn nie einen deutschen Namen geben würde, und dann spendierte Papa eine Runde Wein, und alles war wieder halbwegs in Ordnung. Ich war ein bisschen enttäuscht, Papa hatte von so vielen Kloppereien erzählt, bei denen er schon dabei gewesen war, dass ich das gerne mal live miterlebt hätte.

Wenn ich abends hinter den Sitzen lag, las ich mir die SMS durch, die Steffi und ich geschrieben hatten. Die letzte Nachricht war schon drei Wochen alt. Inzwischen war sie seit gut einer Woche mit ihrem Papa auf Kuba. Ich wusste, dass sie sich noch mit Vanessa getroffen hatte, bevor sie weggeflogen war. Mich hatte sie nicht sehen wollen. Mein Handy konnte nur zwanzig SMS speichern, alle waren sie von Steffi. Die letzte Nachricht war von Anfang Juni, wo sie mir geschrieben hatte, dass sie mich erst mal eine Weile nicht sehen wolle. Einen Tag später war ich bei ihr gewesen, und zusammen waren wir zur alten Burgruine gegangen, wo sie ihren Kopf auf meinen Schoß legte und mir sagte, dass das mit uns nichts werden könne, dass wir zu verschieden seien und dass ich mir das endlich klarmachen solle. Ich hatte sie gefragt, warum das so sei, und dabei über ihr Haar gestreichelt. Sie meinte dann nur, dass ich das eh nicht verstehen würde, was ich tatsächlich auch nicht tat. Ich brachte sie später noch nach Hause. Als ich sie umarmen wollte, schob sie mich von sich und wünschte mir einen schönen Sommer.

Als ich im Lkw Papas lautes Schnarchen hörte, fragte ich mich, ob das, was ich Steffi gegenüber fühlte, wohl den Gefühlen entsprach, die Axel Schulz in Las Vegas gehabt hatte. Eigentlich war ich mir sicher, dass Steffi mein Mädchen war, dass ich es geschafft hatte, dass sie mit mir zusammen sein wollte. Aber irgendwo saßen noch zwei oder drei Ringrichter, die das ganz anders sahen.

You’re still young, that’s your fault. There’s so much you have to know.

28. August 2023

Pascal hatte mir vor ein paar Wochen erzählt, dass Yanko ab und an beim Training mitkickte. Ich wollte das gar nicht glauben, denn die neue Saison lief schon längst, und sie lief richtig gut. Yanko stand regelmäßig auf dem Feld, und nach zwei Spieltagen war der FCM auf dem zweiten Tabellenplatz, und dass der HSV vor Magdeburg stand, lag nur am besseren Torverhältnis. Gestern hatten sie in Hamburg gegen St. Pauli gespielt. 0:0. Keine Tore zwar, aber Magdeburg hatte nach vier Spielen schon acht Punkte auf dem Konto. Hätte mir das einer vor zwei Jahren erzählt, ich hätte ihm kein Wort geglaubt. Und dass Yanko hier trainieren sollte, glaubte ich erst recht nicht. Warum sollte ein Profispieler in der Saison bei einer Dorfmannschaft mitspielen? Nach der Arbeit fuhr ich mit dem Fahrrad runter zu meiner alten Schule. Ich stellte das Rad an der Tischtennisplatte auf dem Schulhof ab, ging um die Turnhalle herum und setzte mich auf die kleine Tribüne, die vom oberen Bereich der Turnhalle auf den Fußballplatz zeigte. Und tatsächlich: Er stand auf dem Feld und kickte mit unserer ersten Mannschaft. Er war nicht voll dabei, es wirkte eher wie ein gemütlicher Sommerkick, und doch hatten die anderen keine Chance. Ging jemand mit ihm in den Zweikampf, stahl er so schnell den Ball, dass es sein Gegner viel zu spät merkte. Im Dribbling ließ er die anderen wie Pappfiguren stehen, und wenn jemand zur Grätsche ansetzte, chippte er den Ball kurz hoch und sprang ihm hinterher, während der Gegenspieler mit ausgestreckten Beinen unter ihm hindurchrauschte. Ich vermutete, dass er den Fußball einfach so sehr liebte, dass er immer spielen wollte. Was anderes konnte ich mir nicht vorstellen. Ich wusste inzwischen, dass es Steffi war, die bei Dirk auf dem Hof wohnte. Yanko schien sie ab und zu besuchen, und wenn er schon mal bei seiner Mutter war, ging er auf den Sportplatz und spielte eine Runde mit. Ich sah ihm zu und hatte keine Ahnung, ob er wirklich wusste, wer ich war. Ich dachte daran, ihn darauf anzusprechen, wusste aber nicht, wie. Was sollte man da auch groß sagen? So was wie: »Steffi hat dir nie erzählt, was wirklich mit deinem Vater passiert ist.«

»Sie hat mir genug erzählt. Sie hat mir gesagt, dass Sie nur ein Autogramm wollen.«

»Nein. Ich bin dein Vater!«

»Nein, das ist nicht wahr! Das ist nicht wahr, niemals!«, würde er antworten, in sein Auto steigen und wegfahren.

Ich saß da und musste an meinen Vater denken. Seit Vanessas Beerdigung hatte ich ihn nicht mehr gesehen. Bald einundzwanzig Jahre. Als Papa damals erst tageweise nicht zu Hause gewesen war, hatte ich die Tage gezählt. Einen Tag, zwei Tage, drei Tage. Dann war er wieder da, und ich merkte mir die Drei. Dann waren es irgendwann fünf Tage, die er fehlte, und ich strich die Drei und ersetzte sie durch eine Fünf. Ein anderes Mal fehlte er nur zwei oder vier Tage, kaum der Rede wert, der Rekord lag bei fünf. Irgendwann zählte ich in Wochen, später in Monaten, und nun waren es fast einundzwanzig Jahre.

Ob Yanko auch zählte? Oder war es ihm egal? Ich fragte mich, ob ich wirklich noch enttäuscht von meinem Vater sein durfte, wenn Yanko nicht mal wusste, wer ich bin.

Das Training war zu Ende. Die Spieler klatschten sich ab, und ich stand auf, ging wieder um die Turnhalle herum, nahm mein Rad und schob es nach Hause. Vor dem Haus sah ich, dass meine Mutter ihr Küchenfenster auf Kipp stehen hatte. Ich brachte mein Rad in den Keller, ging zu ihr hoch und klopfte kurz an und schloss auf.

Als ich im Flur stand, waren 20 Jahre, 10 Monate und 18 Tage vorbei.

Buch 3

Nie gab es mehr zu tun

Mitten in der Welt
14. Oktober 2002

Langsam bereute ich, dass ich die Schule geschmissen hatte. Obwohl ich Frau Baumann los war, hatte ich trotzdem Unterricht, und anstatt einfach zu Fuß zur Schule gehen zu können, musste ich nun jeden Tag mit der Ferkeltaxe zum Bahnhof Altenwedel fahren. Dort stieg ich auf mein Fahrrad und brauchte noch mal zwanzig Minuten, bis ich das Ausbildungszentrum erreicht hatte. Überbetriebliche Ausbildung klang besser, als es war. Ich wurde nicht bezahlt, bekam nicht mal die Fahrtkosten erstattet, und vor 17 oder 18 Uhr war ich nie zu Hause. Überbetriebliche Ausbildung war schlimmer als betriebliche Ausbildung, war schlimmer als Schule.

Nach sechs Wochen hatte ich endlich meinen ersten Tag im Praktikum. Ich war einer Autowerkstatt in Altenwedel zugeteilt worden. Wir mussten zwar Bewerbungen schreiben, aber aussuchen, wo wir arbeiten sollten, konnten wir nicht. Der Lehrer nannte einfach unsere Nachnamen und den Betrieb, in den man auszurücken hatte. Ich hatte gehofft, dass ich nach Lötzek kam, dann wäre es nicht so weit gewesen und ich hätte mir das Geld für die Fahrkarte sparen können. Papa war weg, das Einzige, was wir noch von ihm hatten, war der Kredit mit 38.000 Euro Restschuld. Ich brachte nichts nach Hause, und Vanessa natürlich auch nicht. Doch sie hatte Wünsche. Vanessa wollte neue Schuhe. Adidas Superstar. Steffi hatte seit ein paar Wochen welche, und nun wollte Vanessa die auch. Und natürlich bestand meine Schwester darauf, dass das nichts mit Steffi zu tun hatte. Wollte sie keine Schuhe, waren es Hosen oder Oberteile. Neulich war Mama ganz verzweifelt gewesen. Sie hatte mit Vanessa im Wohnzimmer gestanden und ihr gesagt, dass sie doch gut aussehe und dass die Schuhe einfach nicht drin seien, worauf Vanessa erwidert hatte, dass das nicht ihr Problem sei und Mama sich gefälligst kümmern solle. Die beiden stritten sich weiter, wurden immer lauter, und ich saß auf dem Sofa, schrieb SMS mit Marcel und fragte ihn, ob es ihm wichtig sei, welche Schuhe oder Hosen Vanessa anhabe. Er antwortete nur, dass sie schön und es ihm egal sei, welche Klamotten sie trug. Ich fragte mich, ob Marcel nicht doch der Richtige für Vanessa war.

Na ja, und das Ende vom Streit war dann gewesen, dass Mama ins Schlafzimmer gestürmt war und dort in dem Schrank, in dem sie alle Unterlagen aufbewahrte, den Brief der Bank herausgesucht hatte, den sie uns dann unter die Nase hielt. Und da stand es dann schwarz auf weiß: 38.000 Euro Restschuld.

»Wenn euer Vater und ich irgendwann tot sind, dürft ihr das Erbe nicht annehmen, habt ihr das verstanden?«, hatte sie scharf gesagt, und Vanessa und ich hatten im Takt genickt.

»Und solange ich diese Summe nicht auf null gebracht habe, wird es keinen Urlaub geben, wir werden nicht essen gehen, und es gibt auch keine teuren Schuhe. Klar?«, hatte sie im gleichen Ton gefragt, und wieder nickten wir.

»Verdient euer eigenes Geld, damit könnt ihr dann machen, was immer ihr wollt«, hatte Mama dann noch gesagt, und ich hatte mir an diesem Tag vorgenommen, mal diesen alten Mann mit dem Fiat Panda zu fragen, ob der nicht langsam mal in Rente gehen wollte. Ich konnte mir das gut vorstellen, die Wochenendzeitungen hier auszutragen. Zumindest für eine Weile, sollte ja nicht für ewig sein. Aber so hätte ich mir ein bisschen was zusammensparen können, hätte Vanessa die Schuhe kaufen und Mama zum Essen ausführen können. Für einen Urlaub hätte das Geld wohl nicht gereicht.

Natürlich bekam einer aus Altenwedel die Werkstatt in Lötzek und ich einen Betrieb in Altenwedel. Die Familie von meinem Kollegen hatte auch kein Geld. Der Vater von dem hatte Anfang der neunziger Jahre einen Angelladen in Altenwedel aufgemacht und nicht bedacht, dass in der Stölpe nur Kaulquappen, Müll von McDonald's und Radkappen zu fangen waren. Die nächste gute Angelmöglichkeit wäre der Schrampsee gewesen, aber dort gab es zu dieser Zeit genügend Angelläden, die ebenfalls nacheinander Pleite machten. Gemeinsam gingen wir zum Lehrer und fragten ihn, ob wir tauschen könnten. Die Antwort war, dass wir hier nicht bei »Wünsch Dir was« seien.

Also Altenwedel. Ich wollte einen guten Eindruck machen, hatte gehört, dass manchmal ein überbetrieblicher Azubi zu einem richtigen wird. Und soweit ich wusste, konnte man als Lehrling bis zu 250 Euro im Monat verdienen.

Viel zu früh stand ich morgens am Jeetzenbecker Bahnhof. Ich war so früh, dass ich sogar noch den Zug sah, der, von Altenwedel kommend, nach Obersfelde fuhr und in dem mein Kollege auf dem Weg nach Lötzek saß. Wir nickten uns zu, sein Gesichtsausdruck war die pure Resignation. Ich vermute, dass ich nicht viel anders aussah. Sein Zug fuhr ab und ich wartete auf meine Ferkeltaxe, die pünktlich kam und trotzdem mit zwanzig Minuten Verspätung in Altenwedel eintreffen sollte. Kurz hinter Jeetzenbeck blieb die Bahn einfach auf dem Acker stehen. Der Lokführer verließ fluchend seine Kabine und stapfte rauchend um den Zug herum. Mit der Zigarette im Mund kam er wieder rein, öffnete eine Klappe zwischen den Sitzreihen, setzte sich in das Loch und zog an einem Hebel. Der Zug fuhr einen Meter nach vorn. Er ließ den Hebel wieder los, stellte sich in den Gang und machte eine Ansage: »So, Herrschaften, der Zug ist platt. Aber nicht mit mir! Nicht mit mir! Ich bringe das alte Vieh jetzt nach Altenwedel. Und ihr helft mir!

Brigitte« – damit meinte er die Schaffnerin – »du gehst auf meinen Platz! Sie da«, er zeigte auf einen Mann in der zweiten Reihe, der außer mir der einzige Fahrgast war, »stellen sich hinter die Fahrerkabine und geben mir durch, wenn wir einen Haltepunkt erreichen, und sagen mir überhaupt alles, was Brigitte nach hinten durchgibt! Alle anderen« – damit konnte er nur mich meinen, da sonst niemand im Zug saß – »bleiben auf ihren Plätzen, während ich den Zug von hier aus steuere!« Er zeigte auf das Loch im Boden, an dessen Rand er sich wieder setzte. Die Schaffnerin nahm seinen Platz in der Kabine ein, und der andere Fahrgast stellte sich hinter die Kabine.

»Alle bereit?«

Die Schaffnerin hob ihren Daumen, der Fahrgast machte es ihr nach. Der Lokführer ließ seine Zigarette in das Loch fallen und gab den Reisenden, also mir, ein paar letzte Anweisungen: »Herrschaften! Wir werden auf Sicht fahren, das bedeutet, dass es heute mal nicht ganz so schnell in das warme Büro geht. Ich bürge für Ihre Sicherheit mit meinem Namen! Seien Sie unbesorgt, wir werden alle unbeschadet in Altenwedel ankommen. Eins noch: Es geht niemand aufs Scheißhaus! Verstanden? Ich habe keine Lust, dass mir die Verdauung hier um die Pfoten fliegt, wenn ich den Zug steuere!« Er steckte sich eine neue Zigarette an und wir fuhren los. Ich musste mal, aber das ging nicht. Ich konnte den Lokführer verstehen. Das Klo war direkt hinter der Kabine und bestand aus einer einfachen Schüssel, neben der ein Fußpedal war. Trat man auf das Pedal, öffnete sich eine Klappe im Klo, und der ganze Inhalt klatschte auf das Gleisbett, weshalb die Benutzung nur während der Fahrt erlaubt und in Bahnhöfen verboten war.

Als der Zug endlich im Altenwedeler Bahnhof einfuhr, konnte ich es kaum noch halten. Warum war ich nicht nach dem Aufstehen auf dem Klo gewesen? Der Lokführer wollte noch mal eine

Ansage machen, vermutlich erwartete er stehende Ovationen. Statt Applaus bekam er das Gemecker der drei Fahrgäste zu hören, die von Altenwedel in Richtung Obersfelde mussten und denen er dann gleich erklären durfte, dass die Fahrt erst mal ausfallen würde. Die Bahn war platt, und für den Rest des Tages würde nur ein Zug zwischen den beiden Städten hin- und herpendeln. Er stand schon mit ausgebreiteten Armen in der Tür und wollte zum Monolog seines Lebens ansetzen, als ich mich mit meinem Fahrrad an ihm vorbeischob. Ich hatte keine Zeit!

Das Bahnhofsklo war von oben bis unten zugeschissen und voller Hakenkreuze, die mit Schlüsseln in die Spiegel geritzt und mit Edding auf die Fliesen gemalt waren. Als ich im Sommer mit Papa im Lkw unterwegs gewesen war, hatte ich gelernt, wie man sich auf so einem Klo zu verhalten hatte: Man rollte sich Toilettenpapier ab, legte es in zwei bis drei Lagen auf die Brille, und schon konnte man das widerlichste Klo der Welt benutzen. Man durfte aber nicht vergessen, etwas von dem Papier auch in das Loch zu werfen, sonst klatschte einem das Kackwasser an den Arsch. Papa hatte mir erzählt, dass er das früher nicht gemacht und er sich dann irgendwelche Viecher eingefangen hätte. Sein ganzer Körper habe gejuckt, und seine Haut sei überall rot gewesen. Darauf rieb er sich mit Diesel ein, was geholfen habe, aber der ganze Bock habe dann nach Sprit gestunken. Außerdem hatte er danach Ausschlag, von dem er nicht wusste, ob er von den Viechern oder vom Diesel kam, aber nach ein paar Tagen sei es dann wieder normal gewesen.

Ich hatte keine Lust auf Viecher und Ausschlag, deswegen packte ich das Toilettenpapier großflächig auf den Sitz, machte mein Geschäft, und als ich spülte, lief der Kladderadatsch nicht ab, dafür das Klo über, und ich sah zu, dass ich endlich zur Werkstatt kam.

Der Chef wollte wissen, warum ich zu spät sei. Er hieß Borchert. Ich erzählte ihm von den Problemen mit dem Zug. Er antwortete, dass er deswegen nur noch Auto fahre. Egal, wohin, immer mit dem Auto. »Das ist die erste Lektion«, sagte er. »Wir haben 2002. Wir fahren nicht mit dem Zug. Wir nehmen das Auto!«

»Ich darf noch kein Auto fahren«, sagte ich, und er antwortete, dass das eine billige Ausrede sei. Dann zeigte er mir seine Firma, die aus seinem kleinen Büro, einem Lager und der Werkstatt bestand. Das Büro war ein quadratischer Raum, in dessen einer Ecke sein Schreibtisch stand, der vollgepackt mit Ordnern und Papieren war. Der Rest vom Schreibtisch war zugemüllt mit Papierstapeln und Perry-Rhodan-Heften, mit denen Borchert Fliegen und die Stunden im Büro totschlug. Auf dem Schreibtisch stand eine große Plastikschüssel, die voll mit Kartoffelsalat war. Ein großer Löffel steckte in ihr, als hätte ein Pionier ein fremdes Stück Land für sich mit seiner Fahne deklariert. Auf einem Sideboard stand ein Computer, der immer an war und auf dessen Monitor permanent bunte Rohre durch die Gegend flogen und ein wirres Labyrinth bildeten. Am Rechner gearbeitet hat Borchert in meiner Zeit nie. Sein wichtigstes Hilfsmittel war das Fax mit integriertem Telefon. Und sein Handy. Das Handy hatte er in einer Ledertasche am Gürtel hängen. Auf dem Schreibtisch standen noch zwei volle Aschenbecher, vier weitere waren in dem kleinen Raum verteilt. Neben dem Schreibtisch war eine schwarz-braune Wolldecke ausgebreitet, auf der Borcherts graublaue Dogge den ganzen Tag lang schlief. Wenn der Köter zum Pissen rausmusste, brauchte er ewig, um aus seiner Liegeposition nach oben zu kommen, und wenn es dann so weit war, humpelte der Hund mehr, als er ging. Der Hund hieß Bismarck, was ihn selbst aber nicht interessierte, da er seinen Namen genauso konsequent wie alle anderen Befehle ignorierte. Vor dem Schreibtisch standen zwei Stühle mit abgewetztem Kunstlederbezug. Der Mülleimer war voll mit McDonald's-Tüten und den Zigaretten, die unregelmäßig aus den Aschenbechern über dem Eimer ausgekippt wurden. Der Teppich war zerschlissen, im Radio lief leise Wolfgang Petry, und neben dem Radio stand eine Kaffeemaschine, deren Glaskanne voller Schimmel war. Wenn es Kaffee gab, dann aus alten schmutzigen Tassen, die man kurz mit dem T-Shirt auswischte und in denen der Kaffee türkisch aufgebrüht wurde. Zucker und Milch gab es im Betrieb nicht, einen Kühlschrank oder eine Küche ebenfalls nicht. Die Wände vom Büro waren mit unbehandelten Kieferbrettern vertäfelt. Die linke Wand hatte eine Durchreiche zur Werkstatt, aber keine Tür. An den anderen Wänden hingen Poster von amerikanischen Muscle Cars, auf denen sich halbnackte Frauen wälzten. Während meines Praktikums sollte ich weder einen Muscle Car noch eine halbnackte Frau in der Firma sehen. Die Frauen, die zu uns kamen, hießen Isolde, Rita und Katja und waren die Frauen der Männer, die hier arbeiteten, und die Autos, die hier landeten, waren alte Fiat Cinquecentos, Ford Escorts oder Corsas von Opel. Ab und an tauchte auch mal ein Golf oder sogar ein Vectra auf.

Wir verließen das Büro, liefen über den Parkplatz, um das Gebäude herum, und betraten die Halle. Drei blaue Hebebühnen bildeten das Zentrum des Betriebs. An der rechten Außenwand lehnten verbeulte und verschmierte Metallschränke, deren Türen, ehemals rot lackiert, jetzt einfach nur noch schmutzig und rostig waren. Darin fanden sich Werkzeug, Material und Öl. Ein System, von dem sich ableiten ließ, was wo zu finden war, gab es nicht. Die wichtigsten Werkzeuge lagen eh immer auf den Schränken. An der Wand hing ein Kalender von 1997, der auf den 16. Juli gestellt war. Daneben Poster von halbnackten und ganz nackten Frauen, die alle riesige Brüste hatten. Muscle Cars waren nicht zu sehen, hier in der Werkstatt ging es um das Wesentliche. Am Ende der Wand war ein schwarzgraues Waschbecken in das Mauerwerk eingelassen, das vielleicht am 16. Juli 1997 mal weiß gewesen war, vermutlich eher nicht. Auf dem Waschbecken stand eine große Plastikdose mit dieser kratzenden Pulverseife, die einem die Haut nicht nur reinigte, sondern direkt vom Fleisch schob. Damit hätte mein Vater sich einreiben sollen, nachdem er sich die Viecher eingefangen hatte. Über dem Waschbecken hing ein leerer Papiertuchspender. Noch am selben Tag lernte ich, dass man zum Abtrocknen der Hände einfach einen alten Lappen nahm oder, falls man keinen hatte, seine Hosenbeine verwendete. Hinter dem Waschbecken schloss die Wand zum Büro an. Hier befand sich die andere Seite der Durchreiche, und hier legte Borchert die Arbeitsaufträge hin, die abzuarbeiten waren. Die Scheibe der Durchreiche war gesprungen und notdürftig mit Gewebeklebeband geflickt. Links und rechts der Durchreiche: Poster von Frauen mit großen Brüsten, die wollüstig in die Werkstatt guckten. Etwas weiter rechts kam das Klo. Gegenüber der Schüssel, deren Brille immer oben war, hing die offizielle Toilettenverordnung des Landes Sachsen-Anhalt, wie sie am 01.04.1993 vom Landtag in Magdeburg beschlossen worden war.

Neben dem Klo befanden sich die Spinde der Gesellen. Alle Spinde waren voller Aufkleber: Radio SAW, Radio Brocken, Ein Herz für Kinder, Lothar Matthäus und Giovanni Trapattoni. Dazu Aufkleber, die sich über Trabbis lustig machten, Aufkleber, die sich über Wessis lustig machten, und Aufkleber, die forderten, dass (kriminelle) Ausländer gefälligst raus sollten. Auf Hüfthöhe gab es vor allem Sticker mit den Schlümpfen und Diddl-Mäusen. Hinter den Spinden kam wieder eine Reihe von Metallschränken, voll mit Krempel und Werkzeug. Und schließlich folgten ein paar Fässer für Altöl, mehrere Mülltonnen, bei denen die Trennung des Mülls egal war.

Borchert stellte mich den beiden Gesellen vor. Der eine hatte gerade ein Hackepeterbrötchen in der verschmierten Hand, das er sich, ohne abzubeißen, in seinen Mund stopfte, und der andere rauchte.

»Das sind Maik und Mike. Die beiden werden dir alles zeigen«, sagte Borchert und ging zurück in sein Büro. Bismarck folgte ihm humpelnd.

Maik hieß mit Nachnamen Sonntag, und der Raucher war Mike Sauerbier. Die beiden waren so, wie sie hießen. Ich stand zwischen den beiden, und der Sonntag fragte mich, ob ich schon mal Skifahren gewesen sei, und ich sagte: »Nee«.

Da bildete Sonntag zwei Hohlfäuste und tat so, als stoße er sich hektisch vom Boden ab. Ich verstand nicht, was er meinte, und Sauerbier fing an zu lachen. Maik schob mich zur mittleren Hebebühne, zwischen deren Hubsäulen ein Ford Fiesta stand.

»Schon mal Reifen gewechselt?«, fragte er, während Mike rauchend glotzte.

Mit dem Pressschrauber ging ich um das Auto, löste an allen vier Rädern die Radmuttern, schob die Arme der Bühne unter die Karre und drückte auf den Knopf, der dafür sorgte, dass der Wagen sich langsam anhob. Ich schraubte die Radmuttern komplett raus, stellte sie ordentlich auf dem Boden ab und zog die Räder vom Auto. Dann steckte ich die neuen auf und zog die Muttern handfest an.

Ich ging zurück zum Bedienterminal der Bühne, ließ den Wagen runter, wummste die Muttern mit dem Pressschrauber fest und kloppte die Radkappen auf die Räder. Zum Schluss schob ich die Arme der Bühne auf ihre Nullposition. Maik sagte mir nicht, dass ich gerade einen richtig guten Job gemacht hatte. Nein, er fragte mich, ob ich Auto fahren könne.

»Nee.«

»Wie, nee?«

»Na nee!«

»Nee?«

»Nee!«

»Hm«, machte er, steckte sich eine an, bot mir auch eine an, und ich griff zu.

»Noch nie gefahren?«

»Nee«, sagte ich und zündete die Zigarette an.

»Hm«, machte er wieder, und ich fragte mich, welche Richtung das Gespräch noch nehmen könnte.

»Komm mal her«, sagte Mike, öffnete die Fahrertür und schob mich in das Auto. Ich sah mich um. Das war ein Nichtraucherfahrzeug, im ausgeklappten Aschenbecher lagen Bonbons. Ich kurbelte das Fenster runter und aschte in die Halle, während Mike mir erklärte, welches Pedal was machte und wie das mit den Gängen funktionierte. Wir übten mit ausgeschaltetem Motor. Kupplung durchtreten, Gang einlegen, Zigarette abaschen, an der Zigarette ziehen, Kupplung kommen lassen, Rauch auspusten und dabei langsam aufs Gaspedal gehen. Maik nahm mir von außen die Kippe ab, zog noch mal dran und trat sie auf dem Boden aus. Dann blökte er ins Auto: »Genug Theorie! Losfahren!«

»Ja«, sagte Mike und sah mich ernst an.

»Wohin denn?«, fragte ich, und Mike sagte mir, dass ich nicht so dumm fragen solle! Raus natürlich, was denn sonst? Ich sagte, dass ich dann rückwärtsfahren müsste, und er wollte wissen, was denn das Problem sei, woraufhin ich antwortete, dass ich halt noch nie gefahren sei und rückwärts vielleicht erst kommen sollte, nachdem ich vorwärts gefahren wäre.

»Schwachsinn«, sagte Mike und führte meine Hand an den Zündschlüssel. Ich trat die Kupplung durch, startete den Wagen, legte den Rückwärtsgang ein, ließ die Kupplung vorsichtig kommen, schob die Handbremse langsam nach unten, und die Karre machte einen Hüpfer nach hinten. Vor Schreck riss ich das Lenkrad rum, wäre fast in das Tor hinter mir gefahren, doch Mike agierte schnell, zerrte die Handbremse wieder hoch, in dem Moment soff der Wagen ab und stand schräg zwischen den Hydraulikpfeilern. Borchert riss die Scheibe von der Durchreiche auf, brüllte in die Werkstatt, ob wir sie noch alle beisammen hätten, spuckte dabei den Kartoffelsalat in die Halle, den er gerade aß, und Mike und Maik bepissten sich fast vor Lachen.

»Da hast du einen rangeholt«, blökte Maik. »Der ist noch nie gefahren!«

»Was?«, brüllte Borchert, verteilte noch mehr Kartoffelsalat in der Werkstatt und schrie: »In deinem Lebenslauf steht doch, dass dein Vater Lkw-Fahrer ist.«

Ich stieg aus dem Auto, war schweißnass, sah zu Borchert und sagte: »Ja, ist er. Aber ich doch nicht.«

»Warum kannst du nicht fahren, wenn dein Alter Fahrer ist? Hat der noch alle Latten am Zaun? Hat der dir nie gezeigt, wie man fährt?«, fragte er und wischte sich mit dem Handrücken die Salatstücke vom Mund. Mit der anderen Hand pickte er die größeren Teile von seinem Ärmel, die er sich in den Mund stopfte, während er mich wütend ansah.

»Nee.«

»Was soll ich denn mit einem, der nicht fahren kann? Junge, du bist hier zum Reifenwechseln. Denkst du, dass ich dich gebrauchen kann, wenn du die Karren nicht in die Halle rein- und rausfährst?«

Ich sagte nichts und guckte ihn an, versuchte, seinem Blick standzuhalten, und rührte mich nicht. Dann brüllte er: »Morgen kannst du gefälligst fahren, ist das klar?«

»Ja«, murmelte ich.

»Was?«

»Ja!«, rief ich.

»Alles klar! Und heute kümmerst du dich um das Lager, du Knallbirne!«, schrie er. Dann sah er zu Mike und Maik. »Und ihr macht so eine Scheiße nicht noch mal! Sonst ist Polen offen, klar?«

Maik winkte ab, und Mike sagte: »Geht klar, Chef«, dann rückte er auf den Fahrersitz, fuhr die Karre auf den Hof und verteilte draußen Zigaretten.

»Kannst du Autos waschen?«

»Ja«, sagte ich.

»Na, dann ist das heute dein Job.«

»Und morgen?«, fragte ich.

»Morgen kannst du fahren. Und morgen werden Reifen gewechselt. Hast du doch gehört«, sagte er, und ich hatte den Rest des Arbeitstages damit zu tun, Autos zu waschen, was mir überhaupt keinen Spaß machte. Das einzig Gute an der Arbeit war, dass man dabei rauchen konnte.

Am Nachmittag war ich mit Steffi verabredet. Es hatte mich drei Abende gekostet, sie zu diesem Treffen zu überreden. Erst wollte sie, dann wollte sie nicht, und gestern hatte sie schließlich ja gesagt. Seitdem sie aus Kuba zurück war, war sie noch distanzierter als zuvor. Irgendwie waren wir zusammen und gleichzeitig auch nicht. Manchmal fragte ich mich, ob sie da jemanden kennengelernt hatte. Wobei das vielleicht keinen Unterschied machte. Selbst wenn es da jemanden gab, wie sollte das funktionieren? Sie könnte den Typen nur einmal im Jahr sehen, außerdem sprach sie kein Spanisch. Keine Ahnung, wie sie sich überhaupt mit der Familie ihres Vaters dort unterhalten konnte. Wenn sie es denn tat. Momentan war sie im Schweigen besser als im Reden. Wäre auf Kuba etwas vorgefallen, hätte sie es mir eher gesagt. Ich wäre sogar froh gewesen, wenn sie es mir gesagt hätte, denn dann hätte sie zumindest mit mir gesprochen. Bevor sie nach Kuba flog und ich nach Frankreich fuhr, hatten wir verabredet, dass wir den Sommer dazu nutzen wollten, darüber nachzudenken, was wir wollten. Ich hatte nicht lange gebraucht. Ich wollte, dass sie meine

Freundin ist. Ich war zu allem bereit, wäre mit ihr hiergeblieben oder abgehauen. Ich wartete nur auf ihre Ansage, und gleichzeitig fürchtete ich mich davor, weil ich nicht wusste, ob ich in ihrer Zukunft, wie auch immer die aussehen mochte, überhaupt einen Platz hatte. Manchmal fragte ich mich, ob ich eine Zwischenlösung war, bis jemand anderes auftauchte. Nur wer sollte bei uns schon auftauchen?

Wenn ich was Neues hörte, dann war es von Pascal oder Vanessa, bei denen es entweder um Vanessa oder um Pascal ging. Kam halt drauf an, wen der beiden man fragte. Und wenn mir Vanessa alles über Pascal gesagt hatte, dabei vor allem betonte, was sie an ihm als störend empfand, versuchte sie mich über Steffi auszuquetschen. Ich konnte ihr nichts sagen. Sie war es doch, die jeden Tag auf dem Schulhof die Möglichkeit hatte, mit ihr zu sprechen. Dort redete Steffi anscheinend auch nicht viel, und mit dem Ertönen der Schulklingel verschwand sie, fuhr nach Altenwedel zum Tanzunterricht oder gleich nach Hause. Ein einziges Mal hatte ich mich mit ihr in Altenwedel verabredet. Eine Woche später hatte sie ihre Tanzstunden plötzlich in Obersfelde, was genau am anderen Ende der Bahnlinie lag und somit unerreichbar für mich war.

»Die Schule dort ist professioneller«, sagte sie nur, als ich sie danach fragte.

Gleichzeitig kam sie an den Wochenenden manchmal mit zum Fußball, wenn wir ein Spiel hatten. Sogar beim letzten Auswärtsspiel war sie dabei gewesen. Sie fuhr gemeinsam mit Jessica und Vanessa, und die drei sprachen voller Euphorie davon, dass sie die Jeetzenbecker Spielerfrauen wären, was auch irgendwie stimmte, da Torben ab und an was mit Jessica hatte. Anders als ich, ließ Torben nichts aus. Wenn wir ein Spiel in Schrampsee hatten, war er es, der nach dem Duschen in irgendeinem Busch hockte und dort mit einem der Mädchen knutschte. Bei den Dorfpartys war es nicht anders. Wenn wir Samstagabend mit dem Fahrrad zum Scheunentanz nach Niedertramm oder Randau fuhren, fühlte ich mich komplett allein. Vanessa hing die ganze Zeit mit Pascal rum, Torben verbrachte seinen Abend entweder mit Jessica oder irgendeinem anderen Mädchen, je nachdem, ob Jessica mit dabei war, und ich schaffte es nicht, Steffi zu überreden, mal mitzukommen. Dabei wäre das gerade schön gewesen. Wir hätten tanzen können. Sie hätte tanzen können. Sie hätte der Mittelpunkt des Abends sein können, sein müssen. Aber sie kam nicht, ich konnte machen, was ich wollte. Sie sagte, dass sie für die Schule lernen müsse, und als ich sie fragte, ob ich ihr helfen solle, zog sie nur die Augenbrauen hoch und verwies auf meinen Neunte-Klasse-Abschluss. So blieben die Partys von Anfang an, wie sie immer bleiben sollten: Die Tanzfläche in der Mitte war leer, über ihr drehte sich eine blau-gelb-grün-rot angestrahlte Discokugel, der eine handtellergroße Fläche an Spiegelvierecken fehlte, und alle standen am Rand und beäugten sich misstrauisch, wer es denn zuerst wagen würde, sich in die Mitte zu stellen, um sich zum Hampelmann zu machen. Ich war es nicht, war ja immer alleine da. Obwohl ich eine Freundin hatte – vielleicht. Ich hatte Torben mal gefragt, wie er das mit den Mädchen anstellte, und er sagte nur, dass man die Beute vom Rudel trennen müsse, und ich hatte überhaupt nicht verstanden, was er damit meinte. Ja, und Pascal und Vanessa klebten auch nur auf- oder aneinander, um sich spät abends so richtig laut zu zoffen. Ich war dann immer der, der vermitteln musste. Vanessa sprach nicht mehr mit Pascal, also musste ich Pascal sagen, was Vanessa von ihm wollte: Dass er netter zu ihr war, sich mehr um sie bemühte. Pascal sagte mir dann, dass ich nicht der sei, von dem er sich da was sagen lassen müsse. Immerhin würde meine Beziehung zu Steffi beweisen, dass ich nichts von Frauen verstand. Vielleicht hatte er recht. Er sagte dann, dass er immer total nett zu meiner

Schwester sei, was ich so an sie weitergab, doch Vanessa schimpfte nur, dass Pascal ein Idiot sei, der überhaupt nichts verstehe. Pascal marschierte dann meist wütend ab, wenn ich ihm Vanessas Antwort vortrug. Er ließ nicht mit sich reden, und irgendwann stand Vanessa weinend neben mir, drückte sich an mich und wollte von mir wissen, warum alles so beschissen sei. Ich fragte dann immer, was genau sie meine, obwohl ich das natürlich wusste. Ich hatte die Hoffnung, dass sie es einfach rauserzählen würde, die ganzen Sorgen aussprechen würde, und dann von ihnen befreit wäre. Dass sie von der Sache mit Papa erzählte. Vom gelben Brief der Staatsanwaltschaft, der neulich zu Hause reinflatterte und in dem Papa wegen Hehlerei angezeigt wurde. Vom Besuch der Bullen, den wir kurze Zeit später hatten, die wissen wollten, wo Papa sich rumtreibt, was wir denen nicht sagen konnten. Nur seine Telefonnummer konnten wir denen geben, und am Abend rief Papa bei Vanessa an und brüllte ihr entgegen, wie sie so dumm sein könne, den Bullen seine Nummer zu geben, obwohl ich es gewesen war, der das getan hatte. Dann war da die Sache mit Steffi. Vanessa wollte es nie zugeben, aber ja, sie wäre viel lieber Steffi gewesen, wie wir alle irgendwie lieber Steffi gewesen wären. Aber wir waren nicht Steffi. Steffi ließ uns an sich heran oder auch nicht. Mal so, mal so. Und wir waren so, wie wir waren: besoffen, kaputt, übergewichtig, voller Pickel und natürlich pleite. Bei Steffi hatte ich nie einen Pickel gesehen, für Vanessa klaute ich manchmal Clerasil, wenn ich in Altenwedel war, weil Mama ihr immer nur die billige Variante aus dem Supermarkt mitbringen konnte. Dann Vanessas Probleme in der Schule, Angst davor, dass die anderen sich über sie lustig machen würden, worauf ich wissen wollte, wer das tat, wozu sie dann nichts sagte, weil sie nicht wollte, dass ich mich einmischte. Sie wollte nur, dass ich ihr zuhörte und ihr erzählte, dass es irgendwann besser werden würde. »Erzähl mir wahre Märchen«, sagte sie dann immer, ich musste an Papa denken, der uns immer die Taschen vollgehauen hatte.

Anfang Herbst stand ich mit Mülle am Tresen und soff Bretterknaller mit ihm. An dem Abend begriff ich endlich, warum das Zeug so hieß. Mülle hatte es mir vorgemacht. Nach vier Runden lag er auf den Brettern, und ich konnte auch kaum noch stehen. Er laberte was davon, dass er hier abhauen und es allen beweisen würde.

»Was willst du allen beweisen?«, fragte ich ihn, doch er wankte nur und brachte einen lallendes »Alles!« heraus und kippte nach hinten um. Ich schleppte ihn aus der Scheune und setzte ihn auf die nächste Bank, auf der gerade Torben ein Mädchen befummelte. Torben wollte wissen, was er mit diesem Spinner solle, und ich zuckte nur mit den Schultern und zog ab. Ich schob mein Fahrrad den Weg von Niedertramm nach Hause. Als ich in Jeetzenbeck ankam, machte ich einen Umweg. Vor dem Haus von Steffis Eltern ließ ich mein Fahrrad in die Hecke fallen und warf kleine Steinchen gegen die Fensterscheibe von Steffis Zimmer. Nach dem dritten Stein ging das Licht an, und nach dem vierten Stein guckte ihre Mutter aus dem Fenster und fragte mich, was das werden solle, wo doch Steffi das Fenster nebenan habe. Ich entschuldigte mich bei Frau Baumann, doch die sah mich mit ihrem schlimmsten Blick an. Zumindest vermutete ich, dass das der schlimmste Blick war, ich konnte ja nur ihre Konturen erkennen, aber die Stimmlage, die war eindeutig. Und dann fragte Frau Baumann mich, wo Steffi sei, die ihr gesagt hätte, dass sie mit mir unterwegs sei, und mir fiel tatsächlich nichts Besseres ein, als Frau Baumann zu sagen, dass mir gerade eingefallen sei, dass Steffi ja heute Nacht bei mir schlafen wollte, was natürlich nicht stimmte, da ich seit zwei Tagen nichts von ihr gehört hatte. Frau Baumann schloss das Fenster, und nach ein paar Sekunden ging das Licht wieder aus und ich schob mein Fahrrad nach Hause, wo weder Steffi noch Vanessa auf mich warteten.

Ich traf Steffi am Teich bei der Burgruine. In der Mitte vom Teich liegt ein großer Feldstein, der von einer Eisenkette umspannt ist. Der Legende nach wurde von hier aus die Welt vermessen. Dafür benutzten die Menschen damals vier Eisenketten, mit denen sie in alle Himmelsrichtungen liefen, und am Ende kamen sie wieder am Teich an, sodass nun acht Kettenenden hier waren. Irgendwie so jedenfalls geht die Legende. Wenn man da länger drüber nachdenkt, merkt man, dass das überhaupt nicht möglich ist, aber mit diesem Stein im Teich und der Kette, die um den Stein gewickelt ist, kann Jeetzenbeck von sich behaupten, dass es der Mittelpunkt der Welt sei, auch wenn es mir wie deren Arsch vorkam.

Und so saß ich dort mit Steffi am Mittelpunkt der Welt, am Beginn unserer Jugend, doch irgendwie wirkte das alles auf mich, als wenn es hier eher auf das Ende zuging. Die Berufsschule nervte, morgen sollte ich Auto fahren können, und ich hatte keine Ahnung, wie ich das hinbekommen sollte. Und ob Steffi nun schweigend neben mir saß oder nicht, machte auch keinen Unterschied. Ich verstand das alles nicht, wusste aber, dass ich nicht fragen brauchte, da sie mir dann mit der Stimme ihrer Mutter sagen würde, dass alles in Ordnung sei. Also hielt ich die Schnauze, glotzte auf den Mittelpunkt der Welt und hoffte darauf, dass sie was sagte.

Ich sah sie an, sah auf ihren Strichmund, auf ihre Haare, die sich vor ihr Gesicht schoben, auf ihre Stupsnase. Dann legte ich vorsichtig meine Hand auf ihr rechtes Bein, und sie sah mich an.

»Ich mach nichts«, sagte ich und versuchte meine Hand zurückzuziehen, doch sie packte sie, hielt sie fest, und ich spürte ihren Daumen, der sanft über meinen Handrücken strich.

»Willst du mir was sagen?«, fragte ich, doch sie schüttelte den Kopf, sah wieder auf den Teich, und dann legte sie irgendwann ihren Kopf auf meine Schulter, und jetzt war es gar nicht mehr so unangenehm zu schweigen, auf einmal war es sogar richtig schön.

Ich weiß nicht, wie lange wir blieben, vielleicht waren es zehn Minuten, vielleicht war es eine halbe Stunde, vielleicht auch länger.

Als das Auto hinter uns hupte, zuckte ich zusammen.

»Hier seid ihr also!«, rief mein Vater, der seinen Kopf aus dem Passat hielt und breit grinste. Steffi und ich hatten nicht mitbekommen, dass er das Auto bis an die Bank herangefahren hatte.

»Wollte zu deiner Mutter«, sagte er.

»Die will dich nicht sehen«, antwortete ich.

»Nicht zu deiner. Zu Steffis. Aber die wollte mich auch nicht sehen.«

»Was wolltest du bei meiner Mutter?«, fragte Steffi, aber Papa gab ihr keine Antwort und sagte: »Habt ihr was vor? Kommt, wir fahren nach Lötzek und essen was. Los, steigt ein«, dann griff er nach hinten und ließ die Tür hinter sich aufspringen. Steffi rollte mit den Augen, und ich ließ mich auf den Beifahrerplatz fallen. Sie stieg hinten ein, irgendwie erinnerte mich das alles an unseren Ausflug nach Altenwedel im Sommer. Papa packte mich am Nacken, lachte und wischte mit der Hand über meinen Hinterkopf: »Na, wie ist es auf der Arbeit? Schon 'nen Corsa gefunden, den du hochzüchten wirst? Ich wette, du hast schon einen. So ein richtig wildes Biest. So eine richtige Sau, mit der du hier durchs Dorf brettern wirst. Wa?«

»Arbeit ist Kacke«, sagte ich. »Die lassen mich nur Autos waschen, weil ich nicht fahren kann. Die wollten mir gar nicht glauben, dass ich nicht fahren kann, und als ich es dann musste, hätte ich fast einen Unfall gebaut.«

»Hm, Autos waschen also? Na ja, hat noch keinem geschadet«, sagte er, startete den Wagen und fuhr rückwärts aus der Parklücke raus.

»Wo fahren wir hin?«, fragte Steffi, und Papa antwortete, dass es in Lötzek 'nen neuen Döner gäbe, den er probieren wolle. Steffi sagte, dass sie keinen Hunger habe, und Papa meinte, dass sie sich das mal anschauen solle, würde ihr sicher gefallen.

Als wir aus Jeetzenbeck rausfuhren, sah ich meinen Vater an. Wie machte der das? Die Bullen suchten ihn wegen dieser Hehlergeschichte, und es schien ihn überhaupt nicht zu kümmern. Vielleicht, weil es nicht das erste Mal war, dass sie ihn wegen so etwas suchten und sie ihn noch nie hochgenommen hatten?

Ich erinnerte mich, als wir noch in dem Einfamilienhaus in der Siedlung gewohnt hatten, waren die Bullen auch einmal angerauscht und hatten uns das ganze Haus auf links gedreht. Die hatten alle Zimmer durchsucht, sogar das von Vanessa, und auch in meinem wurden alle Schränke durchwühlt. Papa schien das scheißegal zu sein. Der hatte sich die ganze Zeit an den kaputten Wohnwagen gelehnt, mit dem wir es nicht zum Balaton geschafft hatten, und kümmerte sich überhaupt nicht um die drei Polizisten, die durch unser Haus rannten. Irgendwann war der Chef der Bullen zu Papa gegangen und hatte ihn gefragt, ob er irgendwas zu sagen habe. Papa antwortete nur, dass er ein gesetzestreuer Bürger sei. Der Bulle hatte geschnauft, dann hatte er seine Kollegen rangepfiffen, und gemeinsam waren sie abgezogen. Papa lachte laut, als sie weg waren, öffnete die Tür vom Wohnwagen, und dort standen sie, die ganzen Kisten voller Nazikrempel, den ich damals noch nicht als solchen erkennen konnte. Ja, und kurz danach hatte Mama Papa aus dem Haus geworfen. Bis er dann einfach wieder da war und so tat, als wäre nie etwas gewesen.

Er hatte sich nicht geändert. Wieder waren sie hinter ihm her, und wieder tat er so, als sei das alles nicht seine Sache. Als wir aus Jeetzenbeck rausfuhren, versuchte ich ihm noch mal von meinem Problem in der Werkstatt zu erzählen, aber er hörte nur mit halbem Ohr zu. Dann fragte er Steffi, was das Tanzen mache und wann wir endlich ihren großen Auftritt sehen würden. Ich drehte mich um. Steffi lächelte verlegen und sagte, dass sie noch nicht so weit sei. Papa sah sie durch den Rückspiegel an, er meinte, dass, wenn jemand so weit sei, das Steffi sei und dass wir uns alle auf einen großen Auftritt von ihr freuen würden. Er nahm die Hände vom Lenkrad, hielt sie vor sich, als wäre er ein Showmaster oder ein Zauberer, und zog sie ganz langsam auseinander. Dabei sagte er: »Steffi Baumann. Ganz allein auf der großen Freilichtbühne der Jeetzenbecker Burgruine. Der ganze Ort ist versammelt. Alle warten auf deinen großen Auftritt. Jeder ist da, wirklich jeder. Dein Vater, deine Mutter und Marcel natürlich auch«, dabei gab er mir einen kleinen Klaps auf meinen Hinterkopf, und Steffi kicherte.

»Das ganze Dorf wird auf dich warten. Im Orchestergraben ist eine Bigband, und dann zählt jemand: eins, zwei, drei, und die Musik fängt an zu spielen.« Papa redete sich in einen Rausch. Als wir nach Seeben reinfuhren, war er viel zu schnell und musste hart vor der Friedhofsmauer abbremsen. Dann riss er das Lenkrad nach links, und wir fuhren weiter in Richtung Lötzek. Dabei sprach er aufgeregt weiter, so, als wären wir eben nicht beinahe in die Mauer gerast. »Die Musik fängt ganz leise an, ist kaum zu hören. Vielleicht eine Geige oder eine Harfe, irgend so ein altes Instrument, aber ganz leise. Nur ein paar Töne. Und dann schlägt jemand auf eine Pauke, einmal, zweimal, dreimal, viermal. Dann setzt das volle Orchester ein, es geht richtig los. Laut. Die Musik ist überall, dann wird sie leiser, und dann kommst du. Zwei Scheinwerfer halten voll auf dich drauf, und es gibt nur die Musik, die Bühne und dich. Und ohne dich wäre das alles nichts. Überhaupt nichts! Du, Steffi, du wirst im Mittelpunkt stehen. Nur du und die Musik. Und sollte die Musik nicht da sein, wird das auch keiner merken, denn alle werden nur dich sehen. Das schönste Mädchen, das Jeetzenbeck je hervorgebracht hat, wird auf der Bühne stehen, und alle Augen werden auf dich gerichtet sein. So wird es kommen.« Papa redete und redete, er hörte gar nicht mehr auf, und es kam mir so vor, als würde ich wirklich auf der Naturtribüne der alten Burgruine sitzen und Steffi vor mir tanzen sehen. Ich konnte auch die Musik hören, und dann sah ich zu Steffi, die meinen Papa anlächelte, und ich wusste, dass auch sie sich auf der Bühne sah. Wir alle wussten, dass sie da auch sein sollte, dass es diese Burgruine eigentlich nur noch gab, damit Steffi dort tanzen und alle verzaubern konnte.

Wir fuhren in Lötzek ein, Papa parkte auf der großen Brachfläche in der Innenstadt, wo ein paar Jahre später ein Supermarkt hinkommen sollte, der dafür sorgte, dass der Supermarkt in Jeetzenbeck noch schlechter lief, als er das ohnehin schon tat. Wir stiegen aus dem Auto aus. Steffi war zwischen uns und hakte sich bei mir und Papa ein, und irgendwie war das ein bisschen komisch, aber auch sehr schön, und dann gingen wir in den neuen Dönerladen, der in der Altenwedeler Straße aufgemacht hatte, und sahen Steffis Papa hinter dem Tresen stehen. Und dann war der Abend nicht mehr so schön.

Ich weiß nicht, ob Papa wusste, dass Steffis Vater dort arbeitete, Steffi wusste es anscheinend nicht, und das Einzige, was den Abend noch halbwegs retten konnte, war Emilios gute Laune und die Tatsache, dass er einfach drauflosplapperte und erzählte, dass er hier nur ein paar Wochen arbeiten würde, bis er endlich an die Ladenfläche in Jeetzenbeck kommen würde, in der er dann seinen Laden aufmachen würde. Ich stand da in der Dönerbude, und mein Blick ging zwischen Steffi, meinem Vater und Emilio hin und her, und mir wurde klar, dass unsere Väter sich gar nicht so sehr voneinander unterschieden. Wäre Emilio picklig-weiß wie wir gewesen, hätte er hier nie Ärger oder Probleme gehabt, denn sich die Dinge schönreden konnte er. Genau wie mein Vater. Aber irgendwie war es auch anders, denn bei Emilio hatte ich das Gefühl, dass er wirklich fest dran glaubte, dass er irgendwann sein eigenes Restaurant in Jeetzenbeck haben würde. Und ja, er sollte es bekommen, Steffi sollte davon nichts mehr mitkriegen, weil sie dann schon lange nicht mehr bei uns lebte. Aber Emilio bekam sein Restaurant. Es war nicht ganz so edel, und vor allem war es überhaupt nicht kubanisch, aber er konnte seinen Traum zumindest noch sehen. Wenigstens versuchte er es, während die Luftschlösser von meinem Vater immer viel zu phantastisch klangen. Die meisten seiner Träume vergaß er wieder, wenn er auf dem Sofa saß und sich von der Glotze berieseln ließ. Aber dann, wenn er träumte und uns allen von seinen Ideen erzählte, dann war zumindest die Wirklichkeit für einen Moment verschwunden.

Steffi bestellte sich einen Salat, und Papa und ich aßen Döner, den Emilio zubereitete. Ich war froh, dass Papa Emilio gegenüber keine Sprüche klopfte. Vielleicht lag es daran, dass Dirk nicht dabei war. Vielleicht war der Grund aber auch, dass Emilio etwas hatte, das ihm inzwischen fehlte: eine Arbeit, eine Familie und Träume, die halbwegs umsetzbar waren. Oder es lag daran, dass er nur nett sein und mal einen Abend ohne großes Tamtam erleben wollte. Vielleicht, und das war wohl der wahrscheinlichste Grund, hatte Papa einfach nur Hunger und wollte essen.

Ich lernte an diesem Tag nicht mehr, wie man ein Auto richtig anfährt. Weder vorwärts noch rückwärts. Ich hatte die Hoffnung gehabt, dass Papa es mir zeigen würde, aber als wir dann wieder in Jeetzenbeck waren, setzte er mich zu Hause ab, und dann brachte er Steffi nach Hause, und ich ging am nächsten Tag zum Borchert, sagte ihm, dass ich überhaupt keine Ahnung hätte, wie man ein Auto richtig anfährt oder einparkt, und er schleifte mich zu Mike und Maik, die es mir dann tatsächlich in aller Ruhe in einem alten

Renault Clio beibrachten, der schon seit langer Zeit auf dem Hof stand und den keiner kaufen wollte.

»Scheißegal, wenn du die Karre zu Klump fährst«, sagte Borchert. Mike setzte sich auf die Rückbank und rauchte, und Maik war neben mir und erklärte mir dann, was ich wann und wie im Auto zu machen hatte. Und am Nachmittag klappte es dann tatsächlich, und mein Job als Reifenwechsler konnte beginnen. Vielleicht stand ich doch noch am Anfang meiner Jugend.

Look at me, I am old. But I'm happy

28. August 2023

Er war alt geworden, richtig alt. Und stämmig. Er war nicht fett, sah eher so aus, als würde er die Burger, die er in sich reinschob, auf einer Hantelbank direkt in seine Arme pressen. Von dem Lockenkopf, den er mal hatte, war nichts übrig. Es gab nur einen kahlgeschorenen Schädel. An den Ohren hatte er ein paar dünne Härchen, die er mit dem Rasierer verpasst hatte. Er trug schwere braune Stiefel, hatte eine schwarze Cargohose an, deren Seitentaschen ausgebeult waren, als wäre die Hose eine Reithose aus den dreißiger Jahren. Um seinen großen Bauch spannte sich ein schwarzes, ärmelloses Shirt. Darüber trug er eine Lederweste, auf der nicht wie damals Aufnäher mit Amerikaflaggen oder Symbole der Route 66 waren. Nein. Jetzt waren es eine dreibeinige Triskele, eingefasst in einen roten Kreis, auf dem in Runenschrift »Meine Ehre heißt Treue« stand. Darüber ein großer rechteckiger Aufnäher mit der Aufschrift »Born in DDR«, was keinen Sinn ergab, was ich ihm nicht sagte, weil ich überhaupt nichts sagte, weil ich immer noch dabei war, den Mann anzusehen, der mir so nah und fremd zugleich war. Es gab weitere Aufnäher und Anstecker an seiner Weste. Die meisten zeigten Totenköpfe, Jahreszahlen und Szenecodes. Ich war froh, dass ich für solche Klamotten nie anfällig gewesen war. Als ich 15 Jahre alt war, hatte es in der Schule langsam angefangen. Erst waren es Lonsdale-Pullover, die vereinzelt auf dem Hof zu sehen waren. Dann trugen die ersten meiner Klassenkameraden Bomberjacken, New-Balance-Turnschuhe und später Springerstiefel. Schließlich schoren sie sich die Haare kurz, und was ein paar Jahre zuvor noch ein bunter Haufen an Schülern gewesen war, sah nun wie eine Ansammlung aller ostdeutscher Klischees aus, die man sich vorstellen und im Fernsehen zeigen konnte. Aus den Lonsdale-Pullovern wurden welche von Consdaple. Es reichte nicht, dass wir alle Ronny, Rico, Mirko und so hießen, natürlich mussten wir dieses Zeug tragen. Manche meiner Klassenkameraden hatten zu Hause Ärger bekommen, weil sie so rumrennen wollten, und taten es dann trotzdem. Ich hätte mich komplett mit diesem Zeug eindecken können, meinen Vater hätte es nicht gestört, und Mama hätte es nicht einmal bemerkt. Ich hatte die Typen schon cool gefunden, die so rumgerannt waren, ja. Ich konnte mir gar nicht vorstellen, dass es irgendwen gab, der diesen Aufzug nicht cool fand. Und ich konnte auch verstehen, dass man genau so rumrennen wollte, weil man damit gegen seine Eltern und alles andere protestieren konnte. Meine Art, gegen meine Eltern, insbesondere gegen meinen Vater, zu protestieren, war es, nicht wie ein Nazi rumzurennen.

Mit Dirk hatte ich damals so ein Gespräch. Ein paar Tage nachdem Dirk Steffi und mich von Altenwedel nach Jeetzenbeck zurückgebracht hatte, hatte ich ihn dann auch gefragt, warum er eigentlich rechts sei. Ich hatte mit allen möglichen Antworten gerechnet, ging davon aus, dass er mir klipp und klar erzählen würde, dass er Ausländer hasse, dass er stolz darauf sei, deutsch zu sein, und so was. Ich hatte auch erwartet, dass er die Verbrechen der Wehrmacht wegreden würde, wäre bei Weitem nicht das erste Mal gewesen, dass er das getan hätte. Dirk präsentierte mir eine ganz andere Antwort. Eine, die ich sogar nachvollziehen konnte, und nachdem ich das gehört hatte, war ich mir nicht sicher, ob ich in seinem Alter nicht genauso gehandelt hätte.

Im Nachhinein war das immer einfach: Der hier ist böse, der hier ist gut. Es gab rechts, es gab links. Klare Verhältnisse. Zumindest so lange, bis es eine weltweite Pandemie gab.

Dirk hatte mich damals lange angesehen, nachdem ich ihm die Frage gestellt hatte. Wir waren bei ihm zu Hause, auf dem alten Bauernhof, wo er heute noch lebte. Seine Mutter war damals gebückt über den Hof gegangen, als ich mit ihm gesprochen hatte. Sie hatte eine alte, graue Strickjacke an, trug ein Tuch überm Kopf, das ihr graues Haar bedeckte. In der linken Hand hielt sie einen kleinen Eimer, in den sie mit der rechten Hand immer wieder hineingriff, um kleine Weizenkörner herauszuholen, die sie mit Schwung über die alten Katzenköpfe warf, mit denen der Hof gepflastert war. Sie beobachtete die Hühner, die die Körner aus den Fugen pickten. Dirk war in der Zwischenzeit reingegangen, hatte uns zwei Garley geholt, sie geöffnet und mir eines davon in die Hand gedrückt. Und dann hatte er mir von seiner Jugend erzählt, davon, wie es gewesen war, in der DDR aufzuwachsen. Er fing ganz vorne an, in seiner Kindheit, wo alle auf dem Schulhof vor Direktor Berg hatten strammstehen müssen. Ich hatte ihm gesagt, dass es bei uns nicht anders gewesen war. Dirk hatte geantwortet, dass bei uns niemand ein Pioniertuch tragen musste. Auch mussten wir nicht in die GST, mussten nicht nachmittags zu irgendwelchen Zwangsveranstaltungen, wo man uns die sozialistische Gesellschaftsordnung in die Köpfe prügelte. Er hatte darauf keine Lust gehabt, wollte sich nicht verbiegen für den Arbeiter- und Bauernstaat. In die Kirchen trieb es ihn auch nicht, und Leipzig war nicht nur von der Entfernung her weit weg. Anfang der Achtziger war nicht die Zeit für Gedanken an Wende, Revolution oder gar eine Vereinigung der deutschen Staaten. Dirk sprach davon, dass die Achtziger in der DDR bleiern gewesen waren, es ging nicht mehr voran, die technischen und gesellschaftlichen Fortschritte, die es in den sechziger und siebziger Jahren noch gegeben hatte, waren lange her und neue nicht in Sicht. Dirk sprach von den kaputten und verdreckten Fabriken, davon, dass der Wald im Harz tot war und von dieser Drecksmauer, die nur ein paar Kilometer von uns entfernt stand und von der heute nichts mehr zu sehen war.

»Ich war dagegen, Marcel«, sagte er, trank von seinem Bier und wischte sich mit dem Handrücken den Mund ab. In diesem antifaschistischen Staat hätte es nur eine Möglichkeit von echter Opposition gegeben: Faschist werden. Haare abscheren, Hitlergruß zeigen, Kubaner und Mosambikaner verprügeln, beim Fußball für Angst und Schrecken sorgen. Raus aus der Spießigkeit der DDR, rein in das Leben, volle Kanne. Er erzählte mir davon, wie er mit meinem Vater zur Dorfdisco gegangen war, wie dort Neue Deutsche Welle lief und die ganze Scheune bei dem Lied »Ich will Spaß« von Markus den Hitlergruß zeigte, als die Zeile lief: »Deutschland, Deutschland, hörst du mich?« Dirk sagte, dass dieses Lied ihn tief berührt hätte, weil es alles das ausdrückte, was in diesem Teil von Deutschland so schlecht lief. Man habe nicht Gas geben können, man habe auch keinen Spaß haben können, tatsächlich habe er sich gefragt gefragt, ob er von Deutschland gehört werde, ob es da hinter der Mauer Menschen gebe, die sich für sein Schicksal und das seiner Freunde interessieren würden. Er habe es nicht gewusst, aber ihm sei klar gewesen, dass er für den Staat, in dem er lebte, nur als sozialistischer Vorzeigebürger etwas wert war. Doch er wollte nichts mit dem Sozialismus zu tun haben, und so kam es, dass er schon weit vor 89 ein richtiger Nazi gewesen sei. Nur deshalb. Nach der Wende sei ihm das alles nicht mehr so wichtig gewesen, meinte er. Da sei sie dagewesen: die Freiheit. Und die Euphorie. Die Musik, die man nun frei hören konnte, die Gedanken, die man einfach raushauen konnte, ohne sich in verqueren Schachtelsätzen äußern zu müssen. Die ersten Jahre nach der Wende seien ganz gut gewesen. Bis er dann erkannt hätte, dass dieses Leben im Westen dann doch nicht so viel anders war, als er es in der Polytechnischen Schule gelernt habe. Da wuchs dann die Erkenntnis, dass es doch niemanden hinter der ehemaligen Grenze gab, der sich für Menschen wie ihn und meinen Vater interessierte. Und da sei ihm dann damals klar gewesen, dass es eine Sache gab, die beide Gesellschaften ablehnten: Nazi sein. Er sah mich an, sah mich mit ernstem Blick an, und dann erzählte er mir, was für ihn der einzige Unterschied zwischen DDR und BRD sei: In der DDR habe man zu jeder Zeit gewusst, dass man Gefangener in einem ideologischen System sei. In der BRD musste man das erst rausfinden.

Ich hatte Dirk angesehen, hatte überlegt, und, ja, irgendwie konnte ich das verstehen, und irgendwie verstand ich auch mich, dass ich halt nicht so rumrennen wollte, denn ich hatte nichts, was ich hasste, und es gab auch nichts, was mich hasste. Meine Jugend war so, wie sie war. Wir waren die erste Generation, die im vereinigten Deutschland aufwuchs, wir waren die erste Generation, über die es nichts mehr zu berichten gab und für die sich niemand interessierte. Weder unsere Eltern noch die Schule noch die Gesellschaft. Die Nazis in den Neunzigern kamen wenigstens noch ins Fernsehen, bis das dann langweilig wurde. Aber wir waren die, die allen scheißegal waren. Hätte es einen Unterschied gemacht, wenn ich mit der kompletten Nazikluft und Baseballschläger durch die Gegend gelaufen wäre? Ich kann es mir nicht vorstellen. Aber was war mit meinem Vater? War er aus den gleichen Motiven rechts wie Dirk, oder was war es? Ich fragte Dirk, und der lachte nur kurz, sagte, dass mein Vater ein ganz kleines Fähnchen im Wind sei und dass er auch dieses Cowboyding nur nachgeahmt habe, weil er, Dirk, damals so rumgerannt sein. In den Achtzigern sei er Dirk nur hinterher gelaufen. »Ralf war mein Pascal«, sagte Dirk zu mir. Dann hatte er mich gefragt, ob ich noch ein weiteres Bier wollte, und ich hatte den Kopf geschüttelt.

Jetzt stand mein Vater vor mir, und ich sah ihn an. Seine Arme drückten sich aus den Öffnungen der Weste. Arme von einem

Durchmesser, dass sie mit so manchen Oberschenkeln mithalten konnten. Er trug keine Tattoos. Im Knast ließ man sich eigentlich Tattoos stechen. Vielleicht war das seine Absicherung? Die Weste ausziehen, das Hemd und die Hose wegwerfen, dann die Ketten ablegen, die er um den Hals trug, die ebenfalls Totenköpfe zeigten, und schon hätte er wieder der Cowboy sein können, der er damals sein wollte. Oder der FDJ-Pionier, der er vorher sein musste. Seinen Vierteldollar hatte er noch immer um den Hals hängen. Die Münze wirkte winzig an ihrer dünnen Kette, während die Totenköpfe an schweren Gliedern hingen. Am kleinen Finger der linken Hand hatte er einen silbernen Ring, auch hier war ein Totenkopf drauf. Seine Augen konnte ich nicht sehen, sie versteckten sich hinter einer dunklen, eckigen Sonnenbrille. Die Brille war klassisch, nicht so scharf geschnitten, wie sie diese Motorradtypen und auch Dirk immer trugen. Eine ganz normale Sonnenbrille, die auf seiner Nase und den Ohren ruhte, im linken Ohrläppchen hatte er einen goldenen Ring stecken. Hatte er den früher auch schon gehabt? Die Frage, wie Vanessa jetzt aussehen würde, ging mir durch den Kopf, und für einen Moment schloss ich die Augen und versuchte mich zu erinnern, wie sie damals ausgesehen hatte. Ich konnte sie nicht sehen. Da war kein Gesicht, keine Stimme, keine Eigenheit. Es gab nur grauen Nebel, der früher meine Schwester gewesen war. Sie war länger tot, als sie gelebt hatte.

Ich öffnete meine Augen und sah wieder auf meinen Vater. In der rechten Hand hielt er einen Umschlag. Mama stand neben ihm, sie hatte eine Zigarette in der Hand, deren Asche auf den Boden zu fallen drohte. Sie zitterte am ganzen Leib, und ich konnte sehen, wie sie versuchte, das Zittern zu unterdrücken. Ihr Blick lag starr auf der Flurkommode.

Wie lange war er schon hier? War er erst vor ein paar Minuten eingetroffen oder war er schon seit Stunden da und trank mit

Mama Kaffee und erzählte von den alten Zeiten? Zeiten, die nicht gut und sehr lange her waren.

In das Schweigen hinein sagte meine Mutter: »Am besten, ihr klärt das untereinander!« Dann packte sie ihn an der Schulter und schob ihn aus dem Flur ins Treppenhaus und mich hinterher. Sie warf die Tür zu, ich konnte hören, wie sie die Wohnung von innen hektisch verriegelte, und ich fragte ihn, was er hier wolle.

Er sah mich an. Sein Gesicht war hart, da waren keine Gefühle zu erkennen, nichts. Früher hatte er einfach drauflosgeplappert, mir in solchen Momenten versprochen, dass wir gleich in den nächsten Flieger steigen, dann die Route 66 abfahren würden, und meine Aufgabe war es, ihm das alles zu glauben. Jetzt glaubte ich noch immer nicht, dass er vor mir stand. Ich hätte ihn anfassen, sogar umarmen können, wenn ich zu einer Bewegung in der Lage gewesen wäre. Ich fragte ihn noch einmal, warum er hier sei, und es dauerte, bis er endlich mit der Sprache rausrückte. Ich verstand das nicht, er war doch nicht einfach so hergekommen, ohne zu überlegen, was er uns zu sagen hatte.

»Ich habe etwas für euch«, sagte er und drückte mir einen dicken Briefumschlag in die Hand. Ich öffnete ihn nicht, ich wusste, was darin war, und ich wusste, dass Mama es nicht haben wollte. Genauso wenig wie ich. Wir hätten es gebrauchen können. Ganz dringend sogar. Es hätte uns wirklich geholfen. Wir hätten Urlaub machen können, nach all den Jahren. Unseren ersten Urlaub überhaupt, es sei denn, man zählte die Fahrt in Richtung Balaton mit. Es war an der Zeit. Mal in ein Flugzeug steigen, nur um zu wissen, wie das ist, wenn hinter einem die Tür zugemacht wird, der Flieger auf die Startbahn eindreht und dann auf vierhundert, fünfhundert oder wie viel Kilometer die Stunde auch immer beschleunigt. Eine Erfahrung, die mir in meinem Leben fehlte, die ich nie machen würde, die ich aber zu gerne mal gemacht hätte. Einmal nur. Einmal mit Mama runter auf die spanische Hochebene und in der Sonne Wein saufen und Stierkämpfe ansehen. Oder mal nach Griechenland oder in die Türkei. Von mir aus auch nach Norwegen oder meinetwegen sogar Russland. Scheißegal, Hauptsache mal was anderes sehen als diese Scheiße hier, in der wir steckten und die jeden Dampf und Saft verloren hatte. Ich wusste, dass Mama keine Schulden mehr hatte. Den Kredit hatte sie brav abbezahlt. Vor Jahren schon. Und das Ganze sogar ohne Privatinsolvenz, obwohl das möglich gewesen wäre. Nein, Mama hatte es allein geschafft. Sie stand im Supermarkt an der Kasse, ging beim Fleischer in Lötzek putzen, bis dieser für immer zumachte, und danach putzte sie spät abends in der Tankstelle und bekam dafür etwas Klimpergeld. Und dann, als dieser verfluchte Kredit endlich auf den letzten Cent an Zinsen abbezahlt war, reduzierte sie ihre Stunden im Supermarkt und wusste nicht, was sie mit der nun gewonnenen Zeit anfangen sollte, und dann saß sie in der Küche, hatte das Fenster auf Kipp und rauchte, während sie auf dem neuen Fernseher in der Küche alte »Columbo«-Folgen ansah. Sie sparte nichts, das wusste ich. Wozu auch? Für mich etwa? Wenn man was spart, kann es einem weggenommen werden, womöglich rechnete sie sogar damit, dass er irgendwann wieder auftauchen und um Geld betteln würde. Kein Geld zu haben war die beste Absicherung. Lieber mal einen teuren Wein aus dem Weindepot in Altenwedel, dazu etwas überteuerten Lachs und ein Brot, von dem man ihr erzählte, dass es genau auf diese Art und Weise in Frankreich gebacken werden würde. So war es okay. Ich hatte mich in meiner Armut genauso eingerichtet wie Mama, nur dass sie sich ab und an kleinen, teuren Kram gönnte.

Dass er nun mit einem Umschlag hier stehen würde, war nicht Teil der Abmachung. Die stillschweigende Vereinbarung war, dass er da blieb, wo er war, wo auch immer das sein mochte, und wir nie wieder was von ihm hören würden. Dass er nun hier auftauchte, um sich freizukaufen oder was auch immer, war nicht in Ordnung. Also nahm ich seine Hand, zog sie an mich ran, drückte ihm den Brief in die Hand und sah ihm in die Sonnenbrille, dahin, wo ich seine Augen vermutete.

»Was soll das?«, fragte er.

»Das könnte ich dich auch fragen: Was soll das? Was willst du?«

»Ich will helfen!«

»Wobei!«

»Damit es euch besser geht«, sagte er mit schwerer Stimme, und ich sagte ihm, dass es uns sehr gut ohne ihn gehe und er damals hätte helfen sollen, damals, bevor Vanessa sich gegen die Wand in Seeben gesetzt hatte.

Er baute sich vor mir auf, machte sich groß, kam dabei nur bis an mein Kinn heran, und ich fragte mich kurz, ob er schon immer so klein gewesen war. Ein kleiner Mann. Der kleine Mann sagte laut, dass er nichts dafür könne und dass wir auf sie hätten aufpassen sollen. Er habe ja bleiben wollen, sich um die Familie kümmern wollen, aber Mama und ich hätten ihn nicht gelassen, und da habe Vanessa sich umgebracht, weil die Familie kaputt gewesen sei, woran er nicht schuld sei. Und überhaupt, von Mama hätte er damals nichts anderes mehr erwartet, war es komplett gewohnt, dass sie nur noch gegen ihn war. Aber ich? Warum hätte ich ihm nicht beigestanden, zumal wir doch ein Jahr vorher diese Reise nach Frankreich gemacht hätten. Wir seien doch ein Team gewesen!

Ich stand da und hätte ihm am liebsten eins in die Fresse gehauen. So richtig rein. Voll auf die Nase, sodass das Blut die Treppenhauswand einfärben und langsam in dicken Bahnen auf den Boden laufen würde. Aber was dann? Und vor allem: Was, wenn er sich wehrte? Keine Ahnung, wo er sich rumgetrieben hatte. Aber solche Arme hatte man nur, wenn man zu viel Zeit hatte oder mit

Leuten rumhing, auf die solche Arme Eindruck machten, wenn man schon nicht mit Geistesblitzen punkten konnte. Wenn es Mamas Versicherung war, kein Geld zu haben, dann waren die Arme vielleicht seine? Würde er seinen eigenen Sohn schlagen? Ich wusste es nicht. Mama hatte er nie geschlagen, nicht mal geschubst. Bei allem Schlechten, was in ihm steckte, war das vielleicht noch etwas Gutes: Er prügelte keine Frauen. Das würde man auf seinen Grabstein schreiben können, wenn er tot war. Über Tote soll man ja nicht schlecht reden, und wenn einem aber sonst nichts einfällt, über das man reden kann, dann vielleicht wenigstens das?

Ich entschied mich, ihn nicht zu schlagen, es hätte mir nicht geholfen, überhaupt nicht. Und am Ende hätte er vielleicht doch zugehauen. Ich war ja keine Frau, und woher sollte ich wissen, ob er auch diesen letzten Rest Anstand noch in sich trug? Vielleicht würde ich auch auf den Grabstein schreiben lassen, dass man nicht wisse, ob er Frauen schlug? Schien mir sicherer, bei den Armen und dem restlichen Look, den er hatte. Auch wenn er jetzt diesen fetten Umschlag in der Hand hielt, war davon auszugehen, dass er in den letzten zwei Jahrzehnten nicht nur sonnige Tage erlebt hatte.

Ich entschied mich, ihn nicht zu schlagen. Nicht nur, weil es mir nichts genützt hätte, sondern vor allem, weil ich Antworten haben wollte. Deshalb fragte ich ihn, ob er das ernst meine, ob er wirklich der Meinung sei, dass Mama und ich schuld daran seien, dass Vanessa tot war. Ich fragte ihn nicht nur, weil ich ihn nicht schlagen wollte, nein, ich fragte ihn auch, weil ich mir diesen Vorwurf so oft in den letzten Jahren selbst gemacht hatte und wissen wollte, was seine echte Meinung dazu war.

Er sagte nur: »Was?«, und kurz bereute ich es, dass ich ihn nicht geschlagen hatte.

»Dass Mama und ich schuld daran sind, dass Vanessa sich totgefahren hat?«, fragte ich.

»Von mir hatte sie das Auto nicht«, sagte er trocken, und ich spürte einen Stich in meiner Brust. Ich machte den Mund auf, wollte darauf antworten, aber er war schneller und sagte: »Marcel, sie war meine Tochter. Du bist mein Sohn, und Silke ist meine Frau. Das kann man nicht mehr ändern. Aber ich sage dir, dass das nicht passiert wäre, wenn ich hier gewesen wäre. Aber ich durfte nicht, und das war nicht meine Entscheidung. Ihr wolltet mich nicht, und nun wollt ihr beide das Geld nicht. Weißt du, wie viel das ist? Weißt du es?«

Ich sagte nichts.

»Das sind einhundertachtzigtausend Euro. Einhundertachtzigtausend! Weißt du, was man damit alles machen kann?«

Ich sah auf den Briefumschlag. Diese Zahl erschien mir so irre hoch, dass ich den Kopf schüttelte. Ich hatte keine Ahnung, was man mit so einer Menge Geld anfangen konnte. Ich hätte nicht einmal gewusst, was ich mit zweitausend Euro angefangen hätte. Was auf der Welt gibt es, das so teuer ist? Ich weiß nicht, warum, aber ich musste an diesen Typen denken, den ich mal im Fernsehen gesehen hatte. Der kam aus irgendeinem Kaff in Mecklenburg oder so und hatte Anfang der Neunziger mehrere Millionen im Lotto gewonnen, die er dann für Schrott auf den Kopf kloppte. Ferrari für sich, Pferd für die Frau, Go-Kart-Bahn für die Kinder, und nach ein paar Jahren war alles weg, und der lebte wieder von der Stütze. Als ich das damals sah, fand ich das beeindruckend und dachte mir, dass ich das nicht anders gemacht hätte. War doch geil, mal so richtig die Sau rauszulassen. Aber was zur Hölle sollte ich mit einhundertachtzigtausend Euro? Diese Summe war viel schwieriger, sie würde sofort alle Probleme lösen, aber damit wäre doch niemandem geholfen. Ich erinnerte mich an die Situation vor ein paar Monaten, als ich mit Pascal an den Schrampsee wollte und wir bei Dirk gestrandet waren. Ich erinnerte mich an das Hitlerbuch, das Dirk uns gezeigt hatte. Man konnte von diesem Geld ungefähr drei Hitlerbücher kaufen, dann wäre es weg und man müsste nicht mehr daran denken. Ich wollte sein Geld nicht. Damals, ja, da hätten wir damit was anfangen können, da hätten wir es gebraucht, heute war es nichts wert.

Ich sah noch immer auf den Umschlag, dann sagte ich: »Zeig mal«, und er öffnete den Umschlag und zeigte mir die Scheine. Nur Fünfhunderter. Dreihundertsechzig Fünfhunderteuroscheine.

»Wo kommt das Geld her?«, fragte ich, und er machte den Umschlag wieder zu.

»Es ist dafür da, um euch zu helfen. Woher es kommt, spielt keine Rolle.«

Ich schüttelte wieder den Kopf. Dann sagte ich: »Ich will es nicht haben.« Während ich sprach, bildete sich ein Kloß in meinem Hals. Nicht, weil ich das Geld ablehnte, sondern weil ich mir eine Umarmung wünschte.

Ich sah ihn an, sah auf die Sonnenbrille, hinter der sich seine Augen versteckten. Keine Ahnung, was er fühlte, wenn er überhaupt etwas fühlte.

»Komm mit!«, hörte ich mich sagen und ging die Treppe runter. Auf halber Treppe drehte ich mich um, sah nach oben, und er nahm unschlüssig die ersten Stufen, drehte sich dabei noch mal um, und in der Wohnung gegenüber von meiner ging die Tür zu. »Bei den Assis ist mal wieder was los«, dachte ich im Stillen und hätte fast gelacht.

Ich ging die Treppen weiter hinab und hörte seine Schritte auf den Stufen. Draußen vor dem Haus suchte ich sein Auto, und tatsächlich: Er fuhr noch immer diesen alten Passat, den er sich damals bei dem Autohändler mit den bunten Wimpeln hatte aufschwatzen lassen. Ich ging direkt zur Fahrertür, riss sie auf und setzte mich hinters Lenkrad.

»Was soll das werden?«, fragte er, nachdem er sich neben mich gesetzt hatte. Ich hielt nur die Hand flach auf, in die er mir den Schlüssel drückte.

»In diesem Auto hättest du mir Fahren beibringen müssen«, zischte ich, als ich den Schlüssel in das Zündschloss schob. Dann drehte ich ihn um, drückte die Kupplung durch, legte den ersten Gang ein und ließ die Kupplung langsam kommen. Ich fuhr um unseren Block, bog auf die Hauptstraße ab und fuhr in Richtung Stölpenbad.

»Willst du baden gehen?«, fragte er grinsend, als ich den Wagen auf dem Parkplatz vom Stölpenbad abstellte.

Ich drehte mich zu ihm, sah ihm wieder auf die Sonnenbrille und fragte: »Meintest du das gerade wirklich ernst, als du sagtest, dass Mama und ich schuld daran sind, dass Vanessa sich totgefahren hat?«

»Bin ich es etwa?«, schoss es aus ihm heraus. »Ich war nicht da. Ich durfte nicht da sein. Ich kann nichts dafür! Ihr hättet euch um sie kümmern müssen, als ich es nicht durfte!«

»Hier ging es damals los.«

»Was?«

»Das«, sagte ich und drückte das Gaspedal voll durch, und der Wagen schoss los. Der von den Reifen aufgewirbelte Kies knallte gegen den Unterboden, und als wir den Parkplatz verließen, ging ich bei fünfzig Kilometer die Stunde in den zweiten Gang. Als ich an den Strommasten war, knallte ich den dritten Gang rein, wir hatten nun neunzig, vielleicht sogar schon hundert Sachen drauf, ich achtete nicht auf Tacho und Umdrehungszähler, ich fühlte den Wagen so, wie Maik und Mike es mir damals beigebracht hatten. Als wir nach Seeben reinrasten, ich kurz davor war, in den vierten Gang zu gehen, brüllte er laut »Marcel!«, und ich stieg mit beiden Füßen auf Kupplung und Bremse, riss gleichzeitig die Handbremse hoch, und mit einem wahnsinnig lauten Quietschen schossen wir an den ersten Häusern vorbei, während die Mauer immer näher und näher kam. Vor ein paar Jahren hatte ich diesen Film mit Christian Bale und Matt Damon gesehen. Dieser Film, wo Christian Bale den Rennfahrer spielt, der mit seinem Ford in Le Mans gegen Ferrari antreten soll, während Matt Damon den Typen spielt, der ihm den Wagen gibt. In diesem Film gibt es eine Szene, in der Christian Bale mit seinem Sohn nachts auf der Rennstrecke sitzt und von der perfekten Runde philosophiert, er spricht davon, dass sie hier irgendwo wartet, die perfekte Runde, und er fragt seinen Sohn, ob dieser die Runde sehen könne, und der Sohn sagt ja. In diesem Gespräch zwischen Vater und Sohn will der Sohn wissen, wie der Vater es schafft, sich auf der Strecke zu orientieren, woher er weiß, wann und wo er bremsen muss, und Christian Bale erzählt seinem Sohn, dass es ganz einfach ist, denn je schneller man fährt, umso langsamer werden die Dinge um einen herum. Als ich den Film sah, empfand ich das als unsinnig, ich konnte mir nicht vorstellen, dass die Umgebung um einen herum langsamer wird. Jetzt, während wir auf die Mauer zurasten, ich keine Kontrolle mehr über den Wagen hatte, spürte und sah ich, wie tatsächlich alles immer langsamer wurde. Links von mir sah ich die italienische Kneipe. Ich konnte die Gerichte auf der Tafel lesen, die dort unsauber mit Kreide aufgeschrieben waren: Pizza Salami, Pizza Schinken, Nudeln Carbonara. Preise standen nicht auf der Tafel, die wurden beim Bezahlen ausgehandelt. Ich sah die speckige Fassade der Kneipe, die dreckigen Fenster und die halbtoten Gladiolen, die in den Blumenkästen waren. Ich sah nach vorn, sah, wie die Mauer sich näherte und näherte. Aber ich sah auch, dass ich noch Zeit hatte, viel Zeit, bis wir in die Mauer einschlagen würden. Ich drehte meinen Kopf nach rechts. Dort saß mein Vater, der nicht angeschnallt war, der nie angeschnallt war, und ich sah, wie er mit beiden Händen in das Armaturenbrett griff, es beinahe aus der Verankerung riss. Wenn wir einschlagen, dachte ich kurz, werden erst seine Füße und dann auch schon seine Hände zertrümmert werden. Die Hände, mit denen er immer so fest zupacken, schlagen, aber nicht streicheln konnte, würden gleich an der Wand in tausend Stücke fliegen, während wir Vanessas Zeichnung mit unserer vervollständigen würden. Ich sah ihn von der Seite an, die Brille hing schief. Wie war das passiert? War er sich im Gesicht herumgefahren, als ich auf das Gaspedal getreten war? War sie durch die starke Bremsung verrutscht? Sein Mund war weit aufgerissen. Er brüllte etwas, etwas, das mir sehr vertraut vorkam, erst dachte ich, dass er wieder meinen Namen brüllen würde, doch dann wurden wir durch die Bremsung anscheinend zu langsam und die Zeit lief wieder normal, was dazu führte, dass ich ihn verstehen konnte.

»Vanessa!«, brüllte er aus vollem Leib. Ich weiß nicht, ob er ihren Namen nur einmal oder mehrmals brüllte, aber ich weiß, dass es sich so anhörte, als wollte er sie von den Toten aufwecken, damit wir jetzt noch nicht zu ihr kommen brauchten. Und ich weiß nicht, ob Vanessa eingriff oder ob es die reine Physik war, aber als die Zeit wieder vollkommen normal floss und wir kurz davor waren, in die Mauer einzuschlagen, platzten die Vorderreifen, und der Wagen geriet ins Schlingern. Wir drifteten seitwärts auf die Mauer zu. Der Wagen zog nach links, war nun parallel zur Mauer. Er würde zuerst dran sein, dachte ich noch, da platzte auch der Reifen hinten rechts, und mit einem harten Stoß knallte der Wagen gegen den Bordstein, hinter dem das Straßenbegleitgrün kam, auf dem wir damals die Kerzen und Fotos von Vanessa stehen hatten, bis uns das Amt das verbot.

Wir standen. Ich glaube, dass es schlussendlich der Pfeiler des großen Straßenschildes war, der uns rettete. Der Pfeiler, der eigentlich stehenbleiben sollte, wenn jemand auf die Mauer zuraste. Die vordere rechte Flanke des Passats hatte sich um den Pfeiler herumgepresst, und ich glaube, wäre der Pfeiler nicht gewesen, hätten wir durch den Bordstein so einen Schlag bekommen, dass wir mit dem Dach voran in die Mauer gekracht wären. Vaters Karre war im Arsch, aber wir standen. Ich sah nach rechts. Er saß noch immer neben mir, riss sich die Brille von der Nase, und dahinter waren die braunen Augen, die früher immer so gefunkelt hatten, wenn er uns seine Lügengeschichten auftischte. Er weinte. Er weinte wirklich, fuhr sich mit der Hand durchs Gesicht und zitterte, mehr als Mama eben noch oben in ihrer Wohnung.

»Ich will dir eine Geschichte erzählen«, sagte ich.

»Was?«

»Du hast mir und Vanessa immer Geschichten erzählt. Du hast uns immer von einer Zukunft erzählt, die es nie gab, bei der du nie vorhattest, sie uns zu zeigen. Du hast nur davon erzählt. Du hattest mir versprochen, dass wir nach Schweden zum Angeln fahren, du wolltest mit uns nach Amerika und du hattest uns versprochen, dass wir an den Balaton fahren.«

Er wollte zum Widerspruch ansetzen, wollte mir erzählen, dass er nichts dafürkonnte, dass es nicht seine Schuld war, dass das Wohnmobil auf dem Parkplatz an der A9 verreckt war. Er wollte mir erzählen, dass er nichts dafürkonnte, dass Mama uns genommen hatte und wir dann bei der Frau übernachteten, die uns vom Parkplatz weggebracht hatte.

Ich ließ ihn nicht reden, ich wollte keine Lügen mehr hören, es wurde Zeit, dass er hörte, was ich zu sagen hatte. Als er den Mund öffnete und anfangen wollte, legte ich den Finger auf meinen Mund und er blieb tatsächlich still. Er sah kaputt aus. Seine Stirn war aufgeschlagen. Als das Auto sich um das Straßenschild gewickelt hatte, musste er mit dem Kopf gegen die Konsole oder gegen die B-Säule geschlagen sein. Sein Blut rann in dünnen schwarzen Bahnen seine Stirn herunter, ohne dass er es merkte.

»Der Urlaub in Frankreich damals war fürchterlich«, sagte ich, und er konnte sich nicht mehr halten, fing sofort an davon zu sprechen, dass er dort alles eingehalten habe, was er versprochen hätte, und ich legte wieder meinen Finger auf den Mund. Es dauerte ein bisschen, er redete vom Eiffelturm, den wir gesehen hätten, auf dem wir gestanden und von dem wir bis zu dieser Glöckner-Kathedrale geschaut hätten. Ich schüttelte langsam den Kopf und spürte, wie traurig ich wurde. Er hatte seine Geschichten so oft erzählt, dass er sie selbst so fest glaubte, als wäre das wirklich so gewesen. Als hätten wir wirklich auf dem Eiffelturm gestanden.

Ich sagte ihm, dass das Einzige, was wir von Paris gesehen hatten, Gewerbegebiete und die Autobahn gewesen waren. Der längste Aufenthalt war der Stau vor einem Tunnel gewesen, bei dem gar nichts mehr ging und wo er noch Witze gemacht hatte, dass sich darin gerade eine englische Prinzessin totgefahren hätte und wir so lange warten müssten, bis ein Prinz sie abhole. Wir waren niemals auf dem Eiffelturm gewesen. Das sagte ich ihm. Ich sagte ihm auch, dass der Eiffelturm bei Bitterfeld hätte gestanden haben können, dass das für mich keinen Unterschied machen würde, da Bitterfeld nicht anders ausgesehen habe als die hässlichen Gewerbegebiete, die wir damals angefahren hatten.

Er sah mich an, sagte nichts, schwieg sich aus. Keine Widerworte mehr. Endlich Ruhe.

Ich sprach weiter, sagte, dass ich irgendwann selbst geglaubt hätte, auf dem Eiffelturm gestanden zu haben, dass ich glaubte, den Strand von Dünkirchen gesehen zu haben, dass wir in Lyon Pizza essen gewesen wären und ich mir irgendwann sogar eingeredet hätte, dass wir beide in einem französischen Bistro das WM-Finale zwischen Deutschland und Brasilien gesehen hätten. Dabei hatte ich erst am Tag danach in der Bild-Zeitung gelesen, dass Kahn nicht alles hatte halten können. Und doch seien seine Lügen so schön gewesen, dass ich glaubte, das alles erlebt zu haben. Wir waren 2002 in Frankreich gewesen, ja. Aber eben nur auf der Autobahn, und das einzig Schöne auf der Tour waren die Rastplätze gewesen, wo wir gegrillt hatten und er mir von Amerika erzählte.

»Du warst nie in Amerika?«, fragte ich, und er schüttelte langsam den Kopf.

Das Blut sammelte sich an seiner Augenbraue und lief nun langsam die Schläfe hinunter.

»Aber ich hatte eine Schwester, oder? Hatte ich eine Schwester?«

»Ja«, sagte er leise.

Ich blickte mich im Auto um. Hier drin hatten wir gesessen, als meine Einschulung war. Kurz nur, dann mussten wir laufen. Ich konnte mich daran erinnern, wie Pascal neben mir auf dem Beifahrersitz gesessen hatte, Mama, Vanessa und Dirk waren hinter mir, und Papa hatte am Steuer gesessen, wo ich jetzt war. Niemand von uns war angeschnallt gewesen. Nie waren wir angeschnallt. Als glaubten wir, ewig leben zu können. Ich fasste nach links, griff den Gurt und zog langsam daran. Ganz geschmeidig ließ er sich führen. Als ich ihn losließ, surrte er zurück und die Schnalle schlug gegen das Fensterglas. Ich guckte nach rechts. Er saß da, starrte auf die Konsole und sagte nichts. Sein Gesicht war versteinert. Warum hatte ich so viele Jahre Angst vor dieser Witzfigur gehabt? Warum dachte ich immer, dass er Antworten auf Fragen hatte, die ich selbst nicht kannte? Warum hatten wir es zugelassen, dass er alles kaputt machen konnte? Ich konnte Vanessas Spuren in der Steinmauer sehen. Ich hatte sie mit dieser Fahrt nicht zerstört, und dafür war ich sehr dankbar.

Ich stieg aus und sagte ihm, dass ich ihn nie wieder sehen will.

Das blaue Monster

02. Januar 2003

Heute wäre es wichtig gewesen, pünktlich Feierabend zu machen, da ich mit Vanessa und Steffi Kuchen backen wollte. Vanessas Klasse sollte in ein paar Wochen auf Klassenfahrt gehen, und sie brauchte den Kuchen für den Basar, der am nächsten Tag in der Aula stattfinden würde. Ich kannte das noch sehr gut aus meiner Zeit, war ja noch nicht lange her. Jedes Jahr stand Frau Baumann vor der Klasse und forderte alle auf, zu Hause Kuchen zu backen, damit die Bedürftigen unter uns ebenfalls die Möglichkeit hatten, bei der Klassenfahrt dabei zu sein. Ich weiß nicht, wie es in Vanessas Klasse war, da sie nicht Frau Baumann als Lehrerin hatten, aber bei uns lief es so ab, dass vollkommen klar war, für wen der Kuchen gebacken wurde, da Frau Baumann mich und die anderen paar Idioten dabei extra lange angesehen und dann immer gefordert hatte, dass wir uns besonders viel Mühe gaben.

Vanessas Klasse sollte tatsächlich nach Österreich zum Skifahren reisen. Mit Frau Baumann kamen wir nur an den Schrampsee, in den Harz und einmal bis nach Rostock, was schlimmer war, als es klang. Diese Reisen waren zwar beschissen, aber sie waren vor allem günstig, sodass die ganze Klasse nur ein paar Blechkuchen aufbringen musste, damit der ganze Spaß bezahlt werden konnte. Das war immer so abgelaufen, dass wir in der Aula eine Tischreihe aufgebaut hatten, auf der die Kuchen lagen. Die Mädchen mussten in Schönschrift die Sorten aufschreiben: Streuselkuchen, Bienenstich, noch mal Streuselkuchen, altmärkischer Glatteiskuchen, und meistens folgten dem noch zwei bis vier weitere Streuselkuchen. Frau Baumann kontrollierte die Schildchen, meckerte rum, dass sie mit der Auswahl der Kuchen nicht zufrieden sei, und erinnerte uns daran, dass wir nach der Veranstaltung die Aula in einem sauberen und ordentlichen Zustand zu hinterlassen hätten. Dann wurden in den Pausen sämtliche Jahrgänge der Schule reihenweise an uns vorbeigeschleust. Pascal und ich versuchten die Kuchen zu verkaufen, Torben flirtete mit den Mädchen aus den unteren Jahrgängen, während Jessica ihn mit Eisesaugen ansah. Am Ende blieben ein Haufen Krümel auf dem Boden und eine Magenverstimmung in Pascal und mir übrig. Selbst wenn wir alles abverkauft hatten, fehlten für alle bedürftigen Schüler insgesamt einhundert oder zweihundert Euro. Den restlichen Fehlbetrag organisierte Frau Baumann über den Schulförderverein.

Bei Vanessa lag die Sache anders. Um das Geld für Österreich auftreiben zu können, hätte ein Basar gar nicht gereicht. Die Zuzahlung sollte 450 Euro betragen, und dazu kam noch das Taschengeld, das sie vor Ort brauchen würde. Als Vanessa mit dem Ausflugsprogramm nach Hause kam, flossen Tränen, und Mama hatte dann am nächsten Tag in der Schule angerufen und gefragt, wie die sich das vorstellten. Die Antwort der Sekretärin war gewesen, dass das alles demokratisch bei der Elternversammlung besprochen worden sei und es nicht das Problem der Schule sei, wenn bestimmte Eltern nicht daran teilnehmen wollten. Ich wusste, warum meine Mutter nicht bei der Versammlung gewesen war. Es war nicht, weil Mama besoffen auf dem Sofa lag. Es war nicht, weil Mama irgendwo rumhurte. Es war nicht, weil Mama lieber zu einem Konzert nach Magdeburg gefahren war. Es war nicht, weil Mama sich nicht für Vanessa interessierte und keinen Bock auf die Versammlung hatte. Nein, es lag daran, dass Mama am Abend der Elternversammlung die Kühltheke des Fleischers in Lötzek auswischte. Und nach der Kühltheke waren noch der ganze Verkauf, der Zerlegeraum, die Fleischschneidemaschine und alles andere, was man sich bei einem Fleischer so vorstellen kann, dran. Es kam an den Tagen, an denen

Mama beim Lötzeker Fleischer putzte, selten vor, dass sie vor 21 Uhr zu Hause war. Ich glaube, dass es ihr wichtig gewesen wäre, bei der Elternversammlung dabei zu sein, aber wen interessierte schon, was einer alleinerziehenden Mutter wichtig war?

Der Plan war, dass wir uns gegen 18 Uhr bei uns zu Hause treffen und dann anfangen würden. Vier Bleche wollten wir beisteuern. Da ich vorher in Altenwedel war, sollte ich die Zutaten nach der Arbeit kaufen. Die Auswahl in Jeetzenbeck war beschränkt, und zwischen Autowerkstatt und Bahnhof kam ich am großen Marktkauf vorbei, sodass ich in Ruhe alles hätte besorgen können. Ich dachte mir nichts Böses, als ich am Morgen in der Ferkeltaxe saß und zur Arbeit fuhr. Ich dachte mir nichts Böses, als ich mit Mike und Maik gegen Mittag auf der Ladefläche eines Pritschentransporters saß und wir uns mit verschmierten Pfoten unsere Hackepeterbrötchen reindrückten, und ich dachte mir nichts Böses, als Borchert um 13 Uhr von seinem Platz aus durch die Durchreiche brüllte, dass gleich ein Golf in die Werkstatt kommen würde, bei dem das Getriebe zu wechseln sei. Gegen 15 Uhr, spätestens 16 Uhr hätte ich Feierabend machen müssen, damit ich im Zeitplan blieb. Und zu Hause musste ich noch duschen, hier in der Werkstatt war das nicht möglich.

Dass ein Getriebewechsel nicht so schnell geht, wie die Reifen auszutauschen, wusste ich. Dass Borchert aber darauf bestand, dass die Karre noch am selben Tag flottgemacht werden sollte, wurde uns erst gesagt, als der Wagen gegen 14 Uhr in die Halle geschoben wurde. Ich war inzwischen komplett für das Ein- und Ausfahren der Fahrzeuge zuständig. Mike und Maik hatten keinen Bock, sich immerzu in die Autos hinein- und herauszuzwängen, somit war es an mir, dafür zu sorgen, dass die Autos schön gerade auf die Hebebühnen kamen und ordentlich auf dem Parkplatz abgestellt wurden.

Ich hatte alles vorbereitet, der Platz zwischen den Hubpfosten der Bühne war frei, und auch das Getriebe lag parat, nachdem Mike und Maik es aus dem Lager geholt hatten. Selbst die Werkzeuge lagen an ihrem Platz. Und dann kam der Wagen. Ein grüner Golf Country von 91, triefend vor Dreck. Es war nicht nur das Getriebe zu machen. Es wartete ein Ölwechsel, der Austausch der Lichtmaschine, und vor allem sollte das Auto gewaschen und innen gesaugt werden. Der Golf gehörte einem Förster, mit dem Borchert im Schützenverein soff. Der Typ wollte am nächsten Tag mit dem Ding hoch zur Küste. Wozu auch immer, war uns auch egal, denn jetzt hatten wir hier richtig Programm. Das in zwei Stunden zu schaffen, war unmöglich, und zu Hause wartete Vanessa auf mich, die sich kaum dafür interessieren würde, warum und wieso ich so spät nach Hause kam, denn sie wollte und sollte Ski fahren. Steffi würde heute Abend wohl auch dabei sein. Das wusste ich offiziell natürlich nicht, hatte es aber mitbekommen, als Vanessa gestern mit ihr auf dem Klo telefoniert hatte, während ich im Flur stand. Ich hätte auch in unserem Zimmer stehen können, die Wohnung war so hellhörig, dass man alles mitbekam, was in den anderen Zimmern los war. Aber auch so war Vanessa eine Art Vermittlerin zwischen mir und Steffi geworden. Meine Schwester hatte sie in den letzten Wochen immer wieder nach Obersfelde begleitet, wo sie tatsächlich zusammen zur Tanzschule gingen. Ich durfte nicht mit und fragte auch nicht mehr. Vielmehr wunderte ich mich über Vanessa. So zwei bis drei Stunden bevor sie sich mit Steffi am Bahnhof traf, ging es los. Sie wühlte sich durch die Sportsachen, die Mama ihr bei Kik gekauft hatte, und schimpfte, dass ihr das alles nicht so richtig passen würde und sie viel zu dick sei. Ja, Vanessa hatte schon etwas Babyspeck auf den Hüften, aber es war nicht so, dass sie fett war. Sie war halt ein bisschen rund, deshalb achtete Mama immer darauf, dass die Sachen, die sie bekam, schwarz waren, weil das die Figur ein wenig kaschierte. Wenn Vanessa dann die Sachen zusammengesucht hatte, die sie anziehen wollte, musste ich ihr immer sagen, dass sie gut darin aussähe. Wenn ich das sagte, glaubte sie mir nicht, und wenn ich durchblicken ließ, dass dieses eine Oberteil vielleicht nicht ganz das Richtige war, saß sie heulend auf dem Bett und beschimpfte sich selbst als dickes Monster. Jedes Mal lief das so. Und ich setzte mich dann neben sie, nahm sie in den Arm, während sie meine Hände kontrollierte, ob die nicht voller Schmiere und Motoröl waren, und erzählte ihr, dass sie irgendwann mit Steffi auf der großen Bühne im Park tanzen würde. Ich versuchte es so zu erzählen, wie Papa es das eine Mal getan hatte, als er Steffi und mich nach Lötzek fuhr. Es gelang mir nicht, und Vanessa sagte, dass ich sie nicht verarschen solle, also erzählte ich ihr, dass das mit der Bühne gar nicht so wichtig sei, denn viel wichtiger sei, dass Vanessa Zeit mit Steffi verbringen und vor allem tanzen lernen könne. Irgendwann hatte ich sie dann halbwegs aufgebaut, und einmal hatte ich sie auch gefragt, ob sie mir nicht etwas vortanzen wolle, was sie dann sogar tat. Es war schön, meine Schwester durch unser Zimmer wirbeln zu sehen. Sie hatte ihre Augen geschlossen, das Gesicht war vor Konzentration angespannt, und erst langsam entspannte sie sich, ließ sich von der Musik treiben und lachte am Ende dabei.

Bei Steffi war es schöner oder anders schön. Vanessa war halt meine Schwester, aber bei Steffi wirkte das ganz schön sexy, wenn sie mit der Musik eins wurde, wenn es nicht sogar Steffi war, die die Musik steuerte und nicht andersherum. Bei Vanessa wirkte es eher so, als wenn sie mit der Musik null Komma fünf werden würde, da sie die ganze Zeit einen halben Takt hinterherhing oder etwas zu schnell war. Mich störte das alles nicht, ich fand es toll, dass sie etwas gefunden hatte, das ihr Freude bereitete, und es war mir egal, dass sie sicher nie eine berühmte Tänzerin werden würde. Aus mir würde auch kein Profifußballer werden, das wusste ich damals schon, auch wenn der Trainer immer wieder versuchte, mir das Gegenteil einzureden. Allerdings wurden auch diese Versuche immer halbherziger, und ich hatte verstanden, wo mein Platz war: unten. Ich war nicht bei der Talentschmiede in Wolfsburg oder vom FCM, wo den Nachwuchsspielern der Arsch nachgetragen und abgewischt wurde. Nee. Ich war beim Männerturnverein Jeetzenbeck, und hier musste ich meine Schuhe selber putzen, es gab keine individuelle Förderung, und das Taktiktraining sah so aus, dass Schmidt uns aufforderte, alle vom Platz zu kloppen.

Gemeinsam mit Maik und Mike schob ich den Wagen zwischen die Pfosten der Bühne. Noch als die Karre von Maik nach oben gefahren wurde, kroch ich unter das Auto und schraubte den Ölfilter ab, damit wir zumindest hier einen kleinen Vorsprung rausholen konnten. Mit einem aufgesägten Benzinkanister hockte ich unter dem Golf, drehte den Filter runter und ließ die Brühe in den Kanister laufen. Mike hatte sich in der Zwischenzeit eine Bockleiter geholt, diese vor die Motorhaube gestellt und angefangen, von oben die Kettenglieder unseres Schwenkkrans zwischen die Motorenteile fallen zu lassen. Ich legte die Kette um das Getriebe und löste die Schrauben, an die ich von unten gelangen konnte, während Mike das Gleiche oberhalb des Motors tat. Hätte der alte Hebekran, dessen Prüfsiegel von 1993 war, nachgegeben, wäre ich von dem Getriebe erschlagen worden, und Vanessa wäre nicht nach Österreich, sondern zu einer Beerdigung gefahren. Maik hatte sich inzwischen eine andere Bockleiter geholt und fummelte an der Lichtmaschine herum. Wir hatten richtig Tempo drauf. Die anderen beiden hatten zwar nichts Besonderes vor, auf Überstunden hatten sie aber überhaupt keine Lust. An den Tagen, an denen Borchert mal früher Feierabend machte, weil er sich im Schützenverein zulöten wollte, verpissten wir uns eine halbe Stunde nach ihm, selbst wenn es erst 12 Uhr war und die Arbeit sich türmte. Maik und Mike nannten mir typische Ausreden, wie dass man von einem Kunden aufgehalten worden sei, dass irgendein Auspuff noch zu heiß sei und tausend andere Dinge, von denen ich mir nicht vorstellen konnte, dass Borchert darauf reinfallen würde. Aber vielleicht war es dem egal. Einmal hatte ich eine Gehaltsabrechnung von Mike vor seinem Spind gefunden, und nachdem ich gesehen hatte, was er von Borchert bekam, war ich der Meinung, dass Borchert zufrieden damit sein musste, dass Mike und Maik überhaupt zur Arbeit kamen. Ich sah den Betrag und dachte, dass Mike schon seit gut zwanzig Jahren im Job war. Wenn der als erfahrener Geselle nicht einmal neunhundert Euro verdiente, was würde ich dann erst bekommen, wenn ich ausgelernt hatte? Sollte ich noch Geld mitbringen, um arbeiten zu dürfen? So langsam verstand ich Steffi, mit der ich ein paar Wochen vorher einen Streit gehabt hatte. Sie wollte wissen, warum ich mir diese Ausbildung antat, und ich hatte versucht ihr zu erklären, dass ich schon irgendwann Kohle ranbringen würde und vielleicht später sogar in Wolfsburg würde arbeiten können, wenn ich die Ausbildung erst einmal geschafft hatte. Und dann, wenn ich Geld hätte, würden wir Urlaub machen. Wir könnten an den Balaton fahren. Steffi hatte mich mit ihrem Strichmund angesehen, die Augen fest auf mich gerichtet, und ich hatte ihr gesagt, dass sie leicht reden hätte. Ihre Zukunft wäre abgesichert. Die Mutter verbeamtet, fast nur Einsen auf dem Zeugnis, was sollte bei ihr schon schiefgehen? Und dann hatten wir wieder für ein paar Tage Funkstille gehabt, und ich brauchte drei Anläufe, bis sie mir die Entschuldigung abnahm. Ich hatte manchmal das Gefühl, mit Frau Baumann und nicht mit Steffi zu reden. Beim ersten Anlauf hatte ich mich bei ihr entschuldigt, und sie wollte dann wissen, wofür. Als ich dann keine Antwort hatte, war das Gespräch beendet, und ich konnte wieder abziehen. Am nächsten Tag versuchte ich es dann am Telefon. Ich entschuldigte mich dafür, dass ich behauptet hatte, dass sie es viel leichter als ich hätte, und sie hatte nur geantwortet, dass das schon besser sei, sie aber nicht bereit sei, am Telefon über so etwas zu reden. Ich hatte ihr vorgeschlagen, vorbeizukommen, was sie nicht wollte. Am nächsten Tag war ich nach der Arbeit zu ihr gefahren und hatte mich dann erneut dafür entschuldigt, behauptet zu haben, dass sie es im Leben viel leichter hätte als ich. Sie hatte mich dann lange ernst angesehen, hatte nichts gesagt, und ich hatte überlegt, woran es dieses Mal lag, dass sie mit meiner Entschuldigung noch immer nicht zufrieden war. Dann aber hatte sie gesagt, dass es in Ordnung sei, und wir hatten dann noch den Abend miteinander verbracht, bei dem ich nicht das Gefühl hatte, dass alles in Ordnung war. Ganz und gar nicht. Angesprochen hatte ich das Thema nicht mehr – schien mir sicherer zu sein, als erneut in ein Fettnäpfchen zu treten.

Aber was hätte ich machen sollen? Pascal war kein Vorbild, so langsam wurde klar, dass auch er keinen Ausbildungsplatz bekommen würde, bei dem man Geld verdienen konnte. Dreißig Bewerbungen hatte er schon geschrieben, und wenn mal jemand antwortete, dann nur, um ihm abzusagen. Bei Jessica war es noch übler, die wollte Ergotherapeutin werden, und dafür sollte sie nach Wittenberg ziehen, wo sie drei Jahre ausgebildet werden würde. 400 Euro sollte sie monatlich dafür zahlen. Torben freute sich schon drauf. Freie Bahn für ihn. Ich verstand Jessica nicht. Jeder sah doch, dass Torben sich an jedes Mädchen ranmachte, nur sie war blind und erteilte ihm praktisch auch noch die Erlaubnis. Sie würden sich nur am Wochenende sehen, und Torben würde irgendwann zehn Kinder in der Altmark und Jessica vielleicht ihren Titel als Ergotherapeutin haben.

Als alle Schrauben gelöst waren und das Getriebe nur noch am Schwenkkran hing, schoben wir einen Werkzeugwagen unter das Auto und ließen das Getriebe darauffallen. Dann kam auch schon das neue Getriebe, und so, wie wir das alte ausgebaut hatten, wuchteten wir das neue da rein. Mike bediente den Kran, Maik richtete das Getriebe im Motorraum aus, und ich wummste die Schrauben rein. Maik erklärte mir die ganze Zeit, dass man es so, wie wir das gerade machten, auf keinen Fall machen dürfte, und mir kam es so vor, als würde ich in diesem Betrieb eigentlich nur lernen, was man als Kfz-Mechaniker niemals tun durfte. Vielleicht hätte ich Sicherheitsingenieur werden können? Allerdings hätte ich dafür Abitur gebraucht und in einer Gegend, in der es keine Arbeit gab, wurde auch niemand gebraucht, der die Arbeitssicherheit kontrollierte.

Als das Getriebe halbwegs mit dem Motor verbunden war, kümmerten sich Mike und Maik um den Rest. Ich hatte derweil eine der Bockleitern zwischen meinen Beinen und wanderte wie ein Malergeselle auf der Leiter durch die Halle. Auf meinem Rücken hatte ich mir mit Kabelbindern den Staubsauger festgezurrt, und in dieser Aufmachung holperte ich von Wagentür zu Wagentür und saugte den Innenraum aus, während mir die schmutzige Abluft gegen den Nacken blies.

Gegen 19 Uhr waren wir mit allem durch. Neues Getriebe, neue Lichtmaschine, frisches Öl, und der Wagen glänzte, als wäre er eben erst vom Band gerollt. Der Förster ging in aller Ruhe um sein Auto, nickte zufrieden, setzte sich rein und fuhr vom Hof. Borchert folgte ihm direkt, der wollte zum Kegeln nach Lötzek. Ich kam nicht auf die Idee, ihn zu fragen, ob er mich mitnehmen und in Jeetzenbeck absetzen könnte, und wäre ich draufgekommen, hätte er bestimmt nein gesagt. Und so standen wir da, es war bereits kurz vor halb acht, und ich hatte keine Chance mehr, irgendwie pünktlich zu Hause anzukommen. Wäre ich jetzt noch mit dem Fahrrad zum Marktkauf, dann zum Bahnhof und dann mit der Ferkeltaxe nach Hause gefahren, wäre ich irgendwann gegen 21 Uhr zu Hause gewesen, wenn nicht sogar noch später. Also fragte ich Mike: »Was ist mit dem Citroën?«

»Welcher Citroën?«

»Der da«, sagte ich und zeigte auf den blauen ZX, der schon zu meiner Ankunft hier gestanden hatte und nie bewegt worden war.

»Gutes Auto«, sagte Mike.

»Kann ich den haben?«

»Was?«

»Ob ich den haben kann?«

»Wie alt bist du?«

»16. Kann ich ihn haben? Ich habe es eilig.«

»Mit 16 hast du aber keinen Führerschein«, sagte Mike, und ich antwortete: »Wenn ich mittags für dich und Maik Hackepeterbrötchen holen fahre, interessiert dich das auch nicht.«

»Das sind Probefahrten im Rahmen deiner Ausbildung. Das ist legal und wird von der IHK gefordert.«

»Was?«

»Ohne diese Fahrten darfst du nicht zur Gesellenprüfung.«

»Kann ich mir nicht vorstellen.«

»Ich weiß es aber«, sagte Mike. »Außerdem finden die Fahrten hier im Gewerbegebiet statt. Das ist ein verkehrstechnisch separierter Raum. Man kann das kaum mit einer Fahrt im richtigen Straßenverkehr vergleichen.«

»Da hinten sind Wohnhäuser«, sagte ich und zeigte auf die gegenüberliegende Straßenseite.

»Wo willst du eigentlich hin?«, fragte er.

»Freundin wartet auf mich, und ich habe ihr versprochen, pünktlich zu sein«, sagte ich, was vielleicht nicht ganz der Wahrheit entsprach, da Steffi nicht wegen mir bei uns zu Hause war, aber gelogen war es auch nicht.

Mike nickte. Dieses Problem verstand er, und so, wie er gerade guckte, sann er all den Frauen nach, bei denen er es irgendwann richtig versemmelt hatte. Er beugte sich vor, flüsterte mir ins Ohr, dass die Karre morgen früh gefälligst kurz nach sechs auf dem Hof zu stehen habe. Ich bedankte mich hektisch und rannte zum Citroën, dessen Schlüssel unter der Fußmatte lag, wie die Schlüssel von allen Fahrzeugen hier unter der Fußmatte lagen.

Als ich mit dem Citroën losfahren wollte, tauchte Maik neben mir auf und klopfte an die Scheibe. Ich kurbelte das Fenster runter, und er fragte, was das hier werden solle. Ich sah ihn an und wollte schon losplappern, dass ich das gerade für meine Schwester und meine Freundin machte, aber er meinte nur, dass ich auch ein Kennzeichen brauchen würde und drückte mir zwei Nummernschilder in die Hand. Also wieder raus aus dem Auto, Kennzeichen in die Halterungen geklemmt, und schon bretterte ich vom Hof. Ich wunderte mich noch, dass die Karre so dröhnte, dachte, dass der Auspuff einen weghaben musste und vielleicht mal richtig freigeblasen werden sollte, aber noch hatte ich andere Sorgen. Ich musste zum Marktkauf. Zutaten einkaufen und zurück ins Auto, um irgendwie rechtzeitig nach Hause zu kommen.

Als ich eine halbe Stunde später mit dem Einkauf durch war, schon wieder im Auto saß und hinter dem Kreisverkehr in Altenwedel in Richtung Jeetzenbeck fuhr, tat ich der Karre den Gefallen und befreite den Auspuff vom Dreck und den Motor von seinen Ablagerungen, die sich in den Monaten des Herumstehens angesammelt hatten. Es war Zeit, herauszufinden, was die Kiste draufhatte. Ich trat das Gaspedal voll durch. In diesem Moment drückte es meinen Körper in den Sitz, und dass ich nicht bis zur Rückbank durchgereicht wurde, lag daran, dass ich das Lenkrad mit beiden Händen so fest umklammerte, als hinge mein Leben davon ab. Das war kein Auto. Das war eine Kreatur der Hölle. Die meisten Autos dieser Reihe hatten 1,1-Liter- oder 1,4-Liter-Motoren. Langweilige Vorstadtkarren, mit denen man Kinder zum Fußball und den Einkauf nach Hause fuhr. Aber der Wagen hier nicht. Der war anders, auch wenn er genauso aussah. Irgendein verrückter französischer Ingenieur war auf die Idee gekommen, dem Modell hier einen Hubraum von 2 Litern zu verpassen und die Zylinder mit jeweils vier Ventilen zu krönen. Der Motor dröhnte, schrie, dass ich es ihm geben solle, und ich gab's ihm, drückte meinen Fuß noch ein Stück weiter auf das Pedal, kloppte bei sechzig Sachen den zweiten Gang rein und ein paar Sekunden später den dritten, da war ich schon weit über hundert. Ich lachte laut, lachte so laut, wie ich konnte, und hätte jemand neben mir gesessen, hätte er mich nicht hören können, da der Motor durch die Fahrgastzelle brüllte, dass hier noch nicht Schluss sei, und als ich das Ding auf hundertvierzig hochgezogen hatte und in den vierten Gang hätte wechseln können, bremste ich die Karre hart ab und fuhr rechts in einen der Waldwege, wo ich zitternd aus dem Auto stieg und eine Zigarette rauchen musste. Ich klapperte am ganzen Leib, das Auto hier war fast besser als der Sex mit Steffi, das ließe sich nur toppen, wenn ich in dem Auto Sex mit Steffi hätte, aber dann müsste uns einer durch die Gegend fahren, beides konnte man zur gleichen Zeit ja nicht machen. Und ja, vorher musste ich die Beziehung mit Steffi erst mal überhaupt wieder hinbekommen. Ich bekam das Feuer kaum an die Kippe ran, weil ich so lachen musste. Ich beschloss, Borchert vorzuschlagen, so lange gratis Überstunden zu machen, bis ich die Karre abgearbeitet hätte. Und wenn es acht Jahre dauern würde! Dieses Auto und ich würden nie wieder voneinander zu trennen sein. Als ich die Zigarette endlich an hatte, ging ich zum Fahrersitz, zog den Hebel der Motorhaube, ging wieder vor und hob ganz langsam den Blechdeckel hoch. Der Monstermotor war so groß, dass man alle anderen Bauteile irgendwie um ihn herumgestopft hatte und dessen vier schwarze Krümmer sich wie aufgepumpte Muskeln nach unten bogen. Es schien, als würde der Motor vor Wut vibrieren.

»Ich liebe dich!«, sagte ich leise zu ihm. Dann machte ich den Deckel vorsichtig wieder zu, fuhr langsam mit den Fingern über die Citroën-Winkel, stieg wieder ein und tuckerte ganz ruhig nach Hause, wobei der Motor brummte und es mir so vorkam, als sei er von meiner besonnenen Fahrweise enttäuscht. Und er hatte ja recht. Hätten die Bullen mich gesehen, die hätten mich mit ihren Passats niemals einfangen können.

Zu Hause warteten Steffi, Vanessa und meine Mutter in der Küche auf mich.

»Was stimmt mit dir nicht?«, fragte Steffi, als ich dumm grinsend in die Küche sah. Ich antwortete nicht, für das, was ich gerade fühlte, gab es keine Worte. Hier waren sie, die wundervollsten Frauen in meinem Leben, vereint um unseren Küchentisch herumsitzend, und unten wartete der Citroën auf mich.

»Den Blick kenne ich von seinem Vater«, sagte Mama. »Was hast du angestellt?«

»Nichts, ihr Lieben. Nichts«, sagte ich und stellte den Einkauf auf dem Küchentisch ab.

»Du hättest vor Stunden hier sein sollen«, sagte Vanessa. Ich nickte, gab ihr einen Kuss auf die Stirn, den sie sich sofort wieder abwischte, und ging unter die Dusche, deren heißes Wasser mich langsam wieder abkühlte.

Als ich zurückkam, waren Vanessa und Steffi dabei, den Teig anzurühren. Mama saß zwischen den beiden, guckte streng und rauchte.

Ich setzte mich meiner Mutter gegenüber, Vanessa war links von mir, und Steffi holte eine Schüssel aus dem Küchenschrank. Dann kam sie zu mir, stellte die Schüssel auf dem Tisch vor mir ab und setzte sich rechts neben mich.

»Ich kann helfen«, sagte ich und wollte die Zutaten in die Schüssel kippen. Steffi packte meine Hände und sah sie sich an. Es fühlte sich schön an, wie sie mit ihren Fingern meine Hände abtastete.

»Die sind frisch gewaschen«, sagte ich. »Ich bin sogar mit der Bürste über meine Fingerkuppen gegangen.«

»Die sind pechschwarz.«

»Da kann man nichts machen, die sind sauber!«

Steffi schob meine Hände von sich, stand wieder auf und wusch sich ihre Hände an der Küchenspüle. Als sie sich mit einem Geschirrtuch abtrocknete, sagte sie, dass sie auch ohne mich zurechtkommen würden. Warum ich so spät zu Hause war, wollte niemand wissen. Anscheinend erwarteten die drei nichts anderes von mir.

»Euer Vater war heute hier«, sagte Mama plötzlich und zündete sich eine Zigarette an.

Ich nahm ihre Packung und tat es ihr gleich. Ein halbes Jahr vorher hätte es richtig Stress gegeben, hätte ich vor ihr geraucht, aber jetzt war ich entweder erwachsen oder alles egal und vielleicht sogar beides.

»Was wollte er?«

»Wollte was im Keller unterstellen. Schien ihm sehr wichtig zu sein«, sagte Mama und nahm einen Zug von ihrer Zigarette. »Ich habe ihm gesagt, er soll sich zum Teufel scheren.«

Vanessa stand langsam auf, bestrich ihre Hände mit Mehl und fing an, den Teig zu kneten, während Steffi mit beiden Händen die Schüssel hielt.

»Ich bin froh, dass der endlich weg ist. Der hat nur Ärger gebracht«, sagte Mama, und Vanessa antwortete: »Vielleicht wäre es leichter, wenn Papa wieder hier wäre?«

»Was wäre leichter?«, fragte Mama pampig und klopfte ihre Zigarette über dem Aschenbecher ab, der auf der Tischmitte stand.

Die Glut löste sich erst, als sie die Hand zurückzog, und die Asche landete auf dem Küchentisch.

»Ich kann dir sagen, was leichter wäre, gar nichts! Ich brauche ihn nicht. Wir brauchen ihn nicht!«

»Ihr könntet es doch versuchen!«, sagte Vanessa mit hoher Stimme. Ihre Hände zitterten.

Mama sah Vanessa finster an, sah sie so an, wie sie Papa immer angesehen hatte, wenn er etwas verbockt hatte. »Ich habe es oft genug versucht. Immer wieder habe ich es versucht.«

»Er meint es doch nicht so! Es ist ihm vielleicht nicht leichtgefallen, aber er war doch eigentlich immer für uns da«, sagte Vanessa. Eine Strähne löste sich und fiel ihr ins Gesicht. Sie wischte sie zurück, und kleine Teigstückchen blieben an ihrer Schläfe zurück.

Mamas Gesicht wurde hart. Sie zog an ihrer Zigarette, deren Glut sich in einem Wahnsinnstempo auf ihren Mund zubewegte. Über ihrer Oberlippe hatte sie kleine senkrechte Falten, die ihr die Zigaretten über die Jahre ins Gesicht geschrieben hatten. Sie aschte ab, dieses Mal über dem Aschenbecher. Mit der Hand wischte sie über den Tisch.

Dann sagte sie: »Als ich 1986 mit Marcel schwanger war, hatten euer Vater und ich etwas mehr als zweitausend DDR-Mark gespart. Die Hälfte davon kam noch von meiner Mutter, die mir damals sagte, dass ich es vor ihm verstecken solle. Wisst ihr, was mit dem Geld passiert ist? Wisst ihr es?«

Ich schüttelte den Kopf, und Vanessa sah meine Mutter ernst an. Steffi hielt die Schüssel und tat so, als wäre sie nicht hier.

»Er hat das Konto leergeräumt. Komplett leer. Dreißig Mark waren noch drauf, als er fertig war. Er hat das Geld genommen und bei irgendwelchen Typen aus Dirks Umfeld in D-Mark umgetauscht. Und damit ist er in den Intershop gegangen und hat eine Angelausrüstung und ein Zelt gekauft. Das Geld war für Marcel. Es sollte für die Erstausstattung sein, für Kleidung, einen Kinderwagen und auch für ein Kinderbett. Und was hatten wir? Wir hatten dieses Zelt und diese Angeln, dabei interessierte er sich nicht fürs Angeln. Überhaupt nicht, und Marcel bekam ein Kinderbett, das ich deiner Mutter abgeschwatzt hatte«, sagte sie und zeigte mit ihrer aufgerauchten Zigarette auf Steffi.

Ich sah zwischen den beiden hin und her und fragte meine Mutter, warum Steffis Mutter ihr ein Kinderbett hätte geben sollen.

»Das war sie mir schuldig, mein Sohn. Damit waren wir quitt.«

»Quitt?«, fragte ich.

Mama guckte wieder zu Steffi, die knallrot wurde und ihre Hände flach auf den Tisch legte. Sie betrachtete ihre Hände, als sähe sie sie jetzt zum ersten Mal und müsste sie deswegen genau studieren.

»Kind, ich sage dir, wärest du nicht so kaffeebraun, ich hätte erwartet, dass Ralf dein Vater ist. Die beiden hatten was miteinander.«

»Das ist nicht wahr!«, sagte Vanessa laut, als Steffi nickte. »Doch. Es ist wahr. Ich weiß es.«

Ich sah zu Steffi, der eine Träne die Wange runterlief, ich legte ihr meine Hand aufs Knie. Etwas Besseres fiel mir nicht ein, und sie wischte meine Hand wieder zurück.

»So ist er, euer Vater. Der alte Silvesterficker. Dafür ist er übrigens gut. Aber nur dafür.«

Mama drückte ihre Zigarette langsam im Aschenbecher aus. Ich sah auf meine linke Hand. Meine Zigarette hatte sich von selbst heruntergebrannt, meine Hose war voller Asche.

Ich guckte die drei Frauen an. Vanessa hatte ihre Hände tief in der Schüssel versenkt. Steffi saß ihr schüchtern gegenüber, und Mama sah mit glasigem Blick auf die Tischplatte.

»Ist das wirklich wahr?«, fragte ich.

»Ja.«

»Aber Frau Baumann ist doch immer so kontrolliert. Papa passt doch gar nicht zu ihr.«

»Ach, Marcel, du willst es nicht sehen«, sagte Mama und zündete sich eine neue Zigarette an. »Denkst du, dass Emilio sich eine strenge Lehrerin gesucht hat? Andrea war das pure Leben, bis dein Vater kam. Hatte die buntesten Kleider an. Das Haar trug sie damals noch offen. Sie ging immerzu tanzen, machte Musik, fuhr mit uns allen im Sommer an den Schrampsee. Ralf stelzte ihr dauernd nach, wie er allen Weibern nachstelzte, und ich war die Dumme, an der er kleben geblieben ist. Emilio, das ist ein Mann. Du hast großes Glück mit deinem Papa, mein Kind.«

»Das ist nicht wahr«, sagte Vanessa. »Das ist nicht wahr. Ich kenne die Angeln. Die Angeln gibt es, die liegen im Keller, und Papa hatte mir versprochen, dass wir nach Schweden fahren. Um dort zu angeln. Er wollte heute sicher nur die Angeln holen, damit wir nach Schweden fahren können. Er hat es mir neulich am Telefon versprochen. Papa ist nicht so böse, wie du immer tust, und wäre er hier, wäre es einfacher. Und dann müssten wir auch nicht diesen dummen Kuchen backen! Dann könnten wir die Klassenfahrt einfach bezahlen!«

Vanessa nahm den Teigklumpen aus der Schüssel hielt ihn nach oben und feuerte ihn mit aller Kraft in die Schüssel zurück. Der Teig landete nicht in der Mitte der Schüssel, er landete am Rand, und die Schüssel rollte über den Tisch. Ich versuchte sie aufzufangen, sie rutschte mir über die Hand und landete auf dem Boden, wo sie zerbrach. Mama stand auf, gab Vanessa eine Ohrfeige und schrie dabei, dass das die Schüssel ihrer Großmutter sei und dass die Großmutter diese Schüssel durch zwei Kriege gebracht hätte und es der Großmutter wichtig gewesen wäre, dass diese Schüssel benutzt werde, aber doch nicht zerschlagen! Als mir Steffis Mutter ein halbes Jahr zuvor eine gepfeffert hatte, hatte sie zitternd vor mir gestanden. Sie war erschrocken über das gewesen, was sie da getan hatte, und wusste sich nicht anders zu helfen, als wegzurennen. Sie war einfach abgehauen, hatte mich mit der Ohrfeige allein gelassen, und auch Steffi war vorher einfach weggerannt. Nicht so meine Mutter. Sie hatte die Augen zusammengekniffen, das ganze Gesicht war verzerrt, und dann schrie sie lauter, als sie Papa jemals angeschrien hatte: »Du benimmst dich wie dein Vater. Dein Vater war es, der alles kaputt gemacht hat. Das könnt ihr! Kaputt machen! Dafür seid ihr Körtges gut! Niemals wird der mit dir oder Marcel nach Schweden fahren! Eher noch mit Steffi, weil er sich an sie ranmacht, weil sie jung ist, und weil er ihrer Mutter und mir Schmerzen bereiten will! Lügen kann dein Vater, mehr kann er nicht, und mehr wird er auch nie können! Habe ich dir schon mal erzählt, dass ich mit Marcel an der Hand vor der Klinik stand, als ich erfahren hatte, dass ich schon wieder von ihm schwanger war? Habe ich dir das erzählt? Abtreiben habe ich dich wollen! Weil er so war, wie er ist! Ich habe es nicht gemacht, dabei hatte ich die Tür vom Gebäude schon offen, wo sie dich weggemacht hätten! Ich hatte sogar einen Termin und habe es nicht gemacht!«

Ich hielt die größeren Scherbenteile in der Hand und merkte nicht, dass ich mir die Hand aufgeschnitten hatte, sah nur Bluttropfen auf den Boden fallen. Kurz blickte ich zu Steffi, die mit gesenktem Kopf auf den Tisch starrte. So still, wie sie dasaß, wollte sie einfach nur noch weg, das konnte ich spüren. Vanessas Gesicht war ebenso rot wie das von Steffi. Sie hatte die Hände zu Fäusten geballt, ihre Adern zeichneten sich dick an den Armen und auch am Hals ab. Tränen liefen ihr übers Gesicht.

Dann schrie sie: »Hättest du es doch nur gemacht! Hättest du es doch nur gemacht! Aber du bist viel zu feige, und anstatt mal was durchzuziehen, besäufst du dich hier und bist dabei zu diesem

Monster geworden!« Mama gab ihr eine weitere, noch stärkere Ohrfeige. Vanessa fiel zu Boden.

Mama sagte: »Ja. Du hast recht! Dann hätte ich jetzt ein Problem weniger! Und die Schüssel meiner Großmutter hätte ich auch noch!«

Vanessa wimmerte, und Mama verließ die Küche und sperrte sich im Wohnzimmer ein, wo sie eine ihrer alten »Columbo«-Kassetten in den Videorekorder schob und sich die Folge, wo »Columbo« in einen Kleiderschrank stolpert, weil er denkt, dass das die Ausgangstür ist, bei maximaler Lautstärke ansah.

Ich sah auf meine Hand, und auch Steffi erkannte meine Verletzung und murmelte: »Scheiße!« Sie holte Küchenrolle und legte mir eine Art Verband um die Hand. Dann ging sie zu Vanessa, half ihr auf, umarmte sie fest, und es war, als würde Vanessa mit Steffi verschmelzen wollen, so fest hielten sich die beiden. Ich sagte nichts und räumte schweigend die Scherben zusammen, die ich in den Müll kippte. Und dann wusch ich mir sehr gründlich die Hände, schrubbte mit der harten Wurzelholzbürste alles an Motoröl und Dreck von meinen Fingern und hörte erst auf, als meine Finger rote Striemen von der Bürste hatten.

Ich nahm eine andere Schüssel aus dem Schrank, mischte einen neuen Teig, formte Streusel, verteilte die Pampe auf dem Blech, und als ich irgendwann fertig war, hatten wir immerhin drei fertige Bleche, von denen Vanessa am nächsten Tag zwei zurückbringen sollte, die meine Mutter dann, ohne was zu sagen, zu den Scherben der Schüssel in den Müll warf.

Ich weiß nicht, ob Vanessa oder Steffi mir beim Backen zugesehen hatten, ich weiß nur, dass sie die ganze Zeit in der Küche waren, während ich die Kuchen zubereitete. Einmal noch fragte Vanessa Steffi, ob das wirklich wahr sei mit ihrer Mutter und unserem Vater, und Steffi sagte leise, dass es genauso gewesen sein müsse, dass ihre Mutter ihr einmal davon berichtet und danach nie wieder davon gesprochen habe. Ihre Mutter habe sie nie angelogen, es müsse stimmen.

Es war mir egal. Ob Vanessa Ski fahren würde, war mir so richtig egal. Es gab nur eine Sache, die mir wichtig war, ich wollte, dass sie mit auf Klassenfahrt ging, damit sie wenigstens eine Woche hatte, in der sie nicht hier sein musste.

Spät in der Nacht waren wir endlich fertig. Schweigend ging ich mit Steffi das Treppenhaus runter, und schweigend nahm ich ihr Fahrrad, das sie an der Laterne vor unserem Hauseingang abgestellt hatte, und packte es in den Citroën, dessen Rückbank ich vorher umklappen musste.

Steffi stieg ein, ohne ein Wort zu sagen. Tausend Ausreden hatte ich mir schon bereitgelegt, um ihr zu erklären, warum ich auf einmal ein Auto hatte, aber es interessierte sie nicht. Sie sagte gar nichts, saß nur auf dem Beifahrersitz und fuhr geistesabwesend über ihren Bauch, während ich so langsam wie möglich durch unser Dorf fuhr, um sie nach Hause zu bringen. Es war unsere erste gemeinsame Autofahrt, und es sollte die letzte bleiben. Überall hätte ich dieses Mädchen hingefahren, nach Italien, Frankreich, Kroatien, Norwegen, von mir aus auch nach Estland oder bis Indien. Und doch wusste ich, dass es nur diese zwei Kilometer waren, die uns blieben, bis sie sich endgültig von mir trennen würde. Es war für mich okay, ich machte mir keine Illusionen mehr, diese Beziehung war zu Ende, bevor sie richtig begonnen hatte. Was ich nicht wusste, war, dass sie ein paar Wochen später einfach so verschwinden sollte und es zwanzig Jahre dauern würde, bis ich sie im Magdeburger Stadion wiedersehen würde, sodass mir die Bierbecher aus der Hand fielen.

Once upon a time in Jeetzenbeck

28. September 2023

Ich war nur einmal in meinem Leben auf einer Beerdigung. Heute stand die zweite an. Die Schranken des Bahnübergangs senkten sich mit dem Glockengeläut, das aus einem Lautsprecher kam, während es früher aus einer echten Glocke ertönt war, als die Schrankenwärterin Antje die Schranken noch per Hand herunterkurbelte. Antje gab es irgendwann nicht mehr. Sie war schon vor Jahren durch eine automatisierte Schrankenanlage ersetzt worden. Die Geranien, die sie in ihren Blumenkästen immer umsorgt hatte, blühten noch einen Sommer, bis sie schließlich verfaulten und die Blumenkästen irgendwann auf halb acht hingen und nur noch graue Strünke aus ebenso grauer und toter Erde ragten. Später waren die Fenster von Antjes Turm zerschlagen, noch später wurden sie erst mit Pappe und am Ende mit Eisenblechen verschlossen, welche schnell Rost ansetzten.

Die Bahn hupte laut, als sie, aus Lötzek kommend, in den Bahnhof einfuhr. An ihrer Front war ein Blumengesteck angebracht, das aussah, als hätte man es vom Friedhof gestohlen. Meine Mutter stand neben mir und schüttelte den Kopf.

Ich hätte erwartet, dass mehr los war, dass es Menschen gab, die den Zug fotografieren würden, dass die Zeitung und vielleicht sogar der MDR da wären. Das wäre doch was für die gewesen, Anfang des Jahres hatten die schließlich auch diesen Typen gefilmt, der so vollgepumpt mit Sorgen war. Es hätte wunderbar zu der Erzählung gepasst, dass diese Gegend dem Untergang geweiht war, aber wer hatte schon Lust, den totkranken Onkel, dessen Körper voller Krebs ist, ein letztes Mal im Altenheim zu besuchen?

Mama und ich standen allein auf dem Bahnsteig, und im Zug saßen nur ein paar Menschen, von denen ich nicht hätte sagen können, ob die überhaupt wussten, dass heute das Ende des Zubringers zur Amerikalinie begangen wurde.

Bevor wir einstiegen, sah ich ein letztes Mal auf die Bahngleise. Der Jeetzenbecker Bahnhof war einst mit allen Neben- und Abstellgleisen achtzehngleisig gewesen, der Magdeburger Hauptbahnhof besitzt acht Gleise. Es gab noch das Hauptgleis von Obersfelde in Richtung Altenwedel, zwei Weichen und ein zweites Gleis. Die anderen Gleise waren schon vor Jahren abgetragen und zum Altmetallhändler gebracht worden, man hatte sie in einem fernen Stahlwerk eingeschmolzen, um neue Schienen aus den alten zu gießen, um andere Orte zu verbinden, die noch eine Zukunft vor sich hatten. Insgesamt gab es auf der ganzen Strecke nur noch zwei Züge, die sich immer in Lötzek begegneten, weshalb unser zweites Gleis zwecklos war. Es gab einen Zug, der von Obersfelde nach Altenwedel fuhr, und einen zweiten, der die Gegenrichtung bediente, sodass man bis heute stündlich hätte nach Amerika ausreisen oder von dort zurückkehren können.

Ich war nie in Amerika gewesen, genau wie mein Vater. Ich war auch nie am Balaton gewesen und habe nie den Eiffelturm gesehen, obwohl ich einmal bis Paris kam.

Früher hatte es viel mehr Züge als diese beiden Ferkeltaxen gegeben, die hin- und herpendelten und dies heute ein letztes Mal tun sollten. Früher gab es Dampfloks, sie zogen Fracht durch die Altmark. Besen aus Lötzek, Schweine aus Jeetzenbeck und Beton aus Langenburg. Passagiere, die in ein neues Leben aufbrechen wollten. Menschen, die zurückkehrten, und solche, die überhaupt durch die Eisenbahn in unseren Ort kamen und ihm eine Perspektive schenkten. Dank der Bahnlinie hatte sich unser Dorf in seiner Fläche im letzten Jahrhundert verdoppelt. Hatte man um die Jahrhundertwende den Bahnhof einfach an den südlichen Dorfrand gebaut, so bildete er heute das Zentrum des Ortes. Eines Ortes, der sich getraut hatte, über die achtzehn Gleise hinauszuwachsen und sie in seiner Mitte aufzunehmen. Jeetzenbeck ist reich an Geschichte. Wenn man es im Internet sucht, wird man immer auf den Mittelpunkt der Welt stoßen, wird herausfinden, dass das Adelsgeschlecht der Schulenbecks hier ihren Ursprung hat, deren Burgruine in unserer Kindheit ein schöner Spielplatz war. Die Schulenbecks haben schon vor langer Zeit unseren Ort verlassen, sie flogen aus in alle Welt, wurden Politiker, Sportler, Künstler, Königsmätressen, und einer von ihnen unterstützte Graf von Stauffenberg beim Attentat gegen Hitler und wurde drei Monate später dafür hingerichtet. Gut vierzig Jahre zuvor war es eine Schulenbeck, die in Berlin eine »Frauenschule der Inneren Mission« eröffnete, so wurde sie sie zur Begründerin der Sozialarbeit, was Berlin und ganz Deutschland sicher sehr gut tat und bei uns im Ort sicher auch hilfreich gewesen wäre.

Wer richtig lange in der Geschichte Jeetzenbecks stöbert, wird herausfinden, dass es in den fünfziger Jahren eine westdeutsche Delegation gab, die, von Braade kommend, mit dem Zug hier anreiste. Es gibt Filmaufnahmen davon, die ich einmal sehen durfte. Schwarz-weiße Menschen stehen, mit ihren Hüten winkend, auf dem geputzten Bahnsteig und begrüßen die westdeutschen Politiker, auch schwarz-weiß. Ein Festumzug, der vom Bahnhof in den alten Teil vom Dorf zieht, den Mittelpunkt der Welt umkreist und zurückkehrt. Eine Marschkapelle, die vor dem Kulturhaus steht, in dem das Treffen dann stattfand, und ein fettes Schwein, das aufgespießt über einem Feuer waagerecht Pirouetten tanzt. Ich weiß nicht, welchen Grund dieses Treffen der Gemeinden Braade und Jeetzenbeck in den Fünfzigern hatte. Ich weiß nur, dass es der erste offizielle deutsch-deutsche Austausch gewesen war, den es seit der Gründung der beiden deutschen Staaten überhaupt gab. Hier in unserem Dorf. Dieser Austausch war nur möglich gewesen, weil es damals noch eine Kleinbahnlinie gab, die Braade mit Jeetzenbeck verband. Ein paar Jahre später wurden dort die Gleise abgetragen, noch später ein Zaun und dann eine Mauer errichtet, und nach und nach wurden die ersten Verbindungen nach Langenburg, Dönitz, Kaalke, Wiesdorf und Wittlingen eingestellt. Die Bahnhöfe verfielen, stürzten ein und wurden abgerissen. Genau wie die Gleise, die nacheinander abgetragen wurden, sodass man sich gar nicht mehr vorstellen konnte, dass einmal amerikanische GIs auf diesen Strecken mit ihrem Jeep auf blanken Felgen von Langenburg nach Jeetzenbeck und zurück gefahren sind. Im Internet kann man sich die alten Gleisverläufe ansehen. Wenn man die Satellitenkarten genau betrachtet, erkennt man die Wege, die die altmärkische Kleinbahn genommen hatte, wie sie die kleinen Dörfer miteinander verbunden und sie alle näher an Hamburg, vor allem aber an Amerika herangeführt hatte. Strecken, die erst mit qualmenden Dampfloks bedient wurden und später mit Dieselschienenbussen, die allgemein unter dem Namen Ferkeltaxe bekannt gewesen waren. Eine dieser Strecken sticht heraus. Die Strecke von Obersfelde nach Altenwedel. Diese Strecke ist am längsten geblieben, und diese Strecke ist es, auf der 1993 ein ICE durch die Altmark geschleppt wurde. Ich habe ihn mit meinen eigenen Augen gesehen. Fast zwanzig Jahre später wurde diese Strecke noch mal für einen ganz kurzen Moment in das Zentrum der landesweiten Aufmerksamkeit gerückt. Angela Merkel hatte einen Wahlkampftermin in einem Stuttgarter Festzelt, wo sie in das Mikro sprach, dass Altenwedel zwar einen Bahnhof, aber trotzdem den Anschluss verpasst habe. Sie bekam in Baden-Württemberg viel Applaus für diesen Spruch, und ich fragte mich damals, ob hier jemand klatschen würde, wenn jemand verkündete, dass Nürtingen abgeschieden und ohne Zukunft sei. Ich weiß nicht, ob andere klatschen würden, ich würde es zumindest nicht tun, und vielleicht wäre es auch nur fair gewesen, hätte sie bei diesem Termin gesagt, dass die Region um Altenwedel herum in den letzten Jahrzehnten auf allen Ebenen fast ausschließlich von der CDU regiert wurde.

Ich stieg auf die erste Stufe der Ferkeltaxe, zog mich am Griff nach oben und betrat den Zug. Mama folgte mir. Rechts von mir der Führerstand mit dem alten Lokführer, der vor gut zwanzig Jahren schon alt gewesen war und seine Beine durch die Bodenluke hatte baumeln lassen und mir verboten hatte, das Scheißhaus zu benutzen. Hinter der Lokführerkabine das Klo, in dem noch das alte Reichsbahnlogo auf den Spiegeln eingraviert war. Ich guckte in den Fahrgastraum. Grün-grau gepolsterte Zweier- und Dreierbänke. Wir ließen uns auf einem der Doppelsitze nieder und sahen aus dem Fenster, als die Türen zuknallten und der Wagen ruckend anfuhr. Zwei Züge, die übrig geblieben waren. Wie viele mochten es früher gewesen sein? Zehn? Zwanzig? Ich hatte keine Ahnung, wusste nur, dass viele der alten Ferkeltaxen nach Rumänien und andere nach Kuba gegangen waren, wo sie weiterhin unter dem Banner der Reichsbahn fuhren. Was würde mit diesem Wagen geschehen? Würde er auch über den Atlantik verschifft werden, und würde dann vielleicht ein Cousin von Steffi darin fahren? Warum sprach Emilio nie von diesen Zügen, wenn er aus seinem Sommerurlaub wiederkam? Es musste ihm doch aufgefallen sein, dass die Jeetzenbecker Züge durch sein Heimatland fuhren.

»Hast du eine Nagelschere?«, fragte ich meine Mutter, und sie sah mich fragend an, holte aus ihrer Handtasche aber tatsächlich eine hervor.

Die Schaffnerin kam, wollte die Fahrscheine sehen, und heute musste ich niemanden um Geld bitten, sondern hielt ihr zwei Fahrkarten unter die Nase, die sie mit ihrem Entwerter lochte.

»Gut aufheben. Ist historisch«, sagte sie, und ich nickte.

Als sie weg war, nahm ich die Nagelschere und ritzte »Grüße an Emilio von Silke und Marcel« in die Innenverkleidung der Bahn. Meine Mutter flüsterte, ob ich noch alle beisamen hätte, und ich versuchte ihr zu erklären, dass das wichtig sei.

In Altenwedel spazierte ich mit ihr vom Bahnhof in Richtung Innenstadt. Sie rauchte schweigend, und auch ich verzichtete auf Worte. Als wir am Rathaus ankamen, bestiegen wir gemeinsam den Rathausturm, von dem man die ganze Innenstadt mit ihren leerstehenden Geschäften überblicken konnte. Auch das Dach vom Kaufhaus konnte man von hier aus sehen. Die ganze Metallkonstruktion, die früher einmal ein prächtiges Glasdach hatte und nun mit vollgeschissenen Milchglasscheiben bedeckt war. Wir umkreisten einmal die Turmgalerie, schauten in alle Richtungen und machten uns an den Abstieg. Unten im Café holte ich uns Baumkuchenstücke und Kaffee. Wir hatten einen schönen Fensterplatz mit Blick auf den Markt, auf dem das schlichte Hansestadtdenkmal stand. Es besteht aus schmalen Messingplatten, die in das Bodenpflaster eingelassen und auf denen die Namen aller Hansestädte eingraviert sind.

Altenwedel war mal ein bedeutender Ort.

Altenwedel hat einen Bahnhof.

Sollte Altenwedel tatsächlich abgehängt sein, liegt es nicht an den Menschen, die hier leben. Es liegt an den Menschen, die es verwalten.

Am Nachmittag kamen wir wieder in Jeetzenbeck an. Da kein Zug mehr fuhr, war Dirk es, der uns mit seinem Opel Senator abholte.

»Wie geht es Steffi?«, fragte ich ihn, als wir gerade den Kreisverkehr südlich von Altenwedel passierten und in Richtung Jeetzenbeck einbogen. An dieser Stelle hatte ich dem blauen Monster damals zum ersten Mal die Sporen gegeben. Es war genau dieses Stück Straße, an dem sich die Zeit zum ersten Mal verlangsamt hatte, ohne dass ich das damals überhaupt gemerkt hatte. Dirk antwortete nicht, guckte stoisch durch seine Sonnenbrille auf die Straße und tat so, als hätte er es nicht gehört.

Ich fragte ein zweites Mal: »Wie geht es Steffi?«, und Dirk ging leicht vom Gas, sah kurz zu mir rüber und meinte, dass ich meine verdammte Nase nicht in alles reinstecken solle, da sie mir sonst abfallen würde.

»Verdammt, Dirk, was ist dein Problem?«, fragte ich, und Dirk meckerte vor sich hin, redete davon, dass doch eh jeder nur noch mache, was er wolle, und dass auf ihn schon langer keiner mehr höre. Deswegen sei doch alles so chaotisch im Moment. Aber wenn jemand ein Auto brauche, dann müsse er immer herhalten. Dann haue man ihn an.

»Dirk, kannst du mich mal da hinfahren, ich will einkaufen gehen. Dirk, mein Auto ist platt, du musst mich abholen. Dirk, ich muss mal kurz was unterstellen, hole ich nächste Woche garantiert wieder ab. Dirk, du musst mir bei meinem Umzug helfen. Dirk, wir sind in Altenwedel, kannst du uns mal abholen, und auf der Fahrt gehen wir dir mal so richtig auf den Sack!«, schimpfte Dirk erst leise, steigerte sich mit jedem Satz mehr rein, und am Ende war er dabei, in seinen Tacho zu brüllen, dass er keine Lust mehr habe, der Chauffeur für alle zu sein.

»Wer wollte was unterstellen?«, fragte Mama scharf, während ich im selben Moment fragte, wer gerade umziehen wolle.

Dirk starrte durch die Windschutzscheibe auf die Straße. Er fuhr Strich hundert und tat so, als säßen wir nicht im Auto.

Mama fragte wieder: »Dirk, wer will was bei dir unterstellen?«

Ich drehte mich zu ihr um, sie saß seitlich nach vorn gebeugt und versuchte, Dirk mit ihrem Blick zu durchbohren.

»Egal«, sagte Dirk und popelte sich die Zigarettenschachtel aus seiner Weste. Mama klopfte ihm auf die Schulter, und Dirk hielt die Schachtel nach hinten, sodass sie sich eine Zigarette herausziehen konnte. Die beiden zündeten gleichzeitig ihre Kippen an, und ich drückte auf den Knopf, der das Fenster neben mir herunterließ. Es war nicht so, dass der Rauch mich anekelte. Vielmehr war es so, dass ich gerade ebenfalls große Lust hatte zu rauchen und mich von dem Fahrtwind ablenken lassen wollte.

Nachdem Mama ein zweites Mal an ihrer Zigarette gezogen hatte, sagte sie: »Ich wollte keine Zigarette.«

»Genommen hast du sie trotzdem, Silke!«, brummte Dirk.

»Ja. Das habe ich. Und du beantwortest mir jetzt, wer bei dir was unterstellen wollte. Ich denke, dass du mir das schuldig bist!«

»Ich bin niemandem was schuldig!«, schimpfte er und aschte über dem Aschenbecher in der Mittelkonsole ab.

Mama beugte sich nach vorn, war nun fast zwischen uns. Wäre sie angeschnallt gewesen, wäre das nicht möglich gewesen. Aber bei uns schnallte sich ja nie jemand an. Ich überlegte, hatte sich irgendwann überhaupt jemand angeschnallt? Pascal wollte mal einen Golf II kaufen, bei dem man automatisch angeschnallt wird, wenn man einsteigt. Aber Pascal wollte viel, bekommen hatte er auch viel: viel weniger.

Dirk fuhr in Jeetzenbeck ein, fuhr an der leerstehenden Schule vorbei, fuhr in Richtung des Blocks, in dem meine Mutter und ich lebten.

»Wir haben neulich eine Verabredung getroffen, Dirk«, sagte sie leise, Dirk biss die Zähne zusammen, guckte so, als würden seine Kauleisten gleich wegbrechen, während sie weitersprach: »Weißt du noch, keine Spielchen und keine Geheimnisse mehr.«

Dirk brummte, setzte den Blinker und fuhr ins Wohngebiet ein. Dann sagte er ruhig: »Irgendwer kam auf die dumme Idee, den

Passat von Ralf zu Klump zu fahren, und der steht jetzt halt bei mir vor dem Hof. Daran ist ja nichts falsch.«

Ich blickte zwischen den beiden hin und her. Hatten die was miteinander? War Dirk der Grund, dass meine Mutter in letzter Zeit oft nicht zu Hause war?

»Ist das alles?«, fragte Mama.

Dirk stellte den Motor ab. Er wuchtete seinen Körper nach links, um sich nach rechts drehen und meine Mutter angucken zu können.

»Es gibt kein Problem«, sagte er.

»Was ist das mit euch beiden?«, fragte ich.

Dirk grinste blöd, und Mama guckte mich an. Sie sagte: »Nichts Ernstes, das kannst du wissen. Aber ernst genug, dass Dirk mir sein Wort gegeben hat, dass ein paar Sachen nicht mehr passieren.«

»Zieht Steffi bei dir aus?«, fragte ich.

»Ja. Morgen zieht sie aus.«

»Und du? Willst du bei Dirk einziehen? Zieht Steffi deswegen aus?«

Mama lachte. Sie lachte richtig laut. Dirk guckte bedröppelt, und Mama sagte: »Ich werde ganz bestimmt nicht bei Dirk einziehen und ihm seine stinkenden Hosen waschen. Ganz sicher nicht. Eher lebe ich auf dem Mars, bevor das passiert!«

»Warum zieht Steffi dann aus?«, wollte ich wissen.

»Steffi hat ihre eigenen Pläne. Die ist jetzt gerade im Kulturhaus. Vielleicht fragst du sie selbst«, antwortete Dirk, und Mama sagte: »Wollte Ralf noch was anderes bei dir abstellen?«

»Das Auto. Den kaputten Passat, den Marcel in Seeben gegen die Wand gefahren hat!«

»Wie bitte?«

»Marcel hat Ralfs Passat in Seeben gegen die Wand gefahren.«

Meine Mutter wurde weiß, ihr Mund stand offen, und sie sah mich entsetzt an.

»Es ist nichts passiert«, sagte ich.

»Wann war das?«

Dirk drückte langsam seine Zigarette im Mittelkonsolenaschenbecher aus, keine Ahnung, was mit der von meiner Mutter passiert war, vermutlich hatte sie den Stummel im Aschenbecher der Tür entsorgt.

»Das war Ende letzten Monats«, sagte Dirk. »Marcel wollte mal den starken Mann machen. Ich weiß nicht. Ich meine, mich zu erinnern, dass er immer sagte, dass er nie wieder Auto fahren würde, und dann hat er den Passat direkt in die Friedhofsmauer gesetzt.«

Mamas Hand zuckte, holte aber nicht aus. Vielleicht, weil sie keine Kraft hatte, mich zu ohrfeigen, vielleicht, weil sie Dirk nicht glaubte. Ich schob meinen Kopf trotzdem ein Stück zurück und sagte: »Nicht gegen die Mauer. Ich hatte vorher gebremst, und wir sind gegen das Straßenschild geknallt, das nach Randau und Lötzek weist.«

Mamas Blick ging zwischen Dirk und mir hin und her. Sie hatte mit ihren Händen die Rückenlehnen unserer Sitze gepackt und bohrte ihre Finger tief in die Polster.

»Was sollte ich noch wissen?«

»Nichts«, sagte Dirk. »Mehr gibt es nicht zu wissen.«

»Was hat Ralf bei dir abgestellt?«

»Nichts!«

»Dirk!«

»Ach, Scheiße. Wir hatten noch einen Job. Der lief richtig gut. Richtig viel Geld haben wir gemacht. Aber es ist noch nicht alles weg. Ralf sollte in Hannover alles abladen, aber er kam mit der Hälfte zurück.«

»Was sollte er abladen?«

»Silke, das braucht dich alles nicht zu interessieren. Es ist aus. Es war der letzte Job.«

»Du hast mir versprochen, dass es keine Jobs mehr gibt!«, schrie Mama, ihr Gesicht hatte wieder Farbe, es war feuerrot.

Dirk rutschte mit seinem Körper in Richtung Tür, drehte sich mehr zu meiner Mutter. Dann sagte er ruhig: »Und daran habe ich mich auch gehalten. Als ich den Auftrag klargemacht hatte, da gab es unsere Verabredung noch nicht. Und hätte Ralf einfach seinen beschissenen Job und in Hannover nicht einen auf dicke Hose gemacht, dann hätten wir jetzt kein Problem. Das war schon ewig geplant, aber Ralf hat es versaut, und trotzdem brachte er ordentlich Schotter mit. Zwar nur ein Drittel von dem, was verabredet war, aber es ist richtig viel Geld. Eigentlich ist alles gut, von mir aus hätte er den Rest einfach in die Elbe kippen können, wäre auch in Ordnung gewesen. Aber nein, er brachte die halbe Ware zurück, und die lagert nun bei mir.«

Mama atmete tief aus.

»Du kannst machen, was du willst, aber mehr werde ich dazu nicht sagen, weil dieser eine Job nichts, aber auch rein gar nichts mit unserer Abmachung zu tun hat. Ich bin raus!«

Mama lehnte sich zurück, ließ sich auf den mittleren Sitz fallen. Für einen Moment starrte sie aus dem Fenster, sah auf unseren Hauseingang. Sie griff in ihre Handtasche, holte ihre Zigaretten hervor, zündete sich eine an, zog lange daran, atmete noch länger ein, und bis sie ausatmete, verstrich eine Ewigkeit.

»Du bist genauso. Du bist genauso wie Ralf.«

»Nein. Das bin ich nicht. Und das weißt du«, sagte Dirk und schlug auf sein Lenkrad.

Mama zog erneut an ihrer Zigarette. Ihre Augen waren fest auf Dirk gerichtet, der mit seinem Arm nach rechts fuhr und ihr Knie streicheln wollte. Sie schlug auf seine Hand, er zog sie zurück, und sie sagte: »Da hast du recht. Du bist schlimmer, Dirk. Viel schlimmer. Denn du hast Ralf mit zu dem gemacht, was er geworden ist.

Er hätte ein normaler Lkw-Fahrer sein können. Er war oft arbeitslos, es war oft schlimm mit ihm, weil er sich wie ein Kind benommen hat. Aber wenn Ralf ein Kind war, dann warst du der Vater, der ihm alles hat durchgehen lassen. Und diese Rolle hast du nie abgelegt.«

»Silke, ich –«, sagte Dirk, aber Mama öffnete ihre Tür, sagte laut »Gute Nacht!«, stieg aus und warf mit aller Kraft die Tür zu. Sie brauchte sehr lange, um ihren Schlüssel in das Schloss der Haustür zu stecken. Dann schob sie die Tür auf und verschwand. Im Treppenhaus ging das Licht an, Mamas Schatten war in den Fensterscheiben der halben Treppe zu sehen, und Dirk sprach erst wieder, als das Licht im Haus schon lange wieder erloschen war. »Weißt du, Marcel, vielleicht hättest du das Geld, das dein Vater dir geben wollte, einfach nehmen sollen. Vielleicht wäre es jetzt nicht so gelaufen.«

Ich zuckte mit den Schultern, sah noch immer auf die Haustür, durch die meine Mutter verschwunden war. »Steffi ist im Kulturzentrum?«

»Ja.«

»Kannst du mich dort absetzen?«

»Ja. Dafür bin ich anscheinend gut genug«, sagte er und startete den Motor.

Wir bleiben hier!
19. September 2003

»Also. Es ist ganz einfach. Das da links ist die Kupplung. In der Mitte ist die Bremse, und rechts ist das Gaspedal. Wenn du den Motor startest, gehst du mit dem linken Fuß auf die Kupplung und mit dem rechten auf die Bremse.«

»So?«

»Ja. Aber noch nicht anmachen.«

»Okay.«

»Und das hier ist der Ganghebel. Schau, hier ist die Eins. Das ist der erste Gang, dann die Zwei und so weiter, und das hier ist der Rückwärtsgang. Aber den brauchen wir heute noch nicht.«

»Warum?«

»Weil es für uns nur geradeaus geht.«

»Hihi.«

»Okay. Du hast den linken Fuß auf dem linken Pedal, also auf der Kupplung. Und den rechten Fuß hast du auf der Bremse. Dann startest du den Motor, legst den ersten Gang ein und wechselst mit dem rechten Fuß auf das Gaspedal und lässt dabei mit dem linken Fuß die Kupplung ganz vorsichtig kommen. Du nimmst den Fuß dann zurück, während du den rechten gleichzeitig nach vorne schiebst.«

»Soll ich?«

»Na klar. Mach mal.«

»Sicher?«

»Ja.«

»Wirklich?«

»Ja!«

Der Motor schrie auf, das Getriebe kreischte, die Karre machte einen Satz nach vorn, und ich konnte mich mit dem Unterarm gerade noch auf der Konsole abstützen. Ich rieb meinen Arm und sah zu meiner Schwester, die mich entsetzt anstarrte.

»Habe ich was kaputt gemacht?«

»Nein, hast du nicht«, antwortete ich und fragte sie, ob sie es noch mal probieren wolle. Sie schob sich die Haare zurück und band sich mit ihrem Haargummi, das sie vorher um ihr Handgelenk hatte, einen festen Zopf.

»Wo fahren wir hin, Marcel?«

»Bevor wir irgendwo hinfahren, üben wir. Also, noch mal: Füße auf das linke und mittlere Pedal, erster Gang rein, Motor anschalten und dann aufs Gas und die Kupplung langsam kommen lassen«, sagte ich, und wieder gab es einen Ruck.

»Ich kann das nicht. Ich werde das nie können!«, sagte sie, sah mich dabei an, und eine Träne kam aus ihrem rechten Auge. Ich wischte die Träne mit dem Daumen weg, doch kurz danach kam schon die nächste.

»Hey, du kannst das.«

»Ich vermisse Steffi«, sagte sie mit brechender Stimme, und ich spürte den Stich in meinem Herzen. Mein Blick ging auf den Weg vor uns. Wir waren zwischen Randau und Bartebeck. Hier kam nie jemand lang, der Weg war mit Betonplatten ausgelegt, die zu DDR-Zeiten hier platziert worden waren, damit die großen Gastransporter nicht über unbefestigte Feldwege fahren mussten, wenn sie die einzelnen Pumpstationen ansteuerten, um der Altmark das Erdgas zu entziehen, das sie einmal in so großen Mengen besessen hatte, dass ein Drittel des Gases, das in der DDR verbraucht wurde, hier der Erde entnommen worden war. Die Förderung endete im Wesentlichen mit der Wiedervereinigung. Angeblich gab es noch ein paar Felder, aus denen Gas gefördert wurde. Nicht so hier. Ab und an fuhr mal ein Transporter die Gasstationen an, und Männer stiegen aus, die irgendwelche Messungen vornahmen und dann wieder verschwanden.

Ich guckte auf den Plattenweg und erinnerte mich, wie ich letzten Sommer hier mit Steffi mit dem Fahrrad unterwegs gewesen war. Wir kamen von Lötzek und sind über die Feldwege zurück nach Hause gefahren. Weiter vor uns war die Betonbrücke, die über die Stölpe führt und an der wir eine Pause gemacht hatten. Die Brücke steht nicht ganz gerade zur Straße. Es gibt einen leichten Knick, und die Straße führt mit der Brücke etwas mehr nach rechts, sodass man nicht gerade auf sie zufahren kann. In den Neunzigern hatte es hier eine Verfolgungsjagd zwischen einem Golf und der Polizei gegeben. Der Typ im Golf hatte die Straßenbiegung komplett unterschätzt und war voll durch das Geländer gebrochen und hatte seine Karre in der Stölpe versenkt. Dann wollte er noch stiften gehen, rannte durch das kniehohe Wasser, während die Bullen, die vermutlich auch nicht die Sportlichsten waren, am Grabenufer parallel neben ihm hergerannt waren und ihn dann doch irgendwie festnehmen konnten.

Als ich letztes Jahr mit Steffi hier gesessen hatte, hatte ich ihr diese Geschichte erzählt, und sie hatte mich nur angesehen und gefragt, ob ich irgendwann Dorfchronist werden wolle. Ich hatte keine Ahnung, was ein Dorfchronist sein sollte und was so jemand macht, und sagte: »Ja, warum nicht? Einer muss das ja machen.« Steffi nannte mich einen Spinner und hatte ihre Füße über der Stölpe baumeln lassen. Deren Wasser führten hinter Altenwedel in die Elbe und von dort in die weite Welt. Ich solle, sagte Steffi, bloß nicht so ein Chronist werden wie Dirk. Alias Historiker-Schulz.

Ich sah wieder zu meiner Schwester: »Ich vermisse sie auch.«

»Warum ist sie weg?«

»Ich weiß es nicht.«

»Wollen wir auch weg?«

»Erst mal solltest du fahren können.«

»Ich würde lieber tanzen können. So wie Steffi. Als ich mit ihr in Obersfelde war, war es, als wäre sie nicht mehr hier, als wäre sie ganz woanders«, sagte sie und legte ihre Arme auf dem Lenkrad und ihr Kinn auf ihren Armen ab.

»Ich weiß«, antwortete ich und blickte wieder nach vorn.

Vanessa saß neben mir und atmete schwer aus, so schwer, als würde sie alle Last aus sich herauspusten wollen, und beim Einatmen war es so, als hätte sie die doppelte Menge wieder in sich aufgenommen.

»Na komm, bis zur Brücke schaffen wir es«, sagte ich, strich ihr über ihren Rücken, und sie setzte ein Lächeln auf.

»Kupplung und Bremse treten, und dann langsam auf das Gas und die Kupplung dabei kommen lassen.«

»Genau so. Man merkt, dass dein Papa Fahrer ist«, sagte ich, und Vanessa fing wieder an zu weinen. Ich sah sie an, wollte sie in die Arme nehmen, aber sie zog sich von mir weg und schüttelte den Kopf.

»Hey«, sagte ich, und wieder schüttelte sie nur den Kopf. Dann trat sie die Pedale durch, startete den Motor und schaffte es, den Wagen in Bewegung zu setzen. Ihr Schluchzen wurde immer stärker, erst waren es nur ein paar Tränen und ein hektisches Einatmen, aber als sie in den zweiten Gang ging, weinte sie schon hemmungslos. Eigentlich wollte ich mit ihr nur anfahren üben, und nun fuhren wir schon vierzig. Sie ließ den Motor noch höher drehen, ging in den dritten Gang, und als die Brücke immer näherkam und ich uns schon in das Geländer rauschen sah, das noch keine zehn Jahre alt war, weil der Golf es damals komplett weggemäht hatte, sie aber noch mehr Gas gab, riss ich die Handbremse hoch und drehte den Autoschlüssel nach links. Der Motor verreckte, wollte wieder anspringen, ich riss das Lenkrad nach rechts, und wir kamen quer auf der Brücke zum Stehen.

Ich war völlig platt, klopfte meine Hosen ab und suchte meine Zigaretten. Es waren noch zwei in der Schachtel, ich fingerte eine heraus, zündete sie mir an und sah meiner Schwester in die Augen, die mich voller Zorn, Wut, Trauer, Angst und Liebe ansahen.

Dann sagte sie: »Kann ich auch eine haben?«, und ich gab ihr meine letzte Zigarette.

Wir stiegen aus. Vorsichtshalber zog ich den Schlüssel ab und steckte ihn in meine Hosentasche. Gemeinsam setzten wir uns auf die Brücke, ließen unsere Füße über der Stölpe hängen und sahen dem Wasser zu, das auf dem Weg nach Hamburg war und dort bald Steffi antreffen sollte. Mit der linken Hand rauchte ich, die rechte hatte ich neben mir abgestützt. Ich spürte, wie meine Schwester nach ihr griff und sie umfasste. Ich sah sie an. Ihre Haare hingen wirr in ihrem Gesicht, hinter ihr das neuere Brückengeländer und dahinter die flache Altmark, die sich erst hinter Lötzek in den Hellbergen ein Stück erheben sollte und dann viel weiter südlich in der Börde endete.

»Tut mir leid«, sagte sie, und ich antwortete: »Ach. Egal«, während ihre Hand meine noch fester umklammerte.

»Ich würde gerne mit dir wegfahren, Marcel«, sagte sie, und dieser Satz zerriss mir das Herz. Papa war schon weg. Der saß im Knast. Das wussten wir inzwischen. Vor vier Wochen hatten sie ihn verurteilt wegen Hehlerei mit Handgranaten. Dirk kam mit Bewährung davon, nannte sich selbst »rehabilitiert«. Und die Typen in Altenwedel, die das alles eingerührt hatten, waren nicht einmal angeklagt worden. Drei Jahre waren wir ihn los, so viel war sicher. Torben war weg, der machte irgendwo in Baden-Württemberg eine Ausbildung und wackelte dort alle Frauen durch, die er fand. Jessica war weg. Die war tatsächlich in Wittenberg, um Ergotherapeutin zu werden. Selbst Mülle hatte es nicht abwarten können und war nun in Magdeburg. Und auch Ölscheich, der Staatsratsvorsitzende und Bonzen waren weg. Die drei waren geschlossen nach Dortmund gezogen und schrieben mir dauernd SMS, dass sie 'ne Kneipe auf Mallorca aufmachen wollten und ich mit hinkommen solle. Den ganz großen Vogel aber hatte Steffi abgeschossen, als sie einfach so verschwunden war, dabei hätte sie nur ihre Prüfung in Deutsch bestehen müssen. So hatte sie auch nur einen Abschluss der neunten Klasse. Genau wie ich. Uns unterschied bloß, dass sie weg war und ich nicht. Eins wusste ich: Wir würden hierbleiben. Es dürfen nicht alle gehen. Der Einzige, auf den sonst noch Verlass war, war Pascal. Der war noch hier. Neulich hatte der alte Schmidt ihm beim Training ein paar Schuhe hingeworfen und ihm gesagt, dass er die anziehen solle. Pascal hatte wie blöde gegrinst, gedacht, dass er jetzt der große Fußballer werde. Dabei wurde er nur ins Team genommen, weil alle anderen weg waren. Und dann schoss der Idiot auch noch zwei Tore, die ich ihm aufgelegt hatte. Beim zweiten drehte er völlig frei. Riss sich sein Trikot über den Kopf und rannte mit ausgestreckten Armen über den Platz, als sei das hier die Bundesliga und nicht unser Dienstagstraining. Zwischen ihm und Vanessa lief es nicht gut, aber das war ja auch kein Wunder, wo alle weg waren. Im Grunde lief es zwischen allen, die noch da waren, und Vanessa nicht gut. Sie brauchte Stabilität. Das war jetzt wichtig. Keine Spinnerträume mehr, die wir uns in den Kopf setzten und die uns auch nicht weiterhalfen.

Und das sagte ich ihr auch: »Pass mal auf: Das kannst du vergessen! Du machst jetzt deine Schule fertig, und dann suchen wir dir einen guten Ausbildungsplatz. Wir üben fahren, damit wir Geld sparen, wenn du den Führerschein machen musst. Weißt du, was das kostet? Das sind locker tausend Euro, wenn nicht mehr. Wenn du das bezahlt hast, wenn du dein eigenes Geld verdienst, dann kannst du wegfahren. Aber vorher bleibst du hier. Und ich auch. Wir bleiben hier! Und wenn es für immer ist.«

Vanessas Hand bohrte sich in meine. Sie fing wieder an zu weinen, konnte sich nicht mehr halten, sie zitterte am ganzen Leib. Womöglich dachte sie gerade an den Skiurlaub, aus dem auch nichts geworden war. In der Woche, in der alle anderen in Österreich waren, war sie halt zu Hause geblieben. Na und? Was soll's! Unsere Zeiten lagen doch noch vor uns. Wir hatten unser ganzes Leben noch vor uns, und irgendwann würden wir schon noch nach Österreich kommen. Aber halt nicht jetzt!

Ihr Weinen ebbte langsam ab. Ebenso der Griff um meine Hand. Sie rückte an mich, legte ihren Kopf auf meine Schulter und bat mich, dass ich ihr eine Geschichte erzählte.

Ich sagte: »Ich erzähle dir die Geschichte von den beiden Geschwistern, die jetzt nach Hause fahren«, schob sie von mir und ging zur Fahrertür.

»Vanessa! Komm!«, rief ich und sie erhob sich. Man kann nicht sagen, dass sie zum Auto ging, es war eher ein Kriechen. Und als sie dann endlich drinsaß, fing sie wieder an zu weinen.

»Ich kümmere mich um uns!«, sagte ich laut, startete den Motor und fuhr uns nach Hause.

Zwei Wochen später stand in der Zeitung, dass sich ein 14-jähriges Mädchen mit einem Citroën, den ihr Bruder auf Arbeit geklaut hatte, in Seeben totgefahren hätte. Der schlimmste Satz lautete, dass die Polizei ein Fremdverschulden ausschloss. Dabei waren wir alle schuldig. Wir alle.

Der wahre Mittelpunkt der Welt

29. September 2023

Mein Mund war trocken, schmeckte nach Alkohol, und mein Schädel brummte. Lose Erinnerungen an die Filmrisse, die ich in meinem Leben hatte, kamen zurück. Es waren nicht sehr viele. Nicht viele Erinnerungen, aber ebensowenige Filmrisse. Bis auf den Absturz, den ich dieses Jahr mit Pascal in Mai in Magdeburg hatte, spielten sich alle in einem Umkreis von fünfundzwanzig Kilometern um meine Wohnung herum ab. Vollrausch beim Lötzker Martinimarkt, ins Riesenrad gekotzt. Absturz beim Waldbadfest in Langeburg, in den See gekotzt. Besoffen auf dem Scheunentanz in Kaalke, über den Tresen gekotzt. Allen Abenden war gemein, dass ich dann dort nicht mehr wegkam. In Lötzek wachte ich damals in einem Hauseingang hinter dem Autoscooter auf. Beim Waldbadfest und beim Scheunentanz verbrachte ich die Nacht auf einer Parkbank. Jedes Mal stand nach dem Aufwachen der nicht enden wollende Fußweg nach Hause an.

Wo war ich jetzt? Ich hielt meine Augen geschlossen, versuchte den letzten Abend zu rekapitulieren. Dirk hatte mich noch zum Kulturhaus gebracht, nachdem meine Mutter aus dem Auto gestürmt war.

Damit fing es an. Im Kulturhaus brannte Licht. Die Tür war offen. Als ich sie aufschob, drehte ich mich um und sah Dirk, wie er davonfuhr. Dann bin ich rein, wollte mit Steffi reden, wollte wissen, ob sie nun in Jeetzenbeck bleiben würde oder nicht, und vor allem wollte ich wissen, ob ich der Vater von Yanko war. Ich hatte das in letzter Zeit ein paarmal durchgerechnet. Es konnte sein. Aber vielleicht hatte sie auch jemanden in Hamburg kennengelernt, der es war? Es hätte auch Torben sein können, der damals jedem Rock hinterhergerannt war. War er der Vater? Oder Hubert, unser Bademeister? Oder mein eigener Vater vielleicht?

Ich betrat den Saal, dessen Bühne durch zwei Baulampen hell erleuchtet war. Auf ihr arbeitete ein Mann, der nur eine Jeans, ein weißes Unterhemd und Turnschuhe trug. Yanko. Sein Schattenwurf faltete sich über die komplette Wand hinter ihm. Yanko hatte eine Schippe in der Hand, rammte sie mit aller Gewalt in einen Haufen, zog eine Ladung Unrat heraus, hob diesen an und kippte ihn in eine Schubkarre, die vor der Bühne stand. Eine Dreckwolke erhob sich aus der Karre, glitzerte im Licht der Bauscheinwerfer und verschwand über dem Lichtkegel. Man bekam eine Ahnung davon, wie dieser Saal im Lichte einer Discokugel aussehen könnte. Der Schatten an der Wand drückte seine Schippe wieder in den Haufen, zog eine neue Ladung hervor, wieder warf der Schattenmann den Schattendreck in die Schattenschubkarre, aus der sich eine neue Wolke erhob und dieses echte Glitzern erzeugte, das es in der Schattenwelt so nicht geben konnte. Ich stand in der Mitte des Saals und sah mich unbemerkt um. Alte, durchnässte und zum Teil weggebrochene Stuckreste an der Decke. In der Mitte eine riesige Rosette, aus der ein paar lose Kabel baumelten. An den Seiten ehemals rote Stoffbahnen, von Motten zerfressen, vom Staub belagert und vom Wasser gezeichnet. Auch wenn Yanko der arbeitende Beweis war, dass hier was passieren sollte, konnte ich mir nicht vorstellen, dass dieser Ruine wieder Leben eingehaucht werden konnte. Wie würde es hier aussehen? Würde der Saal wieder bestuhlt werden? Könnte man hier Film-, Musik- und Theateraufführungen sehen? Oder würde nur ein einziger großer Unterrichtsraum entstehen? Eigentlich war es egal, denn was auch immer mit diesem Haus geschah, alles war besser als der Zustand, in dem es jetzt war. Steffi musste an Jeetzenbeck glauben, sonst hätte sie das Geld hier nicht investiert. Warum glaubte sie jetzt an den Ort, anders als damals? Glaubte außer Steffi überhaupt noch jemand an Jeetzenbeck? Und wenn ja: warum?

Yanko führte die Schippe wieder über den Boden, befüllte sie erneut und kippte sie über der Schubkarre aus. Ich sah weg vom Schatten, sah ihn an. Schweiß glänzte auf seiner Haut. Die Muskeln spannten sich darunter. Sein Blick war konzentriert, er war ganz mit seiner Arbeit vereint, so, als gäbe es nichts anderes auf dieser Welt als diesen Dreckhaufen, der zu beseitigen war. Als er neulich auf das Tor im Stölpenbad geschossen hatte, hatte sein Gesicht die gleichen Züge gezeigt. Es wäre vermessen zu sagen, dass ich ihn kannte, aber ich hatte eine Vorstellung von ihm. Ein ruhiger Mann, der sich auf Dinge konzentriert, der sich Zeit nimmt, der nichts überstürzt. Es erschien mir logisch, dass Steffi ihn in Hamburg hatte großziehen wollen. Jeetzenbeck war ruhig und still, hier konnte man nur laute und unruhige Menschen großziehen. Wenn man ein Kind in Ruhe aufwachsen lassen wollte, war es vielleicht gar nicht verkehrt, dies in einer Großstadt zu tun, in der alles um einen herum laut war.

Mit beiden Händen rammte er die Schippe in den Haufen, dann sprang er von der Bühne, wollte zur Schubkarre gehen, neben der ich schon stand.

Wir sahen uns an. Ohne etwas zu sagen, blickten wir uns in die Augen, betrachteten unsere Gesichtszüge, stellten Vergleiche an. Diese Stelle da an den Augenbrauen, hatte ich die nicht auch? Sein Mund war zum Strich gezogen, war der Mund der Mutter, war der Mund der Großmutter. Aber die Augen, das waren nicht die Augen von Steffi oder Frau Baumann.

»Ich helfe dir«, sagte ich, und er nickte.

»Der Meiste davon ist Taubenscheiße.«

Ich sah auf den Dreckhaufen, der in der Karre lag.

»Sei lieber vorsichtig.«

Er trug weder eine Atemmaske noch Handschuhe. Auch wenn er in der Stadt aufgewachsen sein mochte, dieser Junge gehörte ins Dorf. In unser Dorf.

»Kennst du Dirk?«, fragte ich.

»Klar. Den kannte ich schon, als ich so groß war«, sagte er, hielt seine Hand auf Hüfthöhe, und ich spürte einen Stich in meiner Brust. Ich versuchte, es mir nicht anmerken zu lassen, und sagte: »Als ich dreizehn war, habe ich mir bei ihm etwas Geld dazuverdient. War so ähnlich wie das hier.«

»Was musstest du machen?«

»Dirks Hof war früher zu großen Teilen überdacht. Unter dem Dach hatten seine Vorfahren Zwiebeln, Mais und Tabak getrocknet. Außerdem brauchte man das Dach, damit man Pferdewagen und so was unterstellen konnte. Wenn du dich hier umsiehst, wirst du viele Höfe finden, die solche Dächer haben. Vor dem Krieg muss das Dach mit Blech bedeckt gewesen sein, und irgendwann nach dem Krieg lag Asbest drauf. Die Querbalken, auf denen das Dach ruhte, konnten das Gewicht der Asbestplatten über die Jahrzehnte hinweg nicht tragen. Erst wurden ein paar weitere Stützbalken unter das Dach gesetzt, aber das half nur bedingt, da die Querbalken völlig durch waren. Das Dach musste weg. Mit meinem Vater holte Dirk die Asbestplatten herunter. Die beiden hatten zwei Metallstangen an das Dach gelehnt, die Asbestplatten mit Seilen umwickelt und diese dann die Stangen runterrutschen lassen. War verdammt gefährlich, und es ist schon merkwürdig, dass keiner der beiden abgestürzt ist.«

»Was war dein Job bei der Sache?«

»Die beiden brachten die Platten an den äußersten Rand vom Hof, an eine Stelle, die von außen nicht einsehbar war. Da war ich mit Pascal. Wir hatten Hämmer, alte Lederhandschuhe, und um unsere Nasen und Münder wickelten wir uns Baumwolltücher. Dann kloppten wir auf einem großen Feldstein das Asbest in kleine

Teile. Der ganze Bruch wurde in einen Hänger verladen, und nach und nach brachten wir das Zeug weg.«

»Wohin?«

»Sagen wir mal so. Wenn du hier einen netten Sommertag am See verbringen willst, solltest du das nicht an dem alten Kiesloch südlich von Lötzek machen.«

»Du verarschst mich doch.«

»Ich habe noch nie jemanden verarscht. Ich lebe noch. Das bisschen Taubenscheiße wird mich nicht umbringen«, sagte ich und packte die Schubkarre.

Yanko ging voraus. Wir gingen an der Bühne vorbei, hinter ihr lag ein langer Flur, von dem aus es in den Innenhof ging, wo ein Container stand, auf dem ein Brett lag. Ich nahm Anlauf, balancierte mit der Schubkarre das Brett hoch und kippte den Inhalt über dem Container aus.

Wir brauchten acht weitere Ladungen, bis die Bühne von der Taubenscheiße befreit war. Yanko hatte noch eine zweite Schippe, aber es gab nur eine Schubkarre. Schweigend schippten unsere Schatten den Dreck von der Bühne, und schweigend fuhren sie in den Schatten des Flures, wo sie sich auflösten und erst wiederkamen, wenn wir mit der leeren Karre im Saal waren.

Gegen 22 Uhr waren wir fertig. Yanko saß auf der Bühne, und ich ging zu der Bar, die neben der Bühne war. Als ich den Wasserhahn aufdrehte, passierte nichts, und Yanko meinte, dass ich wirklich optimistisch sei. Ich nickte ihm stumm zu und öffnete den Schrank unter der Spüle. Alles furztrocken, kein Absperrventil, mit dem man dem Wasserhahn hätte Leben einhauchen können. Dafür vier staubige Flaschen Bretterknaller, die dort seit drei Jahrzehnten auf diese Nacht gewartet hatten.

Ich nahm die Flaschen, wischte mit der Innenseite meines T-Shirts den Staub ab und stellte sie neben Yanko ab. Dann wuchtete ich mich auf die Bühne, setzte mich neben ihn, und Yanko zündete sich eine Zigarette an, während ich die erste Flasche öffnete.

»Ich dachte immer, dass ihr Profisportler nicht rauchen dürft«, sagte ich, und er lachte.

»Willst du auch eine?«, fragte er und hielt mir die Schachtel hin. F6. Der Junge gehörte wie kein anderer in dieses Dorf.

»Ist lange her«, sagte ich und zog mir eine aus der Schachtel.

»Irgendwie kommt es mir so vor, als wäre alles hier sehr lange her, in diesem Ort«, sagte er und gab mir Feuer. Ich nahm einen Zug und musste einen schrecklichen Husten unterdrücken, den ich dann doch nicht in mir halten konnte. Das Echo meines Hustens schallte durch den Saal, und ich fragte mich, wie Musik hier klingen würde.

»So klang ich auch bei meiner ersten Kippe«, sagte er und grinste.

»Wo hast du die geraucht?«

»Mit dreizehn wollte ich mit einem Freund in den Elbschlosskeller. Und bevor wir da rein sind, haben wir eine geraucht.«

»Und. Kamt ihr rein?«

»Dauerte keine zwei Minuten, dann war Schluss.«

Ich nahm einen Schluck vom Bretterknaller. Schmeckte genauso wie der, der heutzutage von der Destillerie in Wiesdorf abgefüllt wurde. Ich setzte die Flasche ab, gab sie an ihn weiter und nahm einen zweiten Zug von der Zigarette. Kein Husten mehr, dafür merkte ich, wie der Apfelwein sich den Weg in meinen Magen brannte.

»Mama muss dich sehr geliebt haben«, sagte er.

»Ich liebe sie noch immer«, hörte ich mich sagen: »Aber anders als damals.«

Ich sah zu ihm. Er guckte in den Saal und sprach weiter: »Sie hat oft von dir erzählt. Hat mir erzählt, dass ihr in der Turnhalle geknutscht habt und oft mit dem Zug in Altenwedel gewesen seid, wo sie Tanzunterricht hatte.«

»Na ja. Ich habe das ein bisschen anders in Erinnerung«, antwortete ich und erzählte ihm von dem Tag, als ich mit ihr in Altenwedel war. Wie ich die Mauer erkletterte, am Fallrohr hing, dachte, dass sie mich nicht gesehen hatte, und wie ich dann bei den Motorradnazis landete, während wir die Flasche hin- und hergehen ließen und Yanko seine Zigarettenschachtel zwischen uns legte. Dass ich seine Mutter in der Turnhalle gefingert hatte, erzählte ich ihm nicht.

Yanko sah mich amüsiert an, als ich fertig war. Die erste Flasche war fast leer, und ich hatte drei Zigaretten gebraucht, um von unseren Ausflügen nach Altenwedel zu erzählen.

Yanko war dran. Er erzählte mir von seiner Kindheit in Hamburg. Wie Steffi ihn irgendwann nach Altona gebracht hatte, wo er das erste Mal einen Fußball vor die Füße gelegt bekam. Dann, wie er später in der Jugend von St. Pauli war und Steffi versuchte, bei jedem Spiel dabei zu sein. Wie sie beide in Schleswig-Holstein zelteten, wie sie Mutter und Sohn waren. Es passte alles ins Bild, genau so hatte ich es mir ausgemalt.

»Hat sie dich oft zum Tanzen mitgenommen?«

»Was?«, fragte er.

»Zum Tanzen, hat sie dich mitgenommen? Warst du dabei und konntest ihr beim Tanzen zusehen?«, fragte ich, und Yanko drückte sich einen tiefen Schluck aus der Flasche.

»Alter. Das ist meine Mutter«, sagte er und gab mir die Pulle.

»Wolltest du sie nie tanzen sehen?«

»Nee«, sagte er, und ich machte die Flasche leer.

»Warum nicht? Ich hab es geliebt, ihr beim Tanzen zuzusehen.«

Er nahm zwei Zigaretten aus der Schachtel, zündete beide an, während ich die zweite Flasche öffnete und sie ihm im Tausch mit einer der Zigaretten gab.

Yanko nahm einen weiteren Zug. Er setzte die Flasche ab, wischte sich mit dem Handrücken über den Mund, stieß auf und sagte: »Ey, Alter. Du bist ja ganz witzig und hast schon Humor, aber mal im Ernst, denkst du, dass ich in einen Puff gehe, um meiner Mutter zuzugucken, wie die sich vor irgendwelchen perversen Säcken auspellt?«

Wieder hallte mein Husten durch den Saal. Dieses Mal war es lauter. Und es dauerte länger, bis es aufhörte. Yanko schlug mir hart auf den Rücken, ich zog mir einen weiteren Schluck Bretterknaller rein, dann ging es.

Er sagte: »Warst du mal auf der Reeperbahn? Die Nutten kannten mich, da war ich so groß.« Er hielt seine Hand über den Boden. »Mau-Mau musste ich mit denen spielen. Und Dirk brachte mir dann Pokern bei. Und als ich mit Erwin in den Elbschlosskeller wollte, haben die Weiber mich gleich erkannt. Wir flogen sofort raus.«

»Der Dirk von hier?«

»Ey, bitte, klär das mit meiner Mutter. Mir war der schon immer ein bisschen unheimlich.«

»Und dein Kumpel hieß Erwin?«

»Ja.«

»Ich hatte mal einen Vogel, der so hieß. Ist weggeflogen.«

»So sind sie, die Erwins. Machen, was sie wollen. Mein Erwin ist den nächsten Tag wieder hin und kam natürlich rein.«

Ich nahm einen Schluck aus der Flasche.

»Ich muss dich das jetzt fragen: Steffi war eine Prostituierte?«

»Das musst du nicht mich fragen, das musst du Mama fragen. Aber bitte, ich will es echt nicht wissen«, sagte er, nahm mir die Flasche ab und setzte sie an seinen Mund.

Ich spürte den Alkohol, hatte schon mächtig einen drin und sagte: »Ich dachte immer, sie wäre Tänzerin.«

»Ist sie auch. Eine verdammt gute sogar«, sagte er und lächelte mich an.

Schweigend saßen wir da, zogen zur gleichen Zeit an unseren Zigaretten und sahen in den Saal.

»Und das hier soll eine Tanzschule werden?«

»Ich weiß nicht. Andererseit, überlege mal. Wolfsburg ist bloß dreißig Minuten weg, und bei vw arbeiten bestimmt genug Manager und Betriebsräte, die mal richtig ficken wollen. Das wäre doch was, wenn das hier ein Bordell wird. Dann ist mal Leben in eurem Dorf.«

Ich guckte ihn an, und er lachte laut. Dann exte er den Rest der Flasche und ich öffnete die dritte.

Draußen fuhr ein Auto vor. Die Tür ging auf, und jemand kam herein. Die Baulampen waren auf uns gerichtet, sodass wir nur einen Schatten sehen konnten, der langsam näher trat und zu Steffi wurde, als sie zwischen den beiden Strahlern auftauchte.

»Jetzt kannst du sie fragen«, sagte Yanko, und Steffi sagte nicht hallo oder guten Abend, sondern wollte gleich wissen, was ich zu fragen hätte.

»Marcel will wissen, ob das hier ein Puff wird«, sagte Yanko, schlug mir wieder auf den Rücken, und ich wäre fast von der Bühne gefallen.

Steffi kam auf mich zu, sah mich böse an und feuerte mir eine.

»Warum?«, fragte ich laut, und Steffi schimpfte: »Habt ihr eine Macke? Der muss morgen fit sein! Die spielen übermorgen in Nürnberg!«

Sie packte eine der leeren Flaschen, hob sie ins Licht und machte weiter: »Dieses Dreckszeug! Dass ihr immer dieses Dreckszeug saufen müsst! Yanko, was denkst du dir eigentlich? Willst du morgen verkatert beim Training erscheinen? Du solltest mich anrufen, wenn du fertig bist. Ich muss morgen meinen Umzug machen, und du musst fit sein für das Spiel, aber stattdessen hängst du hier rum und besäufst dich mit dem da!«

Ich guckte auf ihren Finger, der auf mich zeigte. Ich packte ihre Hand und versuchte den Finger zu küssen. Yanko fing an zu kichern, Steffi zog ihre Hand weg und klatschte mir noch eine. Die Ohrfeige ballerte nicht wirklich, eher war es fast so, als wenn sie mich streicheln würde.

»Marcel, weißt du, was das Beste ist?«, sagte Yanko und bekam sich nicht mehr ein.

»Nee«, sagte ich und guckte die beiden abwechselnd an.

»Dass Mama eigentlich nie ernst sein kann, wenn sie böse ist. Sie drückt dann immer ihre Lippen aufeinander. So!«, sagte er und presste mit Daumen und Zeigefinger seine Lippen zusammen. Dann sagte er: »Das macht die nur, wenn die eigentlich lachen will. Das hat die von Oma. Die ist genauso. Die Baumannfrauen wollen alle nicht lachen!«

Ich guckte zu Steffi und tatsächlich: Sie drückte ihre Lippen fest aufeinander, aber ihre Mundwinkel zuckten. Hatten die immer schon gezuckt, wenn sie das getan hatte? Hatte die mich die ganze Zeit nur verarscht?

»Morgen früh um sechs bist du bei Dirk und hilfst mir mit meinen Koffern! Und dann fährst du nach Magdeburg zum Training. Hast du mich verstanden, Yanko Emilio Baumann?«

»Der Kleine heißt Emilio?«, rief ich und nahm ihn in die Arme. »Komm her, mein kleiner Emilio. Wir gehen rüber, und ich mache dir Drehspieß!«

»Um sechs!«, rief Steffi laut, drehte sich um, stolzierte aus dem Saal und versuchte die Tür hinter sich zuzuwerfen, was nicht funktionierte, da die Tür komplett verzogen war, und so blieb das einzige Geräusch, das sie machen konnte, ein Knarren, dem der Start eines Motors und durchdrehende Reifen folgten.

Yanko sah mich an. Er lächelte. Dann sagte er: »Mach mir Drehspieß!«, und ich rief: »Ja!«

Wir sprangen von der Bühne, packten die volle und die halbvolle Flasche, verließen das Kulturhaus, torkelten am Bahnhof vorbei, wo ich Yanko fragte, ob er wisse, dass man von hier bis gestern nach Amerika fahren konnte, und er antwortete nur, dass ihn diese ganze Vergangenheitsscheiße überhaupt nicht interessiere und er jetzt seinen Drehspieß wolle!

»Marcel!«, tönte es von der anderen Straßenseite. Pascal kam zu uns. Er hatte ein halbes Bier in der Hand und schon mächtig Schlagseite.

Er umarmte mich. Ich umarmte ihn. Gemeinsam umarmten wir Yanko, und ich fragte Yanko, ob er Pascal schon kenne. Yanko sagte, dass er alle kenne, vor allem alle liebe, und zu dritt torkelten wir in den Laden.

»Das wird alles mal dir gehören!«, sagte ich und zeigte auf die Inneneinrichtung, als wir die Bude betraten.

»Das befürchte ich auch«, sagte Yanko und setzte sich an den Resopaltisch, während Pascal zielsicher zum Getränkekühlschrank ging und uns sechs Garley rauszog.

»Wir sind nur zu dritt«, sagte ich, stellte den vollen Bretterknaller auf den Tisch und ging mit dem angefangenen hinter den Tresen, wo ich die Gasflammen entzündete. Emilio hatte vergessen, den Spieß in den Kühlschrank zu legen. Und auch der Salat war noch in der Auslage. Mehr Glück konnte man nicht haben!

»Alles klar!«, sagte Pascal und zog drei weitere Flaschen aus dem Kühlschrank. »Ich gehe heute keinen Meter mehr!«

Er setzte sich auf seinen Stammplatz und hebelte die ersten drei Bier auf.

»Und hier hängt ihr immer rum?«, fragte Yanko und sah sich grinsend im Laden um.

»Gibt keinen besseren Ort auf der Welt«, sagte Pascal. »Das hier ist der Mittelpunkt der Welt. Nicht dieser beschissene Stein da in dem Tümpel! Der eigentliche Mittelpunkt der Welt ist hier! Prost!«

»Auf den eigentlichen Mittelpunkt der Welt!«, rief Yanko, und die beiden stießen an. Ich prostete den beiden mit dem Apfelwein zu.

Ich machte uns drei Brote fertig, packte sie zwischen die Grillplatten und steckte meinen Finger in die scharfe Soße. War noch frisch.

»Yanko. Erzähl doch mal! Hast du eigentlich schon 'nen Manager?«, fragte Pascal und fummelte seine Elektrozigarette hervor.

»Pack das Scheißding weg!«, sagte Yanko und zog seine f6 raus. Er steckte Pascal eine in den Mund, zündete sie ihm an und warf mir auch eine rüber. Ich schaffte es nicht, sie zu fangen, und sie landete in der Knoblauchsoße. Ich fischte die Kippe heraus, wischte sie mit einer Serviette ab und zündete sie mir an der Gasflamme vom Drehspieß an, während Yanko Pascal erklärte, dass er ihm vielleicht sein Leben, jedoch nicht seine Karriere anvertrauen würde.

»Du brauchst doch aber einen, der sich um deine Belange kümmert!«

»Ich habe schon eine Mutter. Eine zweite brauche ich nicht.«

Ich zog das Messer über den Stahl, prüfte die Klinge mit dem Daumen, legte den Stahl beiseite und schnitt mit dem Messer die Mischung aus Fleisch und Hack vom Spieß. Unter der Klinge tauchte das helle Fleisch auf, das sich der Gasflamme zuwandte und von ihr eine etwas dunklere Färbung bekam. Fett lief in dicken Bahnen am Fleisch entlang, sammelte sich am Fuß des Spießes und tropfte auf den Edelstahl, auf dem sich der Berg des heruntergeschnittenen Fleisches ansammelte. Mit dem Messer fuhr ich ein paarmal durch den Haufen, zerkleinerte die Stücke, und ging dann rüber zu den Grillplatten, wo ich mir das erste Brot herauszog. Mit der Zange ging ich in die Öffnung, hebelte das Brot auf und bestrich die Innenseite erst mit der scharfen, dann mit der Knoblauchsoße. Ich griff aus dem Haufen eine Portion Fleisch, schüttete es locker in das Brot hinein und füllte die Brottasche mit Rotkraut, Eisbergsalat, Weißkohl, Zwiebeln und weiterem Fleisch. Dann wieder etwas Soße, und fertig war der erste Drehspieß, den ich in eine der Papiertüten steckte und auf einen Teller legte.

Ich machte die anderen beiden fertig, griff ein Bündel Servietten, während Pascal die Teller an unsere Plätze stellte. Die Servietten legte ich in die Mitte des Tisches. Wir stießen mit dem Garley an, tranken und bissen in die Drehspießtaschen.

»Alter!«, sagte Yanko.

»Gut, wa?«

»Das schmeckt ja fürchterlich.«

»Man gewöhnt sich dran«, sagte Pascal, Yanko nickte und wischte sich mit einer Serviette Soße vom Kinn.

»Verkauft sich das gut?«

»Geht so.«

»Hm.«

»Einem geschenkten Gaul glotzt man nicht ins Maul«, zitierte ich meinen Vater und biss ab.

»Darfst du das überhaupt? Rauchen, fressen und saufen?«

»Hm«, machte Yanko.

»Muss ein schlimmes Leben sein«, sagte Pascal mit vollem Mund, die Hälfte des Mundinhalts flog auf den Tisch. »Der Marcel hier, der hätte es schaffen können. Der hatte das drauf. Bundesliga hätte der spielen können, hätte gemeinsam mit Schmelzer auf dem Platz stehen können. Das wär was gewesen. Die zwei Marcels aus Sachsen-Anhalt holen zwei Mal die Deutsche Meisterschaft für Dortmund.«

»Hättest du das gemacht, hättest du für Dortmund gespielt?«, fragte Yanko.

Ich überlegte. So richtig hatte ich da nie drüber nachgedacht. Wozu auch? Es waren immer nur die anderen, die mir erzählt hatten, dass ich das Zeug dazu gehabt hätte. Aber wäre das mein Leben gewesen? Immer am Ball bleiben? Immerzu Training, alles dem Fußball unterordnen? Komisch angequatscht werden, wenn man sich mal einen hinter die Binde kippt, ein paar Kippen raucht und sich mit Drehspieß vollstopft?

Ich würgte den Bissen runter, auf dem ich gerade herumkaute, und sagte: »Ich weiß, wo ich nicht gespielt hätte.«

»Wo?«

»Bayern.«

»Glaub ich nicht«, sagte Yanko.

»Würdest du das denn machen?«

»Die haben noch nicht gefragt.«

»Vielleicht bleibst du erst mal beim FCM!«, sagte Pascal, knüllte sein Papier zusammen und warf es auf den Teller.

»Diese Saison sicher. Ja.«

»Und dann? Verpisst du dich dann schon wieder? Bleib mal auf dem Boden, du bist noch nicht einmal ein Jahr bei uns. Das zählt noch gar nicht richtig.«

»Es ist nicht so, dass ich das alleine bestimmen kann.«

»Schmelzer konnte es doch in Dortmund auch. Der lief nie für 'nen anderen Verein auf.«

»Oder Ricken.«

»Und Zorc!«

Yanko guckte uns nacheinander an. Erst Pascal, dann mich, dann wieder Pascal, der sich das nächste Bier öffnete und unsere gleich mit aufhebelte.

Dann sagte er: »Ich würde gerne mal in Italien spielen. Neapel oder Turin.«

»Warum?«

Er überlegte, zerknüllte sein Papier, zog sich eine Zigarette raus und sagte dann: »Ich will mich später nicht ärgern, es nicht probiert zu haben.«

»Hm«, machte Pascal, zog zwei Zigaretten aus der Schachtel, von der er eine an mich weitergab. Noch drei Kippen, und ich wäre wieder Raucher. Pascal zündete sich die Kippe an, atmete langsam aus und sagte: »Vielleicht hast du recht, Yanko. Vielleicht hast du recht. Wir sind vermutlich nicht die besten Ratgeber. Marcel und ich ärgern uns jeden Tag über Dinge, die wir nicht gemacht haben. Aber irgendwann denkt man nur noch daran und spricht nicht darüber.«

»Vanessa?«, fragte Yanko, und wir nickten.

»Muss schlimm sein.«

»Das ist es«, sagte ich leise.

»War ein tolles Mädchen«, brummte Pascal. »Sie kommt nicht wieder. Aber dafür ist Steffi zurückgekommen. Und sie hat einen netten Sohn.«

Pascal stand auf, ging an uns vorbei und klopfte Yanko leicht auf die Schulter. »Ich geh mal pissen«, sagte er und ging zum Lager, von dem das Scheißhaus abging.

Ich zog an meiner Zigarette und guckte auf den Tisch. Drei leere Teller, ein jetzt schon halbvoller Aschenbecher, die beiden Bretterknaller waren plötzlich auch leer, und dann gab es noch zwei leere, drei volle und vier angefangene Flaschen Bier.

»Ich werde es dir nicht sagen«, hörte ich Yanko plötzlich sagen.

Ich sah auf, sah ihn an. Dann fragte ich: »Was?«

»Ob du mein Vater bist. Ich weiß es selbst nicht, und ich will es nicht wissen.«

»Du weißt es nicht?«

»Ich habe Mama nie gefragt.«

»Warum nicht?«

Yanko zog ein letztes Mal an seiner Zigarette, dann drückte er sie im Aschenbecher aus.

Als ich es ihm nachtat, sagte er: »Es war bei uns auf der Schule nicht ungewöhnlich, dass die Kinder keine Väter hatten, es war sogar normal. Und später, als ich die Frage hätte stellen können, wollte ich es nicht. Ich wollte nicht hören, dass ich der Sohn eines Freiers bin. Ich wollte nicht hören, dass mein Vater vielleicht zur See fährt oder in einem anderen Land lebt. Ich hatte meine Mama, und das reichte mir.«

»Hm«, machte ich.

»Marcel, du bist ein guter Typ, macht Spaß, mit dir rumzuhängen. Und auch mit Pascal. Das ist lustig, so ein Abend. Und es wäre halb so lustig, wenn ich wüsste, dass einer von euch mein Vater ist. Das wäre doch alles beschissen.«

»Und wenn sie es dir einfach sagen würde?«

»Wird sie nicht machen.«

»Meinst du?«

»Ich habe sie nie gefragt, warum sie ihre Familie verlassen hat. Als ich den Vertrag in Magdeburg unterschrieb, wurde sie richtig komisch. Sie wollte erst, dass ich in Hamburg bleibe oder halt woanders hingehe. Das aber war nicht drin. Das Angebot aus Magdeburg war gut, und ich habe unterschrieben. Und dann kam sie mit. Zuerst wohnte sie mit bei mir, und dann auf einmal war sie ein paar Tage weg, ich dachte, dass Mama in Hamburg wäre. Aber sie war bei Dirk. Und dann nahm sie mich mit und wollte mir das alles zeigen. Also fuhren wir hier hoch. Sie zeigte mir die stillgelegte Schule, zeigte mir die Burgruine, war mit mir in Altenwedel und in Schrampsee, einmal musste ich mit ihr sogar mit diesem komischen Zug fahren, da sind wir nach Lötzek gegondelt. Am Grab deiner Schwester waren wir auch. Und dann, als wir wieder hier waren, zeigte sie mir das alte Kulturhaus und erzählte mir, dass sie daraus eine Tanzschule machen will. Kurz danach habe ich euch kennengelernt.«

»Und du willst es nicht wissen?«

»Was denn? Wer mein Vater ist? Warum sie das Kulturhaus kauft, obwohl ihr zwanzigtausend Euro fehlen? Warum sie damals abgehauen ist? Warum ihr hier alle in der Vergangenheit lebt? Leute, das sind Fragen, die ihr euch doch alle selbst beantworten könnt. Ich glaube auch, dass ihr alle die Antworten kennt. Vielleicht kennt ihr einfach nur die Frage nicht.«

»42«, sagte ich und er lachte, dann sagte er: »Aber mal im Ernst. Was wäre dann anders? Angenommen, du bist mein Vater. Ich kann mir das zwar gar nicht vorstellen, aber nur mal angenommen, dass du es bist. Was zur Hölle würde uns das bringen?«

»Keine Ahnung«, antwortete ich, und er nickte.

»Für so eine Erkenntnis braucht man kein Abi«, sagte er und nahm einen Schluck Bier. Ich zog mit. Ich war nicht mehr frisch, hatte mächtig einen drin und musste mal aufs Klo, aber da war noch Pascal, und das konnte dauern, bis der dort fertig wurde.

»Hast du eins?«, fragte ich.

Yanko schüttelte den Kopf. »Nee. Ich bin in der neunten runter. Ich wusste, was ich will: Fußball.«

»Hä? Im Fernsehen erzählen doch alle immer, dass das total wichtig ist, dass man als Fußballer 'nen ordentlichen Schulabschluss hat.«

»Neunte Klasse ist ordentlich«, sagte Yanko. »Außerdem erzählen die auch immer, dass die schon immer unbedingt bei diesem und jenem Verein spielen wollten und dass die Stadt und die Fans so besonders sind. Blabla.«

Ich musste lachen, und wir stießen an.

Und hier beginnt der Filmriss.

Was war noch passiert? Wann kam Pascal vom Klo zurück, und wo war ich? Noch immer hielt ich meine Augen geschlossen. War da noch eine Autofahrt? Irgendwie war da noch eine Autofahrt gewesen. Ganz sicher sogar. Aber wohin? Waren wir in Magdeburg? Oder in Altenwedel? Bestimmt waren wir in Altenwedel gewesen, mit dem Zug konnte man da nicht mehr hin, also hatten wir sicher Yankos Auto genommen. Was wollten wir in Altenwedel?

Ich öffnete meine Augen nicht, tastete, wo ich war. Unter mir war Polster, rechts von mir war Polster. Ein Sofa. Sehr weich. Keine Decke und kein Kissen. Schmerzen im Nacken, und an meinem rechten Bein spürte ich einen anderen Körper. Ein haariges Bein. Sicher Pascal. Oder Yanko? Ich tastete danach. Sehr haarig. Wessen Bein war das? Ich griff ein Bündel Haare, und am Schreien erkannte ich, dass es das Bein von Yanko war.

»Bist du noch ganz sauber?«

Ich richtete mich auf. Erst, als ich saß, öffnete ich die Augen. Yanko saß rechts von mir und rieb sich sein Bein. Wir waren in einer Art Wohnzimmer. DDR-Möbel. Konnte also nicht Magdeburg sein, Yanko würde so nicht leben. Solche Möbel standen auch in meiner Bude. Neben der Schrankwand ein Fenster, die Rollläden waren heruntergelassen.

»Wie spät ist es?«, fragte Yanko.

Ich ließ seine Haare fallen, griff meine Hose und holte mein Handy heraus. Tot.

»Keine Ahnung.«

»Meine Mutter bringt mich um. Du musst mir helfen.«

»Wobei?«

»Na, mit ihren Koffern, wenn die überhaupt noch da ist.«

Yanko zog sich seine Hose an, die noch voller Taubenscheiße und anderem Dreck war, meine Klamotten sahen nicht besser aus. Ich war noch dabei, mein Shirt überzuziehen, da stürmte Yanko schon aus dem Zimmer. Ich trottete hinterher. Wir gingen durch einen Flur, links war eine Tür, und wir standen auf Dirks Hof.

»Wie sind wir hierhergekommen?«, fragte ich, und Yanko redete irgendwas von Steffi, dass die dann doch noch aufgetaucht sei und Stress gemacht hätte. Ich hatte keine Erinnerungen, war alles weg. Warum hatten die mich nicht gleich dagelassen? Ich wollte hier überhaupt nicht sein. Am liebsten hätte ich zu Hause in meinem Bett gelegen. Schlafen und nie wieder aufwachen.

»Das wurde aber auch Zeit!«, sagte Steffi, die gerade die Kofferraumklappe ihres BMW zuwarf.

»Einsteigen!«, sagte sie zu Yanko und zeigte auf den Beifahrerplatz.

Yanko sah fertig aus. Nie und nimmer würde der heute trainieren und morgen schon gar nicht gegen Nürnberg spielen, da hätten die genauso gut mich aufstellen können. Ich guckte mich um. Ein paar Meter neben mir war Dirks Hund, zum Glück angeleint. Er lag da und beobachtete alles.

Ich latschte einmal quer über den Hof, hob schlaff die Hand, als ich an Steffi vorbeiging, wurde von ihr ignoriert und stolperte zur Außengrenze vom Grundstück. Unter dem Dach, das mein Vater und Dirk abgetragen hatten, hatte sich ein großes Holztor befunden, das gleich mit abgerissen worden war mit der ganzen Holzkonstruktion drum rum. Stattdessen gab es da jetzt eine drei Meter hohe Betonmauer und ein Stahltor als Einfahrt. Auf der Hofseite standen drei Wacholderbüsche, und der mittlere sah mir so aus, als wenn er gedüngt werden müsste. Als ich meinen Hosenstall öffnete, schlug der alte Lederball von Dirks Köter neben mir in der Wand ein. Einen halben Meter weiter rechts, und der Ball hätte mich gegen den Busch, wenn nicht sogar in die Wand genagelt.

»Wenn du da jetzt hinpisst, hack ich dir den Schwanz ab!«, hörte ich Dirk von hinten rufen.

Ich zog meinen Reißverschluss wieder hoch und fragte, ob ich vor dem Grundstück pissen dürfe, und Dirk sagte: »Ich bitte darum.«

»Wird gemacht, Chef«, sagte ich und ging zum Tor. Ich verließ das Grundstück und stand auf der Einfahrt. Nichts los. Komplett tote Hose. Dafür eine sehr schöne Straße. Eine typische Straße für die Altmark. Graues Kopfsteinpflaster, in der Mitte höher gelegen. An den Rändern der Straße zwei schmale Grünstreifen mit Korbweiden, deren peitschenartige Triebe in alle Richtungen zeigten, aber im Februar abgeschnitten wurden, sodass die Straßen dann immer wirkten, als wären sie von Baumleichen gesäumt. Der Gehweg dahinter war früher ein einfacher Lehm- und Dreckpfad gewesen, in den Neunzigern war er gepflastert worden und seitdem vergessen, sodass das Pflaster schief und schräg lag. Dem Weg folgten kleine Jägerzäune, dahinter Vorgärten, die hübsch anzusehen waren. Kleine Bäume, Blumen, Feldsteine und große Rasenflächen. Dahinter erst die Backsteinfachwerkhöfe der Dorfbewohner. Zwischen den Höfen lagen einzelne Einfamilienhäuser. Kleine, gedrungene Gebäude, deren Dächer schon über dem Erdgeschoss nach oben wuchsen, mit roten Ziegelsteinen bedeckt. Die Fassaden der Häuser bestanden aus grauem Kratzputz, der das dahinterliegende Fachwerk seit Jahrzehnten verdeckte. In der Mitte des Dorfes eine Feldsteinkirche, deren Backsteinfachwerkturm der höchste Punkt im Ort war. Der Friedhof wurde noch immer genutzt und würde in den nächsten Jahren die alten Menschen wieder näher zusammenbringen, die isoliert und vereinsamt in ihren Wohnstuben saßen.

Dirks Vorgarten passte nicht ganz in das Straßenbild. Im Vergleich zum Sommer war nicht viel passiert. Nur ein Auto, das unter einer grauen Plane parkte, war dazugekommen.

Dirk hatte nicht einmal einen Baum, an den ich hätte pinkeln können. In einen anderen Vorgarten wollte ich nicht gehen. Ich guckte auf das Auto und erinnerte mich an die Vorträge, die mein

Vater mir damals immer gehalten hatte, wie man in der Öffentlichkeit richtig pisst, ohne gesehen zu werden.

Das erste Mal war in Altenwedel, als ich mit ihm bei McDonald's war. Wir hatten am Passat gestanden, und er hatte mir erklärt, dass es als Lkw-Fahrer nicht leicht sei. Überall würde es Geld kosten, und manchmal sei man mitten in der Stadt, müsse abladen, und weit und breit kein Klo in der Nähe. Er wollte wissen, wie ich mich dann verhalten würde. Ich hatte mit den Schultern gezuckt, und er es mir erklärt: »Du stellst dich zwischen Fahrertür und Auto und pisst in den Spalt dazwischen. So kannst du selbst in der Magdeburger Innenstadt pinkeln, ohne dass dich jemand sieht. Merk dir das, Junge! Merk dir das!«

Ich ging zum Auto, hob die Plane hoch, und tatsächlich: der Passat meines Vaters. Die Beifahrerseite war völlig verzogen, der Wagen ein Totalschaden. Die Fahrerseite war noch in Ordnung. Ich legte die Plane über das Dach und tat so, als würde ich im Fußraum vom Auto etwas suchen, dann stellte ich mich zwischen Tür und Auto und ließ den Alkohol von gestern raus, ohne dass eine der Omas hinter den Fenstern erkennen konnte, was ich machte. Dass ich beobachtet wurde, wusste ich, die Frage war nur, wie viele Silberhelme gerade hinter den Fenstern standen. Ich zog meinen Reißverschluss hoch, warf die Tür zu und ging zurück. Als ich wieder auf den Hof kam, stritt sich Yanko mit Dirk und Steffi. Der wollte nicht fahren, schimpfte, dass die ihn endlich mal in Ruhe lassen sollten, und Dirk drückte ihm die ganzen Sprüche rein, die er sonst Pascal um die Ohren warf. Pascal selbst stand zwischen den dreien und sah aus, als wäre er im Stehen eingeschlafen. Der Kerl hatte schon wieder ein halb leeres Bier in der Hand, an dem er lustlos nippte. Wo hatte der eigentlich gepennt? In seinem alten Jugendzimmer? Ich ging zurück zum Wacholderbusch.

»Körtge! Wenn du in meinen Busch pisst, reiß ich dir den Arsch auf!«, brüllte Dirk, und ich brüllte zurück: »Fahr mal runter! Ich wollte nur den Ball holen, bevor du dich wieder aufregst!«

Ich trat gegen den Ball, schoss ihn in die Mitte des Hofs. Ein schöner Bogen, gleichmäßig gezeichnet, die perfekte Flugbahn. Der Ball landete vor Yankos Füßen, und ich bückte mich, um mir den Schuh zuzubinden.

»Von Pascal habe ich ja nichts anderes erwartet, aber von dir bin ich enttäuscht, Marcel. Der Bengel soll aufs Feld. Wenn du dir scheißegal bist, mag das so sein. Aber mit dem da solltest du ordentlich umgehen.«

»Ich bin erwachsen!«, sagte Yanko, und Steffi erwiderte: »Dann benimm dich auch so! Die werden dich suspendieren.«

»Einen Scheiß werden die! Ich lege denen die Tore auf. Ohne mich spielen die doch gegen den Abstieg!« Yanko nahm Anlauf, trat gegen den Ball, und, ja, er konnte das einfach besser als ich. Mein Schuss von eben wirkte wie die billige Kopie von seinem. Der Ball landete vor Dirks Köter, der aufsprang und zähnefletschend auf ihn zu rannte, bis seine Kette ihn zurückwarf. Der Hund sprang sofort wieder auf, rannte wieder vor und spannte die Kette so fest, dass man darauf hätte balancieren können. An den Ball kam er nicht. Zehn Zentimeter trennten Ball und Bestie.

»Yanko! Steig ein!«

»Mach, was deine Mutter sagt!«, sagte Dirk, hinter dem mein Vater in seiner vollen Montur auftauchte.

»Und wer ist das? Dein schwuler Lederficker aus der Kiste? Mr. Hinkebein?«, fragte Yanko, zeigte auf meinen Vater, und ich musste laut lachen. Mein Vater baute sich auf, stürmte auf Yanko zu und holte schon mit dem Arm aus. Dirk packte ihn an der Schulter, riss ihn hart nach hinten.

»Was soll das?«, brüllte er.

»Den lässt du mal schön in Ruhe!«

Papa glotzte Yanko an, dass ich hier war, hatte der anscheinend gar nicht mitbekommen.

»Von so einem muss ich mir das nicht gefallen lassen!«, schrie mein Vater und wollte schon wieder auf Yanko los, der seine Fäuste vor sich hielt und anfing, mit den Füßen zu tanzen. Körtge gegen Baumann. Schulz gegen Foreman. Der erste Boxkampf meines Vaters, und ich hörte, wie die ganze Halle in Vegas »Yanko! Yanko! Yanko!« brüllte.

»Ralf!«, brüllte Dirk, packte ihn erneut am Kragen und verpasste ihm eine Ohrfeige.

»Was hat der Bimbo hier zu suchen?«, brüllte mein Vater.

Yanko sah zu Steffi. »Steig ein, Mutter. Wir fahren los!«

»Mutter? Der da ist dein Sohn?«

»Fick dich, Ralf!«, rief Steffi, zeigte ihm den Mittelfinger und riss die Tür ihres BMW auf.

»Ja. Es wird Zeit, dass hier endlich wieder Ruhe einkehrt!«, schimpfte Dirk, während von Ruhe keine Rede sein konnte. Vor dem Grundstück waren mehrere Autos vorgefahren, Türen, die geöffnet wurden, und laute Schritte auf dem Straßenpflaster ertönten. Ich sah zu Pascal, der noch immer benebelt auf dem Hof stand, sah zu meinem Vater, der so tat, als würde ich nicht existieren, und zu Steffi, die gerade den Motor startete und losfahren wollte, während jemand draußen auf die Klingel drückte.

»Was ist denn heute nur los? Ich komm ja schon!«, schrie Dirk seinem Tor entgegen, riss es auf und wurde von drei Männern in Kampfmontur überwältigt, die brüllend durch das Tor gestürmt kamen.

»Lustig«, sagte Pascal, trank den Rest seiner Flasche und rülpste laut. Steffi stellte den Motor ab, öffnete die Fahrertür und stieg halb aus dem Auto aus, um besser auf die Action am Tor zu sehen zu können.

Einer der drei Männer kniete auf Dirks Rücken und legte ihm Handschellen an. Er brüllte irgendwas, ich konnte es nicht verstehen. Mir pfiffen die Ohren, der Alkohol von gestern drückte sich meine Speiseröhre hoch, und eigentlich wollte ich nur schlafen, während immer mehr von diesen Typen auf den Hof stürmten, dabei laut schrien und uns immer näher kamen. Steffi versuchte, wieder ins Auto zu kommen. Einer der Männer packte sie, Yanko stürzte aus dem Auto, wollte seiner Mutter beistehen und wurde von einem weiteren umgeworfen. Mein Vater lachte kurz, er war der Nächste, der gepackt wurde, dann war Pascal dran, und ich war der Letzte, den sie auf den Boden warfen. Im selben Moment musste ich kotzen.

Als ich auf dem Bauch lag, war die Welt viel friedlicher. Mein Kopf ruhte auf den von Dirks Hühnern zugeschissenen Katzenköpfen. Rechts war der Boden, links der blaue Himmel und dazwischen die Stiefel der Männer, die hier gerade das Kommando übernommen hatten. Sie brüllten, brüllten und brüllten, ich hörte es nicht, es war ein Rauschen, das mich nicht betraf. Zwischen den Stiefeln sah ich, wie Dirk rangeschleppt wurde, wie Steffi, Yanko, Pascal und mein Vater rangeschleppt wurden. Jemand riss mich hoch, die Welt wurde wieder gerade, und jetzt erst verstand ich, was die Männer die ganze Zeit brüllten. Zumindest ein paar Worte: »Keine Bewegung! Polizei! Ruhe!«

Und dann war Ruhe. Wir wurden auf Dirks Sitzecke unter dem f6-Sonnenschirm verfrachtet, und der Cop, der keine Sturmhaube trug, wollte von Dirk wissen, ob noch mehr Personen auf dem Grundstück anwesend seien, was Dirk mit einem »Fick dich ins Knie!« beantwortete.

Um uns herum strömten die Bullen in alle Richtungen aus, sie verschwanden im Wohnhaus, in der Gästewohnung und im Stallgebäude, und durch das Tor strömten noch immer weitere auf den Hof. Die sahen aus wie Soldaten. Ich musste an unsere Dorfsheriffs denken, die in Lötzek ihr Revier hatten, weil das in Jeetzenbeck bereits in den neunziger Jahren zumachen musste. Dicke, alte Männer, deren einzige Expertise darin bestand, ein getuntes Simson-Moped von einem ordentlich zugelassenen zu unterscheiden.

»Herr Schulz?«, rief der maskenlose Cop.

»Wer will das wissen?«

»Ich bin Polizeihauptkommissar Arndt und leite diese polizeiliche Maßnahme. Je nachdem, wie Sie sich verhalten, wird das hier ganz entspannt. Oder –«, sagte der Bulle und wurde von Dirk unterbrochen: »Oder was?«

»Na ja, Sie haben ja gesehen, was die Jungs so können«, sagte Polizeihauptkommissar Arndt und drückte Dirk ein paar Papiere in die Hand.

Ich sah rüber zu Yanko. Der schüttelte nur den Kopf, rief: »Das ist doch alles nicht mein Problem«, und wollte aufstehen. Polizeihauptkommissar Arndt drückte ihn in seinen Stuhl zurück.

»Na dann! Tut, was ihr nicht lassen könnt!«, sagte Dirk mit einem Grinsen im Gesicht. »Macht das, was ihr eure Arbeit nennt. Aber wenn ihr meinen Hund berührt, ist Polen offen!« Der Bulle glotzte zum Hund, dem das alles egal zu sein schien. Der Köter hatte seinen Kopf auf den Vorderläufen liegen und blickte entspannt in unsere Richtung. Wenn einer der Bullen näher als fünf Meter kam, knurrte er.

»Dein Hund ist sinnlos«, sagte ich, und mein Vater antwortete: »Wer hat dich gefragt?«

Ich sah ihn an. Sein ausdrucksloser Blick ging zu seinen Füßen.

»Was machst du überhaupt hier?«, fragte ich ihn.

Er ignorierte mich.

»Ralf! Dein Sohn hat dich was gefragt!«

»Ich habe keinen Sohn!«, sagte er, und von allen Verletzungen, die er mir hätte zufügen können, war das die schlimmste.

»Kann ich was zu trinken haben?«, fragte Yanko laut, aber die Bullen beachteten uns nicht weiter.

»Ich hätte auch gern ein Bier«, nuschelte Pascal, und Dirk rief, dass er die Schnauze halten solle.

Der Aufpassercop trat einen Schritt auf zu uns, Dirk sagte: »Alles gut. Ich erziehe nur meinen Sohn.«

»Hättest du früher machen müssen«, sagte Steffi.

»Wer hat dich gefragt?«, brummte Ralf.

»Ruhe!«, brüllte der Bulle.

Die Cops ließen sich alle Zeit der Welt und durchwühlten alle Räume, Schuppen und Zimmer, während ein anderer kam und unsere Personalien aufnahm. Als Ralf seinen Perso rausrückte, wurde Polizeihauptkommissar Arndt ganz feucht. Er grinste übers ganze Gesicht und sagte: »Haben wir dich.«

»Ihr könnt mir gar nichts! Ohne Beweise könnt ihr mir gar nichts!«, rief Ralf, und der Bulle meinte nur, dass die sicher gleich auftauchen würden, die Beweise. Wie damals, wie 2003, als sie sich schon einmal gezeigt hatten.

»Pah!«, machte Ralf und Dirk sagte ihm wieder, dass er die Schnauze halten solle, als hätte er niemandem mehr etwas anderes zu sagen.

Die Bullen fanden nichts. Gar nichts.
Dirk hatte keine Waffen.
Dirk hatte keinen Computer.
Auch das Hitler-Buch war weg.
Dirk hatte nicht einmal ein Handy.

Es dauerte zwei Stunden, bis die Bullen einsahen, dass sie hier nichts finden würden. Die Typen machten lange Gesichter und lösten nacheinander unsere Handschellen.

Ich sah mir die Menschen um mich herum an. Da war Pascal, mein bester Freund. Der einzige Mensch in meinem Leben, der wirklich immer da gewesen war. Mag sein, dass er eine Katastrophe war, aber ich war nicht besser. Neben ihm saß Steffi, die grimmig guckte, sich verarscht von den ganzen Umständen fühlte und sicher bereute, dass sie sich hier wieder niederlassen würde. Yanko saß neben ihr, vor einer halben Stunde war er weggenickt. Er würde großen Ärger in seinem Team bekommen, aber ja, er hatte recht. Er legte die Tore auf, und nach zwei oder drei Spielen würde er sicher wieder eingewechselt werden. Von all den Menschen, die hier saßen, war er der einzige, der eine echte Zukunft hatte. Vanessa hatte damals den Mut aufgebracht, sich gegen die Wand in Seeben zu setzen, während wir alle wegsahen und nicht begreifen wollten, dass es zwei Männer in unserem Umfeld gab, die alles nur schlimmer machten. Meine Mutter hatte versucht, sich von Ralf zu lösen und Vanessa vor ihm zu beschützen. Wir alle hatten damals versagt. Mir wurde klar, dass wir bei Yanko nicht versagen durften. Oder Luca. Wir brauchten mehr Menschen wie Emilio in unserem Dorf und deutlich weniger Dirks und Ralfs. Ich sah Ralf an, der mich noch immer ignorierte, ich sah zu Dirk, der schon wieder stand, darauf pochte, dass Ralf die Handschellen abgenommen wurden, und laut schimpfte, dass dieser Staat eine Zumutung sei. Ralf, der der Letzte mit Handschellen war, stand auf, hielt seine Hände dem Polizisten entgegen, und der wollte die Handschelle schon lösen, als ich sagte: »Wie weit reicht Ihr Durchsuchungsbefehl?«

Der Bulle sah mich fragend an. »Das ganze Grundstück«, sagte er.

»Ihr kommt nicht von hier, oder?«, fragte ich, und er straffte seine Haltung.

»Marcel!«, hörte ich Steffi.

»Das sind keine Altmärker!«

»Herr Körtge, was wollen Sie mir sagen?«, fragte er aggressiv.

»Altmärkische Grundstücke haben ausladende Vorgärten. Und dieses Grundstück reicht bis zum Vorgarten vor dem Hof«, sagte ich.

»Halt dein Maul, Körtge!«, zischte Dirk, und ich sah ihm in die Augen und verstand, dass Dirk nie ein Freund der Familie, sondern einfach immer nur ein Arschloch gewesen war.

Ich stand auf und sagte: »Die Sachen, die Sie suchen. Die liegen in dem Auto, das im Vorgarten steht.«

Warten wir nicht länger
Epilog

»Wenn ich dir erzähle, was in den letzten Wochen alles passiert ist, wirst du mir vielleicht gar nicht glauben. So richtig verstanden habe ich es noch immer nicht, aber ich glaube, dass es jetzt vorbei ist, und ich war so lange nicht mehr bei dir, dass ich mich dir gegenüber schon schuldig fühle.

Es ist Herbst, Schwesterchen. Der Nebel hängt tief auf den abgeernteten Feldern, die um Jeetzenbeck herum liegen. Es ist grau, und die Luft ist feucht. Die Bäume werden jetzt nach und nach ihr letztes Laub verlieren, und so wird es jetzt die nächsten Monate gehen. Es wird Wochen geben, in denen die Sonne nicht zu sehen sein wird. Heute ist mein Geburtstag. Ich bin jetzt 37, und du wärst jetzt letzte Woche 34 geworden. Bestimmt hätten wir zusammen gefeiert. Vielleicht bei dir? Du hättest eine eigene Familie, würdest in einem Haus bei Magdeburg leben oder vielleicht sogar in Berlin oder wo auch immer. Hier wärst du sicher nicht. Warum solltest du auch hier sein? Ab und an würden wir telefonieren und würden uns sagen, dass es Zeit sei, uns mal wieder zu sehen. Du würdest mir von deinem Leben berichten, von deinem Alltag. Vielleicht wäre gerade die Waschmaschine kaputt, oder du hättest einen neuen Fernseher. Einen von diesen gebogenen. Und bestimmt hätten wir beide Kinder und würden einen gemeinsamen Urlaub planen, und alles wäre furchtbar anstrengend, weil wir uns nicht auf ein Datum einigen könnten, oder einem von uns beiden wäre das ausgesuchte Ferienhaus zu teuer. Und weißt du, was Mama dann machen würde? Sie würde mit überkreuzten Beinen dasitzen, an ihrer Zigarette ziehen und uns sagen, dass wir uns nicht streiten sollen, dass unsere Zeit dafür zu kostbar ist, und wir wären genervt und würden das gar nicht verstehen. Dabei hat sie recht. Unsere Zeit ist kostbar. Sie war kostbar. Immer wenn ich dich besuche, wünsche ich mir, dass ich das alles rückgängig machen könnte. Aber ich kann es nicht. Werde es nie können, und wenn ich eins in den letzten Wochen gelernt habe, dann, dass ich die Menschen sowieso nicht ändern kann. Ralf wird immer Ralf bleiben. Er wird kein besserer Mensch, eher ein schlimmerer. Und du wirst für immer tot sein. Dann ist das halt so. Aber das heißt nicht, dass ich dich vergessen werde, kleine Schwester. Ich werde dich immer und überallhin mitnehmen. Und ich weiß, dass du immer da bist, deswegen brauche ich dir vielleicht gar nicht sagen, was noch passiert ist, denn du weißt es ja. Aber du wolltest immer, dass ich dir alles erzähle, und ja, vielleicht hätte ich dir einfach mehr erzählen sollen. Deshalb sage ich dir jetzt was, das wirst du mir vielleicht noch weniger glauben als das, was mir in den letzten Wochen eh schon passiert ist. Also, kleine Schwester: Ich habe sogar ein Auto. Du fragst dich jetzt, woher das Geld kommt, oder? Ich hatte doch immer keine Kohle, kam kaum über die Runden, und der ganze Kram, der in dem Passat war, ist ja bei der Polizei gelandet. Das denkst du jetzt, und du hast fast recht. Aber als ich dort pissen musste, stand ich nicht nur zwischen Tür und Auto. Als ich mich kurz in das Auto beugte, fand ich den Umschlag unter der Fußmatte vom Fahrersitz. Der lag einfach da. Ich brauchte nur zugreifen. Und das tat ich. Ich schnappte mir den Umschlag und versteckte ihn unter Dirks Wacholderstrauch. Niemand hat es bemerkt. Und als dann alles vorbei war, bin ich noch am selben Abend wieder hin, und Vanessa: Das Geld war noch da. Es war meins. Ja, und dann habe ich, das war gar nicht so leicht, Steffi dazu überredet, die Hälfte von dem Geld zu nehmen. Wie gesagt, war nicht leicht, aber sie hat es genommen. Davon konnte sie das Kulturhaus kaufen, und Emilios Rechnungen haben wir davon auch bezahlt. Und jetzt mache ich gerade meinen Führerschein. Und ich habe einen Wagen. Einen alten Polo. Nichts Besonderes, der Wagen ist total langweilig. Aber weißt du, was Mama und ich machen werden? Wir fahren nach Ungarn, wir fahren an den Balaton. Nur wir zwei. Und du bist natürlich auch dabei, du bist ja immer dabei. Und dann gehen wir drei uns den Balaton ansehen, gehen schwimmen und machen weiß ich was. Aber bevor wir losfahren, werde ich zu Mama etwas sagen, etwas, das ich dir nie gesagt habe, damals aber hätte sagen sollen, als du mit mir wegwolltest: Schnall dich an, es geht los.«

Freiheit hat Verbündete.

Von allen Menschen, die mich bei der Arbeit an diesem Roman begleitet haben, gilt dir, Karo, mein größter Dank. Du hast mir die Zeit geschenkt, diesen Text zu schreiben, und jetzt, da die Worte stehen, fallen mir keine ein, die annähernd deiner Geduld, Nachsicht und Liebe gerecht werden würden. Sag mal, wollten wir nicht nach Patagonien? Lass uns das machen!

Großer Dank gilt Hans-Joachim Richter, der sich die Zeit genommen hat, mir die große Geschichte eines kleinen altmärkischen Ortes, der den klangvollen Namen Beetzendorf hat, zu erzählen.

Genannt sei auch der Verein der Heimatfreunde Beetzendorf e.V., der mich auf die Spur des Kulturhauses am ehemaligen Bahnhof gebracht hat.

Ich danke Anette Hoppe für das Teilen ihrer persönlichen Eindrücke vom Boxkampf zwischen George Foreman und Axel Schulz 1994 in Las Vegas.

Dir, Gunnar, danke ich für deine unglaubliche Zuversicht diesem Text gegenüber und vor allem für diesen irren Ritt, auf den du mich vor vier Jahren geschickt hast. Wenn du mir jetzt noch aufhörst, mich darum zu bitten, irgendwo im Buch zu erklären, dass einige der Überschriften von FDP-Wahlplakaten stammen, ist es perfekt.

Herzlich danke ich Sabine Franke und Ingo Neumann für ihren großen Einsatz beim Korrektorat und Satz.

Ich danke meiner Familie, die ich grüße und umarme und die in letzter Zeit viel zu kurz kam.

Das Gleiche gilt für meine Freunde und KollegInnen Maxi, Eva & Erwin, Josephine & Moritz, Nadine & Max, Tobias, Julian, Susanne, Jan, Anita, Chrischie, Scholle, Ronny, Tino, Surya, Tommy, Stepan, Lotti, Ludwig, Steven und alle anderen, die ich schon wieder vergessen habe und wieder hier eintrage, wenn wir uns sehen:

____